U0948443

Albert Camus

柳鸣九 主编

加缪全集

修女安魂曲

Requiem Pour Une Nonne

〔法国〕阿尔贝·加缪 著

李玉民 译

译林出版社

目　　录

闹鬼（1953年）
三幕喜剧

原著：皮埃尔·德·拉里维[1]

前言

皮埃尔·德·拉里维生于1540年，死于1612年。这里的生卒年代仅仅是大约。他在我们文学史中的重要性，就在于他是意大利戏剧到我国古典主义戏剧的最有天赋的过渡作家。例如，《闹鬼》不仅是他最优秀的喜剧，而且能让人最准确地认识拉里维所起的作用。这出喜剧既是洛朗吉诺·德·梅迪契的一个意大利剧本的自由改编本，又是莫里哀创作他的《悭吝人》时所取的范本。特别是在这个剧本中，能找到莫里哀几乎照搬的那段著名独白以及已经推向性格喜剧的一个吝啬鬼人物。不过，也能碰到名副其实的小丑和无赖的角色。拉里维把他们从“假面喜剧”[2]中拉过来，仅仅改换了名字。

这里发表的改编本，是在1940年成稿的，1946年，在阿尔及利亚搞群众性的文化教育活动中演出过。后来，应马塞尔·埃朗的要求，又特意将这个剧本重新审阅和改写，以便参加昂热市的戏剧艺术节。如果有人问我给拉里维的喜剧作了哪些处理，那么我只能说，拉里维是怎么调整洛朗吉诺·德·梅迪契的剧本的，我也一样，丝毫没有多做什么。下面就是古代

① 皮埃尔·德·拉里维（约1540—约1612），法国剧作家。

② 原文为意大利文，是十六世纪至十八世纪意大利流行的一个剧种。

一位评论家讲的话：

“拉里维取消了好几个人物……雅科莫神父变成了巫师约斯。原作开场一段，法国观众会觉得特别放肆，拉里维则另外搞了一套。”

我也同样冒昧地改写了，并为自己这样辩白：如果改编莎士比亚或者卡尔德隆[1]，算是大不敬的话，那么对待拉里维的剧本，就不妨随便一点儿了。文本使用的法语陈旧了，语句又长，能让人感到当初是即兴之作，再有三两个场景毫无道理，这些就很可能使人忽略这出美妙喜剧的丰实与创新。这些“鬼魂”，如果还保持原本原样，那就会依然躺在古籍中睡大觉。我们在这里乐得唤醒他们，让他们抖擞精神，登上我们的舞台，走进已经为他们的诞生而起舞的假面队列中。

阿·加

① 卡尔德隆·德·拉·巴尔卡（1600—1681），西班牙诗剧作家，著有《信奉十字架》、《生活是一场梦》等。

《闹鬼》的这一改编脚本，于1953年6月16日在昂热市戏剧艺术节上首次演出，由马塞尔·埃朗执导。角色分配如下：

人物与扮演者

塞夫兰（老吝啬鬼）…………保尔·厄特利

约斯先生…………若望·马尔沙

弗隆坦（福图内的仆人）…………雅克·阿米梁

鲁凡（无赖）…………若望-皮埃尔·瓦格

福图内（恋人）…………若望·万西

伊赖尔（福图内之父）…………夏尔·尼萨尔

于尔班（塞夫兰之子）………米歇尔·舒瓦兹

杰拉尔（菲丽仙娜之父）…………若望·博洛

菲丽仙娜（于尔班的情人）…………玛丽娅·卡萨雷斯

导演　马塞尔·埃朗

服装　菲力浦·博奈

构成A、B、C三角的三个住宅的门脸。

A——伊赖尔的家；

B——塞夫兰的家；

C——杰拉尔的家；

每个住宅显露一扇窗户和一扇门。

两条街道将三座房屋隔开，人物进进出出，忙忙碌碌，彼此补空。在院子和花园里，他们是从隐藏在幕后的跳板上蹦上场的。

序幕

〔弗隆坦上。

弗隆坦　女士们，先生们！这里有几条真理。我特意编了号，以免遗漏。真理一号：一位好父亲胜过坏父亲，可是，一个精明的儿子，无论父亲好坏，都能照样从老子身上获利。真理二号：说吝啬总受到惩罚是有道理的，然而，可惜还得补上一句，吝啬也能从自身得到补偿。真理三号：行为当然有好有坏，然而，唉，并不总是好行为最能逗人乐。教训：人是令人泄气的东西。

不管怎样，这些是我们要在这舞台上证明的真理。而我，弗隆坦，机智的好仆人，在此为大家效劳。我就是由命运和作者指定，来向世人揭示，在人类历史中无不保持平衡，揭示……

〔鲁凡上。

鲁凡　女士们，先生们！我从未见过有人说谎说到如此程度。我不知道是不是证明他所说的话，但是我完全清楚，弗隆坦再怎么有哲学头脑，可是没有我这样一个诡计多端的无赖相助，他就不可能成功。他没有讲出真理。

弗隆坦　女士们，先生们！真理是什么？刚刚出来见你们的这个自作聪明的傻瓜，知道的也并不比我多。他阻挡不了，我还是继续照讲我的。

鲁凡　女士们，先生们！自作聪明的傻瓜憎恶谎言，肯定要阻拦。

弗隆坦　可以肯定，我们都同样说谎，以后的场面会清楚地表明这一点。不过，我们总可以问问我的主人福图内的看法。福图内少爷！

〔福图内出现在自家的阳台上。

福图内 又是你，弗隆坦。你怎么还没有去修道院呢？你等什么呢？还不去给我探听我亲爱的阿波琳的情况，还不为我的爱效劳？

弗隆坦 福图内少爷，一会儿我就去为您的爱情效劳，尽管这是向修女表白的一种爱，要效劳可不是件容易事。但是这会儿，鲁凡和我，我们正在讨论……

福图内 用不着你来说教！还是把伊赖尔老爹给我找来吧。唔！我不敢向他承认什么。然而，唯独他，只要一发善心，就可能帮上我的忙。

〔伊赖尔出现在花园里。

伊赖尔 善良有时也有善脊梁！

弗隆坦 （对福图内）鲁凡刚才说……

福图内 快点儿，弗隆坦，必须把她从那里拉出来。

鲁凡 这个说谎的家伙硬说……

福图内 快点儿，鲁凡，必须把我从那里救出来。

弗隆坦 从那里得不出什么来。叫他的表兄弟于尔班吧。于尔班少爷！

〔于尔班出现在自家的窗口。

鲁凡 于尔班少爷，弗隆坦和我，究竟谁说的谎话最多？

于尔班 这可无法比较。你们说谎，一刻也不间断。哪个先死，哪个说的谎话就少些。不过，鲁凡，我本来就想见你。我渴望得到菲丽仙娜，她就住在这儿，离她的情人只有三步远（菲丽仙娜出现在杰拉尔家的门口），可是，我那可恶的吝啬的父亲，根本不给我钱。

〔塞夫兰出现在自家门口。于尔班下。

塞夫兰 您又来偷我的了。快走开，要不然，我就叫警察了。不要把于尔班给我带坏了。

〔他又回屋里去。

弗隆坦 （对鲁凡）你明白了吗，无赖？

鲁凡 你不走我也不走。我不愿意让你多说点谎话。

弗隆坦 女士们，先生们，所有这些人全丧失了理智，要由你们来评判一下，你们会明白我们两个谁说得对。不过，你们已经了解到，尽管于尔班的父亲——塞夫兰吝啬，但是，在福图内的父亲——富有同情心的伊赖尔协助下，要把阿波琳嫁给福图内，菲丽仙娜嫁给于尔班。我再讲一遍。（他讲得很慢，以便让人听得明明白白。）喂，现在听好！两位父亲、四个恋人、几个谎言家以及所有的人的欢乐，我想这足以概括一种生活，至少也能编一出喜剧。我相信这出喜剧既不想教训人，也没有恶意，我也确信它也不是矫揉造作的，但愿它能引起你们的微笑。余下的就是上帝和金钱的事儿了。

〔音乐。

第一幕

第一场

〔弗隆坦、伊赖尔。

弗隆坦 看来命运好捉弄人，促使人去追求最难得到的东西。我认为在巴黎，没有一位女士不愿意讨福图内的喜欢。然而，他爱上的那位姑娘，只有隔着笼子的柱子才能见见面。

伊赖尔 他在自言自语……

弗隆坦 他这会儿打发我来向她转达问候，了解她在做什么、说什么，身体怎么样。如此重大的差事，要占去我的大部分时日。

伊赖尔 弗隆坦，喂，弗隆坦！

弗隆坦 伊赖尔老爷！听候调遣。

伊赖尔 你的主人，我的儿子在哪儿？昨天晚上吃饭，他就让人等了好久。

弗隆坦 他在塞夫兰老爷家中，和于尔班一起吃饭睡觉了。

伊赖尔 现在你去哪儿？往修道院送什么信儿吧？

弗隆坦 什么修道院？谁对您说的？

伊赖尔 反正我知道。

弗隆坦 真的，是这么回事。他打发我去了解那位女士是否需要什么东西。

伊赖尔 福图内的确错怪了我。要知道，他的打算只要合情合理，我一定会支持他。而这件事，情况却不是这样。他至少应当自重一点儿，或者尊重一点儿我的名誉。想必他以为巴黎没有女人了，才要到宗教里去寻找。

弗隆坦 我也经常对他这么说。可是您知道，爱情没有什么法则。他堕入情网已经很久了，也不是毫无缘故的。因为，老实说，那是个非常美丽、非常正派的姑娘。我敢打赌，您若是见了她的面，肯定会更加同情她。因此，我都敢这么对您说，把福图内变成女人，也比让他忘记爱情要容易。我还可以进一步对您讲：他开始考虑娶她了。

伊赖尔 谁听说过修女还能结婚？

弗隆坦 嗳，她不是修女，至少，她不愿意当修女，因此，她还没有许愿出家。然而，有人渴望她成为修女，哪怕她为此送了命。因为，她是那个修道院院长的侄女，她父亲在遗嘱中，将财产全部赠给修道院，只要他女儿成为修女。这就是为什么有人一直劝说她，把她看得很紧，她即使长了翅膀也不可能飞出来。

伊赖尔 既然她没有许愿出家，福图内的爱情就好理解了。对了，告诉我，她是谁呀？

弗隆坦 她住在圣德尼街，已经无父无母了。

伊赖尔 够了。劝劝福图内，干脆放弃吧，追逐这样的姑娘既不美，也不正派。同时让他明白，要结婚好办，对他来说并不缺少女人。

〔伊赖尔下。

第二场

弗隆坦 （独自一人）我就这样做！唔！多好的父亲，多好的人哪！……不过，我没有全对他讲了。可怜的青年担心，一下子会损害道德原则，损害那姑娘和他本人的名誉，因为，那姑娘已经跟他怀了孕，而且产期临近。依我看，她只等待那一刻了。上帝保佑，她不是同塞夫兰那样的人打交道。一提起他来，于尔班又同鲁凡来了。

第三场

〔弗隆坦、于尔班、鲁凡、菲丽仙娜。

于尔班 怎么样，鲁凡，你什么时候将我的爱带来？

鲁凡 时间由您定。

于尔班 哦！上帝呀，那你就去她家接去吧。

鲁凡 不可能。

于尔班 为什么？

鲁凡 因为我像一位大主教。

于尔班 大主教？

鲁凡 没有十字架在前面开路，我不会迈动这脚步，而我只喜爱杜卡托[①]上的十字架。

于尔班 难道你还不知道我对你的允诺吗？

鲁凡 不错。然而，允诺和到手是两码事儿。我总听人这么讲：“快乐的一天”要胜过“等待的期望”。

于尔班 你要用文火烧死我呀？

鲁凡 而您用浓烟填饱我的肚子。

弗隆坦 （旁白）瞧瞧这家伙耍什么手段剥人皮。

于尔班 今天天黑之前，你就能拿到我允诺的数。不过，快去找她去，我的妙人。

鲁凡 跟别人说去吧，我变聪明了！一手交钱，一手交人！

弗隆坦 这个坏蛋，讲话如此放肆，真叫我受不了啦！

---

① 杜卡托：威尼斯古金币名称。

鲁凡　我若是完全拒绝了，你说怎么样呢？

弗隆坦　（向前跨几步）砸烂你的脑袋！

于尔班　我倒不是没有这个愿望。不过，还是得耐心点儿，该给钱就给钱。

鲁凡　咱们算说到一处了；这话在行，我这就去找她！（停顿一下）我来之前就同她谈过。

于尔班　哦，上帝呀！银币不是肯定有你的吗？我答应你十枚，对不对……

鲁凡　对。

于尔班　今天傍晚我就给你。

鲁凡　马上就要，否则，说什么我也充耳不闻。

弗隆坦　这个恶棍，我看再也找不见比他还下流的了。

于尔班　至少等到晚祷钟之后哇。

鲁凡　说什么呢？我一点儿也没有听见。

弗隆坦　喂！鲁凡，看在爱我的分儿上，这事儿就成全了吧。

鲁凡　我听不大清楚！不行，不行，钱不先行，大主教也不行！

于尔班　鲁凡，击掌为信……我以讲信义者的名义向你保证，晚饭后就给你。

鲁凡　我越来越听不见了。

于尔班　保证有你的。

鲁凡　您说什么？

于尔班　一个正派人的许诺，难道还不应当相信吗？你以为他为十枚银币就会跑掉吗？

鲁凡　您非得换一种说法不成，因为，这两只耳朵塞住听不见了。

于尔班　见鬼，你也太不相信人了！听我说，如果我食言了，你就去见我父亲，对他说我砸破了你家房门，我把你揍了，抢走了你侄女、你表妹和你女儿，还抢了你家的东西。

鲁凡　好吧，我去找她，好讨您个欢心。不过，以上帝发誓，你若是对不起我，那我可不会对不起您。

〔他走进杰拉尔家。

于尔班　去吧，对我怎么样都无所谓，只要我有了我的菲丽仙娜，随你怎么损害都行。

弗隆坦　这事儿干得漂亮！可是，现在得弄到十枚银币。

于尔班　什么都顾虑，就什么也干不成。还有哇，好样的弗隆坦，我很清楚你会帮我弄到的。

弗隆坦　的确，我的主人让我听候您的吩咐，就当是他本人的吩咐。

〔菲丽仙娜和鲁凡跟随杰拉尔。恋人相见的动作。于尔班指了指他的住宅。菲丽仙娜由鲁凡带进去。于尔班也正要走进去，却被弗隆坦拉住了。

于尔班　又有什么事儿！该死的，这么碍手碍脚！弗隆坦，我急得很！

弗隆坦　您父亲若是回来呢？

于尔班　我父亲！

弗隆坦　正是他。

于尔班　哦！他不是在田庄吗？

弗隆坦　有人在城里见到他了。

于尔班　谁见到他啦？

弗隆坦　我呀！我心里还奇怪呢，他怎么还迟迟没回来。他进城已经有好大工夫了。

于尔班　我完蛋了！我好心的弗隆坦，得想点儿办法呀。

弗隆坦　把人家姑娘打发回去。

于尔班　这么匆忙？我同她关进一个房间里，不是更好吗？

弗隆坦　您父亲各处都要瞧一眼。

于尔班　也许他怕进一个上了锁的房间吧。

弗隆坦　唔！这话启发了我。我有了个主意，既能救我们，又能让您得到十枚银币。

于尔班　你说什么，好心的弗隆坦？

弗隆坦　您把房门关好锁上。但是，不要弄出一点儿声响！不要让人听见一点儿动静，就连床铺的吱咯声也不要让人听见。然而，等您父亲一出现，我一往地下吐痰，您就尽量折腾，碰到什么摔什么，甚至揭房瓦往街上扔。

于尔班　教我莫名其妙，可是时间紧迫，就这么定了。

〔他走进自家房舍。

弗隆坦　这个于尔班，原来挺明智的，却让爱情弄昏了头，现在都不知道自己在做什么。他父亲若是知道他放荡了，会作出什么决定呢？

父亲准会把儿子活活掐死。眼下于尔班依赖我，就以为足够了，可以免遭掐死了。到头来，还是我受苦受累，而他却上床享乐！

哎哟！我的主人来了，我还没有去探望阿波琳呢。我就对他说去过了，信不信由他了。他不信就亲自跑一趟！

〔福图内上。

第四场

〔弗隆坦、福图内。

福图内　我还能遭到什么更大的不幸呢？一下子就让一个姑娘怀了孕！

弗隆坦　他开口闭口，不会讲别的事儿啦！

福图内　除非我爱得还不像……怎么，我再也没有退路了。不过，即使能退，我也不愿意呀，没有她我无法生活。我打发弗隆坦去看望她已有两天了，想必他走丢了。

弗隆坦　（旁白）我越是这么躲着，他越要糟蹋我，最好还是露面吧。您好，先生。

福图内　你就是改不了。先告诉我最想了解的事儿，再向我问好。

弗隆坦　您了解那些女人是怎么样的：她们先让我在接待室里等待，接着，我回来的时候，先碰见您父亲，又碰见于尔班和鲁凡，他们还跟我瞎逗了两个钟头。

福图内　我总是错的，而你总有道理。可是，你还等什么，不向我叙述她究竟对你说了什么……

弗隆坦　我可以让于尔班先生告诉您，我们跟鲁凡周旋了多久，才得到她的满意回答。

福图内　这不是我问的……告诉我她身体好吗？

弗隆坦　不得不以什么方式向鲁凡许诺……

福图内　这些事儿同我毫无关系。她没有让你转告我什么话吗？

弗隆坦　有哇。

福图内　到底什么呀？快点儿说，弗隆坦。

弗隆坦　她求您多多关照。

福图内　她只对你说了这话？

弗隆坦　不是。

福图内　她身体好吗？

弗隆坦　跟往常一样。

福图内　这种回答跟没说差不多。

弗隆坦　我收到什么回答，就给您什么回答。

福图内　她没有对你说，让我去看她吗？

弗隆坦　她没有对我说别的什么。

福图内　噢！上帝呀，可怜的姑娘会发疯的。

弗隆坦　那么您呢？

福图内　弗隆坦，我该怎么办呢？

弗隆坦　该去吃晚饭，然后咱们再合计一下。这种事儿您太放在心上了，我真担心您病倒了。

福图内 你最大的担心是烤肉烤煳了，这才是真实情况。对了，我们该同于尔班一起吃晚饭。他在哪儿呢？

弗隆坦 他同他的菲丽仙娜在这儿呢。请放心，他已经扶她上床了，现在他们正大展身手呢。

福图内 他们不能来同我们一起吃饭吗？

弗隆坦 不能。他们说，他们就在那儿吃晚饭，吃夜宵并睡觉。

福图内 他们真乖。而我呢，这么不幸，我不能享有自己所爱。走吧，弗隆坦。

弗隆坦 不能，您先走。我看见塞夫兰老爷走过来，我得保护您的朋友于尔班。等一下我再去同您会合。

福图内 我心里常常想，这两种处境，哪种最糟糕：爱上别人却单相思，还是彼此相爱却被高墙隔开。不过今天，看到于尔班幸福了，我才想通：我这种处境是最不幸的，我和阿波琳彼此相爱，而我没有钥匙却不能接近她。我是浸在水中的坦塔罗斯[①]，一滴水也喝不上。不，不对！比坦塔罗斯还不幸，因为我已经尝到阿波琳的水，却不能忘怀啦！

〔福图内下。塞夫兰带着一把阳伞上。

第五场

〔弗隆坦、塞夫兰。

塞夫兰 真见鬼，我到哪儿能找到于尔班这个可恶的家伙？想必他掉进厕所里了，这么说请勿见怪。噢！可怜的塞夫兰，瞧一瞧你在为谁这么干，为谁积聚这么多财富！为一个天天背

① 坦塔罗斯：希腊神话中的吕狄亚王，因触怒主神宙斯，被罚永世站在水中忍受饥渴，想喝水时水位就下降，想吃果子时头上的果树枝就升高。

叛你、时刻给你增添烦恼的儿子，为一个与其说盼你长寿，不如说盼你早死的儿子。

弗隆坦 世上有不少儿子这样企盼。

塞夫兰 我宁肯将全部财富带进坟墓里，也不愿意留下一文钱给这个造成我这么多痛苦的废物。可是，我不先回自己的屋，放下钱袋，再去找我儿子，给他应得的惩罚，还等什么呢？咦！我的钥匙在哪儿呢？哦！……找到了……

弗隆坦 他的钱袋还随身带着……要救于尔班，还得弄到十埃居。

塞夫兰 天哪！这是怎么回事儿？锁头是给砸开的吧？房门好像从里面闩上了。我记得挺清楚，于尔班没有钥匙，因此怕是进去小偷了。肯定有人对这里不怀好意。

弗隆坦 哪儿来的疯子，要碰这扇房门？

塞夫兰 哦，我碰属于自己的东西，为什么成了疯子呢？

弗隆坦 塞夫兰，塞夫兰，请您原谅，即使这是您的房子，我也认为您最好离开。

塞夫兰 为什么我就不能进去呢？

弗隆坦 您若是信我，就会照着我所说的做。

塞夫兰 到底为什么呀？

弗隆坦 因为房里全是鬼。

〔他吐了口痰，房里的人便闹出响声。

塞夫兰 嗯，你说什么，全是鬼？真的吗？

弗隆坦 您听啊，还没有听见吗？瞧瞧我说得对不对。

〔屋里闹腾的声响。

塞夫兰 哦，对呀。

弗隆坦 您还会听到闹声。

塞夫兰 喂，弗隆坦，真见鬼，是谁把鬼放到我家的？

弗隆坦 不知道。

塞夫兰 上帝呀，他们要把我家的东西偷光了。

弗隆坦　嗯！我想，您发抖啦？不要怕嘛，他们只是洗劫您的家，不会给您造成别的损害了。

塞夫兰　怎么！洗劫，洗劫……难道这不算什么吗？

弗隆坦　必须耐住性子。

塞夫兰　他们太没有教养了，就这样插手别人的事。他们若是付了房租，那还好说。不行，我要把他们赶出来，哪怕放火烧房子。

弗隆坦　您这是给他们添乐子，因为他们只喜欢火。

塞夫兰　而我的房子会白白烧掉啦！我真想割断他们的喉咙。

弗隆坦　如果让他们听见，他们就会让你改改口气。因为他们要投石块和瓦片，甚至投向没有向他们讨什么的过路人。

〔他吐了口痰，屋里的人便投瓦片。

塞夫兰　噢！他们要毁了我的整个住宅。

弗隆坦　您完全明白，他们是不会给您修缮的。您瞧，瓦片乱飞，若是不想被打伤，您就离开吧。

塞夫兰　唉，弗隆坦，我真害怕！

弗隆坦　情有可原。我更是吓个半死。

塞夫兰　咱们在这儿，能被他们伤着吗？

弗隆坦　我看不能。

塞夫兰　这次闹鬼有多长时间啦？事前也没有给我个什么警告。

弗隆坦　我也不知道，约莫有两个夜晚了。我从这儿经过，就听见他们了。

塞夫兰　你让我好怕呀！

弗隆坦　半夜里，他们有时唱起歌，还演奏乐器。

塞夫兰　我该怎么办呢？我派一队士兵将他们杀光好不好？

弗隆坦　老天爷呀！说话小点儿声。

塞夫兰　哦！真的！

弗隆坦　得请个巫师，将鬼驱逐出去。

塞夫兰　他们会走吗？

弗隆坦 会的。

塞夫兰 走了就不再回来了吗?

弗隆坦 也许吧。

塞夫兰 这无所谓，因为我向你保证，等他们一离开，我就把房子卖了，即使赔一埃居也在所不惜。

弗隆坦 甚至……鬼在屋里造成的损失，要超过二十五埃居。

塞夫兰 上帝呀！别讲这话，你这是要我的命啊。唉，这全是于尔班的罪孽惹来的。他能在哪儿呢？他究竟能在哪儿呢?

弗隆坦 您把他留在田庄，还来问我这个待在巴黎的人。

塞夫兰 你应当知道，既然是鲁凡和你把他带坏的。（弗隆坦也不回驳，只是吐口痰，屋里的人便闹腾起来）噢！我的上帝，我们什么也没有讲。弗隆坦，告诉他们，我什么也没有讲。

〔弗隆坦借用塞夫兰的阳伞，撑在前面挡鬼。他走到门口，同鬼交涉；塞夫兰趁这工夫想法儿藏起他的钱袋，又不让人瞧见，然而，弗隆坦在阳伞后面观察他，暗暗高兴。

塞夫兰 （绕圈子）多倒霉呀，房子让鬼占啦！我的钱袋都不能放在家里。如果我带在身上，让我儿子瞧见，那我就完蛋了。放到哪儿呢？哎，这个洞，我已经藏过钱袋了。小洞啊，我多么感激你！噢，若是让别人发现呢！两千埃居呀！不行，我还是带在身上。这些该死的鬼！哎呀！他们若是听见还了得！最好还是把钱袋藏起来！唉！我的钱袋哟，我的魂儿哟，我的希望哟，求求你，不要让人发现。我怎么办呢？放进这洞里吗？对。不行。可以！嗳！我的小洞哟，我的小乖乖，求你多关照了。我以上帝和帕托瓦的圣安东尼的名义，将我的魂魄交到你手里①。

弗隆坦 （返回来）好了，塞夫兰老爷，您不必费神找巫师了。我能给您找来一位特别棒的，是法国最大的驱魔师。

---

① 原文为拉丁文。

塞夫兰（旁白）尽管鬼闹得这么凶，我把钱袋藏到安全地点，思想就完全轻松了。

弗隆坦　您说什么？

塞夫兰　我说如果能把这些鬼全赶走，我就太高兴了。不过，弗隆坦，我不希望那位巫师向我要价太高，我是个穷人。

弗隆坦　这一点您不必担心。他特别通情达理，可以说意思一点点儿他就满足了。

塞夫兰　啊，杰出的人，我多么喜爱他们哪！可是，鬼在里面插上了房门，关了窗户，怎么把他们赶走呢？

弗隆坦　借助咒语。

塞夫兰　他们是从门还是从窗户出去？

弗隆坦　问得真妙。他们想从哪儿出去，就从哪儿出去。喏，我主人来了。您到公墓藏骸室那儿等我，我跟他一说完话就去找您。

塞夫兰　咱们一道去吧，弗隆坦。

弗隆坦　您先走，我随后就到。

塞夫兰　我要等着，一个人绝不走。

弗隆坦　这老头儿，可真没头脑！刚才他还要单独行动，现在却硬逼我跟他一道走。然而是同一个缘由，他的钱袋装在脑子里了。

第六场

〔塞夫兰、弗隆坦、福图内。

福图内　弗隆坦！

弗隆坦　到我对您说的地方去。

塞夫兰　我在一旁歇着等你。反正我也不急，再说，我也害怕。（旁白）我是指担心我的钱袋。

〔他闪到一旁。

弗隆坦 随您的便吧，您有什么事儿，先生？

福图内 别人的事儿就够这小子忙乎的了，他就不怎么考虑我的事情了。

弗隆坦 您真是这么认为的吗？

塞夫兰 他们这样叽叽咕咕，让我一点儿也听不明白。

弗隆坦 我不是跟您说过，我找到了能令您满意的办法吗？

塞夫兰 找到了！他找到什么了？

福图内 对，可是你再也没有对我说别的，我就以为你把这事儿给忘了。

弗隆坦 我是这样想的：您应当躲进一只箱子让人抬进她的寝室，就借口给她送一箱衣服。

塞夫兰 一只箱子！我的心都发抖啦！我若是瞧见他们稍微弯下身子，就非叫起来不可！

福图内 我明白了。

弗隆坦 （蹲到小洞的旁边）然后，您就从箱子里出来。

福图内 （同样蹲到小洞旁边）然后呢？

塞夫兰 他们找到那儿了。我稳不住神儿了。

弗隆坦 我来告诉您。

福图内 我不是对您说过，我要在她分娩之前，想法儿把她接出来吗？

弗隆坦 行啊，这么办也可以，不过有点儿难。您说这么办倒也对，趁着还怀在肚子里，最好把人劫走。

塞夫兰 劫走！劫走！哎呀，他要偷我的！（跑向二人）抓贼呀！抓贼呀！

福图内 怎么回事儿？

塞夫兰 谢天谢地，他们没有碰。

弗隆坦 您哪儿让黄蜂蜇了，塞夫兰老爷？

塞夫兰 没什么，刚才我是担心。

弗隆坦 您为什么喊抓贼？

塞夫兰 刚才我是担心，鬼别把我屋里的东西给偷了。

福图内 你们要把这个可怜人给弄疯了。

弗隆坦 他毫无用处，死了才好呢！

塞夫兰 咱们走吗？

福图内 你们去哪儿？

弗隆坦 去找个巫师，好帮我们从这老家伙手中抠出十埃居，再给于尔班。

福图内 你怎么办呢？

弗隆坦 到时候您就知道了。鬼也会帮助我们。

塞夫兰 走吧，弗隆坦。

弗隆坦 我走了，真的，您不想吩咐我别的什么事儿啦？

福图内 不了，我直接去修道院。再见，先生。

塞夫兰 那位是谁？

弗隆坦 是福图内。

塞夫兰 哦，再见，福图内，从前我没见过您。

福图内 请您多多关照。

弗隆坦 喂，您走不走？您回头看什么？

塞夫兰 没什么，没什么，来了，弗隆坦，我老老实实跟你走。

弗隆坦 塞夫兰老爷！

〔他又挥手致意。

塞夫兰（回头看）鬼魂偷没偷过钱袋呢？

〔塞夫兰下。

〔于尔班和鲁凡的头从窗口探出来。他们和菲丽仙娜一起出来，在音乐的伴奏下，做了有趣的动作。继而，于尔班和菲丽仙娜搂抱着回屋，鲁凡则离去。

——**幕落**

第二幕

第一场

〔弗隆坦、于尔班。

弗隆坦　我找到了合适的人，是个大骗子，个头儿像一根长戟，巫术也比我强不了多少。开头他还假装正经，说什么可怜塞夫兰，不愿意捉弄人。然而一答应给他两埃居，他就竖起耳朵，说既然是做好事，让父子和解，他就勉为其难，顺从我的意愿。现在巫师有了，我还得学会当鬼，等一会儿塞夫兰和巫师就到了。咚咚咚……（他敲于尔班的房门）开门，您想要我撞破这扇门吗？我推测他们死了，聋了，或者睡着了。开门，于尔班，我是弗隆坦哪！

于尔班　还好你说了话，否则不会放你进来。我答应过你，除非有人硬闯，我绝不给任何人开门。

弗隆坦　真的，若是您像这次一样，信守您的所有诺言，就会成为一个诚实的人了。怎么样，您亲热够了吗？

于尔班　你还不知道，对美事的渴求是永无止境的。

弗隆坦　您父亲来了，咱们躲起来。

于尔班　他来这儿干什么？

弗隆坦　别怕，他不会进屋。我随您进去。

〔他们走进屋。

第二场

〔塞夫兰、约斯先生。

塞夫兰 我回来瞧瞧藏钱袋的地点，反正这儿没人，我就看看是否还在。啊！我的钱袋，你多美！既然你还在我放的地方，我就不愿意动你了。我的可爱的小洞，我的好朋友，再替我保存一小时吧。

〔约斯先生上。

约斯先生 弗隆坦老爷对我说，我能在这儿找见您。

塞夫兰 （猛然一惊）上帝保佑您，先生，我哈腰拾我掉到地上的手帕。对了，您拿这根棒子做什么？

约斯先生 用处大极了。

塞夫兰 干什么用？

约斯先生 喏，走路当手杖，可以打人，打核桃，还可以用来画圆圈，干许多别的事儿。

塞夫兰 怎么，您还不明白我的意思？我问您能不能用来驱鬼？

约斯先生 驱鬼，没有比这更厉害、更灵的了。

塞夫兰 您为什么带来呢？

约斯先生 驱鬼呀，折磨鬼呀。

塞夫兰 哦！您拿这个小本子干什么？

约斯先生 用得着。

塞夫兰 也为了驱鬼吗？

约斯先生 您向我提这么多问题！

塞夫兰 不要见怪，只因我从未见过驱鬼。

约斯先生 那好，我们就不要耽误工夫了。过来，靠近前。

塞夫兰 靠近这房子，必须靠得很近吗？

约斯先生　紧靠着房门。

塞夫兰　我可不干。

约斯先生　为什么？

塞夫兰　因为他们扔瓦片石块。

约斯先生　不要怕，您只要同我在一起，他们就不会碰您一根毫毛。

塞夫兰　您向我保证？

约斯先生　对，我向您保证。

塞夫兰　您发誓？

约斯先生　我发誓！您就靠近吧。

塞夫兰　我在这儿已经很好了。

约斯先生　还得靠近。

塞夫兰　上帝呀，这事儿您就做了，没有我不行吗？

约斯先生　房主人必须在场，必须协助我。靠近了，您就跪在这圆圈里。

塞夫兰　摸摸我这颗心跳得多厉害。

约斯先生　（手放在他自己的心口）不错。不要觉得奇怪，一向如此。然而，您丝毫也不必担心，同我在一起就没事。再靠近一点儿，再近点儿，再近点儿。在这儿很好！您总往后看什么？

塞夫兰　没什么。我回头是怕得厉害。

约斯先生　这可没法儿治。我要开始驱鬼了。您跟着我念："Barbara piramidum sileat miracula memphis[①]。"

塞夫兰　这话我一辈子也学不会。您还是自己驱鬼吧，最好讲法语，也许这些鬼听不懂拉丁语。

约斯先生　说穿了，谁也不可能听懂。

〔约斯的滑稽动作，音乐伴奏。

可恶的精灵，作怪的鬼魂，

---

① 原文为臆造的拉丁文。

从早到晚，就在此处藏身。

我以塞夫兰的名义命令你们

赶快离去，不准损坏物品。

塞夫兰 噢！您不要对他们提我呀，不要对他们提我呀！以您的名义要求这一切！

约斯先生 让我来作法，您只说“阿门”就行了。

〔滑稽的动作，音乐伴奏。

你们认识我，伪装的鬼魂，

我以我的名义，命令你们

快离开，住宅还给原主人，

统统出去，永不再登这家门。

〔鬼在房中闹腾。

塞夫兰 行啦，约斯，行啦！

约斯先生 瞧哇，如果您想让他们出来，现在正是时候。

〔滑稽动作，音乐伴奏。

我以恶魔阿德里尔的道行，

命令你们，还要警告你们，

从速离去，离开这个住房，

带走你们一伙的所有鬼魂。

弗隆坦 （在房中装鬼）我们就是不离开。

约斯先生 您说什么？

塞夫兰 耶稣、马利亚、约瑟夫和天堂的所有圣徒，吓得我头发全竖起来了。

〔滑稽动作，音乐伴奏。

约斯先生 我以上帝的名义命令你们，

鬼魂、浮沉子和所有妖精，

既然对我说不想在此久混，

为何还占着这房屋不肯遁形？

弗隆坦　（装鬼）就因为塞夫兰吝啬得要命。

塞夫兰　让我走吧，我别处还有事。

约斯先生　可是我呢，比那些鬼魂更需要您留在这儿。您稍微动一动，就是立起一条跪着的腿，那我甩手就走，让鬼在您的房子里久住下去，直到厌腻了。他们一厌烦，就会放起火，那是他们最开心的事儿。

塞夫兰　嗳！不要为这点儿事发火。我听您的，待在这儿就是了。

约斯先生　我以巴拉拉的名义，命令你们离开……

弗隆坦　（装鬼）我们离开，我们离开……

约斯先生　您听见了吧？他们从来不敢抗拒巴拉拉。你们给出什么信号，能让我们确信你们离开了？

福图内　（装鬼）这很简单，我们把这所房子拆了。

塞夫兰　不行，不行，你们还是待在里面吧！

约斯先生　我们不要这种信号，再换一种。

弗隆坦　（装鬼）我们摘下塞夫兰手指上的戒指。

塞夫兰　让他们见鬼去吧。不过看得出来，他们真够精的！我还戴着手套呢，他们隔着就看见了我的戒指……我绝不干，他们不会还给我的。

约斯先生　这个办法我们不喜欢，再给我们换一种。

弗隆坦　（装鬼）我们钻进塞夫兰的体内。

约斯先生　您瞧瞧！他们要想这么干，就能进入您的体内。那样一来，您浑身上下没有一处不受折磨。好了，站起来吧，审查一下，看您喜欢哪种信号，必须选择一种。

塞夫兰　哪一种我也不愿意。告诉他们，再另外选一种。

约斯先生　我不能强迫他们提出三种以上的信号。

塞夫兰　难道他们不给信号就不能走吗？

约斯先生　那他们就嘴上说走了，而实际却不挪窝儿。

塞夫兰　就让他们待在里面吧！也许他们会待累了，还未等厌烦就离开了。

约斯先生　您头脑也太简单了，宁肯损失价值三四千法郎的房子，也要保住价值十埃居的戒指。

塞夫兰　十埃居！我继承的时候，估价三十埃居。这是一枚古戒！

约斯先生　您就不想让鬼离去啦？

塞夫兰　想是想，但不要给信号。

约斯先生　不给信号他们绝不干。

塞夫兰　那我要求他们答应，修好他们在房中造成的损坏。

约斯先生　这个要求合情合理。这事儿包在我身上。

塞夫兰　他们摘戒指时，也不要把我弄疼了。

约斯先生　一点儿也不会疼。

塞夫兰　我不能把戒指换到您手指上吗？

约斯先生　不行，必须是从您手上摘去。

塞夫兰　无论如何，我也不愿意让他们抓破皮。怎么办呢？

约斯先生　（做拉锯的手势）那就把手指锯下来扔过去。实在没有别的办法。

塞夫兰　您拿我开心。这么着，我紧紧闭上眼睛，什么也不看。

约斯先生　等一等，我干脆给您系上手帕，蒙住眼睛，就看不见鬼了。

塞夫兰　他们的指爪，会把我的手划出沟来！

约斯先生　根本不会，他们下手很轻。您能行吗？

塞夫兰　行啊，行啊。

约斯先生　好了，我们同意你们取下塞夫兰老爷的戒指。但是你们要守信用，给他修好损坏的地方。

弗隆坦　（装鬼）我们保证修好。

约斯先生　那么你们出来，可别伤害我们。塞夫兰老爷，您不要动，也不要怕。我在您身边。勇敢点儿，伸直您的手腕。

〔约斯动作滑稽，又开始念咒驱鬼。

塞夫兰　耶稣哇，我真害怕！

〔其他人出来，戴着可笑的假面具，做着鬼脸，又蹦又跳，动作滑稽，将戒指摘去。

约斯先生　行了。现在，我们进屋吧，但是您的蒙布先别取下来，他们还在这儿呢。

塞夫兰　告诉他们完全走开。

约斯先生　他们会走的，来吧，来吧！

塞夫兰　您带着我，免得我摔伤了。

〔约斯把手伸给塞夫兰，领他进去。

第三场

〔弗隆坦、于尔班。

〔戴着面具跳轮舞。

〔弗隆坦和于尔班笑着摘下假面具。

弗隆坦　嗯！我这个角色扮演得不错吧？

于尔班　妙极了！我还想笑呢。

弗隆坦　时间宝贵，咱们不要耽搁。鲁凡一会儿就来要您答应给他的钱。我同意卖掉这枚红宝石戒指，能得二十埃居。

于尔班　值三十埃居呢！

弗隆坦　就算三十埃居。给巫师两埃居，您留下七埃居，十埃居给鲁凡，剩下十一埃居留给可怜的弗隆坦。这样分合情合理吧？

于尔班　合情合理。现在咱们干什么呢？

弗隆坦　您戴着这副漂亮的假面，就关在伊赖尔老爷的家中，尤其要关在我的主人福图内的房里。余下的事儿我来处理。

〔假面人跳舞，随同于尔班下。弗隆坦又戴上面具，跑到藏钱的地点，掏出钱袋，将钱币倒光，全装进自己衣兜里，再将空钱袋放回藏钱洞里，然后边跳舞边下。

第四场

〔约斯先生、塞夫兰。

〔约斯和塞夫兰从房里出来。

约斯先生 来吧，他们走啦！

塞夫兰 谢天谢地！我怎么也想不到，那些鬼懒到了极点。他们这一天就是在我的床上度过的。这张床我可没法处理了，既然让鬼给占过，我不愿意再睡在上面了。

约斯先生 那就给我吧。

塞夫兰 给您！嗳！不。我特别关心您，不会让您碰这个的。我卖了它。

约斯先生 哼！

塞夫兰 我好用卖床的钱修损坏的地方。

约斯先生 损坏什么啦？

塞夫兰 他们把我的尿罐打烂了，烧了我半打蜡烛，喝了我两杯水，砸坏了我最老的锁。还有，他们烧了我一把木勺、一根扫帚柄、六十四块劈柴。

约斯先生 您的劈柴都有数？

塞夫兰 穷人不得不数清楚。

约斯先生 我呢，忙乎半天，什么也得不到吗？

塞夫兰 弗隆坦对我说，您什么也不要。

约斯先生 我的确对他说过，您给我点儿什么都可以。

塞夫兰 啊！诚实的人！我要为您做点事儿。

约斯先生 非常感谢。

塞夫兰　我请您吃晚饭。

约斯先生　多谢，我胃口极好。

塞夫兰　怎么？

约斯先生　您的盛情已经使我胃口大开。

塞夫兰　我给您吃一只鸽子，是我昨天从一只榉貂口中夺出来的，还有一小块美美的肥肉，像金丝一样黄黄的以及半打栗子。这不算什么吗？

约斯先生　这太多了，先生，太多了。您应当卖掉那只鸽子。

塞夫兰　本来想卖掉的。可是谁也不会买呀，因为榉貂吃了一条腿和几乎全部内脏。

约斯先生　既然如此，我们会很高兴吃余下的部分。

塞夫兰　不要感谢我，我还会帮忙的。您碰到急需用钱的时候，可以放心来找我，我会借给您，只要付适当的利钱就行。您觉得怎么样？

约斯先生　您这样慷慨，真叫我终生铭感。

塞夫兰　别，别，您知道我要为您做多少事。我敢向您发誓，我那只戒指如果不是让鬼拿去，就会送给您了。我向您保证，我为您惋惜赶得上为我自己惋惜了。

约斯先生　有这心意就够了，塞夫兰老爷，我完全就像收到了一样。

塞夫兰　您是个正派人。我说这些，主要是向您表明，我不像人们说的那样吝啬。再见，先生。

约斯先生　再见，先生。

〔约斯先生下。

塞夫兰　有时耍耍嘴皮子就很好。我把他高高兴兴打发走，就好像我真把红宝石戒指给他了。瞧瞧我的钱袋！咦！这家伙要干什么？

〔鲁凡上。

第五场

〔塞夫兰、鲁凡。

鲁凡 哪儿也找不见弗隆坦，也找不见于尔班。他们把我给耍了。我来找塞夫兰，讲一讲怎么回事儿，让他拿棒子揍他儿子一顿，如果可能，从他手里抠出点儿钱。他在那儿呢！塞夫兰老爷！

塞夫兰 你找我有什么事？

鲁凡 一件正当而合情理的事。

塞夫兰 说吧，是什么？

鲁凡 今天早晨，您儿子于尔班来到我家。

塞夫兰 你是说于尔班？

鲁凡 我是说于尔班。

塞夫兰 我儿子？

鲁凡 我推想是您儿子，至少他母亲知道。不过，让我把话讲完了。他碰到我侄女独自一人，见她是个非常漂亮的姑娘，就花言巧语勾引她，把她连同我的钱袋和物品都带走了。

塞夫兰 唉，你对我说什么呀？

鲁凡 正是那时候，我在这附近遇见他们。由于我指责他诱骗姑娘，威胁要把他送上法庭，并说他给我造成了损害，他就对我拳打脚踢，把我的头都打烂了，我想肋骨也打断了。

塞夫兰 看我不杀了他，他住哪儿呢？

鲁凡 您瞧见了，我挨了揍，我也知道您是多么讨厌恶劣的行为。因此，我来找您，求您可怜可怜我。

塞夫兰 他真的干了这种事？

鲁凡 对，这一整天，他就和我侄女待在您的住宅里。

塞夫兰 我的住宅里？

鲁凡 您的住宅里。

塞夫兰 谁告诉你的？

鲁凡 经常出入的人。

塞夫兰 我的房子在哪儿？

鲁凡 就在那儿。

塞夫兰 我说不准你是不是在耍弄我，不过我完全清楚，不可能在我的家。

鲁凡 为什么？

塞夫兰 为什么？就因为那会儿，我家里全是鬼，好长时间没有人进去。

鲁凡 难道鬼还有一个摞一个的习惯？

塞夫兰 你认错门了，因为驱鬼的时候，我就在场。

鲁凡 您怎么说都行，可是，我要求您还我的钱，补偿对我侄女的伤害。

塞夫兰 我没有钱给你。不过，我会让他把带走的姑娘还给你，如果还可能的话，就原样还给你。我到哪儿能找到他呢？

鲁凡 跟您说，我离开他时，他就同我侄女菲丽仙娜在您家里。

塞夫兰 跟你说，你弄错了。

鲁凡 跟您说，是您弄错了。

塞夫兰 你认为比我还了解吗？

鲁凡 问问弗隆坦吧。

塞夫兰 弗隆坦究竟了解什么？他在哪儿呢？

鲁凡 刚才就在这附近，还要给我一枚红宝石戒指。

塞夫兰 你说的是弗隆坦，福图内的仆人吗？

鲁凡 对，正是他本人。

塞夫兰 他要给你的红宝石戒指是什么样的？

鲁凡 一颗磨光了的大宝石，一侧有点儿磨损，镶嵌在老式样的戒指上。他说是您家的一件古物。

塞夫兰 不知道我是做梦还是醒着。不过，这全是谎言，我不能相信。

〔弗隆坦上场已有一阵工夫。

第六场

〔塞夫兰、鲁凡、弗隆坦。

弗隆坦 （旁白）必须鼓起勇气，打起精神对付坏局面。（对塞夫兰）我敢说，塞夫兰老爷，您落到了明白人手中。

塞夫兰 你听见鲁凡说的话啦？

弗隆坦 对，常听到。您还不知道他疯了吗？

鲁凡 什么，疯啦？啊！别想这么蒙混过去。咱们干脆上法庭。

弗隆坦 （压低嗓门儿）住口，走开！等一会儿我给你钱。

鲁凡 拿不到两个人说好的我绝不走。（对塞夫兰）您瞧，他多想赶我走，嗯？

塞夫兰 且慢！弗隆坦，这是怎么回事？

弗隆坦 我不是跟您说他那口钟丢了钟槌吗？

塞夫兰 可是，他提到于尔班、钱和假红宝石戒指，是怎么回事？我不明白。

弗隆坦 他发生了一点儿小小的不幸，丧失了智力。现在他嘴边总挂着于尔班、菲丽仙娜、假红宝石和金钱。

塞夫兰 然而，我觉得他挺明白，挺稳重的。

弗隆坦 这恰恰是他疯的特点。老兄啊，塞夫兰老爷今天没有时间听你讲。改日再说，改日再说……

鲁凡 我得不到属于我的一份儿，领不回我的侄女菲丽仙娜，你休想让我离开这儿一步。

塞夫兰　他总说于尔班和菲丽仙娜。那姑娘是谁呀？

弗隆坦　这恰恰是他疯的特点。他不是也说是把人强拉走的吗？

塞夫兰　对。

弗隆坦　这恰恰是他疯的特点。

塞夫兰（对鲁凡）说得再清楚点儿，好让人明白你呀。

鲁凡　（吼叫起来）我说今天早晨，于尔班和弗隆坦勾引走我侄女菲丽仙娜，还拿走我的所有东西，我要求他们还给我。您觉得清楚吗？

塞夫兰　他这话里，一定有真实的东西。

弗隆坦　您怎么能相信一个疯子的话？（低声对鲁凡）把钱拿去，在我外套里面。

塞夫兰　不错，他若是疯了，这话里面就不可能有什么真实的。

鲁凡　我走了，不过我还得数数。

〔鲁凡下。

塞夫兰　你们在那儿说什么？

弗隆坦　我给他几个铜子，好让他平静下来。

塞夫兰　你身上有钱哪？

弗隆坦　我身上总带着一点儿，以备碰见这个人。他疯起来纠缠人，用别的办法摆脱不掉。

塞夫兰　然而，他不是说于尔班和那姑娘今天在我家吃饭了吗？

弗隆坦　嗳！嗳！嗳！全是疯话。咱们还是换个话题吧，他这疯病太可悲了。据约斯先生对我说，闹鬼的事已经解决了。

塞夫兰　哦！哦！难说。

弗隆坦　什么，他们不是离开了吗？

塞夫兰　对，把我的大红宝石戒指也带走了。不过，我要想法儿弄回来。

弗隆坦　我呢，我就算白费劲儿了吗？

塞夫兰　这事儿我要想一想。对了，希望你去我兄弟伊赖尔家，对他说我要去喝点儿热葡萄酒。告诉他我只需要半公升酒、一块面包和一个葱头就够了。

弗隆坦 您兄弟家不吃葱头。

塞夫兰 好吧，那我就不吃葱头。

弗隆坦 听您的差遣，我就去了。

〔弗隆坦下。

第七场

〔塞夫兰独自一人，继而弗隆坦上。

塞夫兰 我的天，这家伙真难打发走，现在没人瞧见了，我得把钱袋取出来。啊！我的爱呀，你可好吗？耶稣哇，它怎么这样轻！圣母马利亚啊，这里面放了什么？哎哟！可把我毁啦，完蛋啦，破产啦！抓小偷哇！抓盗贼呀！抓盗贼呀！抓住他！逮捕所有经过的人！关上房门和窗户。我真倒霉呀！我往哪儿跑？跟谁去说？我闹不清自己在哪儿，做了什么，也闹不清要往哪儿去。唉！朋友们，我求你们所有的人关照。救救我，我求你们了，我没命啦，我完蛋啦！

告诉我，谁偷走了我的魂儿、我的生命、我的心和我的全部希望？我怎么没有一根绳子吊死呢！没了钱袋，我宁肯死去，不能活了。唉！钱袋完全空了。天哪，是哪个野蛮人，一下子夺去我的财富、我的名誉和我的生命？噢！我一贫如洗！这一天多黑暗，这一时刻多悲惨！我宝贵的埃居丢了，现在我还活着干什么！那全是我精心积攒的，我喜爱它们胜过我的眼珠子。我的埃居，全是我从口里夺面包，从来不吃饱饭省出来的！我的埃居呀！

〔弗隆坦上。

第八场

〔弗隆坦、塞夫兰。

弗隆坦　咦！这么喊叫是怎么回事儿？在主教府那儿就能听见您的叫声。

塞夫兰　找一条河流，快点儿，让我投河！

弗隆坦　哦！我想知道是怎么回事儿。

塞夫兰　快点儿，给我一把刀，让我捅进肚子里！

弗隆坦　一把刀，做什么？这儿有一把，塞夫兰老爷。

塞夫兰　你是谁呀？

弗隆坦　我是弗隆坦哪！

塞夫兰　你偷了我的钱，盗贼！把我的埃居还给我，还给我，不然我就掐死你！

弗隆坦　冷静点儿，您说的什么，我根本不明白。

塞夫兰　不在你手里吗？

弗隆坦　怎么会到我手里？让谁拿走啦？

塞夫兰　我若是找不到，就考虑干脆自杀。

弗隆坦　不要生气呀！

塞夫兰　怎么还不生气？我丢了两千埃居呀！

弗隆坦　两千埃居？可是您到处讲，一文钱也没有。

塞夫兰　你嘲笑我，坏家伙！

弗隆坦　冷静点儿！

塞夫兰　你为什么不悲伤呢？

弗隆坦　因为据我判断，您还能找回来。

塞夫兰　在哪儿呢？如果你能找回来，就给你一埃居。

弗隆坦　不知道。您去吃晚饭吧，边吃边想一想。

塞夫兰　不，我不吃也不喝。要么找回来，要么我死去。

弗隆坦　您若是死去，就找不回来了。

塞夫兰　这话不错。我去见刑事长官。

弗隆坦　好哇。

塞夫兰　我让他把所有的人都抓起来。

弗隆坦　那就更好了。

塞夫兰　耶稣哇，巴黎盗贼这么多！

弗隆坦　嗯！这里的人，我敢打保票，全是正派人。

塞夫兰　噢！我走不了路啦！我的钱袋呀！

弗隆坦　钱袋在您手里。您是在捉弄我呀！

塞夫兰　在我手里，可是钱袋空了，原来装得满满的。

弗隆坦　如果您不打起点儿精神，那么今天夜晚，我们就得睡在大街上了。

塞夫兰　帮帮我。我的钱袋呀，我的钱袋。唉！我可怜的钱袋！

〔二人下场。

〔所有其他人上场，在音乐伴奏中表演滑稽动作。

——**幕落**

第三幕

第一场

〔福图内、伊赖尔。

福图内　我回来了，父亲。随时准备听从您的吩咐。

伊赖尔　你清楚，福图内，我不喜欢吩咐，总爱恳求你。今天的事儿，我只想提醒你注意。

福图内　我想，您一定是指我的爱情。

伊赖尔　不错。

福图内　我知道这方面我有过错，父亲，我也知道自己不这么做也不可能。阿波琳爱我胜过爱她自身，我怎么可能恨她呢？我的所有欲望，倾向于她是最完美的，我怎么可能不渴望得到她呢？无论从美貌、温柔、礼貌，还是文雅方面看，现在没有，永远也没有哪个姑娘比得上她。因此，父亲，我恳求您不要反对我这种炽烈的爱情之火。我希望讨您欢喜，听从您的意愿。然而我也知道，不知内心有什么不断对我说，我不能，也不应该对一心一意爱我的人绝情。

伊赖尔　我的儿子，从前我也尝试过爱情，这有助于我对你产生怜悯。不过，我有责任至少给你一个忠告，你的爱很特别，而爱得特别，恐怕既不合情理，也不合礼仪。爱上一位可能当修女的姑娘，总显得与众不同。而且，世人恰恰要谴责你追求如此短暂的欢乐，随后又那么长时间地悔罪。你转身另觅欢乐，不是更好吗？你也了解，我并不看重财产，只要中你的意，是个正经姑娘就行。

福图内 如果娶不了我的阿波琳，我永远也不会满意。请您同情我！

伊赖尔 我不乏同情之心，我的儿子。你力不能及的事，我不能怪你。我只求你让我给你出出主意。

福图内 您是最好的父亲！

〔他亲吻父亲的手。

第二场

〔福图内、伊赖尔、塞夫兰，继而，弗隆坦、杰拉尔上。

塞夫兰（上场）唉！魔鬼的儿子哟，生来就是索我命的！

福图内 是塞夫兰哭他那两千埃居呢。我给您讲了弗隆坦的诡计，您要保守秘密。

伊赖尔 然而我想帮帮他。

塞夫兰 一天工夫，我就失掉两千埃居，被人夺去一枚红宝石戒指，让弗隆坦给骗了，还让于尔班败坏了名声。现在，我只有一死，不幸的命运把我压垮了。可是，除了我自身，我从未冒犯过任何人。

福图内 他知道闹鬼的骗局了。

塞夫兰 其实从一开始，我就应该由他去，随他怎么拈花惹草！我没这么做，就自找罪受，连命也搭进去了。于尔班还照样去追那些浪货，而我却丧失了我生命的财宝、我活在世上的理由。

伊赖尔 喂，你哭得这么伤心，为的什么呀？

塞夫兰 怎么！为的什么？世间的所有折磨，宇宙的所有灾祸。

伊赖尔 您蒙受这样的损失，而于尔班又惹您忧烦，我的确感到遗憾。不过，少不更事，也应当宽容些。

塞夫兰　您总这么说，他胡作非为，您就是罪魁祸首。

伊赖尔　不要斥骂我。您得承认，您简直糊涂透顶，将两千埃居装进一个钱袋里，又把钱袋放在一个洞里。

塞夫兰　听您这么说，事后你们全都是聪明人，只有我是个糊涂蛋。归根结底，也只有我倒霉，要忍受多少痛苦和气恼。只因儿子成为我的最大敌人，还要忍受弗隆坦的嘲弄，以为自己家里闹了鬼，甚至让他从我手指上摘去戒指，成了全巴黎人的笑柄。

伊赖尔　要避免这一切，其实也不难，您给于尔班十埃居就行了。

塞夫兰　十埃居！我只要还有一口气儿，连一苏钱也不愿意给他！哎哟！我的埃居呀！我一想到这些钱，就心疼死了，丧失了理智，经受不住这样的打击。

伊赖尔　您的痛苦我理解。

塞夫兰　我还得去寻找我那些埃居。不过我心里明白，找也是白找。

伊赖尔　那您也要找一找，事情难以预料。

塞夫兰　而且，我要泪流成河，感动上帝或者魔鬼，他们不得不可怜我。

〔他走进自己家门。

福图内　您见过比他更疯癫的人吗？

伊赖尔　平心而论，他那样悲痛欲绝，也情有可原。

福图内　上帝呀，我是您的儿子，该有多幸运哪。

伊赖尔　于尔班爱上的那个姑娘是谁？

福图内　她父亲是个富有的商人，在三年前的宗教冲突中，被人割掉一只耳朵，逃往拉罗谢尔地区，将女儿托付给一个女亲戚照管。据说，那位父亲叫杰拉尔，现在正在路上，要来接他女儿。

伊赖尔　他见了女儿会大吃一惊。对了，我还得去处理一件事。你呢，如果想让我高兴，就考虑考虑我对你讲的话。

〔伊赖尔下。

福图内　我很想讨他喜欢，可是又办不到。友谊和爱情从四下里把我肢解了，我痛苦到了极点，甚至将要五马分尸的可怜罪犯也不见得比我更痛苦。

〔弗隆坦上，注视他。

弗隆坦　他真美，会是一个很好的恋人！

福图内　你说什么？

弗隆坦　我说假如我爱上您，我对您肯定要比阿波琳好得多：她给您带来太多的烦恼，给您造成太多的麻烦。

福图内　你谈论阿波琳，必须给予她应有的尊敬。见鬼，除了刽子手，谁会爱上你呢？这个时候，你还在这儿干什么？

弗隆坦　您打发我去哪儿啦？我想，是去修道院吧？

福图内　什么！你已经回来啦？

弗隆坦　您不是看到啦！有新情况！

福图内　新情况！

弗隆坦　对，您的晚年有保障了。

福图内　又说蠢话。说明白了，告诉我事实。

弗隆坦　事实就是如此，从今往后，您肯定能过上快乐的家庭生活。

福图内　幸福哇！签订婚约啦！

弗隆坦　我没有这么说。

福图内　快点儿，我去找我父亲。

弗隆坦　可是，听我说……

福图内　我这就回来。你跑回家去。等我回来，你再对我讲讲阿波琳。

〔他跑向出口。

弗隆坦　福图内少爷……我的主人。（福图内下）他肯定疯了，我都没法儿告诉他新情况。嘿！我这干的是什么行当。去修道院，回家，再去修道院，到这儿，再去那儿，两条腿都跑断了。在这座城市，至少纪念纪念过去的时代也好哇！那时，仆人总有一周时间当当主人，而主人当当仆人！我要好好享享福，吩咐人把吃喝送到床头，打发我的主人去修道院。不错，我可能见不到平时给我焐床铺的玛尔戈了。然而，一周很快就过去了，事后我会觉得她更好的。唔！我还在这儿磨蹭，得赶紧走了，要赶在我的少主人回来之前，因为，情人的脚长了许多刺，不可能停在原地。等他听到这个新情况……咦，那位是谁呀？

〔杰拉尔上。

杰拉尔 住宅呀，甜美的安宁，终于又恢复了。你哟，菲丽仙娜，我老年的希望和安慰，我真高兴能马上拥抱你了。

〔他走进家门。

弗隆坦 天哪，是杰拉尔，菲丽仙娜的父亲！这广场上父亲也太多了。

〔伊赖尔上。

第三场

〔弗隆坦、伊赖尔。

伊赖尔 弗隆坦。

弗隆坦 又一位！唉，您吓着了我！我对他讲什么呢？必须让他知道。

伊赖尔 你聋了吗？

弗隆坦 没有。好吧，我就对他讲，既然福图内迟迟不肯听。

伊赖尔 你要对我说什么？

弗隆坦 福图内他……

伊赖尔 他干什么事儿啦？

弗隆坦 幸……

伊赖尔　什么？

弗隆坦　一个男孩儿，还有……

伊赖尔　同谁？

弗隆坦　同他的阿波琳。

伊赖尔　上帝降给他的不幸啊！

弗隆坦　嗳，是耶稣给的，先生。您绝不会见到更俊的小男孩儿了。

伊赖尔　（心软下来）他真的那么俊吗？

弗隆坦　对，没错儿，几乎同他姐姐一样俊。

伊赖尔　他姐姐？

弗隆坦　哦！对。您也好，我主人也好，都不让我把话说完，您一溜烟儿就走了。

伊赖尔　说吧，说吧……

弗隆坦　（速度很快地）可爱的阿波琳真勇敢，接连生下一个像她父亲的女儿、一个长得像母亲的儿子。

伊赖尔　伊赖尔！你的忠告已经太迟了，而命运两次打击我们！（对弗隆坦）你这嘴快的家伙，回家去，管住舌头！

弗隆坦　对福图内我也什么都不讲吗？

伊赖尔　尤其不要对他讲。我亲自送襁褓去。（弗隆坦下。伊赖尔独自一人）别无他法，只好去见修道院院长，说服她相信事情这样就很好。

〔杰拉尔从家门出来。

第四场

〔伊赖尔、杰拉尔、鲁凡。

杰拉尔　菲丽仙娜，菲丽仙娜！我女儿在哪儿？我真惨，听说鲁凡把她勾引坏啦！我也随同女儿坏了名声！我原先祝愿好好活在世上，现在却希望她死去。我不得不像喝牛奶一样吞下这种耻辱，只怕搅动过分，这脏物更加散发臭味到居民中，弄得尽人皆知了。

〔鲁凡上，他一看见杰拉尔，就做出要逃跑的样子。

杰拉尔 喂，他在那儿！

鲁凡 冷静点儿！

杰拉尔 过这儿来，坏蛋！

鲁凡 克制点儿！

杰拉尔 拐姑娘的骗子！

鲁凡 够啦！

杰拉尔 放荡的家伙！

鲁凡 住口，先生！

杰拉尔 菲丽仙娜是如何从我家里出去的？

鲁凡 她今天才同一个男子出去，那男子给她上礼仪课。

杰拉尔 我怎么能相信你？是你把她给我勾引坏的！

鲁凡 干脆全对您讲了吧，先生。她同一个青年在一起，那青年爱她胜过爱自己的眼睛，愿意娶她。若不是他那富得要命的父亲太吝啬，不愿给他一苏钱，这美事儿就已经成了。我可以肯定，如果您肯给女儿一大笔嫁妆，婚姻就能敲定了。

杰拉尔 我可以给她一笔嫁妆。然而，谁又能还给她名誉！

鲁凡 先生，名誉有好几种。其中有一种，集市上就有出售的。

杰拉尔 你要多少钱都行。但是，我还不能相信，一个青年愿意娶一个他已经尝过滋味的姑娘。

鲁凡 唔！先生，他也从容地发现，在他之前没人动过她。

杰拉尔 事情若是这样，那么钱少不了她的。不管她罪过多大，我也很想见见她。

鲁凡 她就在这里。来吧。

第五场

〔杰拉尔、鲁凡、塞夫兰。

塞夫兰　是谁呀?

鲁凡　是朋友。

塞夫兰　谁来烦我这痛苦的人?

鲁凡　塞夫兰老爷，好消息。

塞夫兰　好的?

鲁凡　好极啦!

塞夫兰　(从家里出来)什么?已经找到啦?

鲁凡　对。

塞夫兰　感谢上帝!我的心要乐开花了。

鲁凡　(对杰拉尔)您瞧，他会照您的意愿去做。

塞夫兰　我真是喜不自胜。到谁手啦?

鲁凡　您还不知道吗?到我手了。

塞夫兰　您拿属于我的干什么?

鲁凡　嗳!在给于尔班之前，先留在我那儿一阵工夫。

塞夫兰　你给了于尔班?让他还给你，你再给我带来。

鲁凡　他若是不肯撒手，我怎么让他还给我呀?

塞夫兰　这我不管，根本怪不到我。你找到了属于我的两千埃居，自愿也好，被迫也好，反正得还给我。

鲁凡　我不明白您的意思。

塞夫兰　可是我呢，我明白自己的意思。先生，您给我作证，这个人应当给我两千埃居。

杰拉尔　我非常乐意作证，只要另一个人肯向我证明这件事属实。

鲁凡　这老头儿怕是疯了。

塞夫兰　哼!无耻的家伙!你跟我说已经找到了我那两千埃居，

你以为对我一说给了于尔班就没事了？没那么便宜，你得还给我！

鲁凡　塞夫兰老爷，我开始明白了，就不是这么回事。我找见的不是您那两千埃居，而是菲丽仙娜；他父亲来要女儿，正是这位体面的人。

〔杰拉尔施礼。

塞夫兰　我要菲丽仙娜干什么？你们既然没有找见我的埃居，就别再烦我了，烦得我头都要炸开了。

〔他关上房门。

杰拉尔　鲁凡，我担心你又在骗我。你向我保证，我们能找见我女儿，而你却领我来见一个疯子。

鲁凡　他是您女儿的朋友的父亲。

杰拉尔　老实说，这人也真够有教养的！

第六场

〔鲁凡、杰拉尔、弗隆坦（在窗口）。

鲁凡　弗隆坦，你能告诉我们菲丽仙娜在哪儿吗？

弗隆坦　在于尔班的身下。

鲁凡　请告诉我，他们在哪儿？

弗隆坦　在床上呗！

杰拉尔　看来，我不应该待在这儿啦！

弗隆坦　你找她干什么？

鲁凡　这是她父亲，来看她了。

弗隆坦　好哇！这可是急事儿。她倒是也想见父亲，不过又不愿意离开于尔班。但是，归根结底，他要嫁女儿，来得也正是时候。进来吧，你们能见到他们。

〔二人进入伊赖尔的家。

第七场

〔伊赖尔、福图内。

福图内　您好，父亲。

伊赖尔　哦！福图内，刚才我找你来着，有好消息告诉你。

福图内　怎么，阿波琳从修道院出来啦？

伊赖尔　比这消息还要好。

福图内　您把她给带来啦？

伊赖尔　还要好！

福图内　可是，我想象不出更好的消息了！

伊赖尔　阿波琳生下一个漂亮的小男孩儿。

福图内　噢！我真倒霉，这是我能听到的最坏消息。

伊赖尔　一个漂亮的小男孩儿……还有一个小女孩儿。

福图内　一次生的？

伊赖尔　当然一次生的。没有别的办法。

福图内　我等于死了两次。

伊赖尔　让我说完，我就让你复活！修道院院长现在同意你娶阿波琳了。

福图内　您在捉弄我呀！

伊赖尔　不是。开头，她比一头公牛还高傲，可是见到一胎多生了孩子，她又变得比羊羔还温和。她只提出一个条件，你和修道院平分阿波琳得到的遗产。

福图内　啊！我真是三倍幸福！

伊赖尔　也不要太高兴，这次成功纯属偶然。

福图内　不是偶然，而是必然，也多亏了您的仁慈。

〔弗隆坦和其他人上。

第八场

〔伊赖尔、福图内、弗隆坦和其他人。

弗隆坦 老爷少爷……我还找你们来着。事情再好不过了。菲丽仙娜的父亲同意把女儿嫁给于尔班，只剩下征得塞夫兰的同意了。

伊赖尔 没有两千埃居，这事儿恐难办到。

弗隆坦 我早就料到了。两千埃居在这儿呢，我知道藏的地点，就冒昧地向塞夫兰老爷借用一下。

伊赖尔 你这魔鬼，真是当到底了。

弗隆坦 那些鬼还是帮了我们大忙。还要补充一点，杰拉尔带来一万五千埃居的大笔嫁妆。对了，瞧瞧塞夫兰吧。

第九场

〔人物同上，增添塞夫兰。

塞夫兰 谁呀？

伊赖尔 兄弟呀，开门吧。

塞夫兰 （走到户外）又来拿我开心啦？

伊赖尔 兄弟，您的埃居找到了。

塞夫兰 我好像没听清楚，能不能重说一遍？

伊赖尔 兄弟，您的埃居找到了。

塞夫兰 您是说我的埃居找到啦？

伊赖尔 对，我是这么说的。

塞夫兰 嗳，我不能相信。

伊赖尔　很快就能到您手了。

塞夫兰　能见到能摸到，我就相信了。

伊赖尔　只要您答应于尔班的婚事，就给您了。而女方的父亲要出一万五千埃居的嫁妆。

塞夫兰　我听不见您所说的话。我只想我的埃居，只有钱拿到手，我的耳朵才能不聋了。埃居还给我，让我做什么都成。

伊赖尔　以您的名义担保？

塞夫兰　对。

伊赖尔　给您。

塞夫兰　上帝呀，正是原来的。兄弟呀，我多么爱您！我哪怕活上一千年，也回报不了您的大恩大德。

伊赖尔　只要做到我刚才请求的事就行了。

塞夫兰　您还给了我丧失的生命、名誉和财产。

伊赖尔　因此，您应当满足我这一要求。

塞夫兰　是谁偷去的？

伊赖尔　（注视弗隆坦）其实，并没有让人偷走，只是怕让人偷走，为爱护您起见，才放到安全的地方。您倒是回答我的问题呀。

塞夫兰　我要先数数。

伊赖尔　数他干什么？

塞夫兰　如果少了呢？

伊赖尔　我向您保证。

塞夫兰　给我写保证书。

伊赖尔　您还信不过我的话？

塞夫兰　可以相信，因为，您得为自己的话负责。对了，您不是还对我说了一万五千埃居吗？

福图内　这话他倒没有忘。

伊赖尔　是于尔班的婚事，那姑娘有一万五千埃居的嫁妆。

塞夫兰　哦！我觉得这是天下最美的事儿了。

〔从伊赖尔的家门走出杰拉尔、于尔班、鲁凡和菲丽仙娜。

伊赖尔　我们就同时办两桩婚事，因为，我也要让福图内结婚了。

塞夫兰　我很高兴，愿他美满如意。不过，喜宴必须在您家操办，而我家极不方便，既不能跳舞，也不能吃喝，什么也干不了。

伊赖尔　我完全理解。走吧。

〔音乐伴奏，滑稽动作。接着，弗隆坦走上前。

弗隆坦　女士们，先生们，你们都看到了。今晚的盛宴，就无法让你们观赏了，只因阿波琳刚刚分娩，而菲丽仙娜要回到床上。因此，我恳求大家原谅我们。你们如果喜欢这出戏的话，还请向我们稍微表示一下。

——幕落

——剧终

信奉十字架（1953年）

——献给马塞尔·埃朗

三天剧

原著：彼德罗·卡尔德隆·德·拉·巴尔卡[①]

前言

《信奉十字架》曾被多次翻译过来，法国读者无需等这个新译本就已识其面目了。不过，马塞尔·埃朗受这部怪诞杰作的吸引，决定今年演出三场，纳入他在昂热城堡院内组织的戏剧艺术节的剧目。为此，他希望有一个脚本，既尽量忠实于原作的文字与笔调，又能琅琅上口，适于搬上舞台。这个脚本是应他之约写成。努力归努力，但是还不能真正达到这种理想的要求。它采用了卡尔德隆的全部台词，但是算不上是一部改编剧，主要是为演员提供一个演出本。换言之，它力求复活一台戏，再现当初给民众演出的一个剧本，即处于神秘剧[②]和浪漫剧[③]途中的一种宗教剧的情节。西班牙产生的这位最伟大的戏剧天才的大胆思想和表达方式，大大有助于这种努力。改变十恶不赦的罪人的圣宠、极端作恶所引起的灵魂拯救，这对我们信教的或不信教的人来说，全是熟悉的题材。

① 卡尔德隆·德·拉·巴尔卡（1600—1681），西班牙诗剧作家，著有《信奉十字架》（1634）、《生活是一场梦》（1635）、《名誉的医生》（1635）等，取材于历史和宗教。

② 在西班牙称做 autos sacramentales（圣礼剧），卡尔德隆无疑是这种体裁的首屈一指的大师。——作者原注

③ 神秘剧流行于中世纪，多取材于《圣经》故事。而浪漫剧则产生于十九世纪，是欧洲浪漫主义文学的重要组成部分。

不过，卡尔德隆要比贝尔纳诺斯[①]早三个多世纪，在《信奉十字架》一剧中，以挑战的方式宣称并表明“一切全是圣宠”，试图在现代意识中回答不信教者的“无不是非正义”。值此机会，这个新脚本如能突出青年和西班牙戏剧的现实，我们就觉得心满意足了。

阿·加

① 乔治·贝尔纳诺斯（1888—1948），法国小说家，代表作有《在撒旦的阳光下》、《一个乡村教士的日记》。

《信奉十字架》这一脚本，由马塞尔·埃朗执导，于1953年6月14日在昂热市戏剧艺术节上首次演出。角色分配如下：

朱莉娅…………玛丽娅·卡萨雷斯夫人
曼卡…………夏洛特·克拉西夫人
阿明达…………莱翁娜·赖斯奈夫人
厄塞比奥…………塞尔日·雷吉亚尼
库尔西奥…………若望·马尔沙
利萨尔多…………若望·万西
阿尔贝托…………夏尔·尼萨尔
奥克塔维奥…………保尔·厄特利
吉尔…………若望-皮埃尔·瓦格
布拉斯…………若望·博洛
蒂尔索…………罗杰·马里诺
托里比奥…………伊夫·贝纳尔
里卡多…………贝纳尔·昂德里厄
塞利奥…………米歇尔·舒瓦兹
齐林德里纳…………亨利·拉拉纳

导演 马塞尔·埃朗
服装 菲力浦·博奈

故事发生在意大利。
Sena大约是Sienne，而正确的书写应当是Siena[①]。

---

① 锡耶纳是意大利城市，剧中则为色纳。

原作此处有个说明："这个版本中夹在方括号里的部分，在演出中删掉了。"中译本为方便阅读全本，则去掉方括号。

第一天

〔通向色纳的一条路边的小树林。

曼卡　（在幕后）该死的母驴！还要往哪儿跑哇？

吉尔　（在幕后）哎咿！……哎咿！……鬼东西！哎咿！……这头蠢驴。

曼卡　瞧它往哪儿走！哎咿！……往那边走哇！

吉尔　让魔鬼来治你吧！它的尾巴怎么拉得住呢？

〔二人上场。

曼卡　干得好哇，吉尔！

吉尔　干得好哇，曼卡！这可怪不着我！这头母驴，还不是你要骑上去的？你对着它耳朵，悄声让它滚到泥坑里，成心惹我发急。

曼卡　是你这样对它讲的，成心看我摔下来，好幸灾乐祸。

吉尔　怎么把它弄出来呀？

曼卡　什么？你总不能把它丢在泥坑里不管吧？

吉尔　只我一个人，根本对付不了。

曼卡　你拽它耳朵，我拉它尾巴！

吉尔（坐下）办法倒有一个。那么，一辆车进城陷在泥里，用这法儿还真灵。那辆可怜的车交给了上帝照看，由两匹小马拉着，行驶在漂亮的同类中间，没有什么自豪感。大概是受了父母诅咒的缘故，它非但不从一家门口走向另一家门口，反而是左右摇晃，两边踏板轮番翘起来，烂泥一直没到了车毂。车上的那位绅士连声恳求，车夫连连打马，两个人用说服或者威胁的方式，想让马好歹将车拉出泥坑。然而，不管话说得多么强硬，车就是不肯动窝儿。于是，他们把一大升大麦放到前面。

马要吃料，就打着鼻息拉车，它们特别想吃，一个劲儿打鼻息，经果把车拉出来了。咱们也应该如法炮制。

曼卡　你胡诌的故事没什么价值，总是那老一套。

吉尔　曼卡，我真难受。瞧瞧这头牲口，饿得要命，一点儿气力也没有。可是，这世界上有多少肥得滚瓜流油的畜生！

曼卡　我到路上看看，有没有村里人经过，好叫来帮你一下。你这么冲动，只要有人帮把手就成了。

吉尔　去吧，曼卡！快点儿回来！

曼卡　可怜的母驴，我心爱的……

〔曼卡下。

吉尔　可怜的母驴，我的心肝儿……你是全村最受尊敬的母驴。从未见你同坏蛋交往，你也不往街上乱跑，总爱守着食槽，不喜欢出门遛弯儿。您说什么？我的母驴，盛气凌人？我这母驴的大腿、浪货？嗳！我敢打保票，它从未把耳朵探出窗口，去听哪条公驴给它唱的小夜曲。至于说盛气凌人，也未必，它的舌头配不上这种名声。要知道，我这母驴虽然经常开口，但是从不说谁的坏话。还有一点应该指出来，她的食槽盛不下的时候，从来不用人恳求，就把多余的饲料给一头穷苦的母驴。（幕后传来声响）咦，是什么声音？两个男人从马上跳下来，将马拴好了，朝我走来……他们的脸多么苍白！大清早的，他们到野外来干什么？准是吃黑的家伙，或者碰到了大麻烦！……哎呀！别是强盗吧？哎哟，没错儿！……管他们是什么人，我得藏起来。他们一步一步走……跑起来了……进了树林……到了。

〔利萨尔多和厄塞比奥上。

利萨尔多　咱们就停在这儿吧。这地点隐秘，僻静无人，正合我意。拔出剑吧，厄塞比奥！对你这种人，必须用剑来讨公道。

厄塞比奥　既然我来到这地点，利萨尔多，咱们就要搏斗。不过，我至少要了解，为什么你引我到这里。起码告诉我，我在什么事情上冒犯你啦？

利萨尔多　事情多极了，要说反倒无话。同样，我的道理讲不出道理，我的痛心也缺乏耐心。我怎么就不能憋在心里，或者至少忘却！在这里旧事重提，就等于重又冒犯。你认识这些信吗？

厄塞比奥　扔到地上！我会拾起来的。

利萨尔多　拿吧。你为什么愣住啦？你为什么慌乱啦？

厄塞比奥　不幸啊！将自己的秘密托付给一张纸的男子，真是万分不幸！石子投上天空，知道是谁抛上去的，却不知道落下来会砸在谁的头上。

利萨尔多　这些信，你认出来了吧？

厄塞比奥　我不否认，全出自我的手笔。

利萨尔多　听我说，我是利萨尔多·德·色纳，是利萨尔多·库尔西奥的儿子。我父亲以无端慷慨之举，很快就散尽了祖先的遗产。因此，我们穷困了，而我父亲还不知道在歧途上走了多远，一笔笔的过度开销，使子女陷入困境。穷困虽然有辱高贵的门庭，但是不能免除出身的义务。这些义务，朱莉娅——天晓得我说出这名字该有多难启齿——她却未能尽到，或者根本不知道。尽管如此，她还是我妹妹，即或她不是我妹妹才好。而你应当知道，她这种身份的女子，要向她们献殷勤，不能使用诱惑的话语或败坏名誉的手段，也不能写情书密简。当然，犯这种过失的人不是你一个，老实说，换了我也会这样做，只要一位女子给我这种自由。然而，你原是我的朋友！正是基于这一点，我谴责你；也正是基于这一点，你的过错超过了她的过错。我妹妹有可能同意做你妻子，老实说，我甚至想象不出你接近她会有别种动机，尽管我宁可亲手杀了她，也不愿看着她嫁给你。你既然看中她并要娶她，就应该在向朱莉娅透露之前，先向我父亲表达你的愿望。这是正当途径，我父亲会判断将女儿许配给你是否合适。据我所知，他不会把女儿许配给你。一位贵绅家境贫寒了，财产与身份难以相符，就深知穷困已经是一种衰微。与其带着受人歧视的女儿一同败落下去，还不如将她送进修道院。如今，恰恰是修道院在等待我的妹妹。一名修女，就不宜保留一种极不正当、毫无羞耻的爱的证据。因此，我把这些交还给你，不假思索就决意先从你手里夺过来，再把你连同情书一同摧毁。拔出剑来，让咱俩当中一个死在这里，死在这里：你死了，就再也不能追求我妹妹；或者我死了，也就眼不见为净了。

厄塞比奥 等一下，利萨尔多。既然我控制住自己，一直听完你对我的侮辱，你也应该听听我要对你说的话。说来话长，要求的耐心，也许会超出两个对峙的男人所能有的。可是，我们反正要搏斗，必死一个，如果上天安排我死的话，你至少应当了解一个奇异的故事，不该让这个充满神迹的故事随同我永远消失湮没了。我不知道生父是谁，但我知道我的第一个家在一副十字架脚下，摇篮是一块石头。如果相信当时在这山脚下拾了我的牧人的说法，我的出生很奇特！他们连续三天听见我的哭声，但是害怕猛兽，不敢到我待的荒野。然而，却没有一只猛兽伤害我。野兽敬而远之，而我安然无恙的原因，现在我不再怀疑，正是有十字架的保护。

一个牧人发现了我，他到荒山野岭，当然是去找走失的羊羔。他将我带回厄塞比奥的村子，也是上天安排厄塞比奥在那里生活。牧人向他讲述了我奇异的出世。在厄塞比奥富有同情的心中，上天的宽宥为我担了保。他吩咐人将我送到他家中，当做儿子抚养。给我取名叫十字架厄塞比奥，正是鉴于我的头一个向导和看护者以及收养我的人。

我出于爱好而投入军旅生活，又出于兴趣而修习文学。厄塞比奥去世了，我继承了他的财产。而从那以后，比起我的出生来，我的命星也同样奇特，时而敌视，时而仁慈，时而打击我，时而保护我。我还是婴儿，还在奶妈怀抱中的时候，天生的残忍和野性就已经表露出了野蛮。我受一股魔力的驱使，竟然用牙龈撕破我吮吸蜜汁奶水的乳头。我的奶妈又疼痛又气恼，一时惊慌失措，将我投入一口井里，却无人知晓。然而，有人听见我的咯咯笑声，便下到井里，看见我浮在水面上，嘴唇紧紧贴在我交叉成十字的小手上。

还有一天，房屋失火了，火势猛不可当，堵住了所有门窗出口。可是，利萨尔多，在熊熊大火中，我却安然无恙。不错，火烧不了宽恕之德，但是后来我了解到，那天正是十字架的节日。

十五岁时，我取海路去罗马，途中突然遇到大风暴。我的船偏离航线，触到暗礁，船腹破裂，被大海撕成碎片。然而，我却紧紧抓住一块木板，幸而游回岸上。我抱住的这块木板，利萨尔多，形状是个十字架。

还有一次，我和一个朋友穿越这片山区，走到一个十字路口时，我看见竖着一副十字架，便停到它面前祈祷，我的同伴则继续往前走。祈祷完了，我就快步追赶，赶上我的朋友，却发现他死了。就当我在十字架旁边停留的工夫，一些罪恶的手将他杀害了。

再有一回，我因故与人决斗。对方迅猛一击，猝不及防，一下子将我刺倒在地。大家都以为我必死无疑，却发现这一猛击，仅仅给我戴在脖子上的耶稣受难十字架留个印痕。剑尖击到十字架上，而没有刺死我。

最后，还有一天，我在山口打猎，忽然间乌云密布，遮住天空，滚滚的雷声向世间宣布一场可怕的“战争”，密集的雨水长矛和冰雹的枪弹击向大地。我的伙伴们钻进最密的矮树林里躲避。突然一道闪电，犹如黑风吹来的彗星，将离我最近的两个人化成灰烬。我先是眼睛晃花，失去知觉，接着睁开惊呆的眼睛，看看周围，发现旁边有一副十字架，正是看护我的出生、刻在我胸脯的那副十字架。（指给利萨尔多看）对，利萨尔多，上天给我打上这个十字烙印，作为它神秘意向的明显标记。我即使说不清父亲是谁，但是感到我身上有这样火热的激情，这样一颗灵魂，总之，这样一种高尚的情感使我面貌一新。因此，我自认为配得上朱莉娅。继承的贵族身份，不能超越赢得的高贵身份。

这就是我的身世。不用你说我也知道，何为理性，何为荒唐。我若是真有这种愿望，也能够弥补我对你的冒犯。然而，我听了你这番话，简直火冒三丈，现在完全丧失了理智，根本不想为自己辩解，也不承认你有这种权利。随你怎么反对我成为朱莉娅的丈夫，什么房子也保护不了她，哪所修道院也留不住她。把她藏在哪里，也避不开我的追逐。这姑娘，你不愿意给我做妻子，倒也适合做我的情人。我的爱情可真被逼急了，已经忍无可忍，一定要惩罚你对我的鄙视，报复你对我的侮辱。

利萨尔多　厄塞比奥，别耍嘴了，拔出剑吧！

〔二人拔剑格斗。利萨尔多倒下，试图起来，重又跌倒。

利萨尔多　我受伤啦！

厄塞比奥　死了吧！

〔他刺去。

利萨尔多　不，我还有气力，能够……我真不幸啊！站不起来，这双腿完了。

厄塞比奥　你的命也完啦。

〔他又刺去。

利萨尔多　不要让我未作忏悔就死去。

厄塞比奥　死吧，无耻的家伙！

〔他又要刺去。

利萨尔多　不！不！看在基督死在上面的十字架的分儿上，不要结果我！

厄塞比奥　十字架救你一命！起来吧。只要你一提起十字架，我的怒火就消了，胳臂也失去了力量。起来吧！

利萨尔多　站不起来了，生命随着流血离开了我。我的灵魂面对这么多路，若不是游移不决，就会离我而去了。

厄塞比奥　让我扶着你走吧。振作起来。这附近有苦修士，就住在岩洞里。你若能活着走到那洞口，就可以作忏悔了。

利萨尔多　为了回报你向我表示的这种怜悯心，我也向你保证：我只要能回到主的面前，就一定请求让你作了忏悔再死去。

〔厄塞比奥将利萨尔多抱起。吉尔从躲藏之处出来。蒂尔索、布拉斯、曼卡和托里比奥从另一方向上场。

吉尔　清账了，这真合情合理！确实够宽宏大量的！可是换了我，就不要这种慈悲了。他杀了人，又把人扛走啦！

托里比奥　你就是把他丢在这儿的吗？

曼卡　对，连同母驴一起。

蒂尔索　他在那儿，人全傻了。

曼卡　吉尔！你在那儿看什么呢？

吉尔　哎呀，曼卡！

蒂尔索　你怎么啦？

吉尔　哎呀，蒂尔索！

托里比奥　你看见什么啦？倒是回答我们哪！

吉尔　哎呀，托里比奥！

布拉斯　你到底看见什么啦，吉尔，浑身抖得这么厉害？

吉尔　哎呀，布拉斯！哎呀……朋友们！我就跟一头驴一样，弄不明白。他杀了他，又把他扛在自己的肩上，他这不是把他扛走了。他肯定要把他做成腌肉啦！……

曼卡 谁杀了他？

吉尔 谁杀了他？

蒂尔索 谁死啦？

吉尔 谁死啦？

托里比奥 谁把他扛起来？

吉尔 谁把他扛起来？

布拉斯 谁把他扛走啦？

吉尔 嘿！想要他的人呗！不过，你们若是真想了解，大家跟我来。

蒂尔索 你要带我们去哪儿？

吉尔 谁知道呢？跟我走就是啦！他们从这儿出去，走不多远。

〔众人下。

〔库尔西奥住宅的一间厅室。阿明达和朱莉娅上。

朱莉娅 不，阿明达，别管我，我的痛苦只能和我的生命一同结束。让我为失去的自由哭泣吧！我的悲伤漫溢出来！溪水开头静静地流淌，让分流出去的水睡在谷底的床上，而盛开的鲜花以为溪水精疲力竭了，可是突然，它重又奔流激荡，猛地上涨，淹没了鲜花。我的痛苦，就是这种情景！长时间郁积在我心中，现在化做泪水漫溢出来。让我为一个狠心的父亲痛哭吧！

阿明达 小姐……

朱莉娅 因痛苦而死！……还能企盼什么更幸福的事儿呢？消磨生命的一种痛苦，至少值得人赞赏。不能致死的一种痛苦，又算得了什么呢？

阿明达 到底是什么使你这样痛不欲生？

朱莉娅 一件巨大的、可怕的不幸，阿明达！厄塞比奥给我写的信，放在我的写字台抽屉里，全让利萨尔多拿走了。

阿明达 那他知道信放在那里啦？

朱莉娅 事情到这一步，是我运气不好。噢，我真不幸啊！我看到他那神态，还以为他只是产生了怀疑，却万万没有想到他全知晓了。他来的时候脸失去常态，但极力用平静的口气对我说，他赌博输了钱，要向我借一件首饰再回去赌。我想满足他，可是再快也没有他的动作快。他一把从我手中夺过钥匙，发狂似的打开写字台的门，发现了头一个抽屉里装的书信。他看了看我，又把抽屉关上，一言不发。噢！上帝呀！他一言不发，就去找我父亲。父子二人关起门来待了许久。他们肯定合计毁掉我！现在他们出去了，据奥克塔维奥说，是朝修道院方向走了。如果我父亲已经实施他们的决定，我不是就有理由伤心了吗？因为，我进了修道院，也忘不了厄塞比奥，要我当修女，我就先自杀了。

〔厄塞比奥上。

厄塞比奥 （旁白）谁能如此绝望，竟然到受冒犯者的家中寻求避难所？不过，在朱莉娅得知利萨尔多的死讯之前，我必须同她谈谈。她还一无所知，以后一旦了解她哥哥不幸身亡，也已在我的掌握之中，就只好接受再也不能躲避的既成事实了。朱莉娅！

朱莉娅 是你，来到我家！

厄塞比奥 厄运和爱情逼我走这种极端。

朱莉娅 你是怎么进来的？为什么要冒这种危险呢？

厄塞比奥 死我倒不怕……

朱莉娅 你来干什么？

厄塞比奥 我来这里救你呀，朱莉娅。如果你能理解，我们的爱情就会获得新的生命，我的心愿就会极大地满足。我也知道来得太勤，惹恼了你父亲。他看出我们相爱，就想断了我幸福的希望，逼你明天落发为修女。你给我的这颗心如果还渴念我，如果你真的爱过我，确实系恋过我，那么就随我走吧！离开这个家，你既然知道在这里无法抗拒库尔西奥的意志。过一段时间，你父亲也就不得不迁就这种冒犯，顺水推舟了。至于我，有你栖身的房屋，有保卫你的人，有一笔财产提供给你，还有崇拜你的一颗灵魂。如果你愿意给我生命，如果你的爱是真的，那就豁出去，咱们一起逃走，求求你了！要不然，我受不了这份儿痛苦，就死在你的眼前！

朱莉娅 听我说，厄塞比奥……

阿明达 主人回来了，小姐……

朱莉娅 我这么倒霉！

厄塞比奥 全都同我们作对。

朱莉娅 他还能出去吗?

阿明达 不能了。我的主人敲门了。

朱莉娅 真是倒霉到了极点。

厄塞比奥 噢！祸不单行！怎么办?

朱莉娅 藏起来。

厄塞比奥 藏在哪儿?

朱莉娅 就藏在这屋里。

阿明达 快点儿！听见他的脚步声了。

〔厄塞比奥藏起来。库尔西奥上。

库尔西奥 我的女儿，今天我给你带来一条好消息。你那么梦想献身宗教，我可以肯定，现在你可以当修女了。这是一种恩惠。你若是不能全心全意地许身，终生无悔，那就辜负了我对你的一片苦心。全都安排妥当了，一点儿疏漏也没有：你只需打扮得漂漂亮亮，就能成为基督的妻子了。祝你幸福，我的女儿。今天，你就要举行神圣的婚礼，要超越世人所艳羡的所有女子了。你说怎么样啊?

朱莉娅　（旁白）我能说什么呢？

厄塞比奥　（旁白）如果她同意，我就自杀。

朱莉娅　（旁白）我真不知道怎么回答。（对库尔西奥）老爷，父亲的权威超过所有权威，当然可以支配女儿的生命；但是，它却不能指挥自由。先把您的意图告诉我不是更好吗？您就不能也考虑考虑我的愿望？

库尔西奥　不能。我的意愿，不管合理不合理，你都得照办。

朱莉娅　子女有选择做什么的自由。任何不合理的决定，都不能阻碍这种选择。容我思考一下，好好斟酌斟酌这件事，我请求宽限一点儿时间。您也不必奇怪，决定一生，不是瞬间就能做出来的。

库尔西奥　有我思考就够了，我已经替你同意了。

朱莉娅　那你就替我去修道院，既然你要替我生活。

库尔西奥　住口，母狗！……住口，疯子！要不然，我就用你的头发拧一根绳，套在你的脖子上，再亲手扯下侮辱我的这条放肆的舌头！

朱莉娅　我在保卫我的自由，老爷！但是，你要我的命，我不会拒绝。结果这可悲的生命吧，你的忧伤也好终止。你给了我生命，要索取回去，我就不能拒绝。然而，自由是上天给的，我以上天的名义拒绝你的，正是这种自由。

库尔西奥　我听明白了，而且也开始相信我迄今仅仅怀疑的事情，就是你母亲不贞洁，有人玷污了我的名誉。因为，你顽固放荡的态度，今天也辱没了父亲的名誉。而这位父亲的血统、荣耀和高贵的门庭，比太阳还要辉煌灿烂。

朱莉娅　我不明白您的话，老爷，也就无法回答。

库尔西奥　你出去，阿明达。

〔阿明达下。

库尔西奥　多少年来，朱莉娅，我一直掩饰最苦涩的伤感。只有你给我带来的痛苦，才逼得我不假思索，告诉你我曾用眼神试图向你表达的意思。事情过去很久了，当时色纳市政议会，为了表示对我的家世的敬重，派我去问候教皇乌尔班三世。在色纳，公认你母亲是圣徒，是古代家庭贤德的活样板。对，我的口怎么能指责她呢？我这样真卑劣，难道渴望报复，就要鬼迷心窍吗？她留在家中，而我同使团在罗马逗留了八个月，讨论一项协议，要将市政议会置于教皇的统御之下。这同我讲述的事情关系不大，上帝自有安排。我终于返回色纳。我喘不上来气儿，朱莉娅，没有勇气讲下去了……噢，没有根据的担心……我见你母亲到了临产期，九个月已经过去，却没有动静。她早就在信中谎称她在我动身时就有了怀疑，让我对这次不幸的分娩做了思想准备。然而我经过考虑，觉得自己显然丢了脸，并得出有损名誉的结论。并不是说确有其事。不过，凡是关系到贵族之家的事情，无需确证，有怀疑就够了。

名誉的残忍的法则呀，世间野蛮的秩序！一位绅士如果不知道就情有可原，遭遇这种不幸又有什么大关系呢？名誉的法则多么虚假，多么虚假呀！本应防范起因，却惩罚莫名其妙的后果。什么法则竟谴责一个清白无辜的人，还敢自称是合情合理的吗？世上可怜的舆论，怎么可以伤害一个自由人呢？虚伪呀，对，名誉的这种无情的法则，高声羞辱纯粹由不幸控制的事情，它却大呼可耻，同时诋毁窃贼墨丘利①和被盗者阿耳戈斯②。如果世人这样凌辱无辜者，那么给知而不言的有罪者，还留有什么呢？

我就这样心乱如麻，陷入冥思苦索中，无论在餐桌上吃

① 墨丘利：罗马神话中的商业神，即希腊神话中的赫耳墨斯。

② 阿耳戈斯：希腊神话中的百眼巨人，奉天后赫拉之命，看守被囚的变成小母牛的伊娥。赫耳墨斯又奉宙斯之命，设计杀了他，救出伊娥。

饭还是上床歇息，再也感觉不到乐趣了。我厌倦了自己，变成了我的心的陌生者、我的灵魂的仇敌。尽管我经常想救助你母亲，尽管我有时觉得她的确是清白的，可是我所惧怕的事情，特别沉重地压在我的心头。我虽然从内心里确认她是贞洁的，但是最终还是想报复一下，倒不是由于她的过失，而是由于她使我产生了这种念头。我要采取隐秘的行动，同时也考虑到一个忌妒者只喜爱假象，于是借故进行一次想象的打猎。我们动身去山区，趁着所有的人都在罗斯米拉周围放情地打猎，我就用爱情的话语，将你母亲引上一条僻静的小径。唉，人说谎的时候多容易找到这种话语，而心存爱恋时又是多么容易相信哪！我一边讲着令她开心的情话，一边引她走到树木繁茂、枝叶遮天蔽日的地点。这地点也许人迹从未到过，只有她和我两个人……

〔阿明达上。

阿明达 老爷！不幸的事件逼近你，如果上天没有拒绝给你与一颗高贵的心分不开的勇气，也没有拒绝给你岁月带来的坚韧的话，你就能够表明你这颗灵魂的高尚。

库尔西奥 你有什么急事，跑来打断我的话……

阿明达 老爷……

库尔西奥 把话说完，省得叫人活受罪。

朱莉娅 说吧。你为什么停下来？

阿明达 我真不愿意讲，这是你的不幸，说了我也伤心。

库尔西奥 你只管讲，说出来我不怕。

阿明达 利萨尔多被送回来了，老爷……

厄塞比奥 （旁白）这下子可够我狼狈的！

阿明达 由四个牧人抬在担架上，浑身是血，中了好几剑，人已经死了……可是，他们把他抬到你眼下。你不要看他呀！

库尔西奥 天主哇！这么多灾难，降到一个不幸的人头上！唉！

〔吉尔、曼卡、蒂尔索、布拉斯和托里比奥这些农民上场，在他们抬的担架上，利萨尔多满脸血污。

朱莉娅 利萨尔多！是哪个疯狂的恶魔害了你这无辜者？是什么发狂的野兽撕开你的胸膛？在我的血中洗手的这个残暴的人在哪儿？我真不幸啊！

阿明达 小姐！

布拉斯 不要看。

库尔西奥 你们都闪开！

蒂尔索 算了吧，老爷！

库尔西奥 不行，朋友们，这让我的灵魂受不了。让我看看这僵冷的身体，冷却了脉管的可怜遗物，时间毁损的废墟，一种无情的命运完结所残留的腐尸，我的痛苦的凄惨的祭台！我的儿子哟，残酷到了何等程度，让你成为造在沙堆上的这种可悲的建筑物，如今还得由我掩埋在我的白发之下！唉！朋友们，我呼天也是枉然！告诉我，是谁杀害了我赖以活在世上的这个儿子？

曼卡 吉尔会告诉你。当时他躲在两棵树之间，看见了动手的人。

库尔西奥 说吧，说吧！是谁从我这儿夺去了我儿子的性命？

吉尔 在争吵中，他自称是厄塞比奥。我就知道这一点儿。

库尔西奥 还能有比这更耻辱的事吗？厄塞比奥毁掉了我的名誉，厄塞比奥夺走了我的生命！（对朱莉娅）现在，你再想法原谅他的胆大妄为和残忍的企图吧！他不再用情书，而是用你自己的鲜血向你表白他的邪恶欲望。就在这种时候，你再大言不惭地说他的爱是纯洁的吧！

朱莉娅 父亲……

库尔西奥 别再让我听你那放肆无礼的话啦！今天你就准备当修女吧，要不然，你就眼看着自己的花容早凋，和利萨尔多一同进坟墓。今天，我因痛苦而心狠了，要同时将你们两个埋葬：他去世了却活在我的记忆中，你活在世上却在我的记忆中死亡。我为你们二人准备葬礼的时候，先锁上这扇门，免得你出去。你就留在他身边，好让他的死至少教会你死亡！

〔他出去，所有的人随下，只有朱莉娅留在利萨尔多和从另一扇门进来的厄塞比奥中间。

朱莉娅 千万声呼喊都拥到我口中，残忍的厄塞比奥，可是我的心灵却软下来，人也支撑不住，说不出话来了。我不知道，不知道该对你说什么，愤怒和怜悯撕裂我的心。我很想闭眼不看这无辜的身躯，但它血红的伤口却高喊复仇；我也很想从你看到的眼泪中，汲取宽恕的力量！在这世上，不相信眼泪和创伤，还能相信谁呢？我爱你，而命运却恨我们；我既想惩罚你，同时又想保卫你。截然相反的想法令我不知所措：痛苦推我向前，怜悯又拉住我。现在我被黑夜包围啦！

厄塞比奥，难道你就是要这样救我吗？你不用许诺的温情，难道用这种残酷的行为来追求我吗？本来我由衷地盼望我们结合的日子，难道盼不来和睦的婚礼，我还得举办伤心的葬礼吗？本来我以我们爱情的名义，违抗我父亲的意愿，可是你不赠给我欢乐的首饰，难道还给我送来这套丧服吗？我使我们的爱情成为可能，而你，噢，天哪，你向我提供的不是婚床，而是一座坟墓。我不顾名誉的规矩，把手给了你，而你伸给我的手，现在却沾满了我的鲜血！

如果我必须同死亡搏斗才能救活我们的爱情的话，那么我在你的怀抱里，还能有什么乐趣呢？如果世人知道我保留在身边的不是凌辱，而是凌辱我的人，那么他们会怎么议论呢？我纵然要将这不幸埋葬在遗忘中，只要在我的怀抱里一看到你，就会马上恢复记忆。而我，我尽管崇拜你，爱情的欢乐也要转化为愤怒，我就要高喊复仇！一颗灵魂受如此相反的力量的肢解，既呼吁惩罚，又渴望惩罚不要到来，你怎么能让这样一颗灵魂从此以后重新振作起来呢？

不，永远也不要期望再见面，再同我谈话。我念在我们相爱的分儿上宽恕你，就已经够可以的了。走吧，从这扇窗户出去。外面就是花园，你可以脱身，逃离危险的境地。但愿我父亲不会在这里撞见你。对，厄塞比奥，去吧，忘掉你今天成心要失去的姑娘。走吧，愿你幸福，去享受世间的各种欢乐，而不要付出太多的忧伤。至于我，我就将修女室变成我短暂一生的牢房，变成我父亲要埋葬我的坟墓。我要在那里哀痛无情命运造成的不幸，悲泣这不可改变的厄运、与我为敌的上天、逆反的一颗命星！我要用泪水覆盖这段记忆：这种激情期许太高，这种爱恋也太不幸，而这只凶残的手，夺走我的生命，却不将我致死，要我永受折磨，死不像死，活不像活。

厄塞比奥　你的双手要复仇，可以比你的话语更加无情，我现在投在你的脚下，任由你处置。我的罪过，将我锁在无法挣脱的罪孽的铁链中。你的爱就是我可怕的监狱，我的良心将是我的刽子手。你的双眼审判我，我知道只能判我死刑！我固然该死，可是公众会纷纷议论，高叫这个人是为爱而死的！对，我唯一的罪过就是爱你。我不愿求你宽恕。我心里也明白，如此巨大的罪过是不能宽恕的。然而，我只希望你来报仇，亲手杀了我。拿着这把匕首，刺破侮辱了你的这颗心，剜出崇拜你的一颗灵魂，从而放出你自己的血液。如果你不想杀我，那就由你父亲来做。我一高喊我在你房间里，就能把他唤来！

朱莉娅　别喊！你就满足我最后的要求吧！

厄塞比奥　我一定照办。

朱莉娅　你有庄园，有属下保卫你。走吧，躲到你能保住性命的地方去吧。

厄塞比奥　我最好一死。我若是活在世上，就免不了要爱你。你无论到哪里，甚至进了修道院，也逃避不开我的追求。

朱莉娅　你好自为之吧。我没事儿，会保护自己的。

厄塞比奥　我再也见不到你的面啦？

朱莉娅　见不到了。

厄塞比奥　没有希望啦？

朱莉娅　没有希望了。

厄塞比奥　你已经恨我啦？

朱莉娅　我力图恨你。

厄塞比奥　你会忘掉我！

朱莉娅　但愿如此。

厄塞比奥　我一定得再见到你。

朱莉娅　死了这份儿心吧！

厄塞比奥　朱莉娅，看在昨天将我们结合起来的这种爱的分儿上……

朱莉娅　不，厄塞比奥，以今天将我们拆开的这鲜血的名义。门打开了，走吧！

厄塞比奥　我听从你的吩咐才离开。然而，怎么能永远离开你……

朱莉娅　可是怎么又能再相见！……

〔幕后传来人声响动。朱莉娅和厄塞比奥从不同的门下。有人来抬走尸体。

——幕落

第二天

〔枪声。里卡多、厄塞比奥和塞利奥上，他们一身强盗打扮，手里拿着火枪。

里卡多　枪弹正中他的胸口。

塞利奥　在一朵娇嫩的花上，从未有更血腥的一击，留下凄惨的印记。

厄塞比奥　在他坟上立个十字架，愿上帝宽恕他。

里卡多　好吧。当了强盗，还照样是基督教徒。

〔里卡多下。

厄塞比奥　既然无情的命运把我变成了强盗头儿，我的罪行就没有限度，就像我的痛苦没有止境一样。他们追捕我，认为我背信弃义，杀害了利萨尔多。毫无道理，却穷追不合，逼得我走投无路，只好起来保卫自己这条命，为此不惜犯罪。我的财产被查封，土地被没收，对待我残忍到了极点，连食物也剥夺了。既然除了不幸的面包，没有给我留下别的食品，那好吧！任何行客从此地经过，都要为此付出钱财和生命。

〔里卡多和老者阿尔贝托上。

里卡多　头领，我本来去瞧瞧子弹从哪儿打进去的，却发现了天大的怪事，不能不讲给你听听。

厄塞比奥　料到了，又是令人失望的事儿。

里卡多　子弹打在他揣在胸前的一本书上。他只是昏过去，现在安然无恙了。

厄塞比奥　我感到内心充满了恐惧和敬意。可敬的老人，你是谁，怎么受到上天的庇护，出现这样异乎寻常的奇迹？

阿尔贝托　我是最幸运的人，首领。说来惭愧，我是名副其实的神父，在波洛尼亚教授神学，前后有四十四年。教皇陛下要奖赏我的工作，给了我特伦托主教职位。然而时过不久，我看到要照管这么多灵魂，而我对自己的灵魂也只是勉强了解，便知难而退，逃离世纪的幻想，来到这种还能碰见真相的僻静之地，寻求醒悟——这人世上最后的唯一可靠的东西。我去了罗马，首领，请求教皇允许我创建一个圣徒隐修会。不料，你远大无畏的力量，刚才阻断了我的命运和我的生命的进程。

厄塞比奥 这是一本什么书?

阿尔贝托 我多年研究的成果。

厄塞比奥 什么内容?

阿尔贝托 这个神木的真实历史，当年基督被钉在上面，以灵魂的力量接受并战胜死亡。这本书名叫“十字架的奇迹”。

厄塞比奥 光荣哟，属于这颗没有灵魂的铅弹，它比蜡还柔软!宁愿让这颗枪弹的火焰将我的手烧成灰，也不可抹掉这书页上的文字。你的衣物、钱财和性命，你全留着吧，我只要这本书。你们几个，送他走吧，放了他吧。

阿尔贝托 我要请求主给你光明，让你最终看到，你是生活在什么样的错误中。

厄塞比奥 你若是为我好，那就只祈求上帝，不准我未作忏悔就死去。

阿尔贝托 我向你许诺，在那样一种神圣的场合做他的司铎。你的宽厚深深打动了我的心，我答应你无论在哪儿召唤我，我一定离开隐修地去主持你的忏悔。我起誓。我是神父，名叫阿尔贝托。

厄塞比奥 你向我许诺啦?

阿尔贝托 这是我的手。

厄塞比奥 我向你致敬。

〔厄塞比奥亲了他的手。众人下。另一名强盗齐林德里纳上。

齐林德里纳 我越过高山来告诉你……

厄塞比奥 什么事，兄弟？

齐林德里纳 两条坏消息。

厄塞此奥 你证实了我的预感。是什么消息？

齐林德里纳 第一条，我真不想对你讲，就是利萨尔多的父亲……

厄塞比奥 把话说完！……不要让我等着！……

齐林德里纳 他接受任务，不管死的活的都要抓到你。

厄塞比奥 还有什么？我预感到要降临不幸，已经意乱心烦。出了什么事？

齐林德里纳 朱莉娅……

厄塞比奥 我的预感没错。你要告诉我痛心的事，一开口讲出朱莉娅的名字，这不幸就肯定无疑了……你说的是朱莉娅，对不对？……这就足以叫我痛苦不堪。噢！这灾星真该死，竟迫使我爱上她！嗯！……对，朱莉娅！……说下去！

齐林德里纳 她进了一所在俗的修道院。

厄塞比奥 噢！……这种折磨我承受不了啦！……难道我就永远被复仇的上天压垮，空怀着欲念和被扼杀的希望，甚至要忌妒她放弃我而为之献身的这个上帝吗？既然我胆大包天，以犯罪为生，以抢掠为食，我就再也坏不到哪儿去了。让行动紧随意念，就像惊雷紧随闪电！去叫来塞利奥和里卡多！……噢！这一爱情会要我的命！……

齐株德里纳 我这就叫去。

〔齐林德里纳下。

厄塞比奥 去吧，就说我在这里等他们！……我要进攻收留她的修道院。最可怕的惩罚，也休想吓退我。为了享有她那美貌，爱情逼我使用武力冲犯修道院，变成违犯天条的人。我对什么都不抱希望了，即或爱情不逼使我犯下滔天罪行，纯粹为了犯罪的淫乐，我也能干得出来。

〔吉尔和曼卡上。

曼卡　咱们打赌，就凭我总有运气，咱们准能撞到他……

吉尔　好哇！曼卡……有我呢！我不是在身边吗？……不要怕那个凶恶的强盗头子。咱们若是撞见他，你一点儿也不要害怕……我有弹弓和棒子。

曼卡　吉尔，我害怕他那野蛮的方式。想一想西尔维雅，让他在这里遇见。她进山时还是个黄花闺女，出山时就成了嫁出去的女人了。这可不是件小事儿。

吉尔　哼！他对我动粗试试看！我进这儿来是玫瑰花，出去就可能成了戴玫瑰花冠的少女！

〔他们瞧见厄塞比奥。

曼卡　哎呀！大人，您可别走迷了路，厄塞比奥就在这一带出没！

吉尔　不要朝这个方向走，大人。

厄塞比奥　（旁白）他们不认识我，我就隐藏身份。

吉尔　你想让那个强盗给杀啦？

厄塞比奥　（旁白）乡巴佬。（对他们二人）我怎么能知道你们的劝告是对的呢？

吉尔　要躲着那坏蛋。

曼卡　大人，您即使没有做什么事、说什么话冒犯他，他抓到您也会立刻杀掉您。完了事儿，他在您坟头竖个十字架，就认为对您好大照顾了。

〔里卡多和塞利奥上。

里卡多　你在哪儿跟他分手的？

塞利奥　就在这里。

吉尔　（对厄塞比奥）快逃！那是个强盗。

里卡多 厄塞比奥，你干什么呀？

吉尔 （对曼卡）什么！他管他叫厄塞比奥！

曼卡 对。

厄塞比奥 我就是厄塞比奥。你们为什么都反对我呢？你们不回答？

曼卡 吉尔，你不是有弹弓和棒子吗？

吉尔 我有魔鬼，让它把你抓走吧！……

塞利奥 厄塞比奥，一群乡民拿着武器来抓你了。他们从依山傍海的那片平原赶来，恐怕已经临近了。库尔西奥准备复仇。你要怎么办，决定吧，召集你的人，咱们出发。

厄塞比奥 现在最好是逃走。今天夜晚，我们还有很多事情要做。你们两个都跟我来，我的名声和荣誉，完全托付给你们了。

里卡多 对，厄塞比奥，正是这样。如果需要，我心甘情愿死在你的身边。

厄塞比奥 乡下人，我饶了你们的命，但是有个条件，你们必须给我的仇敌传个口信儿。告诉库尔西奥，我的队伍果敢坚定，我在这队伍中仅仅在保卫自己的命。告诉他，我不去寻找他，他也毫无理由这样追赶我，因为，我不是用诡计，也不是以背信弃义的手段杀了利萨尔多。我绝没有占什么优势，是面对面杀了他，而且在他死之前，我还把他抱到他能忏悔的地方，这一举动总还值得敬佩。不过，如果库尔西奥就是要报这个仇，你们也告诉他，我能够自卫。（对两个强盗）现在，把他们捆在树上，蒙住眼睛，不让他们看见我们去哪里，免得向任何人提供情况。

里卡多 我有一条绳子。

塞利奥 快拿来。

〔他们将吉尔和曼卡捆住。

吉尔 这回我成了圣徒塞巴斯蒂昂了！

曼卡 我呢，也成了圣女塞巴斯蒂昂娜了！……捆吧，大人，随你们怎么捆都行，只要不杀我就好！……

吉尔 听我说，大人，不要捆我。我向你们发誓，绝不逃跑。婊子才说话不算数呢。曼卡，你也发同样的誓言！

塞利奥 他们捆好了。

厄塞比奥 开头一切顺利。黑幕落下来，夜色沉沉，表明会伸手不见五指……朱莉娅，哪怕上天不准，我也要享有你的美貌。

〔他同自己的人下。

吉尔 这附近就是佩拉尔维洛村，那里总是先把人吊死再审判；哪个人发现咱们落到这种地步，曼卡，就会承认情况对咱们大大不利。

曼卡 过我这儿来，吉尔，我动不了。

吉尔 曼卡，过来给我解开，然后我马上就给你解开。

曼卡 你又开始胡说了。来，你先过来。

吉尔 连一个人也不会打这儿经过！……一个唱着《三只鸭子》的骡夫、一个乞讨的朝香客、一名喝醉的学生，或者一位念念有词的信徒。可是不会有人经过，咱们连个影子也见不到，你就放心好了。人人都能这样碰见人，我却不能，这大概是我的过错。（幕后传来人声）我好像听见那边有人说话。快过来呀！大人！您来得正是时候，好打消这阵工夫缠住我的一种怀疑。

曼卡 大人！您若是碰巧到山里来找一条绳子，我这儿有一条给您用！

吉尔 我这条更粗更好！

曼卡 可我是女人，应当解除我的痛苦。

吉尔 别来社交活动那一套啦！第一个先给我解开！……

〔库尔西奥、布拉斯、蒂尔索和奥克塔维奥上。

蒂尔索 说话的声音是在这边。

吉尔 你猜中了，你猜中了！

蒂尔索　吉尔！出什么事儿啦？

吉尔　魔鬼真滑头。先给我解开，蒂尔索；然后我告诉你我的倒霉事。

库尔西奥　这是怎么啦？

曼卡　您来得正好，老爷，要惩罚那个阴险的坏蛋。

库尔西奥　是谁这样对待你们？

吉尔　是谁？就是厄塞比奥呗！他委托我告诉您……哦！我哪儿记得他对我说了什么？反正就是他把我们弄成这样！

蒂尔索　别哭哇！归根结底，他对你还是相当客气的。

布拉斯　他这次行为还不算太坏，这不把曼卡给你留下了。

吉尔　哎呀！……蒂尔索！……我不是因为他残忍才流泪，恰恰相反……

蒂尔索　那你哭什么？

吉尔　我哭，是因为他给我留下了曼卡。瞧瞧人家昂通！他妻子让厄塞比奥抢走了，过了六天才放回家；我们祝贺人平安回来，就狂欢跳舞，足足花费了一百银币。

布拉斯　对呀，卡塔莉娜让厄塞比奥掠去过，巴尔托洛不是照样娶了她！……而刚结婚六个月，他妻子就生了孩子，他还兴高采烈，说什么："瞧瞧这奇迹！别的女人要九个月办的事儿，我老婆五个月就圆满完成！"

蒂尔索　厄塞比奥什么也不尊重。

库尔西奥　真没见过这样的害虫！他的罪恶罄竹难书，难道还要我听下去吗？

曼卡　想法儿干掉他。你指挥吧，妇女都会拿起武器反对他！

吉尔　可以肯定，他就在这附近。老爷，你瞧这里立了多少十字架，人全是他杀害的！

奥克塔维奥　咱们到了这山里最偏僻的地方。

库尔西奥　（旁白）上帝呀，当初正是在这里，我看到证明一位美人的清白和贞洁的奇迹发生了。而我却胆大妄为，不相信十分明显的奇迹，还一而再、再而三地怀疑并伤害那美人。

奥克塔维奥 老爷，在你的想象中，又出现什么新的痛苦啦？

库尔西奥 奥克塔维奥，这种痛苦是揪我的心，而不是纠缠我的想象。由于我的舌头拒绝张扬我的丢人的事，忧伤就寻找另一个出路，眼泪便盈眶了。奥克塔维奥，你让这些人都离开，我单独面对自己，才能向上天自怨自艾。

奥克塔维奥 好啦，士兵们，让大家都撤离！……

布拉斯 怎么？

蒂尔索 你要干什么？

吉尔 都撤离，你们一点儿没听懂！人家对你们说全——撤——离。

〔众人下，只剩下库尔西奥独自一人。

库尔西奥 孤独，正适于陷入忧伤的人。而他寻求孤独，就是要脱离世人，形影相吊，得到一刻的休憩。我呀，同时受多少思虑的折磨，溢出多少泪水和叹息，连大海和长空都容纳不下，而在这种默默无言的孤独中，我仅仅与自身相伴，回忆一下我的幸福时光，排遣排遣我的不幸。我既不求鸟儿，也不求泉水来见证：鸟儿歌唱，泉水潺潺，我只想让这些无言的野树陪伴。唯有听不懂的见证者，才会沉默。

一种确确实实的清白，曾在这里显示出来，那方式极为奇特，就是查遍古代流传下来的有关忌妒的奇闻轶事，也找不到丝毫类似的情景。这一奇迹，本来可以使我豁然开朗。然而，一个人不辨真伪，怎么能够摆脱掉怀疑呢？忌妒就是爱情的死亡。忌妒饶不过任何人，无论荣耀还是屈辱，它都不放过。

罗丝米拉和我，就在这里……噢！罗丝米拉……一想起这段往事，我的灵魂就发抖，我的声音就衰竭，这么说还不足以表达。在这个地方，没有一朵鲜花，我见到了不会跌入黑夜，没有一片叶子不会令我毛骨悚然，也没有一块石头不会使我呆若木鸡。面对这些树木和岩石，我的心感到怯懦；面对这座高山，我的双膝发软。这里的万物，对，万物都是见证者，目睹了一种卑鄙到极点的行为！

那天，我们就在这副十字架前，我抽出剑，而罗丝米拉看着我，既不慌乱，也毫无惧色。事关名誉的时候，清白之人从不畏怯。“亲爱的夫君，”她对我说，“住手吧！你想杀我，我是不会反抗的。这条命本来属于你，我怎么可能拒绝给你呢？不过，我只求你告诉我为什么要我死，然后再让我拥抱你一次。”我就回答道：“要给你带来死亡的，好似蝰蛇，就隐藏在你腹中。丧失贞操的女人，你等待的孩子，就足以向我证明你的罪过。然而，在你看到孩子之前，我先杀了你，我要成为你的刽子手和一个天使的刽子手。”她又回答说：“我的夫君哪，你若是真这么确信我不贞洁了，当然有理由杀我。但是，我以我吻的这副十字架起誓，我从来就没有欺骗过你。今天，就让这十字架为我担保！”她的清白显而易见，我心中懊悔，真想投到她的脚下。然而，一个人考虑到了背叛行为，就势必首先审视他要干的事。事情一旦定下来，他即使心想后退，也要一味向前，以免放弃自己的理由。我在内心深处，已不再怀疑她的诚挚，但是还要为自己的荒唐行径辩解，怒火不肯平息下来。我举起手臂，刺得她遍体鳞伤。不过实际上，我只是朝空中乱刺一通，还真以为把她杀死在十字架脚下了，就一心想逃离，返回家里。不料，刚到家门，奇迹呀！忽然发现我原以为丢在山里已经殒命的罗丝米拉。只见她美极了，胜过给我们捧出婴儿的太阳的曙光。她捧给我朱莉娅——她那美貌和贞洁的神圣反光。那天傍晚，她就在十字架脚下分娩，而刚出生的孩子的胸口，就有火和血织成的一副闪光的十字架。

我的快乐真是无与伦比！然而，唉！这样一场惊喜，却由于另一件不幸而暗淡了。其实，罗丝米拉在痛苦的昏迷中，感到生下两个孩子。另一个孩子留在山里，而且……

〔奥克塔维奥上。

奥克塔维奥 一伙强盗穿过山谷。大人，趁现在还看得见，在可悲的夜色变浓之前，最好下山截住他们。他们熟悉这地区，而我们却生疏。

库尔西奥 召集我们的人，冲上前去。我再也没有幸福可言了，只等待复仇的时刻。

〔一所修道院的外观。厄塞比奥、塞利奥和里卡多上。

里卡多 （对塞利奥）别弄出声响！过来！梯子就搭在这儿。

厄塞比奥 我要登天，直至见到太阳：爱情给人胆量和力量。我是没有翅膀的伊卡洛斯[①]、黑夜的法厄同[②]，要穿越天穹。我一登上墙头，你们就撤掉梯子，等我的信号。行动吧！往上攀登时，就是未能抵达顶端，反而跌下去，摔得粉身碎骨，又有什么关系！坠落，丝毫无损攀升的光荣！

里卡多 你等什么呢？

塞利奥 是什么恐惧阻遏你这桀骜不驯的傲气？

厄塞比奥 你没看见那威胁我的烈火吗？

塞利奥 头领，那是幽灵，是从人的惧怕中生来的。

厄塞比奥 惧怕什么？

塞利奥 那就上吧！

厄塞比奥 这就上去。那些光芒晃花我的眼睛，但是，我要闯过

---

① 伊卡洛斯：希腊神话人物，他和父亲关在克里特的迷宫，便用羽毛和蜡制成双翼逃出。但他飞近太阳，蜡翼熔化，坠海而死。

② 法厄同：希腊神话中太阳神的儿子，曾驾太阳神的四马金车出游，因驶近地球，几乎将地球烧毁，便被主神宙斯用雷击死。

火焰！哪怕地狱之火也阻挡不住我。

〔他往上爬。

塞利奥　他进去了。

里卡多　刚才是一种幻觉，是他的恐惧产生的想象。

塞利奥　撤掉梯子吧。

里卡多　就待在这儿，要一直等到天亮。

塞利奥　他需要胆量才能进去。至于我嘛，我倒是愿意再去会我那村姑。不过，那种美妙的嬉戏，要等以后再说了。

〔二人下。

〔修道院。朱莉娅的修室。厄塞比奥上。

厄塞比奥　我在这修道院里游荡，没有被任何人看到。我跟随命星所到之处，只看到窄门敞着的修女室，可是哪一间也不见朱莉娅。追随不断落空的希望，我这是走向哪里？……多么幽深，多么骇人的寂静！多么凄惨的黑暗！

有灯光！一间修室……朱莉娅在那儿！（他撩开帘子，注视朱莉娅）干吧，为什么还要犹豫？难道我连同她讲话的勇气都没有啦？我拿不准自己想要干什么，期待什么。噢，战战兢兢的勇气呀！坚韧不拔的怯懦！我猛冲向前时却跌跌撞撞！

这身修女袍的谦卑，又递增了她的完美。女人的谦卑就是美，我无耻地觊觎她这美貌。她穿着棕色粗呢袍，对我产生极为强烈的效果。我的爱情冲动起来，既有我对她的身体产生的欲望，又有她的法袍引起的我的虔敬。朱莉娅！朱莉娅！

朱莉娅　谁叫我的名字？上帝呀！你是谁，怎么来到这里？你是我渴念的阴影，还是我相思的幽灵？

厄塞比奥　你见到我就这么害怕？

朱莉娅　哦！谁见你不想远远避开！……

厄塞比奥　住口，朱莉娅！

朱莉娅　你要干什么，我的烦恼的幻影、幽魂和映像……难道是我的想象发出声音，同我的不幸说话，引来一个幽灵、一场梦中的形影、寒冷一夜的幻景？

厄塞比奥　朱莉娅，听清楚是我……朱莉娅……我是厄塞比奥，大活人跪到你脚下。如果我仅仅是厄塞比奥的思念，那么它就从来没有离开过你。

朱莉娅　哦！你的声音使我回到现实，回到耻辱。其实，你还不如是个幽灵。厄塞比奥，你到这儿干什么？我生活在这痛苦之中，要死在泪河里。你来找我做什么？你还寻求什么？我浑身颤抖，内心恐惧……你又在打什么主意？你怎么一直来到这里？

厄塞比奥　爱情哟，在你身上一切都是过分的！我的痛苦和忧伤，今天要将我击垮！我忍受着不断希望的痛苦，直到得知你进了修道院。而我一旦知道永远失去了你的花容月貌，便将应对神圣事物所怀有的虔敬踏在脚下，不惜闯入修道院。有理也好，亵渎也罢，反正是我们二人的过错。至于我，仗恃着勇气和欲望，什么荒唐事都干得出来。你让人送进来之前，曾秘密地结了婚。你不能既做妻子又当修女。

朱莉娅　我并不否认在幸福的时刻，爱情将我们二人的意愿结合在一起。我也不否认，我们相互的吸引力是不可抗拒的。我曾叫你亲爱的夫君。当时，一切都像你所说的这样。然而，我在这里许了愿，发誓做基督的妻子。我是基督的人了，将我的终身许给了他。从今往后，你从我这儿还能得到什么呢？走吧！再次去惊扰这人世，去屠杀男人，奸淫女人！走吧，厄塞比奥！永远也不要希望享有你这疯狂的爱情，只考虑我已经许给了上帝，你的疯狂会给你带来恐惧。

厄塞比奥　你越是防守，我的欲望就越强烈。不，朱莉娅……

我逾墙进入这修道院，现在见到你的面，身上燃烧的已不是爱情，而是一种更可悲的力量。顺从我的欲望吧，要不然我就说是你召我来的，关在你的修室里待了好几天。我遭遇种种不幸，已经绝望了，必须叫喊了。(喊叫）告诉你们大伙儿……”

米莉娅　住口，厄塞比奥！想一想……我会大祸临头！……我听见脚步声！……有人穿过祭坛！怎么办，上帝呀！关上门。留在这儿……原先我担心不幸，现在担心的是你！

厄塞比奥　强大的爱情啊！

朱莉娅　生活的残酷力量啊！

〔修道院的外观。里卡多和塞利奥上。

里卡多　凌晨三点钟了，他还迟迟不出来。

塞利奥　在黑夜里享乐的人，里卡多，绝不关心天亮不天亮。厄塞比奥嘛，他一定会认为，太阳从来没有这么早就升起来，在天空也跑得太快了。

里卡多　对于怀着渴望的人，天总是亮得太早；而对于已经享乐过的人，天又总是亮得太迟。

塞利奥　依我看，他准在忙别的事，而不是窥望东方的日出。

里卡多　他进去有两个钟头哇！

塞利奥　可是他会说，才两个钟头啊！

里卡多　对，你是不耐烦的时间，他是作乐的时间。

塞利奥　你知道我今天产生的怀疑吗，里卡多？是朱莉娅叫他来的。

里卡多　嗯，不叫来，谁敢闯一所修道院。

塞利奥　里卡多，那边有动静，你没有听见吗？

里卡多　听见了。

塞利奥　把梯子搭上。

〔朱莉娅和厄塞比奥出现在墙头。

厄塞比奥　放开我，女人！

朱莉娅　怎么！我见你那么乞求便要依从，听你抱怨心就软下来，见你流泪就乱了方寸，我就要顺从你的欲望，要两次冒犯作为上帝和夫君的上天，就在这种时候，你却突然离开我的怀抱，不屑理睬而毫无欲求，你没占有我就鄙视我了。你要去哪儿？

厄塞比奥　你跟着我干什么，女人？放我走！我突然离开你，是因为看见你的怀抱里闪耀着神的神秘面孔的光辉，看见你裸露的胸脯有一个十字架。从那一刻起，我再注视你就感到恐惧，你献给我的一切就成为地狱的一种约定。对，你的眼神、你的叹息，都燃烧着地狱之火，你的全身罩着地狱的闪电。你的话语烧灼我，你的口在替死神说话。这记号是神奇的，我再怎么亵渎神明，也不能违背上天，丧失我对十字架应有的虔敬。如果让十字架目睹我作孽，今后还怎么敢呼唤它来相助呢？不，朱莉娅，你就留在修道院。不要以为我鄙视你，其实我对你的爱，从来没有这样强烈。

朱莉娅　等一等，厄塞比奥……听我说……

厄塞比奥　梯子在这儿。

朱莉娅　留下来，不然就带我走！

厄塞比奥　我办不到。我梦寐以求的，没有享受就得抛开。上帝保佑我。

〔他跌下去。

里卡多　（将他扶起来）发生什么事儿啦？

厄塞比奥　这个满是燃烧着利箭的火球，你没有看见吗？鲜血漫溢的天空朝我塌下来！如果天也发怒了，谁还能保佑我呢？……神圣的十字架！我向你保证，以我在人间所爱的一切庄严发誓，无论在哪儿遇见你，我都要跪拜曾在你脚下忍受过痛苦的那位女子！

〔他们丢下梯子走开。墙头上只剩下朱莉娅。

朱莉娅 只剩下我一人，真是又羞愧又不知所措。没良心的，难道这就是你的诺言？难道这就是你无限的爱？我的爱，恐怕也到此为止了吧！威胁，逼迫，哀求，凡是一个恋人所能做出来的，你全用上了，就是要让我顺从你的欲望。然而，你一旦能够夸口掌握了你的欢乐和我的痛苦，就在获胜的当儿，你逃走了。除了你之外，谁敢成为胜利者又逃跑？上帝呀，我要死了，可怜可怜我吧！鄙视就足以要我的命，又何必用天生的毒药呢？此刻，是鄙视杀我，我又遭受新的折磨，去追逐拒绝我的人。什么爱情有这两副面孔？当厄塞比奥流泪哀求我的时候，我不屑理睬，可如今我又哀求，他也鄙视我了……我们女人就是这样，总跟自己的欲望作对，拒绝我们喜爱的男子的求欢。谁爱我们也不够，还想给自己的爱讨回报。我们有人爱却不屑理睬，我们受人鄙视却又要去爱。不行！我受不了的，不是他不爱我，而是他抛弃我。

他是从这儿掉下去的，我也要从这儿跟着跳下去！……咦，这是什么？一架梯子！可怕的念头哇！驰骋的想象，停下，不要带我冲下去！这种罪过，我哪怕一同意，就已经犯下了。怎么的！厄塞比奥不是为了我翻过修道院的围墙吗？看到他为我甘冒如此巨大的危险，我不应当感到骄傲吗？为什么还犹豫呢？为什么要害怕呢？怎么这样畏首畏尾呢？……我照他进来的办法从这里出去，他若是像我，看到我为爱他冒多大风险，他也会高兴的。

唉，我内心不是已经同意，在整个这件事上，我不是已经犯了罪吗？罪孽如果大得很，它的阴影怎么就不能覆盖仅限于想象的罪孽呢？如果说我同意了，而上帝也把手撤回去的话，难道我不能至少期望这样大的一件过错得到宽恕吗？行动吧！为什么还等待！（她从梯子下去）我违反人世和名誉的规则，有辱上帝的颜面，就如从天贬降的坏天使，盲目地冲入这深沉的黑夜。然而，我没有后退的希望了，将来也不后悔……

现在我远离了修道院……四周寂静得瘆人，黑暗令我充满了恐惧。我被黑夜晃花了眼睛，在黑暗中往前走，跌跌撞撞，就要滚入我的罪孽中了。去哪儿？干什么？我不知道自己想要干什么。在魔影憧憧的寂静中，我觉得毛发倒竖，周身血液也凝固了。我的不羁的想象力看到飘浮的躯体，而在回声中，我听见的是对我的审判。这种罪过，刚才还令我得意扬扬，现在却又叫我灰心丧气。我的双腿让恐惧绊住，几乎难以移动了。一种重负要压垮我的双肩。我浑身冰冷。不行，不行，我不愿意走啦！应当回修道院去，请求饶恕这一罪孽！上帝呀！我相信您的仁慈，相信您能宽恕，能宽恕像天上的星辰、大海的沙粒和风中的原子那么多的罪过！

〔里卡多和塞利奥上。

朱莉娅 有脚步声……我躲到这边，等他们走远，再爬上梯子，免得被人瞧见。

里卡多 厄塞比奥惶恐万状，弄得我们也把梯子忘了。必须从这墙头搬开，天一亮就会有人看见了。

〔二人将梯子抬走。

朱莉娅 他们走了。我这就爬上去……怎么！……梯子不在这墙头！……应当搭在这儿啊……不见了……没有梯子怎么上去呢？……上帝呀！现在我明白自己的不幸啦！您关闭大门，不让我进去，向我表明您既不让我回去，也不要求痛悔。您既然永远拒绝赦免我，那么就让惊恐的人世和惊愕的世纪知道，一个绝望的女人，从今以后犯起罪来，就会吓坏了罪孽，抹暗天的面孔，甚至震慑地狱！

——**幕落**

第三天

〔高山。

〔吉尔上，他满负十字架，其中一个很大的，则抱在胸前。

吉尔 曼卡打发我来山里砍柴。不过，我为了安全，今天想了个高招来保护自己。厄塞比奥信奉十字架是出了名的，我就从头到脚用十字架武装起来。上帝呀，这不是他吗……一提起狼，就瞧见尾巴！噢！我怕得要命！……没地方躲没地方藏！……我要昏倒了。

嗳，这次，他没有看见我……我就藏在这边，等他走过去，再躲进这片染料木小树林……哎哟！……这没什么！哼！最小的还要扎人……呜！……顺从基督就是这种结果！我就是干了一件坏事，或者受到菲拉布拉太太一次特别侮辱，或者我忌妒起村里的白痴，我也不会感到刺得这么疼。

〔厄塞比奥上。

厄塞比奥 我都不知道自己往哪儿走。人一绝望，就觉得活一辈子太长了；死亡从不来找活腻了的人。朱莉娅，我在你的怀抱里如醉如痴，当时我们的爱已经结成新的关系。可是到头来，我没有享受这场欢乐，我未等得到就逃离了，难道是我的过错吗？不对，这过错的根源更深。一种主宰的力量促使我控制住自己，尊敬你我胸上都有的十字架。唉！朱莉娅！两个人生来就有十字架，这其中必有我们不知道、唯独上帝了解的一种秘密。

吉尔 （旁白）哎呀！……十字架总刺我……让我受不了。

厄塞比奥 这片灌木林里有人。谁在那儿？

吉尔 （旁白）我的全部脚手架，这下子全垮了。

厄塞比奥 （旁白）一个人捆在树上！脖子上还吊着十字架！我

必须跪倒在地，完成我的心愿。

〔他跪下。

吉尔　你又想起什么，厄塞比奥？你这是向谁祈祷？你若是崇拜我，为什么还捆绑我？你若是捆绑我，为什么还崇拜我？

厄塞比奥　你是谁？

吉尔　吉尔啊……你不认识吉尔？你让我给库尔西奥捎口信儿，将我捆上丢在这儿之后，我怎么喊也没用，唉，没有一个人来给我松绑。

厄塞比奥　我可不是把你丢在这儿的！

吉尔　不错，大人。然而，我看没有人来，就自己挪地方，始终捆着，从一棵树移到另一棵树，一直挪到这棵树上。这就是一个异乎寻常事件的前因。

〔厄塞比奥给他解开。

厄塞比奥　（旁白）这是个头脑简单的人，从他口中，我可能了解一点儿有关我的不幸的情况。（对吉尔）吉尔，自从我们交谈了，我就感到挺喜欢你，愿意和你交朋友。

吉尔　您说得对，既然咱们成了极好的朋友，我就不想去那里，而是想留在这边。留在这边，咱们全当强盗，据说这是好生活：用不着整年干活儿。

厄塞比奥　那就留在我这儿吧。

〔里卡多和众强盗以及脸戴面罩、女扮男装的朱莉娅上。

里卡多　我们在这条穿山路的下面，又劫了一桩买卖，想必你听了会高兴的。

厄塞比奥　很好。这事儿等一会儿咱们再看。先告诉你们，咱们又添了一名新战士。

里卡多　谁呀？

吉尔　吉尔啊。您没有瞧见我吗？

厄塞比奥　就是这位村民。他人虽然显得挺老实，但熟悉这地方：

山区和平原。他可以给我们当向导，还可以到我们的敌人营垒去，做我们的灵活侦察。你就给他一支火枪和一条武装带。

塞利奥 给你。

吉尔 可怜我吧！这下子我入伙成了强盗啦！

厄塞比奥 这位戴着面罩的绅士是谁？

里卡多 问他哪儿来的，叫什么名字，就是问不出来。他只肯对头领讲。

厄塞比奥 那好，见了我，你就可以摘下面罩了。

朱莉娅 你是头领？

厄塞比奥 对。

朱莉娅 上帝呀！

厄塞比奥 你是谁，到这儿来干什么？

朱莉娅 等只有我们二人的时候，我再告诉你。

厄塞比奥 你们走开点儿。

〔众人下。场上只留下厄塞比奥和朱莉娅。

厄塞比奥 现在只有我们二人了，你要讲的话，唯有无言的树木花草见证。摘下你掩饰面孔的面罩吧，告诉我你是谁，你要去哪里，要干什么。说吧。

朱莉娅 （抽出剑）你要彻底了解我从哪儿来，是什么人，那就抽出剑吧！……这样你就会知道，我是来杀你的人。

厄塞比奥 我能够自卫。就这事儿啊？我怀疑你的胆量，也怀疑你的本领。不过，我听你的声音对我并无敌意。

朱莉娅 动手吧，胆小鬼，我取走你的性命，就会消除你这种怀疑。

厄塞比奥 动手可以，但我只是招架，而不伤你，我很看重你的性命。在这场搏斗中，无论我杀了你还是你杀了我，我都不知道为何杀人，为何丧命。因此，我求你亮出你的真面目。

朱莉娅 你说得有道理。既为荣誉复仇，只要冒犯者不明白为什么受惩罚，那么受侮辱者就不会感到满意。（她揭下面罩）你认得我吧？为什么吓成这样子？为什么这样瞪着眼看我？

厄塞比奥 怎么是你？我又相信又怀疑。眼前所见我不禁恐惧。我看着你，心里很不是滋味。

朱莉娅 现在你认出我来了。

厄塞比奥 对，看到你，我越发六神无主……如果说此刻之前，我这颗慌乱的心还渴望见到你的话，现在它醒悟了，就像原先不惜一切代价要见你那样，现在却不惜一切代价不见你。你，朱莉娅！你，在这里！……还穿一身世俗的打扮，双倍亵渎上天！……你独自一人，如何找到这里？……是谁带你来的？……

朱莉娅 是你的蔑视和我的羞耻！好让你明白，一个女子追逐自己的欲望，比飞箭还要迅疾，比枪弹还要灼热，比闪电还要突然。听听直到现在，我犯了哪些罪行，让你知道知道，这些滔天罪行，我不仅当做乐事，还要活灵活现讲述一遍，再次开开心。

你抛弃我之后，我先是逃离修道院，前往山里。途中遇见一个牧羊人，他提醒说我走错了路。然而，我却无缘无故担起心来，就用插在他腰带上的一把刀把他杀了，好确保他守口如瓶，免得他把我置于危险的境地。那是我头一回杀人犯罪。后来又遇见一个骑马的男子，他见我疲惫不堪，就殷勤地让我上马，坐到他身后。可是，他要走进一个村庄，而我要逃避有人居住的地点，于是用同一把刀——死神的使者，把他杀了，作为他善行的报答。在这荒山野岭，我三天三夜没有吃饭，只能用野草充饥，只能把冰冷的岩石当床休息。我终于走到一间破草屋。我一望见那茅草屋顶，心情忽然平静下来，觉得是我这逃亡之人的一个理想避难所。一个农妇接待了我，她十分慷慨，同她放羊的丈夫竟相照顾我。桌上虽是粗茶淡饭，却十分好客。我在他们家里，便不觉得累，也不觉得饿了。然而在那儿也一样，我离开他们的时候，又担心他们去告诉可能在寻找我的人。于是，我杀了给我带路进山的那个老实的牧羊人，再原路返回，同样干掉了他妻子。

接着，我又意识到，修女袍能暴露我的身份，便决定换下来，正巧碰到一名睡着的猎人，我就把他从梦乡打发到冥府，拿了他的衣衫和武器，就是你所看到的。总而言之，我经过千难万险，又利用所有这些犯罪的手段，终于到达你面前。

厄塞比奥 我注视着你，真被慑服了。听你的声音，我不禁迷醉，可是在你面前，我又心惊胆战。其实，我是怕上天威胁我的那些危险，才突然离开你。你回修道院吧。至于我，我非常惧怕你身上的十字架，不能不逃开……咦，是什么声响？

〔众强盗上。

里卡多 头领，准备抵抗吧。库尔西奥率人离开大道，进山追捕你。所有村民都冲你来了，人数多极了，甚至还有老人、孩子和妇女。他们叫喊要为你亲手杀的一个儿子报仇，血债要用血来还。他们发誓，不管死的活的都要逮住你，押送到色纳城，惩罚你，为那么多死难者报仇。

厄塞比奥 朱莉娅，咱们以后再谈，罩上你的面孔，跟我来！你绝不能落到你父亲的手掌里，他是你的仇敌。弟兄们，拿出勇气！这是值得骄傲的日子！谁也不能气馁，不要忘记他们敢来，就是要杀掉我们，或者抓住我们。我们一旦让他们抓住，就得关进监狱，就会受尽折磨和屈辱。只要肯定了这一点，谁还不肯冒最大的危险保命、保名誉呢？不要让他们以为我们怕他们。我们迎上前去！运气总是在胆大的一边！

里卡多 不必前去了，他们已经到了。

厄塞比奥 操家伙！谁也不要怯敌！哪怕有一个人腿发软或者逃跑，我看见了，就先在他的胸膛里染红这把剑锋，再刺进敌人的胸膛。

库尔西奥　（在幕后）我望见了，厄塞比奥在山上的灌木丛里。他把那些岩石当成壁垒，也是枉费心机。

众人声音　（在幕后）在这儿从树枝间就看见他们了。

朱莉娅　前进！向他们冲啊！

厄塞比奥　等一等，粗鲁的人！我请上帝作证：这旷野浸透你们的鲜血，将变成肥沃的河流。

里卡多　这些乡巴佬人多势众。

库尔西奥　（在幕后）你躲藏在哪儿，厄塞比奥？

厄塞比奥　我没有躲藏，我在寻找你。

〔高山的另一处。朱莉娅上。

朱莉娅　在这山中，我无论走到哪里，无论踏倒哪处山草，可怕的喊杀声也能传到我的耳畔，激战就在我眼下展开……哎呀，我看见什么情景？厄塞比奥全部人马被打散，战败了，还在奋力抗敌。哦！必须回到他身边，将优势还给他。如果我鼓起他的勇气自卫，敌人就会恐惧。而我，复仇女神的尖刀，未来岁月的报复的惶恐，将让世界和世纪震惊。

〔朱莉娅下。吉尔上，他一身强盗打扮。

吉尔　我刚刚当上见习强盗以求安全，现在却以强盗的身份，遭遇更大的危险。当初我是农民，农民们受欺侮，今天我站到强者一边，又同样落到下风。我受上天的迫害，我想过千八百遍，如果我是犹太人，那么犹太人也准会倒霉。

〔曼卡、布拉斯和一些农民上。

曼卡　他逃了。咱们追上去。

布拉斯　不留一个活的。

曼卡　有一个藏在这儿了。

布拉斯　干掉这个强盗！

吉尔　嗳！稍微瞧一眼！……是我呀！……

曼卡　你这武装带就明确告诉我们，你是强盗！

吉尔　衣衫骗人。穿着僧装，不见得是僧人。

曼卡　侍候侍候他！

〔她揍吉尔。

布拉斯　跟你说，揍哇！

〔他也打吉尔。

吉尔　侍候够了，打也打够了，注意瞧一瞧嘛。

曼卡　没什么可注意瞧的，你是个强盗。

吉尔　总得看清楚，我是吉尔，忠于基督哇。

曼卡　哦！刚才你怎么不说呢，吉尔？

布拉斯　哦！吉尔，你怎么不早说呢？

吉尔　什么，不早说？……一开头我就对你们说："是我呀。"

曼卡　你在这儿干什么？

吉尔　你没看见吗？我在第五诫冒犯了上帝。我开杀戒，我独自一个，比一个医生和炎热加在一起杀的人还多。

曼卡　你这是什么打扮？

吉尔　啊！活见鬼！……是这么回事儿！……我杀了一个强盗，穿上他的衣裳。

曼卡　你说杀了他，那他衣服上怎么没有血迹？

吉尔　这再自然不过了：他是吓死的。就是这个缘故！

曼卡　跟我们走，我们胜利了，正追赶强盗。现在是他们退却，见我们就逃。

吉尔　对，我得解下这武装带，哪怕冻得发抖。

〔他们下场。厄塞比奥和库尔西奥边打边上。

库尔西奥　现在只有我们二人了。感谢上天让我伸手就能报仇。上天不肯把雪耻的事交给别人，也不肯托付一把陌生的剑结果你的性命。

厄塞比奥　上天安排这次相遇，库尔西奥，并不是对付我。你来到我面前，等你受到惩罚再返回，你这颗声称受到侮辱的心，还将保留它的侮辱。然而，我面对你的痛苦，内心不知产生一种什么敬意，令我比面对你的剑还要胆怯。你的勇敢足以令人畏惧，可是，我只会在这白发面前后退。唯独白发能令我屈服。

库尔西奥　我也不能否认，厄塞比奥，你在我受侮辱的心中，平息了大部分我对你的怒火。不过，我不能让你冒冒失失地认为，仅仅是我的白发令你后退，而我的勇敢也能办到。动手吧！……有什么星宿，有什么有利的征兆，我也不会放弃复仇，停止追逐。我们交手吧！

厄塞比奥　难道你不知道恐惧和敬意的差距吗？我并不怕你。不过，我的确渴望得到宽恕，而不是别种胜利。这把剑，吓得多少人魂不附体，我要放到你的脚下。

库尔西奥　厄塞比奥，我要杀你，也不想在武器上占便宜。我也放下剑。（旁白）这样一来，我就避开杀死他的危险。（对厄塞比奥）我们空手格斗吧。

〔二人扭打在一起，厄塞比奥占了上风。不料，他突然放开库尔西奥，后退了。

厄塞比奥　怎么回事？这些泪水所为何来？怎么从我心底涌出，越过复仇的焦渴，越过我的痛苦，现在升到我的眼眶？库尔西奥，我现在思想极度混乱，觉得真不如自杀而为你报仇。你在我身上报仇吧！……大人，我的性命，就投在你的膝下！

库尔西奥　不管受了什么侮辱，一位绅士的剑也不能让战败者的血来玷污。用鲜血污黯了自己胜利的人，就几乎丧失了全部光荣……

众人声音　（幕后）他们往这边来了。

库尔西奥 我的人得胜了，要来找我，而你的丧魂落魄的队伍已经逃窜。我愿意留给你一条生路，逃走吧。我的这些村民要复仇，都义愤填膺，我要保护你也爱莫能助。你独自一人，面对他们恐怕性命难保。

厄塞比奥 我在你的威力面前低头，库尔西奥。然而，世界上任何别的力量也吓不跑我。我重新拾起这把剑，如果说我缺乏勇气同你较量，你会看到你的那些人还不够对付我的。

〔库尔西奥的人拥上。

奥克塔维奥 从山谷到山顶，他们的人没有剩下一个活的。唯独厄塞比奥趁夜色跑掉，已经逃脱了。

厄塞比奥 你说谎！……厄塞比奥从不逃跑！

众人 就是他……干掉他！

厄塞比奥 那就上来吧，乡巴佬！

库尔西奥 住手，奥克塔维奥，等一等！

奥克塔维奥 什么，大人，你应当鼓励我们，现在却后退啦！你在保护一个杀了你家人、侮辱你名誉的人？

吉尔 你怎么能保护这样一个人呢？他胆大包天，处处破坏这个地方，杀了我们多少人，到我们家见瓜尝瓜，见女孩子尝女孩子。

奥克塔维奥 你有什么可说的，大人？你要干什么？

库尔西奥 你们等一等！……听我说……噢！可悲的事件……把他押送到色纳城，不是更好吗？……你投案入狱吧，厄塞比奥，我以绅士的名誉发誓，一定保护你。我尽管是这个案件的当事人，也还是要当你的辩护律师。

厄塞比奥 不行，不要因为我向你投降，就期望我屈从于法律。我向库尔西奥投诚，有敬意就足够了。可是，法律要人惧怕，而我什么也不怕。

奥克塔维奥 干掉厄塞比奥！

库尔西奥　当心……

奥克塔维奥　怎么！你保护他，背叛我们？

库尔西奥　背叛！……原谅我，厄塞比奥，既然他们以这种方式谴责我，那么就应当首先由我来结果你的性命。

厄塞比奥　大人，你从我面前闪开！不知道为什么，我见到你就不寒而栗。你若是站在我眼前，就给你的人充当盾牌啦！

〔村民一齐攻击。所有的人都动了手，边打边下，场上只剩下库尔西奥。

库尔西奥　他们在追捕他……噢！厄塞比奥，现在谁能让你活命呢？就是用自己的命换也不行……他深入山中，浑身挨了无数打击……他往后退……他跌倒了，朝山谷滚下去。噢！我要跑去搭救他！这已经僵冷的血液在低声呼唤我，有我身上的成分。不是我的血统，怎么会呼唤我，我又怎么能听得见呢？

〔山中另一个角落。

〔厄塞比奥顺着山坡滚到台上。场上竖立一副十字架。

厄塞比奥　我从山上滚下来，命要没了，却着不了地，未能摔死。我是有罪，我看到自己的全部罪孽，我的灵魂终于回归，不会为丧命而感到痛苦，仅仅想知道就这么一条命，如何抵偿那么多罪行。瞧，那帮仇恨的人又追来了，我难以逃脱，不杀人就得丧命，而我只希望跑到一个地方，能请求上天宽恕……十字架呀，制止我的脚步吧！纵然那些人要给我一种没有未来的死亡，你至少能还给我永生。

树哇，上天使你缀满真理之果，就是要补赎第一个人咬食的那个果！天堂的鲜花呀，给人以希望！光明的方舟哇，在无边无际的大海上负载着消息，宣告太平世界！令人赞叹的新芽呀！永远结不完的葡萄！你呀，新大卫[①]的竖琴，第二

---

① 大卫：《圣经》中的人物，以色列国王。幼年曾被派进宫中为国王打锣弹琴。

个摩西[②]的诫台！既然上帝在你上面，只为罪人受了折磨。我也是罪人，我乞求你的宽恕，给我以正确的评价。给予你的，你应当还给我！即便我是这世间唯一的罪人，上帝也会为我一人而死。没有我的罪过，上帝也不会在你上面受难。今天，你是为了我，仅仅为了我才立起来的。

神圣的十字架呀！我的心每每一冲动，总是无限笃信，无限虔诚地祈求你不准我没有忏悔就死去。我也不是躺在你上面去见上帝的头一名强盗。我这第二个强盗，这痛悔的人，第一次已经在你上面赎过罪，这次赎罪也同样不会落空！

利萨尔多！你受伤的时候在我的怀抱里。我本来可以杀掉你，在那撒手人寰的千钧一发之际，我给了你忏悔的机会。现在，死亡虽然已经附在我身上，我却转向你，也转向那个对我许诺的老人。我是向你们两个请求怜悯。瞧一瞧我吧，利萨尔多，我要死了……听一听我吧，阿尔贝托，我呼唤你！

〔库尔西奥上。

库尔西奥　他朝这边走来了。

厄塞比奥　你若是来杀我的，倒无需费力了，我这性命已经没了。

库尔西奥　流了这么多血，就是铜人也会动心……厄塞比奥，交出你的剑吧。

厄塞比奥　交给谁？

库尔西奥　交给库尔西奥。

厄塞比奥　交给库尔西奥？给你。（他交出剑）现在，我跪到你脚下，也要请求你宽恕当初那种冒犯……我不能多说什么了……我伤痕累累，生命耗尽了。我这颗恐惧的灵魂已进入黑暗。

② 摩西：《圣经》中的人物，古代犹太人首领、先知。他奉神命率领在埃及为奴的犹太人返回迦南。他在西奈山上受十诫。

库尔西奥 我不知道该怎么办？难道这世上就无药可医了吗？

厄塞比奥 唯独上帝能医治灵魂。

库尔西奥 你伤在哪儿？

厄塞比奥 伤在胸口。

库尔西奥 让我瞧瞧，你的心脏是否衰竭……噢！可悲。（他解开厄塞比奥的衣裳，看到胸脯上的十字）这是什么圣洁而神奇的印记，一见了就搅动我的心灵？

厄塞比奥 是这副十字架赋予我的徽章。我就出生在这十字架下，除此之外，我对自己的身世就一无所知了……我并不指责不肯把我留在家中的父亲。他一定预见到我身上带来的灾祸……我就是在这里出生的。

库尔西奥 痛苦和欢乐，正是在这里交织在一起，一种残忍而至高无上意志所产生的孪生后果，也正是在这里相交接，同时升起感激和痛苦的两种喊声！

唉，我的儿子，终于见到你，我在幸福中感到绝望。你是厄塞比奥，是我儿子，那么多征兆，我若是相信的话，那么一定是在失去你的时刻，在哀痛中找到你。你的讲述证实了我的心灵已经猜到的事情。当初，你母亲将你遗弃在这里，今天我又在同一地方找见你。上天在我犯罪的地方惩罚我，而这同一地点已经向我表明我的过错。这个十字架，加上朱莉娅身上带的，我还期望什么更大的征兆呢？上天神奇地给你们二人打上烙印，以便让你们二人在整个大地上只构成一个奇迹。

厄塞比奥 父亲，噢，父亲！我说不出话啦！别了！殓单已经覆盖我的躯体，死亡脚步迅急，夺走我能回答你的全部声音，夺走我能认识你的全部生命，还夺走我这颗本来要服从你的灵魂……终于来了，这巨大的打击……这是无法回避的考验……阿尔贝托。

库尔西奥　上帝呀，这人，活着的时候我恨之入骨，死了我却痛哭流涕！……

厄塞比奥　来呀，阿尔贝托！

库尔西奥　噢，不公平的搏斗！

厄塞比奥　阿尔贝托……阿尔贝托……

〔他咽了气……

库尔西奥　受到这最后一下打击，他一命呜呼。噢！让我这头白发表现这种痛苦！

〔布拉斯上。

布拉斯　你这样哀怨，现在也无济于事。迄今为止，你的勇气始终能经受住命运的打击。

库尔西奥　那是因为，命运对我从来没有如此残酷。啊！我的眼中淌出的灼热的泪流，我的痛苦能以热泪焚毁这座高山。天哪！真叫人痛断肝肠。

〔奥克塔维奥上。

奥克塔维奥　库尔西奥，今天你太倒霉了，一个不幸者所能遭受的痛苦，命运全让你摊上了！老天知晓，我有多么难于启齿。

库尔西奥　出什么事儿啦？

奥克塔维奥　朱莉娅逃离了修道院。

库尔西奥　想都想象不出，还能有一种痛苦，能与这残酷的不幸事件相比拟！想象不出，我的不幸超出了思想的范畴……你见到的这具尸体，奥克塔维奥，就是我的儿子！……面对如此可怕的遭遇，你能感觉到，再添一点点儿痛苦，现在就足以要我的命。天哪，赋予我灵魂的力量吧！要不然，就取走我的性命，使之今后免遭这么多非人的折磨。

〔吉尔和村民上。

吉尔　老爷……

库尔西奥　你又来告诉我什么痛苦的事？……

吉尔　受到我们惩罚逃跑的强盗，在一个鬼家伙的鼓动下，又回来找你算账了：那人遮住面孔，也不知道叫什么名字。

库尔西奥　我的心，今天已经饱尝痛苦，再有多大灾难，我听了都无动于衷了。将厄塞比奥这揪心的遗体抬走吧，好让他这灰色眼睛观赏我的悲痛，直到为他体面地安葬为止。

蒂尔索　一个逐出教会的人死了，你还要安葬在圣地？

布拉斯　像他这样死了的人，只配抛尸在荒野！

库尔西奥　农民的报复哇！受到的侮辱，在你身上还保持这么强大的力量，你甚至到了死亡之门还不止步！

〔库尔西奥泪流满面，下场。

布拉斯　让猛兽和鸟儿当他的坟墓，以惩罚他那些极大的罪恶。

众人　还要给予更大的惩罚，把他推下山去，让他粉身碎骨。

布拉斯　先简单安葬在树枝下再说。（他们将厄塞比奥的尸体安放在树枝下）夜幕已经降临了。你守在旁边，吉尔，如果逃走的人再有谁回来，你至少喊几嗓子向我们发出警报。

〔除了吉尔之外，众人下。

吉尔　他们可倒放心哪！把厄塞比奥安葬在这儿，他们就走了，只留下我一个人看着。厄塞比奥大人，请您回想一下我跟您做朋友那时候。咦，那是什么？……也许是单独一个人害怕，就看花了眼，至少有上千人朝我走来。

〔阿尔贝托上。

阿尔贝托　我从罗马来，走进这片森林又迷路了。夜空静止不动，万籁俱寂。就是在这里，厄塞比奥饶了我一命。我担心遇到他的人又该有危险了。

厄塞比奥　阿尔贝托！

阿尔贝托　这是什么声息？这微弱的声音从哪儿发出来，将我的名字送到我耳畔？

厄塞比奥　阿尔贝托！

阿尔贝托　又叫我的名字？好像就在这边，我要过去瞧瞧。

吉尔　上帝呀！是厄塞比奥说话了。我觉得魂儿都要吓掉啦！

厄塞比奥　阿尔贝托！

阿尔贝托　有人就在这旁边说话！这声音一瞬间扩散在风中。你是谁，在叫我的名字？

厄塞比奥　是我，厄塞比奥。过来，阿尔贝托！到埋葬我的这地点来，过来拿开这些树枝，一点儿也不要害怕。

阿尔贝托　我一点儿也不怕。

〔他移开覆盖厄塞比奥的树枝。

吉尔　我也很想这么讲。

阿尔贝托　现在我看见你了。以上帝的名义，告诉我你有什么要求。

厄塞比奥　以上帝的名义，我的信念在召唤你，要你在我死之前听我忏悔。（他站起来）我的身体已经死去好久了。然而，尸体并没有带走附在上面的精神。死亡致命的打击，剥夺了肉体使用灵魂的能力，但是未能将两者拆散。走吧，阿尔贝托，走，到一个我能和你忏悔的地点：我的罪过，比大海中的沙粒，比阳光中的原子还多。（他走）这就是信奉十字架所能从上天得到的。

阿尔贝托　我至今所进行的全部苦修，今天都移交给你，好用来多少补赎你的罪孽。

〔二人下。

吉尔　上帝呀！他站起来走啦！太阳又露出来，好让人看得更清楚。我要讲给所有的人听。

〔朱莉娅和众强盗从另一侧上。

朱莉娅　他们得胜之后睡起大觉，丝毫也没有提防。时机非常有利。

奥克塔维奥　（幕后）你们伏击，就应埋伏在这儿，他们准从这个方向过来。

〔全体村民和库尔西奥上。

吉尔　大家从四面八方赶来啦！……大家都听我说，这儿发生了最令人叫绝的奇迹！厄塞比奥亲口召唤一名教士，从埋葬他的地方站起来。其实，你们全能看得见，何必用我讲呢？瞧瞧，他多么虔诚地跪在那儿。

〔大家看到，厄塞比奥跪在听他忏悔的阿尔贝托面前。

库尔西奥　我的儿子！天主哇，还有这样的奇迹！

朱莉娅　谁见过还有比这令人惊讶的奇迹！

库尔西奥　老神父一在他头上打了赦罪的手势，他就倒在老人脚下，第二次死去。

阿尔贝托　让世人都了解，这是世间荣誉中最高尚的褒奖！我要亲口为此作证：上天让厄塞比奥的灵魂还待在死了的躯壳里，直到他作完了忏悔。这就是信奉十字架所能对上帝的期待。

库尔西奥　我的灵魂之子啊！……不，一个惨死的人，能得到这样的恩惠，那他就算不上不幸了。

朱莉娅　上帝呀，救救我吧！今天我听到的是什么情况啊？这都是什么奇事啊？……我想得到厄塞比奥，可我同他又是兄妹！……应当让我父亲和所有的人都知道我的滔天大罪！我为自己的堕落感到惊骇。要向大家喊出来！（她摘下面罩）让生活在天地之间的人知道，我是朱莉娅，罪恶家族的朱莉娅，坏女人中最坏的朱莉娅。我既然公开了我的罪过，那么从今天起，也公开地赎罪。我要请求世人宽恕我所提供的有害榜样，请求上帝怜悯我一生的罪孽。

库尔西奥　你哟，能让罪恶本身脸红！我要亲手杀了你，好让你的死同你的生一样可怜！

朱莉娅　神圣的十字架呀，来救救我吧！帮帮我呀，我发誓要在十字架下重新生活，再次诞生。别了！

〔她搂住厄塞比奥坟头的十字架，一同飞升，消失在空中。

阿尔贝托 显灵啦！

库尔西奥 作者就是以这样令人赞叹的收尾，圆满地结束了《信奉十字架》。

——剧终

医院风波（1955年）

两部分十一场剧

原著：迪诺·布扎蒂[①]

迪诺·布扎蒂

迪诺·布扎蒂是意大利出色的小说家，他的《鞑靼人的荒漠》已经翻译并在法国出版。这部奇特的小说，在意大利已经为作者赢得了名望，当时也受到我国批评界的热烈欢迎。这情况我了解，正巧维塔利拿来要演出的剧本请我改编。我看了也就知道，布扎蒂还是个既大胆又率直的剧作家。

为了合乎规则起见，我仅仅提请维塔利注意，鉴于我国戏剧界的状况，这出美丽的戏剧包含几分风险。然而，他直截了当地问我是不是像他一样，并不在乎这种风险。于是，我们相视而笑，便一道干起来。

在这里我就不谈剧本本身了，大家能从中看到，这既是一出命运悲剧，又是一种社会讽刺。不错，将《伊凡·伊里奇之死》[②]和《克诺克》[③]掺杂起来，就可能产生一部别出心裁的作品，就像杰出的维塔利剧团今天演出的这个剧本。不过，这样一部作品，最好还是让观众产生一种直接的反应。

反之，就改编倒可以说两句。我们的意大利朋友在今天的全

① 布扎蒂（1906—1972），意大利作家，画家，音乐家。代表作有长篇小说《鞑靼人的荒漠》（1940年）、《七使者》、《短篇小说六十篇》等。他的作品有超现实主义特征，构思奇特，情节怪诞，现实与虚幻、情理与荒谬相交替和共处。

②《伊凡·伊里奇之死》是俄国著名作家列夫·托尔斯泰（1828—1910）的中篇小说。

③《克诺克》是法国作家儒尔·罗曼（1885—1972）所创作的讽刺喜剧。

部创作中，体现出一种豁达、一种由衷的热情、一种鲜明的朴实，这些是我们法国作品所略微缺乏的。西龙尼[①]、莫拉维亚[②]、维多里尼[③]这些名字，就能让人明白我要说的意思。意大利人即使要通过卡夫卡和陀思妥耶夫斯基指给他们的窄门，他们也能带着整个重量和肉体通过去。而他们的黑斑仍然光芒四射。我在布扎蒂的剧本中，看到兼有悲剧性和家庭性的朴实，作为改编者，就尽量表现这一点。我忠实地仿效了他的语言考究的随意、他对外在魅力的轻视；此外，我就极少介入，只是按照演出的舞台的需要而校正剧本。自不待言，在这个阶段，维塔利及其演员的合作则起了决定作用。不过，还是应当指出，我本人从不认为改编者一定是驰骋的骏马，而作者是供烧烤的云雀。在这里，骏马是迪诺·布扎蒂，而我们大家都确信，他是纯种的良马。

维塔利及其合作者，也恰恰是向迪诺·布扎蒂表示，以适当的方式欢迎他到法国来，也就是说，老老实实地为他的作品提供服务。在他首次出现在巴黎观众面前的时候，大家都闪避到一旁去了。

阿·加

① 西龙尼（1900—1978），意大利现实主义小说家，主要作品有《酒与面包》、《雪覆盖的种子》等。

② 莫拉维亚（1907—1990），意大利作家，著有《冷漠的人》、《假面舞会》等。

③ 维多里尼（1908—1966），意大利作家，著有《人与非人》、《墨西拿的妇女》等。

人物与扮演者

格洛丽雅（科尔特的女秘书）…………莫妮克·德拉罗什

门蒂（老职员）…………路易·法拉维尼亚

斯帕纳（科尔特的代理人）…………莫里斯·加雷尔

戈比（科尔特的职员）…………吉贝特·埃达尔

传达…………保罗·盖伊

齐奥瓦尼·科尔特（企业家）………达尼埃尔·伊沃奈尔

科尔特的母亲…………雅娜·埃维亚尔

马尔维兹大夫（科尔特的朋友）…………若望·奥泽恩

卢西雅（女仆）…………帕斯卡尔·安德烈

阿妮塔（科尔特的妻子）…………维吉妮·维特里

比扬卡（科尔特的女儿）…………罗西娜·法维

克拉雷塔教授（医院副院长）…………皮埃尔·德塔伊

医院一职员…………若望·阿马杜

马什里尼（住院的一名工人）…………雅克·里伯罗勒

一名女患者…………德尼丝·寿瓦尔

胖先生…………保罗·盖伊

面色苍白的男子…………罗杰·佩勒蒂埃

一名女护士…………阿明达·蒙塞拉

一名女护士…………帕斯卡尔·安德烈

施罗德教授…………吕西安·于贝尔

一名男患者…………若望·阿马杜

四楼的患者…………弗朗索瓦·佩罗

一名女护士…………罗塞特·朱晒利

助理医生、护士若干

导演　乔治·维塔利

服装设计　罗杰·尚塞尔

助手　吉赛尔·塔纳利亚

第一段时间

第一场

〔科尔特和戴勒房地产公司的前厅和经理办公室。每间屋子有一部电话。前厅摆了一台打字机和一台配有扩音器的录音机。前厅有三扇门：第一扇通经理办公室，第二扇通另一间屋子，第三扇连通楼梯。

〔幕启时，经理办公室空无一人。老职员门蒂坐在门厅等待。

录音机发出的声音　……即这种竞争，分号。有关当局的确认为，市场的现在趋势，极不可能……极不可能……（咳嗽的声音）一直维持到您所指出的日期，括号，12月31日，括号完，句号。大批原材料进货，再也不会受到阻碍……纠正一下……不会遇到……（咳嗽）障碍了……哦！……如上面所谈及的……

〔格洛丽雅进来，关掉录音机。她叹了一口气。

格洛丽雅　咳！（她注视一直坐在那儿等待的老职员门蒂）您还一直等下去？您可真够耐心的。

门蒂　对，现在我有的是时间。

格洛丽雅　我再向您说一遍，科尔特先生从罗马回来没回来，我们甚至都不知道。

门蒂　我从来没有同科尔特先生约见过，然而，我每天都能见到他。

〔格洛丽雅重又放录音，并开始打字。

录音机发出的声音　……另起一行……在这种形势……不……纠正

一下。一方面继续严格执行第七段各条款，括号，参照协议书2月3日签订的文本，小姐，核对一下日期……

〔格洛丽雅从打字机退出这页纸，开始翻抽屉。

格洛丽雅 复写纸放在哪儿？

门蒂 （他站起身，走过去打开一个抽屉）在这儿呢，小姐。

格洛丽雅 （语气有点冷漠）您是公司的人？

门蒂 就算是吧。十六年，不能说短哪。

格洛丽雅 十六年？那么，您等什么呢？

门蒂 我叫门蒂，原先在这家公司当职员，现在，结束了。（他指着自己的腿）踏板生锈了。如人们所说，动脉炎。嗯，人老啦！老了就得退休，退休就得告辞，我恰恰是来辞别的。要知道，科尔特先生很喜欢我。他身材高大，但是心地善良。

〔电话铃响了。

格洛丽雅 （对着听筒）对，这里是科尔特和戴勒房地产公司。不，科尔特先生不在……我们还不十分清楚……有可能……今天上午他有可能回来……对不起？Lavitta（拉维塔）……“L”，就像Livourne[①]？好，好，我记下来了。不客气。再见，先生。

〔科尔特的代理人斯帕纳，一阵风似的进来。

斯帕纳 是科尔特先生打来的？

格洛丽雅 不是，先生，是一个叫拉维塔的人。

斯帕纳 （不耐烦地）苏黎世那边的人耐不住性子了。（对门蒂）你好，卢吉……我怎么答复他们呢？

〔斯帕纳下。

门蒂 您哪，小姐，您是新来的呀！

格洛丽雅 我刚来两天。原来的秘书好像被辞退了。是斯帕纳先

---

① 里窝那：意大利城市。

生安排我来的。

门蒂　这就是说，您还不认识科尔特先生，对不对？

格洛丽雅　我只熟悉他的声音。声音倒是给人以好感，也许有点严厉，不过，给我的印象特别深。哦，请原谅，我还得继续。

〔她又放录音机。

录音机的声音　……在这种形势，不，纠正一下……一方面继续严格执行第七段各条款，括号，参照协议书……

〔戈比上，他将一个公文皮包扔到办公桌上。

戈比　大家好。（对格洛丽雅）他到了吗？（格洛丽雅停下录音机）嘿！这里天天能见到新面孔。致敬，小姐。吓！（他指着格洛丽雅的眼睛）这是属于您的吗？

格洛丽雅　什么呀？

戈比　这双眼睛呗！无论如何，要守护住，日夜守护哇。妙不可言。（他用手指打响，表示赞赏）姓名呢？

格洛丽雅　姓名？

戈比　嗯，问您的姓名！尤其是名字。名字，就是未来。

格洛丽雅　（冷淡地）您有什么事儿？

戈比　什么事儿都有。您不要生气。我叫戈比·马里奥，房产推销商。天气真热！

格洛丽雅　您在等科尔特先生？

戈比　什么也瞒不了您，我的美人儿。（对门蒂）卢吉，给我弄杯咖啡来好吗？（门蒂不应声）怎么，你聋啦？卢吉，给我弄杯咖啡来好吗？

门蒂　不行，戈比先生。

戈比　（肯定的语气）哦，闹起革命来了。

门蒂　我不是公司的人了，我退休了。非常抱歉，戈比先生！我是指……咖啡的事儿。

〔斯帕纳从另一间屋一阵风似的进来。

斯帕纳　还一点儿消息没有？他没有来电话？

格洛丽雅　没有，斯帕纳先生。

斯帕纳　可是，别人还一直来电话。让我对他们怎么说呢？让我对他们怎么说呢？

〔电话铃响。格洛丽雅拿起听筒。

格洛丽雅　对，这里正是科尔特和戴勒房地产公司。不，他不在……对，我们在等他……对，今天上午。请问您是谁？……对，对，不客气……

〔一个女人默默无言地上，停在门口。格洛丽雅、门蒂和戈比回头注视她。

格洛丽雅　您有什么事儿吗，太太？

陌生女子　看样子他不在，他还没有回来。

格洛丽雅　谁呀？科尔特先生吗？的确没回来。

陌生女子　唔！不要紧，不要紧，这没什么关系。况且，也没有急事儿。

格洛丽雅　要转告什么话吗？

陌生女子　不用，机会有的是。然而，缺的东西太多了。

〔她笑着下。

戈比　（对门蒂）这个神经病是谁呀？

门蒂　从未见过！肯定是个募捐者。瞧她就是一副慈善的样子。

戈比　她这句话：“缺的东西太多了”，是什么意思呢？这话我不愿意听！哼！这话我一点儿也不愿意听。

传达　（手拿着鸭舌帽上）请原谅，一位穿戴有点像嬷嬷或者护士的太太，你们看见了吗？

戈比　她来过，又走了。

传达　又走啦？我怎么没有看见她出去呢？

戈比　她也许还在楼道里吧。怎么回事儿？一开始我就看出来，她是个溜旅馆搞偷偷摸摸的人！

传达 我也是头一次见她。可是，科尔特先生会不高兴的。

〔科尔特像一阵旋风似的上。众人起立，传达出去，斯帕纳当即出现。

科尔特 大家好，大家好。（他瞧了瞧手表）晚点一小时！你好，戈比。（对格洛丽雅）新秘书？

格洛丽雅 前天来的。

斯帕纳 您也知道，先生，阿黛尔小姐……

科尔特 我知道，您在电话里已经对我讲了。（他看见门蒂）你好，卢吉。怎么，这就走啦？（他不待回答，就走进他的办公室）进来，卢吉，进来。（他从公文包里掏出材料）这就要休息了，走运的家伙！

〔其他人也都跟进办公室。

门蒂 干不动了，科尔特先生。（他指自己的双腿）脚踏盘不灵啦！

科尔特 对，你应当休息了。休息，我们大家都需要。工作呀，总是工作呀，到处都高速运转！这并不好。小姐，您怎么称呼？

格洛丽雅 格洛丽雅。格洛丽雅·贝蒂奈利。

科尔特 （十分关切地）告诉我，小姐，一位叫“斯滕”的女士来过电话吗？

格洛丽雅 我做的记事本根本没有。电话倒有一个，是一个叫……（查记事本）叫拉维塔。

科尔特 瞧他急切！他再打电话来，您就记下，告诉他我同意。不过，要以他头一个提议为基础。就是这条。此外，您再给杰罗尼打个电话。

格洛丽雅 杰罗尼？

科尔特 真的，您不可能知道。（他伸手摸着后颈）刚才我要说什么来着？哦！对，打电话给市政府，找技术处，约明天见面，就说要谈建筑工地的事……必须明天，不能再晚了。现在，叫我妻子接电话。哦，戈比，波洛尼亚那边怎么样？

戈比　什么也没有定下来。要采取一项决定，他们总担心，天天找个新的推诿的理由。事实上，他们是愿意解除合同的。

科尔特　解除合同！没门儿。我会让他们屈服的。马克西姆管道进展如何？

戈比　正在铺设。不过，这两天来，因为下雨，工程暂停了。

格洛丽雅　先生，您女儿的电话，科尔特太太出去了。

科尔特　喂！是你呀，比扬卡？对，我回来了。你继母去哪儿啦？什么？你不愿意我称呼她为你继母[1]？这给你造成结了婚的印象？那又怎么样？唔！这种印象很讨厌。你对阿妮塔和我还真体贴。好，好！听我说，我左右都不是。如果我说你继母，听着就显你老了；如果我说你母亲，那么阿妮塔就会叫起来。（笑）奇妙的女人！好吧。告诉阿妮塔我回来了，好吗？对，生活是美好的。一会儿见，亲爱的。

斯帕纳　对不起，先生，苏黎世方面，两小时前就打电话来催了。他们要求紧急给予答复。

科尔特　（手按住后颈）苏黎世？……哦！对。

门蒂　科尔特先生，我……

科尔特　等一等。您刚才说什么，斯帕纳？

斯帕纳　他们差不多给我们下了最后通牒。情况就是这样。您了解新的条件。弗拉尼干公司加入他们的集团，他们觉得加强了实力。

科尔特　好哇。他们乘我外出之机。让他们来吧。

斯帕纳　然而，现在接受，可就蠢了。其实，他们是想把我们赶出门，只是干得漂亮些。

科尔特　（心不在焉地）把我们赶出门？

〔远处传来一个声音，听似一个女人在高喊，但语句模

---

① 法语中“后母”和“公婆”是同一个词。此文中本意应为“继母”，但是也可以理解为“公婆”，因此会造成比扬卡已结婚的印象。

糊不清，而夸张的口气则像封斋布道者。科尔特侧耳细听。

科尔特 那是怎么回事儿？

斯帕纳 什么？

科尔特 您没有听见？叫喊声，在远处？

斯帕纳 我什么也没有听见。

科尔特 您什么也没有听见？（他又屏息倾听，可是那声音消失了）咱们讲到哪儿啦？

斯帕纳 无论怎样，也得答复人家。

门蒂 也许，先生，如人们所说，我可以走人了。

科尔特 （示意他等一下）好。我们要怎么做，您知道吗？

斯帕纳 延长期限？这我也想到了，可是他们……

科尔特 谁跟您说延长期限？打电话，不，还是打电报，这样效果更好。

斯帕纳 干脆拒绝？

科尔特 干脆接受，毫无保留地接受。再加上一句，我祝愿我们的事业成功。

斯帕纳 对不起，先生，我不明白。这未免荒唐。我们这是拿绳子往自己脖子上套。我们支撑不住……

科尔特 我知道。可是，您说说看，假如您处于他们的位置，又收到这样一份电报，您会怎么考虑呢？

斯帕纳 请原谅，我只能想，伟大的科尔特发疯了。

科尔特 （笑）不可能，这种事儿没人相信。有点像是说教皇成为无神论者。好了，斯帕纳，动动脑筋，想象一下，我们在苏黎世的那些好朋友会怎么考虑。

斯帕纳 我不明白就是不明白。

科尔特 （注视其他人）我亲爱的戈比，我不想留您，今天下午再来吧。再见，卢吉老兄，假期愉快，要您闲自在了，嗯？不过，要常来向我问声好。再见。（二人下）小姐，有事儿我就叫您。（格洛丽雅下）好。（一副故弄玄虚的神态，对斯帕纳说）假设我没有疯，那就只有一种解释了。他们会这样想，我接受，是因为我能维持低价位。为什么我能维持低价位？您明白吗？

斯帕纳　不明白。

科尔特　因为我们又另外搞到石油了。这就是我们那些好朋友要得出的结论。他们得出这样的结论，因为这是他们唯一害怕的事情。

斯帕纳　照您这么说，他们就会改变自己的决定？

科尔特　不是。

斯帕纳　那又是什么？

科尔特　您果真猜不出来？

斯帕纳　猜不出来。

科尔特　他们就会扑向我们的股票，如同麻雀扑向新拉的马粪蛋。他们会追逐我们的股票的，您明白吗？而我呢，我的股票只是一点儿一点儿撒手。一件小活儿，安排得妥妥当当。（笑）到头来，我呢，全贴现了。他们也一样，但手里攥着的是废纸。哈！哈！您还不信服吗，斯帕纳？

斯帕纳　很好，很好，非常漂亮，真是神机妙算。总之，这办法看来能行得通。

科尔特　是啊，能行得通。等着瞧吧，我们会让他们屈服的。

斯帕纳　如果……

科尔特　如果什么？

斯帕纳　如果他们不动呢？如果他们不打算买我们的股票呢？如果他们宁愿……

科尔特　（又倾听那声音）啊，又是怎么回事儿？谁在那边喊叫？（对显得吃惊的斯帕纳说）您没有听见吗？

斯帕纳　我什么也没有听见。

科尔特　（那声音越来越远）刚才我觉得……真的，刚才我觉得……这事儿真奇怪。

格洛丽雅　（手里拿着记事本出现）您叫我吗？

科尔特　（手捂后颈）我？没有。哦，对了，您怎么称呼呢，小姐？

格洛丽雅　格洛丽雅·贝蒂奈利。

科尔特　格洛丽雅！嗯，我得熟悉这个名字。格洛丽雅！（又镇定下来）没有，我没有叫您。

〔格洛丽雅下。

斯帕纳　（沉默半晌）要我去打电报吗？

科尔特　（他听见那声音）听我说，斯帕纳，在这座大楼里，会不会碰巧有一所学校？

斯帕纳　一所学校？在这里？没有。

科尔特　有时候，就好像听见小学女教师讲话，在说教的小学女教师。或者是本堂神父。这里没有学校吗？

斯帕纳　（沉默片刻）要打电报吗，先生？

科尔特　（镇静下来）真的！一分钟也不要耽误。我要开开心。您等着瞧吧，斯帕纳。您还不相信，不过，您会看到的。

斯帕纳　我相信，只不过……

科尔特　不，您不相信，但是您会相信的。我真想活吞一头骡子，假如……他们会买的，这还用说！他们一定会走这一步。跟您说，他们会买的，而我……（他听见那声音）噢，不！够啦！就不能让它住声？

斯帕纳　冷静点儿，先生，我不理解。

科尔特　哼！您耳朵聋了。就是这码事儿。再说，我亲爱的斯帕纳，今天您的状态不佳。您什么也听不见，您什么也不相信，您……

斯帕纳　咱们冒的风险太大了，这就是我要说的。

科尔特　咱们完全是冒险。(笑）不过，他们会买的，请相信伟大的科尔特。

第二场

〔科尔特家的一间客厅和工作室。客厅有三扇门：一扇通工作室，另一扇对着前厅，第三扇连通衣帽间。电话设在工作室。时近黄昏，电灯已亮。工作室里一片昏暗。

〔幕启时，科尔特的母亲和家庭医生马尔维兹大夫在客厅里。

母亲　请坐，马尔维兹大夫，我们在这儿等我的齐奥瓦尼回来，可以安安静静地聊天。

马尔维兹　谢谢。这里很舒服，房间挺凉爽。

母亲　您一天比一天年轻啊，大夫。

马尔维兹　的确如此。而且，夫人，今天傍晚在您面前的，正是所谓一个幸福人的这只珍禽。

母亲　告诉我，有什么好消息。

马尔维兹　我女儿明天乘飞机从美国回来。已经四年了，您说，这还不足以令人高兴吗？她要带回两个娃娃，我还没有运气见面呢。(从兜儿里掏出照片）这不是两个小宝贝儿，两个小天使吗？

母亲　（装做感兴趣）长得多好看，多可爱呀！这一个，跟您像是一个模子里出来的。大的有几岁啦？

马尔维兹　快两周岁了。

母亲　您去机场接他们吗？

马尔维兹　这还用问？嗳！夫人……

母亲　（控制不住而显出不安的神情）大夫……

马尔维兹　就在此刻，他们正在大西洋上空，悬在空中，下面是黑黝黝的浪涛！

母亲　（恳求的语气）马尔维兹大夫，我要同您谈点儿事儿。

马尔维兹　（始终微笑着）唔！请原谅，今天我有点分神，而您把我召来，我想，是要对您的老医生谈一谈，而不是要听他讲家里的事儿。可是医生的行为却像个淘气鬼，不住嘴地谈自己，谈自己的事儿，自己高兴的事儿。而您呢，我可怜的夫人，您还得听他啰里啰唆。他说呀，说呀，您连一句话也插不上。请原谅，亲爱的朋友，请原谅。现在，我听您讲。

母亲　是齐奥瓦尼的事儿。

马尔维兹　他感觉不好吗？

母亲　不知道。不过，总是有点儿什么事儿。我放心不下。听我说，大夫，这不大容易说明白……

马尔维兹　（微笑着）您这是要吓唬我呀。出什么事儿了？

母亲　（神秘兮兮地）直到目前，什么事儿也没有。可是，这段时间，齐奥瓦尼听到怪事。

马尔维兹　怪事，怎么回事？

母亲　是一种孤立的声音，总是同一种。据他说，是个女人的声音。一个女人在呼唤他。

马尔维兹　您的意思，是说一种幻觉吧？比方说，听到一种声响，而这种声响仅仅在您的头脑里。（笑）这里面有点什么事儿！（他用手指敲打额头）嗳！夫人，您不必想得过多。我有一段时间没见到齐奥瓦尼了，但是，我不用诊视，就能给他开出药方儿。他只不过工作太忙，生活太动荡。动荡不安，这便是他的病症。

母亲　可是，大夫，还有事儿呢。

马尔维兹　总与此有关？……

母亲　对。（压低声音，慢吞吞地）从昨天起，我就感到有人进入这座房子了。

马尔维兹　（默然半晌）而那人还在这里，对不对？

母亲　对。看来，您听半句话就明白了。

马尔维兹　我当然能听明白您的话。归根结底，这是些老传说了。鬼魂，幽灵入宅，要宣示什么灾祸？怎么就不可能呢？（笑）归根结底，有些病症，就是由异兆预示的。这情况见过。然而，由此就推断来了个活人！不，真的，夫人，您是跟着想象跑了。

母亲　可是，我看见她了，看见她了。

马尔维兹　谁呀？

母亲　一个女人。我向您保证，大夫。那只是一瞬间的事，一眨眼的工夫。当时我在餐室，收拾玻璃器皿。她突然从餐桌另一端穿过屋子，悄无声息就走过去了。她溜进了走廊。

马尔维兹　那您怎么办啦？

母亲　我叫了一声：谁在那儿？我跑过去，到走廊里一看，连个人影儿也看不见。

马尔维兹　（语气始终平淡地）嗯，对。可是，这毕竟还不算什么大事。单独一个人的时候，鬼魂似乎就好靠近，在房间里飘荡，钻进昏暗的角落、顶楼、积满灰尘的旧大衣柜里。（笑）人在昏昏欲睡的时候，甚至还会看见鬼魂从生命的深处，也许从天上或者地狱，浮现在夜色中。还兴许从虚无中来。（改变声调，开始倾听自己的言谈）这有什么不可能呢？人就是这样，亲爱的夫人，充满了梦想和幻觉，是用一种无形的、容易变化和沉醉的奇特材料做成的。就是恐惧的材料，亲爱的夫人！我们在自己行走的路上，就是这样放置了大量的幽灵。从害怕到惊慌失措，从恐惧到惶惶不可终日，我们一步步走向神秘的归宿。然而，这些幽灵，并不值得为之驻足。人的真正不幸遭遇，那才更为严重呢。您尽可相信一名老医生的话。

母亲 我倒是愿意相信，大夫。

〔科尔特急匆匆上。

科尔特 你好，妈妈，你好，马尔维兹！真没想到，有多久了。见到你真高兴！

母亲 大夫终于决定来瞧瞧我们。你知道吗，阿达明天上午就回来了？

科尔特 什么？

母亲 阿达明天上午回来。

科尔特 哪个阿达？

母亲 瞧你，马尔维兹的女儿呗！

科尔特 （对马尔维兹）你女儿要从美国回来？

马尔维兹 一点儿不差。离开四年了。

母亲 听我说，纳尼，请原谅，既然马尔维兹来了，你何不趁机向他请教呢？要知道，我对他说了那声音……

科尔特 什么声音？

母亲 就是你说过听到的那种莫名其妙的声音。

科尔特 你谈啦？好糊涂。别人怎么看我呢？对你说什么事儿，你都大惊小怪。下一次，我可要管住自己的舌头，只好这样。（工作室的电话铃响了）你没听见电话铃声吗？（他不耐烦地站起身）见鬼，怎么就没人接电话呢？

〔他正要去接电话，女仆从工作室的门出来。

科尔特 是找我的吗？

女仆 不是，先生，是找阿妮塔太太的。是女裁缝师打来的。

马尔维兹 不要往坏处想，科尔特。你母亲有道理……

科尔特 不，她没道理。咦，你们没有觉出有穿堂风吗？

母亲 哪儿来的穿堂风？宅门关着呢。

科尔特 肯定有人打开没有关上。

母亲　跟你说，这不可能。

〔她要站起来，但是马尔维兹抢先去了。

马尔维兹　（返身回到客厅）好了。

母亲　门是关着的，对不对？

马尔维兹　老实说，门还真是开着的。

科尔特　你瞧对吧。现在就没有穿堂风了。

母亲　大概是卢西雅，刚才她给你开门。对，肯定是卢西雅。

科尔特　卢西雅没有给我开门。我有钥匙，是自己进来的，又把门关上了。这一点我完全肯定。

母亲　哦！再说，这有什么关系！有人开了门没有关上。现在不是关上了嘛。

马尔维兹　哎，科尔特，你的紊乱，何不向我描述一下呢？

科尔特　什么紊乱？哦，对！那种声音。算了，说起来又是蠢话。

马尔维兹　说说嘛。

科尔特　好吧！其实也没什么。不过，有时我就好像听见一个女人说话……（他咳嗽好几声）呼唤我。

马尔维兹　呼唤你的名字吗？

科尔特　不是，她就那么呼唤我。

〔科尔特的妻子阿妮塔以及他女儿比扬卡上。

阿妮塔　晚上好。晚上好，马尔维兹。你挺好的吧？

比扬卡　晚上好。

马尔维兹　还不错，谢谢。您好，比扬卡。

阿妮塔　你听着，齐奥瓦尼，星期六，你不要安排事情，我求你了。

科尔特　为什么？星期六，我正……

阿妮塔　塞齐奥·马里奈利一家人，邀请我们去多索[①]度周末。咱们两个和比扬卡。你知道，这事儿我很上心。

科尔特　你说是星期六？我怕是……

① 多索：非洲尼日尔的多索省省会。

阿妮塔　齐奥瓦尼，至少这回，你不能对我说不行！这回不去，我们就永远也去不了了！再说，多索那儿正是好季节。

比扬卡　体贴点儿人，爸爸，那天的事务全打发掉吧。

〔电话铃响，科尔特从座位上跳起来，冲进工作室，点亮办公桌上的台灯。

科尔特　喂！对，晚上好，斯帕纳。怎么？还一点儿动静也没有？我甚至连想也没想。什么？他们认为我疯啦？不，不……他们会动的，您就等着瞧吧，他们会动的。当然，我就是这么想的！十一点钟？有情况就给我打电话来。对，我待在家里……没关系。不，绝对不行。好吧，再见。

〔他焦躁地挂断电话，回到客厅。

母亲　有坏消息？

科尔特　不是，不是！我等着答复，还一点儿消息也没有。（旁白）我真不明白，难道可能是……

马尔维兹　总而言之，我亲爱的科尔特，你真的不想对我解释那声音是怎么回事儿？

阿妮塔　什么声音？

科尔特　没什么，真的。当时我就仿佛听见一个女人的声音，可是，这一周又听不见了。

阿妮塔　一个女人的声音？这是什么意思？

科尔特　（笑）特别精明的人才能说得清楚。不过，现在结束了。

阿妮塔　亏你们都特别能推理！这种事儿我也常有。我累了的时候，就往往觉得有个男人在我耳边说话。

马尔维兹　你知道是怎么回事儿吗？过度劳累。你精疲力竭，于是神经就支持不住了。生意！还是生意！到了一定程度，总应当考虑自己的身体！你需要……

科尔特　对，我熟悉这老调。说什么我需要休息。（笑）哈！哈！我跟个土耳其人一样健壮。

〔宅门的铃声响了。

科尔特　（恐惧地）谁呀？

母亲　这种时候，能是谁来呢？（她等了片刻，继而唤人）卢西雅！

卢西雅　（进来）您叫我吗，夫人？

母亲　谁按外面的门铃？

卢西雅　没有人。大概是看错门了。夫人，晚餐做好了。

比扬卡　几点钟了？

卢西雅　八点半。

阿妮塔　天哪，这么晚了。上桌，快点儿！

科尔特　今天晚上你还出去？

阿妮塔　我出去！我出去！不，我不出去。可是，必须准备好，随时可能出去。大夫，请吧。

〔他们下。

比扬卡　（凑到跟前，拉住科尔特）听我说，爸爸，为什么把马尔维兹叫来呀？他就会小题大做，脚下长个鸡眼，也怀疑是肿瘤。

科尔特　我连想也没有想，是你祖母的主意。

比扬卡　爸爸，你为什么不让克拉雷塔教授检查一下呢？

科尔特　克拉雷塔？他是谁？

比扬卡　是我们护士学校附属医院的主任医生，他在全欧洲都有名气。

科尔特　他是医院院长？

比扬卡　嗳，不是！院长名叫施罗德。然而，施罗德可请不动，就是教皇有病，他也不会出诊！他简直是个半人半神，差不多连面都见不到。克拉雷塔呢，可是另码事儿。他平易近人，给人以好感。

阿妮塔　（从隔壁房间）喂，齐奥瓦尼、比扬卡！你们在那儿搞什么名堂呢？

比扬卡 来啦，来啦。（对科尔特）怎么样，要我跟他说说吗？

科尔特 这可真是个顽固的念头。其实，我的状态很好。算了，这会儿，我还有别的事情要考虑。走吧，比扬卡。这事儿，求你不要再想了。我很健康，甚至那声音，我也有好长时间听不见了。

〔那声音又远远地传来。

比扬卡 好哇！那再好不过，可是……

科尔特 去吧，去吧，容我一小会儿，我有……

〔他女儿出去，他后退一步，侧耳细听。那声音远去，又靠近。他抬手捂住脑门儿。

阿妮塔 （从餐室叫他）齐奥瓦尼，你到底干什么呢？

科尔特 没什么，没什么。我这就到了！

〔他还侧耳倾听。那声音消失了，他的手又放到后颈了。

第三场

〔布景与前场同：还能看到衣帽间，只见里面有一个大衣柜。早晨。

科尔特 （身穿睡袍，正在工作室打电话）见鬼！他们没有动？不管朝这方向还是朝另一个方向，一点儿也没有动？斯帕纳，您知道弗莱桑堡昨天是不是还在苏黎世？您肯定吗？若是这样，我就不明白了。对，当然啦！对，这很可能。您要我怎么对您说呢？到头来还是您对了。不过，我还没有完全丧失希望。谢谢。对，过半小时我就出去。您一有消息就叫我。谢谢，再见。（他撂下电话，开始查阅材料）现在，金融管理局、萨维奥利先生、市政厅，还有萨罗但女士。噢！多少苦差事！

比扬卡　（快步上）早安，我的小爸爸！你好吗？

科尔特　已经起来啦？你是掉下床的吧？

比扬卡　护士学校今天该我值班。（她扑上去，搂住父亲的脖子）听我说，爸爸，答应让我高兴高兴。

科尔特　什么事儿啊？

比扬卡　先答应！然后我再告诉你。

科尔特　还跟小孩子一样！

〔他又低头看材料。

比扬卡　你答应不答应啊？

科尔特　好，我答应。

比扬卡　（讲话速度极快）等一会儿，克拉雷塔教授来接我。你要同意我让他上来十分钟，给你很快检查一下。

科尔特　噢！可真麻烦。我什么也不对你们讲就好了。你们女人啊，就会小题大做！况且今天早晨我很忙。

比扬卡　只用十分钟，爸爸，随和一点儿。你会看出克拉雷塔挺讨人喜欢。恐怕他已经到了。（门铃响起来）他来了，他来了。

〔她冲向前厅。

科尔特　是他？

比扬卡　（穿过客厅）对，是教授。

科尔特　那就请他坐到那边。

克拉雷塔　（进来，满面春风）早安，小姐。准时赴约，对不对？（他从西服背心兜里掏出怀表看了看，摇了摇头，又扫了一眼周围，又掏出怀表瞧了瞧）我们可爱的患者在哪儿？

比扬卡　（恭敬地）您请坐下，先生。（她走向工作室的房门）爸爸，克拉雷塔来了。

科尔特　（压低声音对比扬卡）我特别讨厌这种事。

比扬卡　（哀求地）嗳！爸爸，现在你不要生气，你是要看我的笑话呀？

科尔特 总之，让他快点儿。（他走进客厅）您好，教授。

克拉雷塔 您好，亲爱的先生。（二人握手）很好，好极了，认识您非常高兴。（他闪到一旁，注视科尔特）您的女儿对我说过……（科尔特表示要坐下）不，不，请您站着。很好。您的女儿对我说过您心绪不宁，还有那种声音……

科尔特 不过，老实说，我并不……

克拉雷塔 劳驾，亲爱的先生，您暂时最好不要讲。一个女人的声音，对不对？……请稍等一下。（他从医务箱里拿出一个极小的手电筒，打亮了，一连数次从科尔特的眼前晃过）不，不，您不要闭眼睛，正面看着我。很好。一个女人呼唤您，对不对？……（他仿佛自问自答）很好，好极了。（诙谐地）总是有大量工作，我想。说说看，亲爱的先生，您说吧。

科尔特 （冷淡地）对，大量工作。

克拉雷塔 从什么时候起，您听到那种……

科尔特 大约有半个月……

克拉雷塔 半个月。很好，好极了。是间歇性的，对不对？

科尔特 对。不过，我应当承认，这事儿我并不怎么在意。

克拉雷塔 这是自然。（对比扬卡）小姐，能给我找一块大手帕吗？

比扬卡 马上就找来，先生。要一块丝手帕吗？

克拉雷塔 都可以。（比扬卡下。他打量科尔特，就好像面对一个奇物）妙极了！您多大年纪啦？

科尔特 问我多大年纪？

克拉雷塔 对。

科尔特 五十二岁。

克拉雷塔 五十二。哦！我明白……

科尔特 什么？

克拉雷塔 没什么，没什么。从前……患过什么病？

科尔特 我的身体一直非常健康。

克拉雷塔 那再好不过，再好不过。身体一直没毛病，这比什么都强。这就有点像在完全洁净的台布上用餐。

〔他笑起来。

比扬卡 （手上拿着一块手帕进来）这一块合适吗？

克拉雷塔 好极了。对不起，亲爱的先生。（他把科尔特的眼睛蒙上）很遗憾，还得要您来协助。现在，您应当摆出……类似……四脚着地的姿势。

科尔特 在这里？

克拉雷塔 对，在这里。不过是一秒钟的事儿，对不对？（他扶着科尔特摆出四脚着地的姿势）就这样，好极了。现在，请您朝门的方向爬。

科尔特 就这样？

克拉雷塔 对，就这样。慢慢的，对不对？好，很好。（他注视科尔特的动作）停！现在，再往后退。不要转身，对吧，不要转身，在同一个方向。对，对，好极了……停！再耐心一点儿，亲爱的先生。不要动。现在，再朝门口儿爬一趟，完全像刚才那样……好，好极了……非常好，非常，非常好！非常有趣。

母亲 （她上场，愕然停在门口）啊，纳尼在地上干什么？（她瞧见克拉雷塔）唔！对不起！

比扬卡 （介绍）克拉雷塔教授。我祖母。

克拉雷塔 非常荣幸，夫人。您不要担心，这是个小小的测验。（电话铃响。科尔特一下子扯下蒙住眼睛的手帕，立起身来）对，对，亲爱的先生，这就足够了，您可以起来了。

〔科尔特没有应声，跑向工作室接电话。从这一刻起，在客厅的对话和科尔特接电话的声音相交错重叠。

科尔特 （对着电话听筒）是您哪，斯帕纳？对，对，等一下，我拿支铅笔。对，对。（非常激动）107，110，对，对，好……

母亲　（挽上克拉雷塔的胳膊）教授，听我说，我也不知道是怎么回事儿。可是，她就在这儿，这我知道，我看见她了。

克拉雷塔　谁呀，夫人？

母亲　她就在这儿，一会儿消失，一会儿又出现。

克拉雷塔　究竟是谁呀？我不明白。

科尔特　（打电话）对，对，我等着。您是说115？斯帕纳，115？什么？什么，140，漂亮极了！等一等，我记下来……您倒是说下去呀……

母亲　（指了指工作室）不能让他听见我说的话。我人老了，教授。我也没有什么学问，不过，我了解生活。听我说，教授。（她指衣帽间）我弄不清她是谁，也不知道她的姓名，但是她在那儿。

科尔特　（对着电话）160？1，6和0？164？

克拉雷塔　到底是谁呀？（微笑着）该不是一个幽灵吧？

母亲　我也不知道……可是，她就隐藏在那儿。

克拉雷塔　唔！一个女人，对不对？

母亲　大概是个女人。

科尔特　（对着电话）210……大跃进！仁慈的上帝呀！……

克拉雷塔　（对母亲）您看见她啦？您知道她隐藏在哪儿？

母亲　我没有胆量去察看。

科尔特　（对着电话）当然了，我一直守在这儿，听着呢……怎么？又升啦？280，282？300？……295？……嗳！这就足够了。

克拉雷塔　（始终笑呵呵的）然而，这是首先要做的事，任何事情都可以撂下。总之，要亲眼验证。这事儿如此……

科尔特　（对着电话）310？请重复一遍？……

母亲　（对教授）您不会相信我的，教授，您准以为这是一种狂热状态所致吧？

克拉雷塔　哪里，夫人，哪里，根本不是。请原谅，能不能告诉我，那女人在哪儿？

母亲　也许在衣帽间里。

科尔特　（对着电话）330，听好了，斯帕纳，到330，您还可以抛，对，对，所有的，手中所有的……对，对。

克拉雷塔　（靠近衣帽间的门）这非常简单，夫人，只需看上一眼。（他打开房门，母亲犹豫地随他走到门口）这不就行了。一个人也没有。现在您信服了，夫人，这里一个人也没有吧！

母亲　（站在门口）她就在这儿，她就在这儿……

科尔特　（对着电话）340？情况还会更好？360？对，正如我跟您说过的那样。全部抛出！再见……我还待十分钟，对，再见。（他撂下电话，整理记录）胜利啦！他们行动啦！

〔他点燃一支香烟，然后来到客厅。

克拉雷塔　到底在哪儿呢？在大衣柜里？那好，这就打开瞧瞧，事情简单极了。（他拉开大衣柜门）这不就行了。空空如也！完全是空的！整个儿空荡荡的，夫人。过来瞧瞧哇。您也一样，比扬卡小姐，过来瞧瞧。

母亲　（未动地方）别，别，比扬卡，求求你了。

〔科尔特来到客厅，母亲和比扬卡回身迎住他。她们的神态颇为尴尬，就好像扒窃让人当场抓住了似的。

科尔特　妈，是斯帕纳来的电话。一记重拳！咦！教授在那儿干什么呢？

母亲　没什么。我让他看看房子。

克拉雷塔　（从衣帽间出来，笑容可掬）哦！您又过来了，亲爱的先生？恭喜恭喜，您这住宅漂亮极了，陈设高雅。（他看了看怀表）哎呀，这么晚了。至于您，亲爱的先生……（他狡狯地眨了眨眼睛）

科尔特 （喜形于色）怎么说，教授？

克拉雷塔 啊！很遗憾，我不得不打断如此愉快的谈话。不过，时间晚了。

科尔特 你瞧，妈，我什么事儿也没有。

克拉雷塔 （满面春风）这就是说……我没有完全这样讲，对不对？

科尔特 为什么？您发现我有什么不对头的？

克拉雷塔 （拍了拍科尔特的肩膀）不，不，没有什么值得担心的。（他看了看怀表）正相反，几乎没什么问题。一种征兆，即便如此，也是极为常见的。这么说吧，我若是您……真的，亲爱的先生，我们何不好好全面检查一次呢？

科尔特 （情绪极佳）全面检查一次？

克拉雷塔 我们所有的人，每隔两三年都要检查一次，尤其是身体健康的时候。全面检查：透视，验血，做心电图。养成这种习惯非常有益，非常有益。这事就算放到一边，近日，何不去医院看看我们呢？我可以打赌，像您这样一位企业家，从未见过一所现代化医院。难道我说错了吗？

科尔特 （微笑着）一点儿不差。

克拉雷塔 那好哇！您何不去看看我们呢？非常有趣，您知道吗？尤其对于您这样一个人，有趣极了。为什么不去一趟呢？

科尔特 当然去了，等哪天吧。不过，教授，告诉我，您真的认为我……

克拉雷塔 （笑容满面，伸手拍了他肩膀一下，让他放心）比方说，等哪天您女儿值班，您就来看我们。小姐，您什么时候值班？

比扬卡 明天下午。

科尔特 明天？明天不行，我要去的里雅斯特[1]。

克拉雷塔 吓！这些企业家，真是日理万机！不要想什么的里雅

① 的里雅斯特：意大利城市。

斯特了。况且，明天，施罗德也在，施罗德教授。您就有机会认识他了。不是这样吗？请相信我，他这个人，非常值得结识。

科尔特 他们在的里雅斯特等我。（不安地）您还是认为这事儿很急吗？

克拉雷塔 嗳，不，不，您放心好了。不过，我倒是非常想让您去看看，先生。

科尔特 谢谢。我答应您，一定守信。

克拉雷塔 谁都这么说！

科尔特 不，不，我是认真的，一定守信。不瞒您说，假如是作为患者去，那么我就没有什么劲头儿了。然而，若是以游客的身份，那就是另外一回事了。我会怀着极大的兴趣去的。

克拉雷塔 （爽朗地笑起来）以游客的身份！以游客的身份！太妙啦！您真是个风趣的人！

第四场

〔医院大厅和施罗德教授的办公室。正门旁边有一个小窗口，窗口里面坐着一名职员。幕启时，一名女患者、一个胖男人和一个苍白的瘦男人，在大厅里等待。只见不时走过医生和护士。

马什里尼 （此人将近五十岁，一副工人的模样，他急匆匆地上场）对不起，对不起……

职员 先生？

马什里尼 对不起？

职员 您的通知单？

马什里尼 等一下儿。

职员　您的姓名？

马什里尼　马什里尼·盖纳罗。

职员　父亲是……

马什里尼　什么？

职员　父亲姓什么？

马什里尼　这还用问！当然跟我一个姓啦！

职员　（耸了耸肩）您的年龄？

马什里尼　我生于1901年。

职员　好吧。您坐到那儿等候。

马什里尼　很好。（他走进大厅）祝大家身体健康！

女患者　先生大概是头一回来这儿的吧？

马什里尼　为什么？

女患者　在这儿绝不要讲身体健康。

马什里尼　好，好，将来我就知道了。我终于来了……

女患者　（嘲讽地）您就高兴啦？

马什里尼　高兴极了。我终于得手了。咱们私下讲，我把他们给涮了。

女患者　谁呀？

马什里尼　保险公司的人。

女患者　您是怎么把他们给涮了的？

马什里尼　哈！那个大夫，现在想起来还好笑。他上当了。

女患者　您不解释，没人听得懂。

马什里尼　哈！哈！您哪儿知道……（他凑近了）事情是这样。我这儿能发出轻微的鸣声。

女患者　鸣声？

马什里尼　要知道，是天生的。喏，就在这个部位。

〔他指着靠肩胛骨的部位。

女患者　（触了触他的肩胛骨）就在这儿？

马什里尼　不对，再往上点儿。我一喘气儿，就有轻微的鸣声。

女患者　那位大夫怎么说？

马什里尼　他什么也没有说。我深深喘了一口气儿，那鸣声一直传到隔壁房间。于是，他害怕了。

女患者　谁呀？

马什里尼　嗳！大夫呗！

胖先生　说到底，您为什么这么渴望来这里呢？

马什里尼　为什么？您真会开玩笑！看得出来，您从未干过活儿！可是我们呢，要来这里，住进这家大饭店，哪怕杀掉自己的父母也干哪。医院，先生，就是穷人的度假胜地。

胖先生　总而言之，如果我听明白了的话，您一点儿病也没有，却设法住进了医院吧？

马什里尼　正是如此。我的身体棒着呢！

女患者　难说！

马什里尼　怎么“难说”？

女患者　这方面我可有一定的经验。照您的叫法，这家大饭店，我是老顾客了。我在这里动过四次手术，而且是四种不同类型的病。对，我亲爱的！现在，我要动第五次手术。这些家伙，我了解他们。如果他们同意你住院，那您就放心好了，并不是因为您这轻微的鸣声。

马什里尼　那因为什么？

女患者　请放心吧。您还有别的事儿，只是他们没有对您讲。他们肯定诊断出别的毛病了。

马什里尼　（笑起来）这站不住脚！

女患者　您就等着瞧吧。

马什里尼　（笑）哈！哈！不是所有的人都像您这样。

女患者　我初次入院的时候，也是这样发笑。

胖先生　来做第一次手术？

女患者　一点儿不错。

马什里尼　给您麻醉了吗？

女患者　（自视高人一筹地微微一笑）当然了。您以为我是谁呀？当时，麻醉还使用乙醚呢。然而，我宁肯死去上百次，也不愿意再麻醉了。

胖先生　为什么呢？

女患者　您就从来没有试过？

胖先生　没有，谢天谢地！

女患者　您是可以说：谢天谢地。要知道，这不是一种肉体的疼痛。不是，还要糟糕，是一种名副其实的折磨。

苍白的男人　您夸大了一点儿吧，太太？

女患者　夸大？我倒想瞧瞧，您做手术那天会怎么样。其实，很快就该做了吧，不是吗？您这样子，可不怎么太硬实。

苍白的男人　的确如此！

女患者　（得意扬扬地）哈！您住院啦？好哇，您就要认识所有那些宝贝了。（好奇地）您哪儿有病？

苍白的男人　我是医生，太太，我在这儿等候我的一个同事。

女患者　医生？

苍白的男人　医学博士，甚至还是麻醉师。

女患者　（企图夺回失去的地盘）那您本人呢，我是说，大夫，您从来就没有亲身尝过用乙醚麻醉过去的滋味，对不对？

胖男人　乙醚有什么可怕的，您把它说得这么坏？

女患者　很难解释。一句话，就是魔鬼。

胖男人　魔鬼？在乙醚里？

女患者　当时他们对我说，要尽量深呼吸，我就呼吸，结果突然发觉自己的手动不了啦。于是，我又试图说话，舌头也同样不听使唤了，可同时却听得见外科医生和其他人说话。我心中暗道：我什么都听得见，就是不能呼吸了，他们若是把我大卸八块，我要叫喊都喊不出声来。好，应当指出，归根结底，这是正常的，我本人也知道。

苍白的男人 是啊，您瞧，总的来说，还是相当舒服的。

女患者 后来，我就什么也听不见了，只觉得进入灰色隧道里，隧道越来越狭窄，一股不可抗拒的力量一直把我往里吸，而灰色管道也变成漏斗的细颈。我感到窒息，恰好这时，一个可鄙的家伙……

胖先生 （指了指跟随几名助手走过去的一名医生）那位，就是施罗德吧？

苍白的男人 嗳，不是！

女患者 （讲述得正起劲）……一个可鄙的家伙，我看不见，但是能感到他在我周围转悠，开始对我说话。哼！他的语气和蔼可亲，但能让人觉出他身上有一种冷酷和嘲弄的意味。他说："你以为这是一次手术！很好吗？好极了。你以为过半小时就会醒来？哼！蠢货才什么也不明白，不明白这就一命呜呼了。"他悄悄儿地嘿嘿冷笑，而我身不由己，一直被往里边吸去。再也没有容身的空间了，整个儿被摧毁，化为零，对，化为零，我还企图摆脱，抗拒，然而那种力量异乎寻常，就像亿万吨重的东西压在我身上，还有那种声音，总在冷笑，戏弄我的绝望。

胖先生 说到末了，这不过是一场梦！

女患者 最后我死过去了，穿过了隧道的端点，又进入一种灰蒙蒙、空荡荡的空间，没有尽头，到处单调地映照昏光，那便是死亡的空间。咚咚作响的圆柱林立，一望无际，永远奏响着一种永恒的空虚，而我在其间吓得魂不附体。

胖先生 好家伙！可真够痛快的呀！

女患者 （重又回到现实）为什么这么说？您害怕啦？

胖先生 害怕啦？我？

马什里尼　（看见科尔特进来）嘿！又来一个！

〔科尔特同他的女秘书格洛丽雅上。

职员　（在窗口里面）喂！请稍等一下儿！

格洛丽雅　我们来看教授……

职员　什么教授不教授的，我也得在登记簿上记下你们的姓名。

格洛丽雅　可是，我们来这儿是要……克拉雷塔教授邀请我们来的。

科尔特　（厌恶地看了看周围）那人，他什么也不明白。

格洛丽雅　（对着窗口）他是科尔特工程师。

职员　什么？

格洛丽雅　（麻利地交给职员一张纸）看一看，什么也不要讲。

马什里尼　（对科尔特）您也做过检查？

科尔特　（冷淡地）什么检查？

马什里尼　哦！对不起，我原以为……您一定是自费的顾客了？

科尔特　（耸了耸肩）格洛丽雅，那个克拉雷塔在哪儿？

格洛丽雅　稍等一下，先生，有人找他去了。

科尔特　您也清楚，我很忙。十点钟，我还得到财团那儿。比扬卡去哪儿啦？

格洛丽雅　她去找教授了。

女护士　（快步上）佩罗兹·卢吉亚！（她走到科尔特面前，拿掉他嘴上叼的香烟）对不起，先生，这里禁止吸烟。（她注视手上拿的一张纸）喂，佩罗兹·卢吉亚在吗？

女患者　是我。

〔她站起来，显得挺激动。

女护士　（边下场边说）请走这边。

女患者　（拎着她的小手提箱下）好啦！就这样。再见。

〔女患者下。

科尔特　（恼火）这种动物园，让我厌烦透了。克拉雷塔他人来还是不来？

另一名女护士 （出现在门口）马什里尼·盖纳罗在吗？

马什里尼 是我，马什里尼。

女护士 请到这儿来，跟着我。

〔她带着马什里尼下。

科尔特 格洛丽雅！至少再想法儿找到比扬卡。

格洛丽雅 到哪儿找？

科尔特 我怎么知道呢？您就找吧，问吧！

〔格洛丽雅下。

胖先生 您也一样？

科尔特 什么我也一样？

胖先生 您烦躁，我了解这种感觉。待在这里，一等就是几小时，等着答复，等着结果，简直难熬极了。我呢，这是第三次来这儿……

科尔特 什么结果？

胖先生 （有点儿不知所措）对不起。我原以为……您不是来看病的吗？

科尔特 （冷淡地）不是，我出于好奇来这儿看看。纯粹出于好奇心！

胖先生 （失望地）您这样再好不过。

科尔特 我敢打赌！您就好像有点儿遗憾似的！（旁白）什么人呢，可笑的家伙！

胖先生 唔！请您原谅！我向您保证……可是，平常来这儿的人……

科尔特 （开始发火）平常，平常！既然您要了懈，那就告诉您，我来这儿是要看看……

〔这时，从远处传来一个女人唱歌的声音。科尔特一动不动，侧耳细听。

胖先生　您说看看？……

科尔特　（示意他不要讲话）您听见了吗？

胖先生　什么？

科尔特　这种声音，您没听见？

胖先生　我什么也没有听见。

〔那声音越来越响。

科尔特　（说话嗓门儿很大，以便盖过那声音）怎么啦？您为什么又不做声啦？为什么不讲话啦？讲啊。刚才，就听您一个人讲话了。而现在……倒是讲啊，说点儿什么事儿啊！

胖先生　我不明白。您要我干什么？为什么要我说话呢？亲爱的先生，这里人人都在想自己的事儿，您应当知道。而我呢，脑袋里也有别的事儿……

科尔特　好，很好，说话声音再大点儿，喊叫，让她住声，那个该死的女人……

胖先生　（惊愕地注视他）可是我……您这是怎么啦？噢！可真叫我受不了！

科尔特　（抬手捂住后颈，这时那声音渐弱）实在抱歉，先生，我也不知道……唔！这是一种说话方式。我并不想吓唬您，请您相信。

苍白的男人　（冷静地站起来）对不起，先生，我是医生，叫菲拉里。如果我理解不错的话，您听见一种声音，对不对？

科尔特　（等了几秒钟）刚才，我仿佛……

苍白的男人　听见一个女人的声音，对不对？一个女人在做礼拜、唱圣歌？

科尔特　（满意地）您也听见啦？

苍白的男人　那么，您来这儿，仅仅出于好奇心吗？

科尔特　一点儿不差。这有什么大惊小怪的？

苍白的男人　并无个人打算，只是参观一下，对不对？没有什么别的啦?

胖先生 （似乎要报复一下）并无个人打算，只是参观一下！您真够热心的。

科尔特 （一时非常尴尬，转身对着正中的门）比扬卡！比扬卡！

第五场

〔施罗德教授办公室。胖先生坐在办公桌前，而办公桌后面则空无一人。

〔他身后一张桌子坐着女秘书，一名女护士则站在门口。

女护士 冷静点儿，先生，教授就要来了。

胖先生 冷静！冷静！说起来容易！

〔施罗德教授出现，身后跟随一小帮助手，全穿着白大褂。胖先生急忙站起身。施罗德亲切地请其他人坐下。他本人也就座。助手递给病历和X光照片，他开始审阅，还不时好奇地朝胖先生瞥一眼。

胖先生 （胆怯地，没有重新坐下）教授先生……

施罗德 （漫不经心地摆了摆手，示意他住声，继而，又最后看一眼病历）好了！亲爱的先生，一切正常。我这儿不需要您了。

〔他示意女护士将患者送到门口。

胖先生 （满心欢喜）一切正常，教授先生？这么说，你们什么也没有查出来?

施罗德 您要把我的话听明白。我说一切正常，这就意味着该做的全做了：诊断，化验，X光透视，全都做了。我没有讲什么也没有查出来。（他以嘲讽的口气，开玩笑地问助手们）你们听到我讲什么都没有查出来了吗?

助手们 （心照不宣地微笑着）绝对没有，先生。

胖先生 那查出什么来啦？

施罗德 （耐心地）同患者往往很难说得通。（他若有所思，摇了摇头）刚才我只是对您讲，亲爱的先生，眼下，我们这儿不需要您了。

胖先生 谢谢您，教授先生。可是，您就不能告诉我？……

施罗德 （惊讶地）也许您想马上知道我们检查的结果？是这样吗？

胖先生 的确如此，教授先生。

施罗德 那好！我们会同给您治疗的医生联系的。您通过他自然会了解全部情况。这样说清楚吧？

胖先生 我完全理解，教授先生。不过，您就不能告诉我，当然不必说那么细，只是大致告诉我，您是怎么想的吗？您瞧嘛……

施罗德 要我瞧什么？

胖先生 那好，就这么说吧。我应当承认，教授先生，我有点儿担心。

施罗德 （面有愠色）这我理解，亲爱的先生，我向您保证尽快同给您治疗的医生联系。

〔他站起身，以便结束这场争论。

胖先生 尽快……

施罗德 自然，完全取决于紧急的程度。不过我认为，在这方面，我们都有很好的判断力。我向您重复一遍，尽快。然后，如果要作出什么决定……

胖先生 这是因为……您认为……

施罗德 我说“如果”。我仅仅提出一种假设。好了，放心吧，亲爱的先生，回家去吧。

胖先生 您说我可以放心？

施罗德 （叹了一口气）您又要把我没有说的意思强加给我。“放心吧”意味：不要焦躁，顺其自然，到时候您就会明白。

（他转向助手们）你们认为我的话，在旁人听来能是模棱两可的吗？

助手们 绝对不是，先生。

施罗德 （手伸向胖先生）好啦！晚安，亲爱的先生。

〔胖先生一脸困惑，由一名助手送至门口便出去了。

施罗德 （示意女护士）好，现在，劳驾，一点儿也不要耽误时间。

〔有人立刻递给他装X光照片的一个文件夹，边点头边审查X光照片。这工夫，科尔特由格洛丽雅、克拉雷塔教授和比扬卡陪同，被人让进来。

克拉雷塔 （颇为做作地）我亲爱的施罗德，我向你介绍科尔特先生。你认识他女儿。

施罗德 （注视格洛丽雅）还有那位小姐呢？

克拉雷塔 她陪同科尔特先生。科尔特先生光临我们的医院，参观了我们的设备。

科尔特 （超脱的口气）非常有趣，真的非常有趣。完全现代。

克拉雷塔 在一定程度上，他甚至还受益了。

施罗德 （拿着一张X光照片对着亮光）对。就是今天早晨您对我讲的病例？

科尔特 您是说，我是病例？

克拉雷塔 （愉快地）嗳！科尔特先生，不要在意。我们开口闭口总用“病例”这个词，不假思索就讲出来了。（笑起来）施罗德教授只想说我告知他您来参观的事。

科尔特 请原谅，教授。（他指了指放在桌子上的电话）我能用一下吗？有件急事。

施罗德 （莫名其妙）用一下什么？

科尔特 电话。

施罗德 哦！您要打电话呀？您就请用吧。

科尔特 （他拨了号码，便焦虑不安地等待）斯帕纳，是您吗，斯帕纳？对，对。告诉我，全部结算啦？啊！很好。事情完全像预计的那样，不是吗？他们垮了，嗯？什么？他说了这话？难得他承认这一点。对，对，这样很好。这笔生意结束了。现在，我们地位稳固了。无所谓。一会儿见。对，对，我在这儿很快就完，过半小时我就到。（他挂上电话，抬眼一看，只见医生们都在默默地注视他）请原谅，教授。

〔他微笑着，就像一个要求得到原谅的小男孩儿。

施罗德　（和蔼地）没关系。现在您请坐，您坐下吧。我很高兴接待您这样一位客人。我的朋友克拉雷塔对我说……

科尔特　哦！要知道，我来这儿主要是为了……

施罗德　请您什么话也不要讲，该知道的我们已经全知道了。见到您，我的确很高兴。请相信我这话，不是天天都有机会接待一位，怎么说呢，一位如此（笑）值得关注的人物。

〔他用手指弹着x光照片。

科尔特　这是给我透视的照片？您也看啦？

施罗德　（同样和蔼的语气）对，我也看了。

科尔特　您得出什么来了吗？

施罗德　多么强有力的说法！“我们得出什么？”（嘿嘿一笑）何必使用如此生硬的语言呢？我的朋友克拉雷塔可以告诉您，我们什么也没有得出来。

科尔特　这么说，我这副老骨头架子状态还很好？

施罗德　我们什么也没有得出来。我们只限于察看，我们所能看到的，说得明确些，对不对，克拉雷塔，无非是丘脑下部略微有点儿萎缩。

科尔特　（开始注意听了）萎缩？怎么，您发现问题啦！严重吗？

施罗德　（拿出对一个无知而好奇的孩子那种又耐心又和蔼的态度）严重，轻微，严重！好像生命就这么简单！严重！这些词，肯定毫无意义。不如这么讲，依我们看，在很短时间内，一切又恢复正常了，对，一切都会恢复正常的。在动一次小手术之后。

科尔特　手术？还得给我做手术？

施罗德　（不予回答，而是征询助手的意见）明天早晨，七点钟？……谁？哦，对了！我倒给忘了……八点半，怎么样？

一名助手　也许最好安排在九点钟，先生。

科尔特　嗳！我这儿不行！明天我动身去都灵。

施罗德　去都灵，对。你们要把病房准备好。用具，您知道，在这种情况下……想着点儿木安沉针，要有二十来支。

科尔特　给我准备病房？这可不行。有人还在都灵等着我呢。这事儿甚至谈都不要谈。

施罗德　（语气极温和又满不在乎）我理解您，先生，不过，恐怕您不理解我。的确，私人状况和临床状况，两者必须区别开。我始终强调这种区分，以便避免误会。我本人就应当注重第二种状况，而前一种与我无关，也超出我的能力。每当决定是否要动手术，在什么条件下动手术的时候，我自然而然要考虑最合适的日期和最有利的时机。

科尔特　当然了，先生。不过，我的私人状况迫使我拒绝，况且也是暂时的。十天之后，比方说十天之后，对，我可以再来。

比扬卡　可是，爸爸，明天，教授会亲自给你做手术。这是意想不到的机会。这次你拒绝了，那么也许半个月，他都没有空闲时间了。对不对，教授先生？

施罗德　我们爱莫能助哇，小姐，通常都是这种反应。天晓得为什么公众对手术存在一种特别的偏见。

科尔特　教授，如果三天我就回来，还不算晚，对不对？

施罗德　老实说，我本人也要外出一次，是不能改期的。我后天动身。您考虑考虑吧。今天，您还是患者。而明天，在这同一时刻，您就已经康复了。好了，先生，好了，您女儿陪您去病房。

科尔特 （就在施罗德带助手们走的工夫）我总得回家一趟，我身上连一块手帕也没有带。

克拉雷塔 一应俱全。我想，手提箱已经放在您的病房中了。

科尔特 什么手提箱？

比扬卡 是我想到叫人带来的，爸爸，以备不时之需。

科尔特 （看了看四周，不知所措）以备不时之需……格洛丽雅小姐！她到哪儿去啦？

格洛丽雅 我在这儿呢，先生。

科尔特 往都灵打电话，同奥什特–普赖西什公司联系上，请宽限十天时间。

比扬卡 爸爸，还是去看看你的房间吧。

科尔特 （他的神态，就像一个人感到脚下的地陷下去那样）格洛丽雅，仔细听我说。然后，您再给马勒克雷迪去电话，告诉他，我们供货的日期不能提前了。理由，您就随便找一个吧。不要忘记：马勒克雷迪。

克拉雷塔 真的，看在爱上天的分儿上，科尔特先生，您害怕啦！

科尔特 （始终面向他的女秘书，而不注意克拉雷塔）还有别的事儿，格洛丽雅。您在我的办公桌上能找到一个公文包。

格洛丽雅 是，先生，一个公文包。

科尔特 您从里面取出一个红信封，那是研究委员会的材料。信封里有一张纸，上面有一些数字和手写的标题“图表”。您拿了用打字机打出来，再以我的名义直接转交给佩尔蒂卡里。您听明白了吗？

比扬卡 现在我们应当上去了。

科尔特 上哪儿去？

比扬卡 去你房间哪，你若是待在这儿，就得打一针。

科尔特 打针，现在？噢，这真荒唐。格洛丽雅小姐，听我说，万一明天齐亚科萨来电话，您就告诉他，总之，向他解释这种情况。还有，一定提醒他注意，现在只差部里批准了，这就足够了，只差部里批准。他会采取必要措施……

一名女护士 （急匆匆地上，来到科尔特面前）科尔特先生？

科尔特 什么事儿？

女护士 我们本来不想打扰您，可是……

科尔特 稍等一下。（对克拉雷塔）毫无疑问，我真脱不开身。请相信我，教授，我得走了。我忘记了明天还……

克拉雷塔 您大可不必这么惊慌失措，科尔特先生。您理会错了，谁也没有强迫您……

科尔特 （不安地）我想出去，还得到办公室去一趟。

克拉雷塔 算了，总是编故事！其实您是害怕。这真是异乎寻常，真是骇人听闻！我不明白。

科尔特 格洛丽雅，我觉得忘记了什么事儿……重要的事儿……

格洛丽雅 在办公室？

科尔特 不，不是在办公室……

格洛丽雅 一次约会？

科尔特 不是，不是。

格洛丽雅 那就是在家里？

科尔特 不，也不是在家里……

女护士 先生，到时间了……

科尔特 哦，等一等……（对格洛丽雅）我知道，这是件重要的事儿，非常重要，可我怎么也想不起来了。

克拉雷塔 这情况很典型。您的的确确害怕啦！算了，算了，敢作敢为的人哪儿去啦？工业的头领？我说什么，头领！总司令啊！哼！我知道您是怎么想的。手术，不能动到实业家科尔特的头上，对不对？您已经看出来，这一切不过是一种阴谋诡计？您呢，完全清楚，您的身体非常健康，根本用不着动什么手术，对不对？

女护士和助手众人 （极为开心）哈！哈！哈！

克拉雷塔 （继续摇唇鼓舌）那好哇！趁现在还来得及，您就请便吧。回去照顾您的大企业，石油等着您呢。您无需找理由，对付这些看谁都有病的忧郁的医生，对付这些像手术刀一样消过毒的无情的怪人！外面天气很好！您的身体又这么棒。（他敞开窗户）瞧一瞧，瞧一瞧，多么美好的日子！这种时候怎么能关进医院里呢？听一听忙碌而喧闹的城市的声音，听一听小轿车、有轨电车、汽笛、机器、火车、涡轮机、卡车的声响，而这中间还掺杂着人的喊叫、哀怨和欢笑。要听清了，这美妙的歌！

〔远处军乐声，越来越近。

克拉雷塔 演奏得真及时。小号，军号！年轻的生命！力量！光荣！（他笑起来，猛然改变语气）好了，亲爱的先生，您真那么害怕，怎么可能呢？简单走一个过场，明天晚上，您就会开怀大笑啦！

科尔特 一个过场？

〔军乐声渐息，代之而来的又是那唱歌的女人的神秘声音。

克拉雷塔 明天，您就治好了。要有信心！这段军乐，没有让您快活起来吗？

科尔特 （粗暴地，又惴惴不安地）关上这扇窗户！立刻关上这扇窗户！

——第一段时间完

第二段时间

第六场

〔医院第七层楼的一间病房。一面墙壁上挂着一块牌子，上面写着“七层”。在以后几场中，也有同样标示楼层的牌子。床头柜上摆着一部电话。时近黄昏。

〔科尔特身穿便袍，坐在一张沙发椅上。格洛丽雅腋下夹着公文包，停在门口。她怯生生地进屋。

格洛丽雅 我不打扰您吗，先生？

科尔特 （站起身，情绪极佳）您好，格洛丽雅。进来吧。

格洛丽雅 （停下脚步）已经下床啦！祝贺您！是啊，也许脸色还有点苍白，但也不是那么厉害。您的体格真好。

科尔特 （面有得意之色）钢铁的体格，格洛丽雅，这是家传的！明天就给我去掉绷带。过一周，就能高呼“自由万岁”！

格洛丽雅 （打开公文包）我给您带来了最紧急的文件。

科尔特 瞧瞧吧……（翻阅）嗯！眼下，办公室生活挺美好吧？（他友善地注视着格洛丽雅）不过，这情况不会持续下去了。再过一周，我就要重新给您加活儿了。（他看了一封信，显然不大喜欢）这是什么离奇的故事？

格洛丽雅 这是对法国人那个有名建议的答复。

科尔特 所有这些蠢话，是谁口授给您的？

格洛丽雅 是斯帕纳先生呗！

科尔特 真不得了，我几天不在，就马上有人干起蠢事。（提高嗓门儿）斯帕纳总该知道，那个马尔凯先生是什么类型的人物吧？总而言之，难道他变成十足的傻瓜啦？变成傻瓜啦？

（他越说越生气，将信纸一揉搓，掷到地下）这种事真叫我……

〔他似乎感觉不好。

格洛丽雅 好了，先生，您不要动肝火，不要想这事了。（她又拾起信纸）明天我再来，情况也许会改善了。

科尔特 请原谅，我也不知道这是怎么……对，明天再来吧。

格洛丽雅 您的身体还虚弱，先生，很容易发火。

科尔特 不，我并不虚弱。不过，我这人很粗暴，很粗暴，发号施令惯了，可是在这儿……

〔他站起来，动了一步，好像要去开窗户。

格洛丽雅 别，别，先生，您别动。我去打开。（她打开窗户，向外张望）这儿真漂亮！就像在广告画折子上看到的灯火辉煌的大饭店。（她俯身往下看）只是到下面，灯全黑了。

科尔特 下面，哪儿啊？

格洛丽雅 下面，就是二楼。

科尔特 （没有听明白）什么？

格洛丽雅 我是说二楼全黑着灯。（犹豫地）先生，听人说，这家医院的患者，是按照病情的严重与否，分住各个楼层，这是真的吗？

科尔特 （满意地）好像是的，好像是的！正因为如此，安排住在七层上的人……

格洛丽雅 七层上？

科尔特 七层，对呀，就是我们这层楼。住在七层楼上的人，可以说不算病人。这情况我知道。大夫对待我们甚至不那么认真。（他笑起来）总而言之，只拿着开开玩笑的病人！

格洛丽雅 那么六楼呢？

科尔特 六层楼住的人，就稍微差一点儿了。已经可以说是病人了，病很轻，但终归是病人，尽管他们的病情丝毫也不令人担心。接下来，楼层越低，患者的病情越重。

格洛丽雅 （深受感染）那么住在二楼上的患者呢？

〔她关上窗户。

科尔特 （笑）哈！二楼嘛，要知道，就没有大夫的事儿了，只等着本堂神父了。

格洛丽雅 窗户全关着，也就是这个原因吧？

科尔特 不知道。一名患者死了，他们也许立刻拉上百叶窗。

格洛丽雅 噢，真可怕！甚至叫人反感！

科尔特 他们向我解释说，这是现代方法，自然是施罗德方法。应当指出，这有利于轻病人，例如我这样的，听不见旁边的患者呜呼哀哉。

〔他笑起来。

格洛丽雅 （困惑）而您……您安排在七层？

科尔特 （笑）您想让人把我安排在哪儿呢？一下子就到三楼？

格洛丽雅 噢！不要讲这话，即使说笑话也不好。

科尔特 嗳！怎么，格洛丽雅，我们都不会长生不死啊，不是吗？

〔有人轻轻敲门。一名女护士进来，手里端着装满体温表的杯子。

女护士 量体温，先生。到时间了。

〔她递给科尔特一支体温表，便出去了。

格洛丽雅 一天给您量几次体温，先生？

科尔特 两次。走过场，但他们坚持这样做。我认为，他们甚至要给被子量温度！

格洛丽雅 （感到不自在）这么说，先生，您在八号星期四就能出院啦？

科尔特 星期四还是星期三，我也说不准，要看他们早一天还是晚一天，给我清除全部疑点。

格洛丽雅 （沉默片刻）可是这里，在楼上，从来就听不见楼下患者的呻吟吧？

科尔特 （笑）楼层这种说法，真的给您造成强烈的印象。算了，不要再想啦！甚至都不能肯定，大家说说而已。况且，人一天也不能总想别人的不幸，嗯！（有人轻轻敲门）进来！

克拉雷塔 （他和一名女护士同时进来）怎么！（率直地申斥）看来，你在这儿办起公来啦，这要疲劳的。而疲劳，亲爱的先生，不行，不行！（和蔼地）好了，别再让我看见这些材料啦！

女护士 （她从科尔特手上拿过体温表，让克拉雷塔看）您看，大夫！

科尔特 怎么？我发烧啦？

克拉雷塔 谁跟您说发烧啦？您治愈了。高出十分之二三度，动过手术之后，这算发烧吗？不过要注意，不要工作啦！听说您的电话一分钟也不停。我完全清楚，您是个实干家，然而，您也实在太过分了。

科尔特 （面有得意之色）有什么办法，我总是像头牛一样干活儿！

克拉雷塔 是啊，我得走了。总之，咱们很好，甚至非常好。再见，亲爱的先生。（他转身似乎要离去，到了门口又停住，反身回来）对了，我差点儿忘了，想请您帮个忙，倒也不那么紧急，还是明天再谈吧。

科尔特 别的，如果我真能帮上这个忙……

克拉雷塔 唔！纯粹是个意外情况！事情是这样，不要犹豫对我说不行。明天一位女士带两个孩子住院。您这房间旁边恰巧有两间空病房，可是需要三间，我本想请您……请您移到另一个房间，有什么不便吗？

科尔特 没有哇，我很乐意，喏……

克拉雷塔 谢谢，非常感谢。我就知道，同您办什么事都非常痛快。我明天就吩咐换房。话又说回来，为什么不今天晚上就办了呢？做这种事情，晚上更清静。

科尔特　听您的安排，这没什么关系。我的新房间，离这儿远吗？

克拉雷塔　不问我差点儿忘了，有一个小小的复杂情况。因为，要知道，这层楼只剩下两间空房了。（科尔特受到震动，从坐椅上站起来）咱们还必须下一层楼。这顶多是两三天的事儿。

科尔特　可是我……

克拉雷塔　（始终客气地）这是暂时的安排。绝—对—是—暂—时—的。只是安排您去住一天，多说两天，直到腾出一间空房，如果那时您愿意……

科尔特　对，请相信，我还是愿意回到这儿来。

克拉雷塔　我这么说，是因为过一星期，您就要离开我们了。我心里还琢磨，再搬第二次，有没有必要费那个劲儿。

科尔特　随您怎么安排。可是不瞒您说，这种变化使我不痛快。

克拉雷塔　好了，不要耍小孩子脾气啦！（爽朗地笑起来）如果是医疗上的原因，您的病情加重了，那我还能够理解。然而，手术很成功，超出我们的预想，您也正在康复。您这种低烧的状态也是正常的，完全正常。现在的问题，只是帮一位年轻的母亲！况且，我并不是非要拂您的意，可以另外再想法儿解决……

科尔特　（有气无力地）不，不，我不愿意讨人厌。那咱们就搬吧，我就相信您了。

克拉雷塔　就这么定啦！您真的给我解围了。您了解女人，她们总有一定之规。（笑）再者说了，您住在七层，或者六层，或者五层，又有什么关系呢？哈！……哈！……反正不久您就要离开我们了。再过一周，幸福的人，您就丢下我们连同我们每天的烦恼不管了。好了，再见，亲爱的先生，万分感谢。

〔他同女护士下。

格洛丽雅 （尴尬地沉默了片刻）请告诉我，科尔特先生，今天晚上，您还有点儿烧吗？

科尔特 护士那么快就把体温计拿去，也没容我看一看。十分之二三度吧，克拉雷塔这样说。

〔冷场片刻。

格洛丽雅 这位克拉雷塔教授，他给人的印象好吗？

科尔特 哦，对！给人的印象很好。这里，人人都崇拜他。

格洛丽雅 是啊，一个人那么热情，那么善解人意，那么诚恳……

科尔特 听我说，格洛丽雅，坦率地跟我说，他给人的印象不是很好吗？

格洛丽雅 （沉吟一下）太好了。

第七场

〔医院六楼的一间病房。

〔幕启时，科尔特身穿便袍，正在打电话。他头上没有绷带了，只贴着橡皮膏。

科尔特 （对着电话，同时查阅材料）喂？格洛丽雅，是您吗？您不是今天要来吗？对，他们又推迟了我出院的时间。不知道星期六之前能不能出院。什么？什么？我听不清楚……很不清楚，您的声音太低了。我说话您听见了吗？好，那您在斯帕纳写的信的结尾，在结尾，在礼貌的话之前，加上，等一等……加上“关于……关于卢尼什 · 安斯塔得公司倡议，我们劝您密切关注那个利益相关的集团，对，利益相关！”（又听见那神秘女人的声音）“利益相关，写法同利益一样……”对，对，请等一下……（他显得很烦躁）“利益相关的集团在压缩机存货上的意向。”对不起，什么？对，对，以后我再给您打电话。

〔那声音又变强。科尔特揿铃，却没有人来，他便起身，朝走廊走去。

科尔特　护士！护士！够啦！让她住声！让她住声！

〔三名患者跑来，其中一名女患者，就是第五场出现在医院候诊室的那位。

头一名患者　（快活的语气）出什么事儿啦？失火啦？

女患者　怎么回事儿？

科尔特　这个声音，你们没有听见这个声音吗？

〔他们四人侧耳细听。那声音似乎远去，重又回来。

科尔特　你们还没有听见吗？

女患者　就是唱“啊啊啊啊啊”的声音？

科尔特　对。是什么人？

女患者　那个女人吗？您这样大嚷大叫，就因为那个女人哪？那是看衣帽间的那位虔诚的嬷嬷。整个礼拜天，她都在唱圣诗。

科尔特　（不大信服的样子）看衣帽间的嬷嬷？您能肯定吗？

女患者　岂止肯定！那您说是谁呀？难道是三楼的一名患者？

〔她笑起来，其他两名患者也跟着笑了。

头一名患者　那么您呢，太太，（他一副神秘兮兮的样子）您坦率地告诉我，那嬷嬷您见过吗？

女患者　没有，我本人没有见过她……

头一名患者　（对第二名患者）您呢，您见过她吗？

第二名患者　没有。但是跟见过差不多。

头一名患者　（嘿嘿冷笑）亲爱的朋友们，我感到在这里，有人编造故事讲给我们听。这个声音，在我那儿，在家里我也听到了。这又如何解释呢？

科尔特　（伸手捂住后颈）我也一样。

头一名患者　是灌进我们脑壳里了，无非如此！我若是不怕下楼的话，就去瞧瞧那个少有的嬷嬷。衣帽间在几层楼？

女患者　在三层或者二层。

头一名患者　哦，算啦！若是这样，我放弃。即使作为探险者，我的头也绝不朝楼下探。我可不想在这种深渊中游泳。要不到五楼，已经够我受的了。

科尔特　（怀着好奇心和某种同情心）为什么要您下到五楼呢？

头一名患者　也不只是我一个。六楼上的一多半儿人，都必须下去一层。（对女患者）也有您吧？

女患者　哦，对，也有我，真倒霉。

科尔特　怪了，怎么会让半层楼的人一下子搬下去呢？

头一名患者　是啊！克拉雷塔教授也向我解释了。我不敢肯定自己是否听懂了，据说七楼人满为患，他们便创建了一个分部。总之，要搬下来的所有患者都降半个点。

科尔特　半个点？

头一名患者　就是这样……想象一下吧……而且我还认为，许多医生都已经这样区分他们的患者了。想象一下，每层楼的患者根据病情分两个等级，即复症患者和非复症患者，可以说存在一个高级六层和一个低级六层。我解释得够清楚了吧？

科尔特　清楚，清楚。

头一名患者　好。再说，由于七层人满为患，而其他楼层相对人少，他们就决定所有的人都降半个点……

科尔特　那么实际结果呢？

头一名患者　实际结果，就是低级七楼的人降到六楼，而低级六楼的人降到五楼，以此类推。（他注视科尔特）您呢？您留下来吗？

科尔特　（笑）但愿如此。要知道，我是七楼的人，是偶然到这层的，因为我把房间让给了一位女士。不过，只要有一间房空出来，我还搬上去。不管怎么说，过几天我就走人了。

女患者　请原谅，先生，请问尊姓大名？

科尔特　科尔特，齐奥瓦尼·科尔特。

女患者　科尔特？我好像在名单上看见了您的名字。应当搬下去的患者名单。

科尔特　有这事儿！不可能！

第二名患者　老实说，我也有这种印象，看到您的名字，或者差不多是这样。

科尔特　（恼火）算了，你们做梦呢！

头一名患者　对了，名单就张贴在附近的门厅里。

科尔特　跟你们说，我是七楼的，暂时住到这儿，保证没错儿。不过，去核实一下也好。

〔他同三名患者下。

〔过了片刻，就听见他的叫喊声。

科尔特　护士，护士！这真可恶！我走啦！设圈套！护士！马上把克拉雷塔给我叫来！我不去六楼！我不去！这些野蛮人，以为是跟谁打交道呢？

〔一个女人的声音传来，那是护士。

女护士　您倒是冷静点儿啊！不要这样大吵大闹！

科尔特　我不去六楼！这样搞真卑鄙！

女护士　您为什么出来啦？患者不准离开病房啊！

科尔特　我才不管那一套呢，这么干真下流。这是一场阴谋。

女护士　好了，冷静点儿。您又该发烧了。等一会儿您就见到教授了。

科尔特　我才不管发烧不发烧呢。

女护士　我恳求您了，不要这样激动。

〔二人的声音相重叠，越来越近，直到科尔特和女护士走进病房，而那三名患者停在门口看热闹。

女护士　冷静点儿，先生！您要给自己添病了。这样很好，您坐下。盖上毯子，我给您倒碗水喝。

科尔特　（他喊累了，嗓门儿放低了一点儿）我，降到五楼，降到五楼！我下到这层，是帮一位女士的忙，难道您不知道吗？这是搞什么名堂？就是这么管理的！混乱到这种程度，你们应当感到羞耻。我，降到五楼！真卑鄙！

女护士　教授就要来了。您冷静下来，喏，慢点儿喝。

科尔特　（机械地）真无耻！再过两三天，我就该出院了。您完全清楚，我要走了。还让我下到五楼去！哼！这个克拉雷塔，他得听听我是怎么想的！

〔站在门口看热闹的三名患者的面孔忽然消失，与此同时，只听脚步声临近，不大工夫，只见克拉雷塔走进来。

克拉雷塔　（对科尔特始终和蔼可亲，但是对女护士却很生硬严厉）怎么，科尔特先生，看来又耍性子啦？怎么回事儿啊？

科尔特　我的名字怎么列上名单了，要我下到五楼。搞得这么乱，是怎么回事？

克拉雷塔　这么乱？（惊讶而又滑稽地）搞得这么乱？（对女护士）科尔特先生怎么能跑到门厅去呢？您不知道这是禁止的吗？

女护士　（局促不安地）刚才我不在这儿……

克拉雷塔　刚才您不在这儿。以后我们再算这笔账。

科尔特　他们怎么能出这种差错呢？

克拉雷塔　（在科尔特身边坐下）瞧瞧怎么样……（他给科尔特把脉）好嘛！这事儿，我们就没法儿达成一致了。（他摇着头，善意地表示反对）我亲爱的先生，您不应当这样，累着您的心脏。您的体温对您可是重要得多，管他什么楼层那些蠢事儿。

科尔特　可是，他们怎么能搞错到这种地步？

克拉雷塔　首先，他们搞错了吗？

科尔特　我到六楼来，只是为了讨您的欢心……

克拉雷塔　当然我没有忘记，我还记得清清楚楚。不过，让我告诉您，在这种事情上，我自有一些想法，而这些想法很独特……

科尔特　这是什么意思？手术不成功吗？

克拉雷塔　手术完全成功。这是一次样板手术，施罗德方式。然而，也必须考虑其余的情况。手术冲击的反响，即使很遥远，即使很微弱，在某种意义上……

科尔特　您的意思是说，我还没有……

克拉雷塔　行行好，让我来给您解释……从手术的角度看，病已痊愈。我若是冒昧说一句，事情已经有十分把握了。局部紊乱业已根除，不可能，绝不可能再复发了。然而，问题还有医疗的一面。也有您这病例的医疗的一面，对不对，正是在这方面，我们面临一种可以说是全身化的状态，要明白，在我看来，这种状态日趋削弱，但与此同时，我几乎可以确定为麻木。

科尔特　对不起，您不是对我说过，我的位置在七楼吗？这话可是您说的！

克拉雷塔　在七楼，当然啦！这是正式的诊断，唯一合理的，也是由医院领导核准的。只不过，再向您重复一遍，我就您的情况产生一种颇为不同的，甚至在相当程度上属于个人的看法。

科尔特　为什么？您是什么看法？

克拉雷塔　我当然认为，在最明显的意义上，您个人的病例，也完全可以排列在，对不对，排列在七楼上。在一定意义上，说您算不上病人，也并不夸张。然而您的病症，对不对，由于一种全身化的巨大倾向，比起同类型的其他病例来，也许又有差别。我来说明，病灶的严重程度，倒是极其轻微的，但是反之，牵连的区域却极广。进程，对不对，毁灭细胞的进程，几乎是查不出来的。正因为如此，可能有一种趋向，我仅仅说是趋向，在我们不知道的情况下，病症同时朝肌体的不同区域扩展。为谨慎起见，仅仅出于谨慎，照我个人的想法，不仅可以把您安排，就用这个词不容争议的含义，安排到这个舒服的五楼，而且，注意听我讲，而且在必要的时候，您在这出色的五楼，还能得到更为有效的治疗。我们不得不告诉您，亲爱的先生，治疗方法的专门化——这又是施罗德方式天才性质的一种最漂亮的体现——我说的这种专门化，对不对，从第七层楼直到第二层楼，是逐渐加强的……

科尔特 可是，亲爱的，有人把我塞到低级的那半层里了。

克拉雷塔 哦！这又是问题的另一面，同狭义上的诊断并无因果关系。在这方面，对不对，可以想到两种假设。您怎么啦，科尔特先生？

科尔特 （他的头耷拉下去，就好像要昏过去）我也不知道，想必有点发烧吧。

克拉雷塔 （以单调而催眠的声音）在刚才发作之后，这是容易预见到的。

科尔特 （半瞌睡状态）那又怎么样呢？

克拉雷塔 怎么样，亲爱的先生，依拙见，有两种可能性。要么负责列名单的女秘书，犯了一个简单的错误。今天早晨她还打电话问我，从医疗的观点看，您究竟处于什么状态……

科尔特 而您就……

克拉雷塔 我就说明到现在为止情况如何，然而，他们记录我的答复，有可能记错了……再不然……再不然，这就是第二种假设，并不是本义上的一种过错。

科尔特 您想说他们是故意那么做的？

克拉雷塔 有可能院领导，——谁晓得呢？——也许是施罗德教授本人认为，最好减少您排列的分数点，也就是说将您的病例列入下面一个等级，比临床状况所要求的低一些。（他的话语越来越单调，似乎变成乱七八糟的堆砌，而且也没有停顿间歇了）这有两方面原因：第一是因为我在这家医院享有某种异端的名声，因此我的诊断往往被人视为过分乐观和过分宽容；第二是因为基于谨慎要夸大病情，而不低估所处理的病例的严重性，是这里普遍实行的一条原则。而这一点正是由于这样一种事实，患者一层楼一层楼越往下降，治疗的力度也就越大。患者一层楼一层楼越往下降，一层楼一层楼往下降……一层楼一层楼……一层楼……一层楼……

〔科尔特睡着了。

第八场

〔医院第五层楼一间病房。床头柜上放着一部电话。

〔幕启时，科尔特半睡半醒，躺在床上。他头上连橡皮膏也没有了。阿妮塔同女儿上。她走到床前，摇摇科尔特。

阿妮塔 喂，纳尼，大熊！起床了，起床了，还睡觉！是我，阿妮塔……这是怎么搞的，今天你还没有起床？比扬卡也来看你了。

科尔特 （从床上坐起来）你们！（严厉地）我亲爱的比扬卡，我真感谢你来看我。你学习当护士，每天要到这家医院来，可是要碰巧才能见到你呀！

比扬卡 嗳！爸爸，你哪儿知道，这些日子我们多忙！现在我完全泡在化验室里，而化验室又在另一座楼里。

阿妮塔 是啊，可怜的比扬卡，这几天简直忙得不可开交。她自从参加了娱乐活动委员会以来，就连一小时的空闲也没有了。她性情随和，他们就利用她这一点。所有的音乐会、讲座、游玩，现在全由她来组织。要知道，她还真活跃，在这些活动中起很大作用。

科尔特　可是我想，你在两场讲座之间，至少总得有一次，哪怕只一次，也该露露面哪。

比扬卡　不要记恨我，我的小爸爸！再说，你已经治好了，对不对？我那时听说你过几天就出院了。

科尔特　他们是这么说呀。然而，现在我又出了皮疹，痒得厉害，真叫我遭了不少罪。

阿妮塔　在哪儿？

科尔特　就这儿：膝盖后面，还有两侧。

阿妮塔　（抚摩他）噢！我可怜的大熊，总得搔痒啦！我的心肝，这是年轻的征象！

科尔特　幸而从前天开始，我就不烧了；可以回到楼上了。

阿妮塔　那好哇！到时候了，他们也该决定放你了。你连橡皮膏都不贴了。哎哟，这睡衣简直难看死了，你还穿着？为什么不换掉呢？（她打开五屉柜的一个抽屉，取出一件新睡衣）穿上这件。

科尔特　（厌烦地）放那儿吧，现在我不想穿。

阿妮塔　随你便吧，我的宝贝儿。听我说，纳尼，关于……

科尔特　关于什么？

阿妮塔　没有什么，随口这么说。我本想告诉你……

科尔特　（不耐烦地）到底什么呀？

阿妮塔　我考虑今年夏天……大海对你身体会有好处的，你不信吗？有人愿意将费拉角的一座出色的小屋租给我们。据说那里景色迷人。米什琳去年去过，她说……

比扬卡　妈妈，你本来可以稍等一等。

科尔特　你什么时候去的？

阿妮塔　我什么时候去的？你这么问是什么意思啊？

科尔特　算了，我了解你。你已经去过了，对还是不对？

阿妮塔　真的……刚才我正要向你解释。不过是一次机会。前天，也碰巧了，格罗拉夫妇开车，要一直开到那儿去。

科尔特　多少钱？好了，全抖搂出来吧！

阿妮塔　（责备的表情）纳尼，我的大熊，你让我把话讲下去呀！

科尔特　你出了多少租金？

阿妮塔　唉！跟你说话，真是没必要……（笑）他们要四万。

科尔特　四万法郎还是四万里拉？

阿妮塔　当然是法郎了。

科尔特　（在被子里翻动）他妈的！噢！这么痒。劳驾，递给我点儿爽身粉。

阿妮塔　（冲向盥洗室）不过我想，价钱还能压下来点儿。

科尔特　换句话说，你已经同意三万九租下来啦？好了，拿出勇气来！

阿妮塔　你见了就知道了。紧靠海边，离大路又不远，还有车库、一座花园开满龙舌兰花……三万九。真是天堂，你一见了……

比扬卡　爸爸，我向你保证，是阿妮塔她……我，当时就不愿意。

阿妮塔　什么，还不是你提起的费拉角！

比扬卡　嗳！那不是真的。这事儿是你搞的，是你一手干的！

阿妮塔　好啦，就是这样。无论什么，总是我的错！

科尔特　（厌烦地）够了！这对我又有什么关系？劳驾，再来点儿爽身粉。

阿妮塔　（胆怯地）你没有生气，纳尼，对不对？你一直那么好脾气？

比扬卡　还是让他清静点儿吧。他对你说行了，现在见好就收吧。你没见他累了吗？最好还是让他歇息。

科尔特　（心酸地注视着儿女）对，对，你们走吧。谢谢来看我！

阿妮塔　你真好，我的纳尼。（她亲吻丈夫）谢谢！谢谢！再见！不久见，我的大熊！

比扬卡 再见，爸爸，明天我还来向你问好。

科尔特 明天！对……再见！

阿妮塔 （停到门口）再见，纳尼，特别是快点儿治好。

〔她同女儿下。

科尔特 龙舌兰花，龙舌兰花！（他摘下电话，拨了号码，听筒里清晰地传出呼叫信号，但是无人应答。他又另拨了一组号码，又听见呼叫信号，但无人应答。科尔特看了看放在床头柜上的表）四点半，怎么可能没人呢？试试家里的电话吧。（他拨了号码，听到呼叫信号，还是无人接电话）上帝呀！难道人都死光了吗？（他又试了一次，还是没有动静。他不安起来，摁了铃。一名女护士上）电话有毛病了，没人接电话。

女护士 您打通了吗？

科尔特 打通了，可是没人接。劳驾，您自己试一试。

女护士 我打给谁呢？

科尔特 试试给您哪个女友，给您认识的人拨个电话。

女护士 我给药房拨一个吧，我一个表妹在那儿。

〔克拉雷塔上，停在门口，而科尔特没有注意。

科尔特 好主意。

〔女护士拨了号码，能听见呼叫信号。接着，听筒里传出那个唱歌的女人的声音，而且越来越响。

女护士 我不明白。您听听。

〔女护士不免惊愕，将听筒交给科尔特。

科尔特 （他一把将听筒贴到耳朵上）啊！该死的女人！

〔他撂下听筒。

克拉雷塔 （笑容可掬，在门口低声问）怎么回事儿？

科尔特 开这种可恶的玩笑，仁慈的上帝，开这种可恶的玩笑！你们不应当允许。这中心谁负责？

克拉雷塔 开玩笑！（笑起来）应当承认，亲爱的先生，您真不是个随和的患者。我听到您的，除了抗议还是抗议。

科尔特 拨一个电话没人接，再拨一个电话还是没动静！拨了第三个电话，接通的是荒漠！这次呢，一个险恶的家伙捣蛋，竟然接到衣帽间去了。

克拉雷塔 接到衣帽间去啦？

科尔特 对，接到嬷嬷那儿了。

克拉雷塔 什么嬷嬷？

科尔特 衣帽间的那位嬷嬷，她整天唱个不停。我敢说，她用电唱机取代了她的念珠。

克拉雷塔 （开心地）算啦！又是那个嬷嬷！究竟是谁编出来的这个寓言故事？

科尔特 您说这是寓言故事？我听到了，是亲耳听到的。

克拉雷塔 （不容争辩地）纯粹是胡说八道。衣帽间里没有什么嬷嬷。整座大楼里也没有一名修女。这是患者相互传的一个故事，不过如此。

科尔特 就算没有修女吧，但是那种声音总是有的，我敢肯定，也听见了，其他人也听见了。

克拉雷塔 很有可能您好像听见一种声音，也很可能，对不对，别人也有同样的印象，然而我们并不知道，对不对。您，亲爱的先生，您听见的声音，就真是别人听到的那个声音。

科尔特 （丧失耐性）对不起！您不要夸夸其谈，还是给我消除这种奇痒吧。我可以向您发誓，有时我真想把自己的皮肤活活揭下来。现在我的病治好了，也不发烧了。若是不出这种讨厌的疱疹，我就可以回家了。

克拉雷塔 您不必过虑，亲爱的先生，这种病症没有什么严重性，就是不大舒服，仅此而已。

科尔特 可是一直痒，不给一分钟的间歇。你们有那么多奇妙的发明，怎么就不能找到什么办法，消除人要搔哇，搔哇，搔哇的欲望。

〔他又搔起痒来。

克拉雷塔　（尽力阻止他搔痒）您错了，亲爱的先生，要消除，对不对，这种无法忍受的欲望，办法已经找到了。不过，亲爱的先生，现在我了解您，事先就知道您会对我说不字的。因此，我连提都不会提。

科尔特　（狐疑地）什么办法？动第二次手术？

克拉雷塔　嗳！不要总这么悲观嘛！在您的幻想中，除了灾难就是灾难！要动一次手术，猜得真不错！

科尔特　您怎么就认为我会拒绝您的治疗方法呢？

克拉雷塔　我再说一遍：就因为我了解您。在一些事情上，恕我直言，您又固执，疑心又重。

科尔特　可是，话又说回来，如果能治好这种折磨人的奇痒，我干吗要拒绝呢？

克拉雷塔　您准会拒绝我的治疗，愿意跟我打赌吗？

科尔特　怎么治疗呢？

克拉雷塔　极其简单，就是使用安威尼斯射线。

科尔特　安威尼斯？

克拉雷塔　对，是以发明者命名的。在我的印象里，他是个爱尔兰人，两年前差一点儿获得诺贝尔奖。

科尔特　用安威尼斯射线治疗，您为什么认为我受不了呢？

克拉雷塔　谁说这话啦？您可能受得了，但是不愿意。因为，这种治疗有一点儿麻烦。

科尔特　费用高吗？

克拉雷塔　不高。问题在这儿：安威尼斯射线仪安装在四楼。

科尔特　（气愤地）您是说我得……

克拉雷塔　少安毋躁。射线治疗每天至少三次。照射完了患者特别疲惫；我不能让您下一层楼再上一层楼，每天折腾三个来回。

科尔特 （发作）不行！哼，不行！够啦！我说打住！不下四楼！您一直牵着我的鼻子走，已经够可以的啦！我本来应当待在七楼，对，一点儿不差！

克拉雷塔 （欣欣然）我说了相反的意思吗？坦率地回答我：难道我说过您应该降下去吗？没有，这事儿由您自己做主。不错，从原则上讲，您的状况应隶属于七楼。而我，对不对，我仅仅客观地描述一下病情。我知道这种瘙痒多么难以忍受；我也知道使用安威尼斯射线治疗，大多疗效好，消除瘙痒该有多么舒服；最后我也知道，我不能将射线仪移到五楼上。下结论由您，完全自主。

科尔特 完全自主，我待在这层楼。

克拉雷塔 您瞧怎么样。总而言之，打赌我赢了。亲爱的先生，您缺乏什么知道吗？说了您也不会相信，但事情摆在那儿，总得照实说出来。您缺乏治好病的意愿。

科尔特 说我？说我？您的意思……

克拉雷塔 对，说您！现在您知道了，要采取一种治疗方法，才能很快治愈。治疗方法我们有，而且一治就好。无论谁都会下这样的结论：必须通过这种治疗。可是您却不然！念念不忘可笑的程序。您列出等级：七层楼、六层楼、高层或低层。说穿了，在楼上还是楼下，究竟有什么关系呢？可是您呢，别的您什么也不想，别的您什么也不在意……连治好自己的病都不放在心上。

科尔特 （激动地）我愿意治好哇！唉！您哪儿知道，我多么愿意治愈。想一想嘛，多少业务等着我呢，就是生活，也干脆……

克拉雷塔 由您做主，这一点要明确，完全由您做主。我们绝不施加任何压力。您若是愿意再等一等，那好，只要有耐心就行啦！

〔他走到门口。

科尔特 （伤心地）耐心，对！（他仍在犹豫）教授，依您看，什么时候……

克拉雷塔 （欣喜）我的出色朋友，治好算了，为什么还等下去呢，您在这医院不是待够了吗？那么，何不马上安排呢？我若是您，连一小时也不耽误！

第九场

〔四层楼的一间病房。病床上躺着一名患者，很可能就是第五场和第六场观众见到的那位胖先生。电灯亮着。当房门打开的时候，观众能注意到室外还是大白天。

科尔特 （身穿便袍进来，他发觉走错了房间，便要退出去）唔！请原谅！

患者 没关系，没关系。请您坐下吧。

科尔特 要知道，我刚刚到这层楼，从射线治疗室出来，就走错了房间。

〔他又要退出，将门关上。

患者 请您别走，进来待一会儿。请坐，我这儿从不来人。

科尔特 刚才我是看这门上的十六号。我在上面那层，就住在十六号房，因此也就……（他扫视周围，惊奇地发现窗户关得严严的）这房间为什么关得这么死啊？快到中午了。您不知道，外面天气有多好。阳光灿烂，花木盛开！

〔他走过去要打开窗板。

患者 别，请不要打开。

科尔特 怕晃眼睛？

患者　不是。

科尔特　您起码能看见点儿绿色。

患者　快别说了。

科尔特　您不喜欢绿色植物。

患者　我恨绿色，讨厌树木，憎恶鲜花。您觉得这很怪吧？

科尔特　要看什么情况了。

患者　还有，外面那些行人！可憎！他们都可憎！

科尔特　您可以不看他们嘛！

患者　是啊，然而我能听见他们。听见他们走路的脚步、他们行驶的肮脏的车子、他们跟黑猩猩一样的叫喊。窗户开着，那就让人受不了。您呢？窗户就那么敞着吗？

科尔特　对。

患者　再说，我心里总嘀咕，那些人，他们都是谁呀？

科尔特　哪些人？

患者　我们看到的外面那些人。

科尔特　（强颜一笑）他们是谁？您想让他们是什么人呢？他们都是人呗，同我们一样。

患者　同我们一样？真的同我们一样吗？那么，他们过的也是同我们一样的生活吗？

科尔特　亲爱的，他们是健康的人。

患者　就是嘛，我恰恰要听一听这种美妙的熟语。健康，健康的人，说起来多响亮啊。您认识他们吗？

科尔特　问我认识不认识他们！按说我也一样，我也是个健康的人。因为实际上，我属于七楼。下到这层来，只是为了射线治疗……

患者　（不大信服）哦？那么，您的病房，怎么可能安排在这层呢？

科尔特　也是大夫的一个怪念头，您知道是怎么回事儿……是让我避免来来回回跑，仅仅是为了这个……

患者 （怀疑地并微有嘲讽之意）好哇，您分配到七楼……而现在您住到我们这层，归根结底是暂时的。

科尔特 正是如此。

患者 （强调）然而，您的位置，归根结底是在七层吧？

科尔特 一点儿不差。

患者 您算不上真正的病人，嗯！在一定程度上，您是属于那一帮里的。

〔他指了指室外。

科尔特 哪一帮的？

患者 那一帮，黑手党，生活在外面那些人的神圣集团，健康人的小圈子。

科尔特 老实说，我总希望属于那里。

患者 （心不在焉地）属于哪里？

科尔特 就是属于那一帮呗，正如您所说的。

患者 您认识他们吗？您了解他们吗？

科尔特 您，也许不了解吧？

患者 我呢，现在不了解了，我已经把他们遗忘了，就好像过了多少年，多少世纪。而当初……

科尔特 当初您入院的时候？

患者 到现在，过了这么久，我甚至连他们的面孔都想不起来了。

科尔特 （准备出去）好了，就这样吧……不再打扰您了。

患者 （并未留意听他最后这句话）他们干什么呢？告诉我，他们干什么呢？

科尔特 对不起，什么？

患者 外面那些人，他们干什么呢？您肯定有机会观察过他们。他们奔波什么？怎么那样疯狂呢？他们想在职业上取得成就，多挣些钱吗？他们就是追求这个吗？

科尔特 （神态颇为倨傲地）或多或少是这样吧，但有一点是肯定无疑的：所有的人都爱钱。

患者 请告诉我，他们动身去旅行，他们上了车，对不对？还有，他们抽美国香烟。他们还抽美国香烟吗？

科尔特 有些人当然还抽美国烟。

患者 他们去饭店用餐，不是吗？他们坐下来，点了他们想吃的饭，而侍者就立即给他们端上去。他们喝酒，吃菜，还一直是这样吗？

科尔特 （嘲讽地微笑着）这就是生活。

患者 他们都有女人，嗯？他们同女人做爱吗？人们还做爱吗？

科尔特 您知道，现在已经养成习惯了。

患者 还不止这些。火车、飞机、乡村、高山、大海，以及其他所有的地方。旅行，游玩，悠闲自在，忘掉随时可能发生的事情，忘掉人人必有的命运，不是这样吗，也许是吧？

科尔特 这是毫无疑问的。

患者 您既然了解他们，现在请告诉我，他们还总那么抱怨吗？

科尔特 您要说什么？

患者 我知道他们抱怨，总是哼哼呀呀，嘟嘟囔囔，总不满意。喏，他们又恼火了，又大发雷霆，谩骂起来。哦，对！我敢肯定，那些蛀虫在抱怨。从早到晚，他们怨气冲天，说钱不够花，住的房子太小，煮的米饭太烂，不知道还发什么怨言？情况不是这样吗？请告诉我……

科尔特 有时的确如此……

患者 他们要闹一通，肯定要大闹一通，只因小汽车不是最新式样的，难道事实不是这样吗？他们的妻子也赌气，只因她们的皮袄旧了。他们会不择手段弄一台冰箱。是的，不择手段，甚至祈求万能的上帝！对，为了一台冰箱，他们胆敢打扰万能的上帝！哼！一帮无赖！

科尔特 可是，您一旦出院，您也会……

患者 我也会？您说，我也会？嗳，您没有看到我病到什么程度啦？

〔一名欢欣雀跃的女护士上。

女护士 （对科尔特）啊！您在这儿？我心里还想呢，莫不是把您抬走啦！哈！哈！像您这样重的分量！

科尔特 （也禁不住笑了）好了，先生，看见一个欢喜的人，也是一件快事。

女护士 我们这儿的人全都欢欢喜喜。

科尔特 总这么欢欢喜喜？一年到头全这样？

女护士 一年到头，我说不好。但是这几天来，我们确实很高兴。

科尔特 可望提高薪金了。

女护士 比提高薪金还好的事！度假！我们要去度假！

科尔特 所有的人？

女护士 所有的人：大夫、助理医生、护士、技术员、衣服管理处人员、工人，等等。

科尔特 很好！那么谁照看病人呢？

女护士 哦，我们是轮流去度假。先是一层楼的医务人员，接着是另一层楼的，以此类推。现在轮到我们啦！

科尔特 好哇。那么病人呢？

女护士 您们得耐住点儿性子。我们要把你们打发走半个月。

科尔特 打发回家？回我们家？

女护士 还想什么呢？（咯咯笑起来）您也太操之过急了。你们要搬到另一层去。

科尔特 （惊愕）四楼所有的人都搬到另一层去？

女护士 （见他大惊失色）对呀。可这没有什么可怕的。

科尔特 （战战兢兢地试探）我们搬到五楼去？

女护士 不知道。五楼还是三楼，还不是一码事儿。

科尔特 三楼？

女护士　（笑）三楼，对，问什么呀？这有什么不得了的？

科尔特　（意欲反抗，但声音却有气无力）不，不！我，到三楼？不，这不行，绝对不行。我已经受够了。（他身子摇晃，站立不稳。护士上前搀扶，带他出去）请马上给我叫院长来，他院长多了什么，我说什么他也得听着。

〔他的声音消失在走廊里。

第十场

〔三层楼的一间病房。

〔科尔特躺在床上睡觉。一名女护士坐在一盏电灯旁，边缝东西边哼唱；而她哼唱的，恰恰是那著名的声音唱的同一旋律。

科尔特　（惊醒，声音微弱地问）是怎么回事？谁在这儿唱歌？是您吗？

女护士　我？不，为什么？

科尔特　不为什么。（不安地）几点钟了？

女护士　四点半。

科尔特　（沉默片刻）我睡着这工夫，没人打电话来吗？

女护士　没有。

科尔特　（他摘下听筒，要拨号码，却发现号码盘不转动。这是一部假电话）咦，这是开玩笑的电话！开玩笑。一部假电话！

女护士　（微笑）我想是免得患者费神。要知道，我是这儿新来的。

科尔特　那干脆撤了电话不就行了，为什么搞这种恶作剧？

女护士　（狡黠的神情）施罗德疗法。虚伪。他们似乎没有勇气实话实说。院长是个名副其实的天才！他完全可以成为外交家。在这方面，流传着许多故事。例如，您听着，三楼这儿随时都等着来一个胖家伙。嘿！那家伙，实在太妙啦！

科尔特　究竟是谁呀？

女护士　记不大清楚了。我想，是个大阔佬。喏，说起来，那个不幸的人算完蛋了。他那几百万也根本救不了他的命。尽管如此，他们还编了不少故事，让那老兄相信他身体好极了，他随时都可以出院回家。最妙的，哈！太滑稽了，最妙的是他应当安排到三楼，甚至干脆送到二楼。然而，必须保住面子，不是吗？您想象不出，他们制造了多少假象，编造了多少借口，将他引到楼下来，又不会引起他一点儿怀疑！（她咯咯笑起来）每下一层，都新编一个谎言，而且越来越巧妙，越来越复杂。现在，他就快到这儿了，还什么也不知道呢。他始终确信他的位置在七楼，一层层搬下来，纯粹是过失、混乱、误会、烦琐的行政造成的。他完全受骗上当了，然而在生活中，他绝对不是个傻瓜。

科尔特　这么说，他还不明白？

女护士　根本不明白，他还期望随时出院呢。

科尔特　（沉默许久，因情绪激动而说话结巴）小姐？您知道他叫什么名字吗？

女护士　谁呀？

科尔特　那个大阔佬。他的名字，不是碰巧叫科尔特吧？

女护士　（困惑地）科尔特？

科尔特　对，科尔特。不是碰巧说的是那个企业家科尔特吧？

女护士　（明白自己讲了蠢话，不禁惊慌）哦！我……不，我觉得不是。嗳，不对，不是这个名字，根本不对，不是科尔特。（她那表情仿佛在极力回想）科尔特，想想看，科尔特……（她好像猛然醒悟）啊，科尔特，就是您，不是吗？（笑）上帝呀，您想到哪儿去啦？

科尔特　我……

〔恰巧这时，有人敲门，并嚷了一声："可以进去吗？"不待应声，男护士长和两名抬一副空担架的男护士上。

女护士 可以吗？您不必动。

科尔特 （身体虚弱，心不在焉）什么事儿啊？

护士长 让我们来稍微搬一搬。

科尔特 （同上）咦？连五天还不到呢。四楼上的人已经回来啦？

护士长 怎么叫"回来啦"？

科尔特 度假呗，不是吗？他们一定是提前返回了。本来他们要离开半个月，然后我才能回四楼去。

护士长 （颇为尴尬）可是，老实说，先生，不是四楼的事儿。这次特意派我们来……

科尔特 （有礼貌，但是话很明确）哦！我明白。是这样，不行，对不对？我太疲惫，不能下去，就是这样。况且，你们的老板都很清楚，我太累了。

护士长 （甜言蜜语地）事情如果是这样，先生，那肯定是出了差错。您不要怪我，一定是发生了误会。

科尔特 （漠不关心地）这事儿问您的院长去好了。

护士长 我想，教授今天进城了。

科尔特 当然了，当然了。那好！问问那个亲爱的克拉雷塔去吧……

护士长 我不知道克拉雷塔教授是否……

科尔特 好吧，好吧。归根结底，这不关我的事儿。我呢，反正不从这儿动窝。

护士长 （对一名男护士）快点儿，去找值班医生。（对科尔特）我想，今天是托罗塔大夫值班。

〔这工夫，只听远处传来钟声、闲聊和脚步声以及各种声响；整个喧闹中还时续时断掺杂着那歌声。

科尔特 （一副陶醉的神态）咦！现在是谁唱起来啦？

护士长　我不知道，先生，我无法告诉您。

〔这时，克拉雷塔一阵旋风似的进来。

克拉雷塔　（兴高采烈地）怎么啦！出什么事儿啦？

科尔特　（始终漠然地）唔！没什么，亲爱的朋友，没什么了不得的。有人要把我抬下楼。暂时地。不过，我呢，太累了。再说，现在我待在这儿很好，已经习惯了。

克拉雷塔　这还用说，亲爱的朋友，的确毫无道理。（对护士们）你们都疯了是怎么的？

护士长　有命令，在这儿呢，是施罗德教授签的字。

克拉雷塔　这可就怪啦！拿来看看。（他接过那张纸，仔细检查，摇了摇头）真的吗……好奇怪呀！这是没有疑问的，正是他的签字。我真不明白，他们出了这种差错。

科尔特　不要怪他们，人人都可能出错。现在，您告诉他们让我安静点儿。

克拉雷塔　当然了。只可惜……

科尔特　什么，只可惜？

克拉雷塔　您不要这样，我比您还要烦。（笑）我怎么办呢？这是施罗德下的命令，有他的签字。在他回来之前……

科尔特　您到底要说什么？

克拉雷塔　（始终快活地）唉！您要从中作梗还不容易，非常亲爱的朋友！可是后果呢，却由我来承担，无非如此。我已经看到迎面来一顿斥责，哎呀呀！本院的一顿斥责。喏，您也许置之一笑，然而我无权……

科尔特　（漠然地）克拉雷塔，请告诉我，您总不至于现在就把我抬到楼下吧？

克拉雷塔　您怎么把我看得这么糟，亲爱的朋友。真的，这张讨厌的命令书，我宁愿把它撕得粉碎，也不愿拂您的意。现在是我受您摆布了，亲爱的朋友，我恳求您，真的恳求您理解……

科尔特 （精疲力竭，漠然地，声音微弱）我理解。

克拉雷塔 （就在护士们拿担架靠上去的时候）好了，您不要这么看。您理解我，这一点我敢肯定。我也同样，我若是您，也会感到气愤的。（对护士们，口气生硬地）快点儿……（又恢复快活的声调）我承认，这是不可原谅的。只可惜，这不是头一回了。然而，我又能怎么办呢？施罗德下了命令，命令很明确。好了，亲爱的朋友，好了，劳驾。

〔他上手帮着护士从床上抬起科尔特，放到担架上。

科尔特 （轻声地，并任人摆布）我反对，亲爱的朋友，我反对。

第十一场

〔二楼的一间病房。黄昏。

〔科尔特躺在床上睡觉。逆光中有一名女护士，她正急促地打毛线。

〔科尔特母亲踮着脚上，陪同她来的马尔维兹大夫手拎着一只小箱子。女护士一看见他们，就像幽灵一般消失了。

母亲 啊！

马尔维兹 （低声地）她逃走啦！

母亲 （同样低声地）大夫，您看见啦？正是她。

马尔维兹 谁呀？

母亲 肯定是她，正是她溜进了我们家里。噢！该死的女人！

〔她听见儿子轻微的呻吟声，便住了口，跑向病床，抓住他的手，要尽量把这患者唤醒。

母亲 纳尼，纳尼，我来了……

科尔特 （从嗜睡的状态中醒来）唔！……

母亲 纳尼，纳尼，醒一醒。我们好心的马尔维兹也跟我来了。纳尼！我们来接你了，你必须马上随我们一起走。

科尔特 （十分疲惫，轻声地）你是谁呀？我好像认得你的面孔。

母亲 怎么？纳尼！我是你妈妈！你连妈妈都想不起来啦？

科尔特 哦，对！不错，不错。上帝呀！妈妈！你经过长途旅行才来到这儿的吧？你真有勇气，从远道赶来。从远道赶来！你一定累了吧？

母亲 纳尼，我们接你来了，你必须立刻跟我们一起走。明白吗？不让任何人知道，汽车就停在外面。

科尔特 你好，马尔维兹！你始终是个好朋友，出色的朋友。陪伴我母亲走这么远的路，你们花了多少天？

马尔维兹 科尔特，你有点儿发烧。求求你，听我说，你不能待在这儿了。

科尔特 唔！这是一场误会，纯粹办公室的过失。施罗德明天来。我还搬回楼上去。

马尔维兹 现在，不要想施罗德了，不能再耽误时间了。这有手提箱，我们给你带来了换的衣裳，一件外套、雨衣、皮鞋。换上这套衣服，就能穿过花园了。好了，快，穿上衣服！

科尔特 （缓慢地）穿衣服？干什么？

马尔维兹 你总不能穿着睡衣出去吧。好了，快点儿吧，我来帮你……

科尔特 （摇头）当初我是一只猛兽，对吧！一头雄狮，一匹奔驰的骏马！当初我是国王，你还记得吗？而现在，瞧瞧吧，他们把我修理得多好，嗯？

母亲 （惴惴不安地）这些事儿，咱们以后再说吧，以后到家再说吧。求求你了，现在穿好衣服，必须快点儿，穿好衣服。

科尔特 即使我起来，即使我穿上衣服，跟你们出去，咱们永远也到达不了，是的，咱们永远也到达不了。太远了，现在路太长了。有五层楼，我上面有五层楼呢。一座大山呀，妈妈，你想了吗？哼！他们干得真麻利，就用他们的小伎俩、小花招，一下子把我扔进这个洞里。而我却跟个傻瓜似的，还相信他们。哼！他们干得真麻利。可是，再重新爬到楼顶，现在得需要几年时间。从这儿到那上边……

马尔维兹　咱们出了屋，直接到花园去。要上楼可一个台阶也没有。汽车就停在栅栏外面。穿好衣服。你若是觉得浑身没劲儿，我们就搀着你。

科尔特　（微笑着）不行，太远了。我们永远也到不了！

母亲　求求你了，纳尼，这一切，咱们以后再讨论吧。现在，必须给你穿上衣服。好了，穿了这件外套，喏，很好。

〔他们勉勉强强给他在睡衣外面套上外衣。

科尔特　他们满脸微笑，满口恭维话，原来是开玩笑。无非是一场玩笑，对不对，妈妈？那些教授，他们用恭维话和微笑，把我摧毁啦！

母亲　快点儿，快点儿，纳尼，就这样……那边……套上另一只袖子。

科尔特　那位企业家齐奥瓦尼·科尔特，你还记得吧，妈妈？你还记得吗？他可是个壮汉，对吧？

母亲　住口，你现在住口。（她费劲地给他外衣扣上扣子）这个纽扣哪儿去啦？真害怕现在有人进来。马尔维兹，马尔维兹，劳驾，给他穿上鞋！

科尔特　（他痴呆呆的，由着人摆布）当初我是头狮子，而现在呢，喏：一只落水的绵羊。一只可怜的绵羊，浑身发冷，让人给穿衣裳……噢！妈妈！咱们永远也不能到达了。

马尔维兹　（一直忙着给他朋友穿戴）现在，再套上雨衣。帮把手，夫人。

〔他们给科尔特穿上雨衣。

科尔特　从前，是企业家科尔特穿着这漂亮的雨衣。他那人肌肉发达，非常自信。他多么自信哪！

母亲　快点儿，要鼓起勇气，站起来……

科尔特　（又仰身倒在床上）代我向他问好，妈妈，你若能再见到他，就代我向他问好……不过，我怕是……

〔那女人的声音又开始从远处传来。

科尔特　好像有人在呼唤我……有人在呼唤我……你听见了吗？

〔陌生的女人出现在窗口，缓慢地关上窗板，黑暗渐渐侵入房间。

马尔维兹　夫人！（他指了指窗户）太迟啦！……

科尔特　你瞧见了吧，你瞧见了吧。（他无力地指了指窗户）妈妈……

母亲　我的宝贝儿，我唯一的宝贝儿，你怎么啦？

科尔特　妈妈，走吧，走吧，别让黑暗在路上截住你……

——剧终

奥尔梅多骑士（1957年）

三天悲喜剧

原著：洛贝·德·维加[①]

前言

《奥尔梅多骑士》的这个脚本，是专门为昂热戏剧艺术节写的。它和几年前在同样场合演出并发表的卡尔德隆的《信奉十字架》，都遵循同样的原则：当时着重考虑，现在仍然着重考虑向演员提供一个既忠于原作、又适于演出的文本。

从自由改编到逐字对应，翻译一部剧本可以有多种处理方式。然而我认为，无论哪位译者都不应当忘记，剧作家，例如莎士比亚，或者西班牙的伟大剧作家，首先是为演员写作，写出来的东西旨在演出。但凡演员都懂得，一句台词开头是现在分词或者一个从句，就难于上口。这样的语句，在我们掌握的译本中常见，拿舞台的术语来说，就是缺乏“攻击力”。一个主句则不然：及物动词、叫喊、否定、疑问、呼唤，都是组成一个行动文本的要素；而行动的文本能直接表现人物，同时也能带动演员。黄金世纪的西班牙戏剧，把情节和剧情发展的速度放在首位，这种句型就尤为不可缺少。以洛贝·德·维加为例，他就是我们电影剧本作者的第一人，也

① 洛贝·德·维加（1562—1635），文艺复兴时期西班牙戏剧家、诗人。他一生创作出一千八百部剧本，只存留下来四百六十二部，主要有《霸占草料的狗》（1618）、《羊泉村》（1619）、《最好的法官是国王》（1622）、《并非报复的惩罚》（1634）等。他的剧作反映丰富多彩的社会生活，结构完整，情节跌宕，语言绚丽多姿，人物既真实又生动，女性尤为出色。《奥尔梅多骑士》是悲喜剧。

是最多产者。他采用短促的场次，频繁地更换地点，人物不断上上下下。他几乎总是为了情节的发展而牺牲心理分析，出色地证实了梅雷迪斯[1]的论断：梅雷迪斯谈到西班牙的伟大戏剧，首先就定格为“急促的脚步”。

我们并不是在此夸口，声称解决了翻译这样一部作品所遇到的各种问题，这个文本至少力图恢复对话和动作的节奏，同时保留原作的典雅；而这种典雅，在现今敏感的人看来有些过分，但毕竟是这出悲喜剧原创的特色。不管怎样，但愿大家特别关注这出戏的青春和光彩：这是洛贝·德·维加最成功的剧作之一。爱情和死亡的主题相交错，常令人想起《罗密欧与朱丽叶》。满场奔驰的英雄气概、温情、美丽、荣誉、神秘和怪异现象，扩大了人的命运的规模，一言以蔽之，扩大了生活的激情，也向我们提示今天要束之高阁的这一戏剧所具有的最持久的价值。洛贝·德·维加和西班牙戏剧，今天能给我们灰色的欧洲送来无穷无尽的光明、异乎寻常的青春，能帮助我们在自己的舞台上重新发现伟大的精神，以便最终服务于我们戏剧的真正未来。

阿·加

① 似指美国演员和导演伯吉斯·梅雷迪斯（1907—1997）。

《奥尔梅多骑士》的这一文本，曾于1957年6月21日在昂热戏剧艺术节上首次演出，由阿尔贝·加缪执导，米歇尔·朱安卡负责布景和服装设计，角色分配如下：

人物与扮演者

唐·阿隆索………米歇尔·埃尔博

唐·罗德里戈…………若望–皮埃尔·约里斯

唐·菲尔南多…………贝尔纳尔·安德里厄

唐·彼德罗………若望–皮埃尔·马里埃勒

国王胡安二世…………贝特朗·杰罗姆

王室总管………若望–路易·博里

特略…………贝尔纳尔·沃兰杰

曼多…………米歇尔·舒瓦兹

一名农夫…………勒内·阿洛恩

一个幽灵…………菲力浦·莫罗

唐娜·伊奈丝………多米妮克·布朗沙尔

法比娅…………茜尔维

唐娜·莱奥诺尔…………克洛狄娜·瓦蒂埃

安娜…………法兰西·德冈

仆役、随从和百姓若干。

故事发生在卡斯蒂利亚：坎波城，奥尔梅多

第一天

第一场

〔坎波城的一条街道。

唐·阿隆索 （独自一人）爱，不算什么，还必须得到对方的爱！单相思配不上爱情这个名称，没有回应的爱情徒具形式，必然会枯竭！反之，爱情一旦是相互的，那么遵循自然法则就会长久！天下难道有哪个完美的人，不是由两情相悦的婚礼生育出来的吗？

这种爱情由两只美丽的眼睛的火苗点燃，在我的身上猛烈地燃烧起来。可以肯定，那双眼睛看我时没有鄙夷的神情，那表情变化十分微妙，令我顿生一种莫名其妙的自信。再怎么短促的变化，也足以表露爱，而且想象对方能够回答，于是沉溺于希望之中。

对，美丽的眼睛，如果我的目光给你们留下同样的激动，那么爱情，完美的爱情就会诞生，我们将她一同生育出来！然而你哟，盲目的神，你若是使用了不同的箭，可不要急于庆祝胜利。你从我一人身上生出，活在世上也是个残疾，必然与失败为伍！

第二场

〔特略、法比娅、唐·阿隆索。

法比娅 （对特略）一个外乡人？他是找我有事儿吗？

特略 找你。

法比娅 好哇。他在打猎，要靠我给他赶出山鹑来。

特略 不对。

法比娅 他患了什么残疾吗？

特略 对。

法比娅 是什么病疾？

特略 相思病。

法比娅 思念谁？

特略 他来了，由他告诉你。法比娅，他比我说得清楚需要什么。

法比娅 （对唐·阿隆索）愿上帝保佑你这样风度翩翩的少爷！

唐·阿隆索 特略，就是这位老婆婆？

特略 正是老婆婆本人。

唐·阿隆索 法比娅呀，好一幅肖像，正是自然置于人的头脑中的一切优越性的典型！啊！无与伦比的医生，自天而降的希波克拉底[①]，来医治因爱而痛苦的人。请把你这只手给我，你这女子发髻的光轮、修士袍的徽章，把你这只手给我吻一吻！

法比娅 一个初萌的爱情故事，你用羞怯和敬意掩饰也是枉然。从你的亲吻上，我已经衡量出你的病症多么严重。

唐·阿隆索 我事先就表明，完全听你的。

法比娅 情人的心，是在脸上跳动的。秋波一瞥，就把你迷住了，对不对？你遇见什么啦？

唐·阿隆索 一个天使！

法比娅 还有什么？

唐·阿隆索 两种不可能。可是，法比娅，这足以让我丧失理

① 希波克拉底（约公元前460—前377），希腊名医。

智：一种不可能，我绝不会停止爱她；另一种不可能，她有朝一日能爱我。

法比娅 昨天我在集市上，瞧见你昏头昏脑，尾随一位年轻姑娘。那姑娘一身村姑的打扮，能掩饰她的身份和地位，却遮不住她的美貌和光彩。唐娜·伊奈丝，是不是坎波城最美丽的鲜花？

唐·阿隆索 你猜中啦！那位乔扮的乡姑，正是我爱慕的对象。她的目光在我身上点燃的大火，要烧灼并吞噬我。

法比娅 你瞄得太高了。

唐·阿隆索 其实，我一心要维护她的名誉！

法比娅 就凭这话我相信你。

唐·阿隆索 听我说，愿上帝保佑你！昨天傍晚，她在坎波城集市上一露面，简直美极了，众人都以为看见太阳又升起来了。伊奈丝就好像知道，人心不会轻易投进过分明显的陷阱里，她就将发髻上了油，遮掩起来。她的眼睛十分慷慨，遇见男人就赠予生命。然而，据说她使之活下来的那些男人，却要争取为她而死的幸福。她那双手特别优美，像击剑一样能做出各种姿势和假动作，每动一下都划开一道伤口。再不然，她那大领子周围雪白的指状花饰，犹如竖在阁板角落的纸人。她那笑口一声号令，就集合起来大队人马，她根本不用布置，就能把全城的人招募来。她对自己光洁的牙齿、鲜艳的脸庞信心十足，早就不把珍珠和珊瑚放在眼里。她上身穿一件海蓝色巴斯克紧身衣，下身穿一件法兰西短裙，仿佛有意将她的秘密隐藏在外国数字中。她的拉车的骡子哪知道，它们的彩带和十字轴，都留下了跟随她的人的目光和心。总而言之，人们从未见过能与她媲美的鲜花盛开的杏树，也从未闻到过能超越她散发的香气的芬芳。

无形的爱情在她身边垂钓，看见那么多天真的鱼咬食饵，笑得简直要岔了气儿。有些人送给她项链，另一些人则送给她耳坠儿。然而，受蛇迷惑的时候，谁还看她那耳朵的坠子呢？还有一个人要给她的脖颈戴上精美的珍珠链。然而，那个部位光艳照人，戴上珍珠链不是多余吗？我呢，将我的雄辩力全置于我的目光中，只是向她每一根秀发献上一颗灵魂，在她每个脚印里置放一生。她默默地注视我，但我觉出她分明对我说："千万不要去奥尔梅多，唐·阿隆索，今天晚上留在坎波城吧。"我相信了她，法比娅，我追随自己的希望，留了下来。今天早晨，她去做弥撒，但是换上了符合她身份的装束，不再乔装村姑了。你知道，象牙雕的独角兽能圣化水，而她那雪白的手，也同样具有圣化水的作用。我满怀中了毒的爱跟随她，我们的手指一起接触圣水，我就突然感到，她的眼睛为我分泌的剧毒化解了。她看着她妹妹，姐儿俩咯咯大笑，那笑声长时间伴随她的美貌和我的爱情。她们走进教堂侧面一间祭祀室，我还执意地尾随。心中有了爱情，就不免胡思乱想，不知怎么想到不能在这里举行婚礼，还突然掺杂进来一种死亡的预感，就好像爱情当时亲自对我耳语："今天在教堂，明天到地下。"我一时心慌意乱，愣在原地；先是手套，接着我的小帽子都从我手中失落；我的目光刚一离开伊奈丝，就又移过去。唔！可以肯定，她并没有赶我走，她明白我全身所表达的仅仅是爱情和荣誉。否则，她怎么会那样看我呢？不会的，不会的，法比娅，只有粗鲁的人，看人才没有思想，而圣洁的智慧怎么可能不寄寓在这个天使身上呢？不管怎样，我满怀希望，让我在这张字条中的炽烈感情讲话。假如你有一定的胆量，运气又好，能把这张字条交到她手中，假如我的信念和我诚挚的爱情，借助这种办法能得到允婚，我就会报答你，送给你一条贵重的项链和一名像样的奴隶；那奴隶既为你的地位增光，又会引起所有择夫不当的女人的羡慕。

法比娅 明白了。

唐·阿隆索 你怎么答复？

法比娅 你这是冒极大的风险。

特略 收起你的评论，法比娅，除非你不愿意像我们那些从不失手的手术医生，一下子就造成致命的创伤。

法比娅 得了，特略，把这封信交到伊奈丝手中。我至少不会失手，哪怕是有生命危险，而且什么也不图，只想让你明白，唯独我有足够的胆量，敢于进行这样一场大赌博。让我瞧瞧信。（旁白）我得先润色润色。

唐·阿隆索 唔！法比娅，生命和灵魂都要交到你这圣洁的手中，我怎么报答你呢？

特略 圣洁？

唐·阿隆索 对，是圣洁的，既然这双手要创造奇迹。

特略 魔鬼也能创造奇迹。

法比娅 人的所有手段，我要全为你使用上。我并不在乎你答应给我的项链，我知道自身的价值。

特略 查查你的价格表。

唐·阿隆索 来，法比娅，来吧，尊敬的婆婆，我要让你瞧瞧我的旅馆。

法比娅 特略……

特略 法比娅……

法比娅 （单独对特略）不要跟我唱反调。我要给你介绍一个棕发姑娘，长相美极了……

特略 如果你把项链给我，那么我有你也将就了……

第三场

〔坎波城，唐·彼德罗住宅的一间屋子。

〔唐娜·伊奈丝、唐娜·莱奥诺尔。

唐娜·伊奈丝 莱奥诺尔，人人都说星宿指导他们的出生。

唐娜·莱奥诺尔 什么，没有星宿，人间就没有爱情啦？

唐娜·伊奈丝 想一想这个情况：两年来，唐·罗德里戈正式追求我，对他那个人和他耍的手段，我一直无动于衷。可是在城里，一见到那个迷人的外乡人，我的心就对我说："这才是我想要的人。"我立刻回答说："但愿如此。"告诉我，莱奥诺尔，爱还是不爱，究竟谁在支配我们的心。

唐娜·莱奥诺尔 爱神胡乱放箭，极少射得准，经常不能中的。不过，话又说回来，我爱唐·菲尔南多，而他的朋友罗德里戈再怎么讨厌，我也得为之辩护。尽管如此，不能不承认那个外乡人气度不凡。

唐娜·伊奈丝 他的目光吸引了我的目光。我觉得从他眼里看出我已经感到而且流露出来的同样慌乱的神色。不过，也许他已经离开了这座城市！

唐娜·莱奥诺尔 我不相信，他离开你还能够生活。

第四场

〔人物同上，安娜上场。

安娜 夫人，来了个女人，叫法比娅……或者法比娅娜。

唐娜·莱奥诺尔 她是什么人？

安娜 她卖擦脸用的胭脂红和雪白粉。

唐娜·伊奈丝　你愿意让她进来吗，莱奥诺尔？

唐娜·莱奥诺尔　她名声不佳，不知道她怎么敢登门，来拜访如此体面的人家。不过，怎么又能抵制好奇心……

唐娜·伊奈丝　叫那女人进来吧，安娜。

安娜　（走到门口）法比娅，我家小姐请您进来。

第五场

〔法比娅、唐娜·伊奈丝、唐娜·莱奥诺尔。

法比娅　（旁白）我早就知道你会请我进来！（对伊奈丝和莱奥诺尔）啊！愿上帝保佑你们长久地享有无比的优雅和光彩！愿上帝保佑你们，花容玉貌持久不衰！我每次看见你们穿着合体的衣裙，戴着漂亮的首饰，十分高贵的样子朝我走过来，我就向你们抛去无数祝福。我还记得，对，我还记得你们可敬的母亲，她受所有的人敬重，为人完美无缺，是坎波城的奇人，但又是贤德的典范。她的心那么慈悲，那么慷慨，真叫人永世不忘！有多少穷人，如今还和我一起为她流泪！在这座城市里，谁没有受过她的大量恩惠？

唐娜·伊奈丝　老妈妈，告诉我们你的来意。

法比娅　她过早去世，给我们留下多少孤儿！她名叫卡特琳，是所有卡特琳的佼佼者！直到如今，我那些女邻居还记得她，为她流泪。而我呢，欠了她那么多恩情，再也指望不上了；她就像一朵花，还未等开放就夭折了，她死的时候还不到五十岁！

唐娜·伊奈丝　别哭哇，老妈妈，别哭哇！

法比娅　眼看死神把最好的人夺走，却让我留在世上，我怎么能心安呢！令尊大人，他在府上吗？愿上帝保佑他！

唐娜·莱奥诺尔 今天下午他去乡下了。

法比娅 （旁白）看样子，他不会很快回来。（对伊奈丝和莱奥诺尔）我这么老了，而你们又这么年轻，我为什么不对你们说实话呢？……我要秘密地告诉你们，唐·彼德罗不止一次让我给他安排风流事儿。然而，我太敬重正在化为尘埃的那位夫人，行事不能不本分一些。他要十个女人，我拒绝了五个。

唐娜·伊奈丝 高尚的美德！

法比娅 可以说，令尊见一个就想摸一个。我真奇怪了，你们哪怕从他身上继承一点点儿，也不至于现在还不恋爱呀。小姑娘们，你们就没有祈祷结婚吗？

唐娜·伊奈丝 没有，法比娅，什么时候都来得及。

法比娅 父亲在这方面马马虎虎，必然要深受其害。我的猫咪，一个鲜果，是一个无价的东西，不要春去秋来等到表皮皱巴了。我能想得出的所有事物，依我看只有两种越老越值钱。

唐娜·莱奥诺尔 哪两种？

法比娅 葡萄酒和朋友，小姑娘！你瞧见我这样子，可是当年我也很美，光艳照人，不止一个人堕入情网！那时，没有一个人不赞美我的活泼性情！我注视哪个人，哪个人就乐不可支！因此，那种拖地丝长裙，那种排场，那种宴席，该有多么奢华！我就像在一个圣体箱上，在欢呼声中前进。唔！上帝，我只要愿意，礼物就收不胜收，所有大学生都争先恐后送给我。唉！青春一过，一个男人也不再进我的屋了。时间流逝，红颜也随着时间消失了。

唐娜·伊奈丝 等一等！你带着什么呢？

法比娅 小玩意儿，卖了糊口，免得做坏事儿。

唐娜·莱奥诺尔 很好，老妈妈。干下去，上帝会帮助你的。

法比娅 这个嘛，我的孩子，这是我的玫瑰经和祈祷书。我急的时候才用，否则的话……

唐娜·伊奈丝 拿出看看，是什么?

法比娅 小袋装的樟脑和氯化汞。这些是新药方，对我们周期性疾病疗效极大。

唐娜·伊奈丝 还有这个呢?

法比娅 不要看，不管你多么好奇。

唐娜·莱奥诺尔 又不是要你的命，什么呀?

法比娅 好！那就告诉你，有时这很有用！譬如说，我认识的一个女孩子要结婚……然而，萨拉戈萨的一个男人从前欺骗她也得了手。她又到了我手中。我呢，明白是怎么回事儿。总之，必须破镜重圆，我完全出于慈悲心怀，采取了必要的措施，让她和未婚夫能过上安稳日子。我这话你们听明白了吗?

唐娜·伊奈丝 那是什么?

法比娅 牙粉、洗手肥皂、香锭，以及别的新奇而有用的物品。

唐娜·伊奈丝 那个呢?

法比娅 祈祷书。啊！在炼狱中的灵魂会感谢我的！

唐娜·伊奈丝 这是封信！

法比娅 这个呀！让你碰上，就好像是写给你的。算啦！不，你别看了，调皮的小姑娘。好奇的小姑娘！

唐娜·伊奈丝 求求你了，老妈妈。

法比娅 我向你保证，根本没有意思。我在坎波城认识一位贵族青年，他深深地爱上一位夫人，许诺给我一条项链，让我把这封信交给那位夫人，不惜损害人家的贞节、稳重和好名声。老实说，我真不敢，尽管他没有别的目的，只求结婚。对了，我有一个主意！帮帮我，美丽的伊奈丝！给这封信写封回信，我就跟那位贵族青年说，给他带回了那位夫人的答复。

唐娜·伊奈丝 这的确是个好主意，只要通过这种办法，你能得到许给你的项链，我愿意帮你这个忙。

法比娅　愿上天感谢你，给你增寿一个世纪。先念念这封信。

唐娜·伊奈丝　我拿回房间念去，回头给你拿来回信。

〔唐娜·伊奈丝下。

唐娜·莱奥诺尔　这主意真妙！

法比娅　（旁白）现在，大地中心的野蛮居民，将火焰猛然拨旺，烧灼这位少女的心！

第六场

〔唐·罗德里戈、唐·菲尔南多、唐娜·莱奥诺尔、法比娅。

唐·罗德里戈　（对唐·菲尔南多）只要还没有娶了她，我就必须容忍这种情况。

唐·菲尔南多　爱得越深，就得容忍越多。

唐·罗德里戈　这是您的贵人……

法比娅　（旁白）噢，讨厌鬼！是什么邪风，把这些蠢货吹来啦！

唐·罗德里戈　可是，伊奈丝不在，换上了一个老妖婆！

法比娅　（对唐娜·莱奥诺尔）这样对我就是大发善心了，因为我正等钱用。

唐娜·莱奥诺尔　我让我姐姐付给您钱。

唐·菲尔南多　尽管这位可敬的老妇人到这里，只能兜售一些小玩意儿，没有比较贵重的首饰值得我买下送给您。小姐，您若是已经拿了哪样货，或者偶尔喜欢哪一样，那就让我来付钱，我愿为您效劳。

唐娜·莱奥诺尔　我们什么也没有买。这位诚实的老妇人是洗衣工，她像往常一样，来洗我们家的衣物。

唐·罗德里戈　唐·彼德罗在干什么？

唐娜·莱奥诺尔　他在乡下。不过，估计就要回来了。

唐·罗德里戈　那么唐娜·伊奈丝，我的王后……

唐娜·莱奥诺尔　刚才她还在这儿，想必她正忙着打发这位妇人。

唐·罗德里戈　（旁白）她若是在窗口瞧见我，就肯定避开了。（对莱奥诺尔）要不要这样想：她是不肯见最渴望为她效劳的人吧?

唐娜·莱奥诺尔　她来了。

第七场

〔人物同上，唐娜·伊奈丝手拿着信上场。

唐娜·莱奥诺尔　（对她姐姐）别忘了，法比娅等着结洗衣服的账呢。

唐娜·伊奈丝　我带来了，妹妹。（对法比娅）拿着，让这个伙计拿着衣服。

法比娅　这水真幸运哪，唐娜·伊奈丝，要洗遮护金身玉体的神圣衣衫！（她打开信，佯装念道）六件衬衣、十条餐巾、四块台布、两个枕套、六件男衬衣、八条床单……哦，够啦！这些送回来，全同眼睛一样干净。

唐·罗德里戈　老太婆，这单子能让给我吗？让我至少能珍藏这只无情无义的手写的几行字啊！让给我吧，我给您报酬。

法比娅　这单子给您！哼，真没听说过！再见，我心上的姑娘们。

〔法比娅下。

第八场

〔唐娜·伊奈丝、唐娜·莱奥诺尔、唐·罗德里戈、唐·菲尔南多。

唐·罗德里戈 可是，账单应当留下呀。

唐娜·莱奥诺尔 她拿去对数，看看少不少什么，然后再拿回来。

唐娜·伊奈丝 我父亲刚到。二位是走呢，还是去见他？他尽管没有表示什么，总归不愿意没有他在场，你们就同我们交谈。

唐·罗德里戈 受到如此冷淡还要容忍，不求助于爱情或者死亡，又能求助于谁呢？求助于爱情，让爱软化你这颗残酷的心，直到同意给我一点儿回报，或者得求助于死亡，让死了结我的一生。然而，死又不会，爱又不肯。我悬在生与死之间，真不知道该如何是好。我爱，却永远得不到你爱的表示，不爱你又不可能。爱情本身再也没有给我留下别的希望，只能死于你的手。无情无义的人，杀掉崇拜你的人吧，你至少成为我的死亡。王后哇，既然你不愿意成为我的生命。活在世上者，无不生于爱，由爱哺育，然后死去，这就是压迫我们生命的法则。噢，无情的法则！如果痛苦还不足以使我得到你的爱，也不够剧烈得置我于死地，那就至少让我生活在时间之外吧，既然生也好，死也好，都不能给我带来安宁。

〔唐·罗德里戈和唐·菲尔南多下。

第九场

〔唐娜·伊奈丝、唐娜·莱奥诺尔。

唐娜·伊奈丝 一大堆蠢话！

唐娜·莱奥诺尔 你的也不逊色。

唐娜·伊奈丝 你是指回信吧？其实，爱绝不靠谨慎活着。

唐娜·莱奥诺尔　爱情促使你写信，又不知道写给谁吗？

唐娜·伊奈丝　我怀疑是出自那位外乡骑士之手，要试探我的感情。

唐娜·莱奥诺尔　我也有同样的怀疑。

唐娜·伊奈丝　果真如此，他还不算愚蠢。听听他给寄来的诗：

在坎波城的非凡集会上，我看见最艳丽的农村姑娘，就连太阳也从未迎候到，从明净的拂晓中初露笑脸开始，徒然寻至西沉的时刻。

一只黄鞋子，以其黄金覆盖着一根水晶细柱的小柱脚，它正是火药室，火光一爆，炸得我的灵魂飞上天，也还崇拜不已。

在这场爱情的战斗中，一只鞋子获胜，而我的眼睛已经受了致命伤。啊，我承认这是奇迹和壮举！然而，我将我的遗体，她的胜利品交给她，并且对那美人说："你这美丽的足就令人心虚气短，可爱的伊奈丝，你这眼睛的火焰再一扫，又会留下什么呢？"

唐娜·莱奥诺尔　一个好样的骑士，要向你使出厉害的一招！

唐娜·伊奈丝　他赞美我的足，是为了更有把握得到我的手。

唐娜·莱奥诺尔　你是怎么答复的？

唐娜·伊奈丝　让他今天夜晚到花园的栅栏那儿去。

唐娜·莱奥诺尔　怎么想得出来？这种荒唐事儿，要干什么呀？

唐娜·伊奈丝　不是要跟他说话。

唐娜·莱奥诺尔　那为什么？

唐娜·伊奈丝　跟我来，我会告诉你的。

唐娜·莱奥诺尔　你真是又蠢又冒失。

唐娜·伊奈丝　爱情什么时候明智过啦？

唐娜·莱奥诺尔　爱情一诞生，就应当逃避它，伊奈丝。因为，接下去……

唐娜·伊奈丝 谁也不可能逃避初恋。大自然本身都通过初恋的声音说话。

〔二人下。

第十场

〔坎波城一家旅馆的客房。

〔唐·阿隆索、法比娅、特略。

法比娅 他们打了我四千棍。

特略 你这事儿办得真漂亮。

法比娅 你若能挺住两千棍就不错。

唐·阿隆索 是我太荒唐了，想要一步登天。

特略 荒唐的是要求法比娅当天使带你上天！她这不受到惩罚，堕入棍子地狱！

法比娅 噢！可怜的法比娅！

特略 是哪些残忍的教徒，竟在你这肩膀的漂亮经桌上打拍子？

法比娅 两个仆人和三个少年侍从。我的圆锥帽和撕成六片的衣裙，全丢在那儿了。

唐·阿隆索 这个不要紧，老妈妈，只要他们没有碰你这张可敬的脸就好。噢！我真傻，居然相信那种骗人的眼神、那些假宝石，相信那些媚眼只为骗我或者杀我的女人！我受到了惩罚，也是咎由自取。拿着这个钱袋，老妈妈。你呢，特略，上马！我要今天晚上就回到奥尔梅多。

特略 什么？天已经黑啦！

唐·阿隆索 怎么！你让我就在这里自杀吗？

法比娅 算了，不要伤心，不走运的人，鼓起勇气！法比娅给你带来药方了。拿着。

唐·阿隆索　一封信!

法比娅　是一封信。

唐·阿隆索　不要愚弄我。

法比娅　跟你说，信是她写给你的，答复你那封情书。

唐·阿隆索　特略，跪下吧!

特略　信你还没打开呢，先别要我下跪。我真怕会从信里冒出乌云压顶似的一顿棍棒。

唐·阿隆索　（念信）“但不知您是否就是我以为的那个人，期望正是您。因此，我求您今天夜晚来到我家花园的栅栏。您在栅栏上能发现系在我的骡子上的绿带。明天您将绿带系在帽子上，好让我认出您来。”

法比娅　她说什么?

唐·阿隆索　说你给我带来的财富，我永远也不会估价过高，也永远报答不了你。

特略　看来，两个人不必快马加鞭，赶回奥尔梅多了。你们听见了，高贵的小马!你们休息吧!我们留在坎波城了。

唐·阿隆索　临近的黑夜，迈着潮湿的脚步，已经践踏消逝的白昼的残余踪迹。我要去伊奈丝家的栅栏，穿戴也要体面一些，她有可能受爱情的驱使，窥视我取彩带的情景。我去换换衣服。

〔唐·阿隆索下。

第十一场

〔法比娅、特略。

特略　我呢，法比娅，请你允许，我去帮我主人穿上夜行衣。

法比娅　等一下！

特略　我的主人处于这种状态，没有我帮着穿衣裳，那就有热闹看了！

法比娅　但是你还得丢下他，跟我来。

特略　跟你？

法比娅　跟我。

特略　我？

法比娅　对。必须如此，好让这一爱情跨越所有障碍。

特略　你究竟要干什么呀？

法比娅　我们女人，我们有个男人陪伴，就感到更安全。来！我需要昨天绞死的那个强盗的一颗臼齿。

特略　什么！还没有把他埋了？

法比娅　没有。

特略　你到底要干什么？

法比娅　去弄颗臼齿。而你呢，就陪我走一趟。

特略　我可不干！跟你去钻那个马蜂窝！你还长没长点儿脑子？

法比娅　什么，胆小鬼，我能去的地方，你不敢去？

特略　不能这么比，你不一样，法比娅，你能跟魔鬼对话。

法比娅　好了，走吧！

特略　让我拿着刀，去攻击一条汉子，我也不怕，就是别打发我去跟死人打交道！

法比娅　你若是不去，我就让死人亲自来找你。

特略　好了，好了，我就尽量陪你去吧！嗯！你究竟是女人还是魔鬼？

法比娅　这种事儿你一窍不通。走吧，扛着梯子。

特略　谁以这种方式登高，法比娅，就应当料到会有同样的下场。

〔二人下。

第十二场

〔街道与唐·彼德罗宅第的外观。

〔唐·罗德里戈和唐·菲尔南多身披夜行斗篷上。

唐·菲尔南多　又来到这住宅附近做什么呀？

唐·罗德里戈　我的希望，菲尔南多，能在这栏杆上发现一只援手。有时她来到这里，用雪白的双手装饰这些铁栏杆。她白天手扶的地方，晚上我就把这颗心放上去休息。对，伊奈丝越以藐视的态度对待我，爱情之火就越烧灼我。我在她的冰雪上不停地燃烧。被我的泪水打湿的栏杆哪，一位天使怎么能够如此狠心，对待能软化这些铁柱的人呢？咦，这是什么？

唐·菲尔南多　是条彩带或者绳子，系在铁柱上。

唐·罗德里戈　敢于表白爱情的人，这就是惩罚：他们的灵魂被她们锁到栅栏上。

唐·菲尔南多　不对，这是我的莱奥诺尔给的信号。也许她要通过这种方式告诉我什么事儿。

唐·罗德里戈　我信不过自己，不大相信是伊奈丝给我的信号。也可能是她那双无情无义的手系在这里。既然处在怀疑中，那么有信念就足够了。把彩带给我。

唐·菲尔南多　且慢！假使莱奥诺尔要这样考验我的感情，而到了明天，她见我没有戴在身上……

唐·罗德里戈　我有了办法。

唐·菲尔南多　什么办法？

唐·罗德里戈　两个人分这条彩带。

唐·菲尔南多　是什么用意？

唐·罗德里戈　让她们俩看到戴在我们身上，从而明白我们一道来过。

〔两个人分了彩带。

第十三场

〔夜晚。

〔人物同上，唐·阿隆索和特略上。

唐·菲尔南多 街上有人。

特略 （对他的主人）快点儿，到栅栏那儿！想想法比娅还等着我呢，那可是件至关重要的事情。

唐·阿隆索 今天夜晚？和法比娅？干什么事儿啊？

特略 这件事儿关系到处于很高地位的一个人！……

唐·阿隆索 什么？

特略 我呢，扛一架梯子。而她……

唐·阿隆索 她拿什么？

特略 她拿钳子。

唐·阿隆索 你们拿这些东西干什么？

特略 把一位夫人从屋里拉出来。

唐·阿隆索 你要考虑考虑再干，特略！你要进什么地方，想一想怎么出来。

特略 嗳！没什么！

唐·阿隆索 劫持一个姑娘，还说没什么？

特略 哪里！是拔掉他们昨天绞死的强盗的臼齿。

唐·阿隆索 注意！栅栏附近有两个人。

特略 是派到那儿把守的吧？

唐·阿隆索 守护彩带……

特略 她要惩罚你。

唐·阿隆索 如果我表现得英勇绝伦，她还能想出别种办法吗？一定要让她知道她错了，还不了解骑士中称做奥尔梅多骑士的人。上帝万岁！我要教会她换一种办法惩罚为她效劳的人。

特略 当心！别乱来！

唐·阿隆索 绅士们，谁也不能靠近这家的栅栏！

唐·罗德里戈 （旁白，对唐·菲尔南多）这家伙是干什么的？

唐·菲尔南多 无论从举止还是声音，我都不认识这个人。

唐·罗德里戈 谁胆敢在此处说话这样傲慢？

唐·阿隆索 用剑说话的一个男人，先生。

唐·罗德里戈 他会遇到惩罚他胆大妄为的人。

特略 快点儿！主人，死人的牙齿也会有所期待！

〔他们拔出剑，格斗起来。唐·罗德里戈和唐·菲尔南多退下。

唐·阿隆索 不要追赶了，他们受到了惩罚！

特略 他们丢下一件短斗篷。

唐·阿隆索 拿着，走吧。我看见窗户有灯光。

〔主仆二人下。

第十四场

〔唐·彼德罗宅第的一间屋子。

〔唐娜·伊奈丝、唐娜·莱奥诺尔。

唐娜·伊奈丝 唔！莱奥诺尔，爱情让我睡不着觉了。朦胧的曙光刚一踏上四月的草坪，舒展它的繁花的珐琅，我就手捂胸口平抚激动的心情，跑向栅栏那里。彩带不见了。

唐娜·莱奥诺尔 得到你的追求者的珍爱。

唐娜·伊奈丝 他怎么珍爱，也不如我对他的思慕！

唐娜·莱奥诺尔　你一向冷若冰霜，突然发生这么大变化!

唐娜·伊奈丝　我也不明白，上天用什么惩罚我。爱情，是取得了胜利，还是报复我的天性。只要一想到那位骑士，我的心就燃烧起来，一刻我也不能忘记他！真不知道该怎么办了！

第十五场

〔人物同上，唐·罗德里戈。

〔唐·罗德里戈上，他的帽子上系着一段绿带子。

唐·罗德里戈　（旁白）我怎么也不会相信，畏怯到这种地步，能解除爱情的武装。好了，我的心灵，鼓起勇气，伊奈丝就在眼前！（对伊奈丝）我要见唐·彼德罗大人。

唐娜·伊奈丝　您也不该来这么早哇。他肯定还没有起床呢。

唐·罗德里戈　事情很重要。

唐娜·伊奈丝　（旁白，对她妹妹）我从未见过如此笨拙的恋人。

唐娜·莱奥诺尔　爱谁，谁就处处合心；鄙视谁，谁就总是蠢笨。

唐·罗德里戈　（旁白）唉！如何压倒她这高傲的态度，最终引起她的冷漠的兴趣。

唐娜·伊奈丝　（旁白，对她妹妹）莱奥诺尔！唐·罗德里戈能戴着这彩带来到这里，那一定是他收到了我的信！

唐娜·莱奥诺尔　法比娅骗了你。

唐娜·伊奈丝　等一下我就撕毁他的信，报复他蒙骗，害得我睡觉时把信放在胸口。

第十六场

〔人物同上，唐·彼德罗、唐·菲尔南多。

〔唐·菲尔南多帽子上系着一段绿带子。

唐·菲尔南多　（旁白，对唐·彼德罗）唐·罗德里戈求我来同您谈这件事儿。

唐·彼德罗　我们可以开始谈了。

唐·菲尔南多　唐·罗德里戈已经来了，爱情钟总是往前赶。

唐·彼德罗　伊奈丝一定是用她的鼓励，给那钟上了弦。

唐·菲尔南多　唐·罗德里戈则抱怨恰恰相反。

唐·彼德罗　唐·罗德里戈大人……

唐·罗德里戈　我前来为您效劳。

〔唐·彼德罗和两位求婚者低声说话。

唐娜·伊奈丝　（旁白，对唐娜·莱奥诺尔）这是法比娅的诡计。

唐娜·莱奥诺尔　什么？

唐娜·伊奈丝　你没看见唐·菲尔南多也戴着一段彩带吗？

唐娜·莱奥诺尔　既然两个人都戴着彩带，那么应当推断他们俩都爱你啦！

唐娜·伊奈丝　这工夫我要发火，就差你的忌妒啦！

唐娜·莱奥诺尔　他们在讨论什么呢？

唐娜·伊奈丝　你都给忘了，我们的父亲昨天提起要我结婚。

唐娜·莱奥诺尔　在这种情况下，菲尔南多倒可以设法忘掉我。

唐娜·伊奈丝　我猜想正相反，他们既然分了彩带，那么两个人都想结婚。

唐·彼德罗　（对两位骑士）这个问题需要慎重地商量。要在一个更方便的地方。进这屋吧，我们再好好讨论一下。

唐·罗德里戈 我若是有望攀上这门亲戚，就再也没有什么可讨论的了。

唐·彼德罗 能看到伊奈丝爱上您，我当然很高兴。不过，对于您所祝愿的未来，您应当考虑我的地位所提出的要求。

〔三个男人下。

唐娜·伊奈丝 我的希望简直疯了，胡思乱想也徒劳无益。我是给唐·罗德里戈写了一封信，而你，却忌妒起唐·菲尔南多。残忍的外乡人哟！骗人的法比娅哟！

第十七场

〔法比娅、唐娜·伊奈丝、唐娜·莱奥诺尔。

法比娅 轻点儿！法比娅听着你们呢。

唐娜·伊奈丝 噢！你这黑心肠，怎么能这样骗我呢？

法比娅 是你骗人。你写一封信，让一位骑士到你家花园的栅栏，取一条希望的彩带。可是，你却派两个人守在那儿杀他。老实说，你的人若是不逃掉，那么为这种荒唐的计划丧命的就该是他们。

唐娜·伊奈丝 哦！法比娅！既然我向你敞开了心扉，你就回答我，既然我丧失了父亲的尊敬，忘记了自己的出身和名誉，你就回答我。至少，你讲的是真话吧？如果你讲的是真话，那么就是守在栅栏那儿的人偷了彩带，当做爱情的信物来炫耀了。母亲哪！我处于这种状态，不想你所知道的人，就得不到一点儿安宁。

法比娅 （旁白）哈！我的巫术和阴谋真有效果，胜券在握啦！（对伊奈丝）不要伤心，我的孩子。醒来吧，你很快就要分享卡斯蒂利亚当今最伟大、最高尚的骑士的地位！你的恋人不是别人，正是出类拔萃的奥尔梅多骑士。昨天在集会上，唐·阿隆索看见你了，扮成村姑的狄安娜，带着你双眉的弯弓和美丽眼睛的利箭。他跟随你，应当原谅他，因为智者也说，眼睛和理性都同样能显示美。你用你骡子的绿饰带拴住他的脚腕儿，牵着这个俘虏走。看来，爱情不再像财运那样，让人抓住头发，而是像个奴隶似的戴上脚链。

现在，唐·阿隆索在你的膝下，而你也绝不憎恶他。他崇拜你，你战胜了他。他给你写信，你就回答：如此正当的爱情，谁会谴责呢？他的父母让他支配一万杜卡托金币的年金。他是独生子，他虽然很年轻，但是父母年事已高。他是卡斯蒂利亚地区最高贵和最明智的骑士，让他爱你吧。他长得英俊，人又聪明。在瓦利阿多里德，国王对他恩宠有加，因为只有他为王室的婚礼增光添彩。他胜似赫克托耳[①]，手持投枪和利剑勇斗公牛。在骑士比武和套圈赛马中，他向贵妇献上了三十个优胜奖。他一身戎装时，酷似观望特洛伊城墙的阿喀琉斯[②]。他换上节庆服装时，又极像阿多尼斯[③]。但愿诸神给他另一种死亡！小姑娘啊，女人嫁给一个蠢汉太不幸啦！你呢，跟这位无与伦比的丈夫生活，肯定会美满幸福。

唐娜·伊奈丝 老妈妈，老妈妈，你真让我欣喜若狂！可是，唉！要把我嫁给唐·罗德里戈，我又怎么能成为他的妻子呢。我父亲和唐·菲尔南多就在隔壁，已经在谈结婚的事儿了。

法比娅 你和唐·阿隆索要宣布这种判决无效。

唐娜·伊奈丝 唐·罗德里戈也在这儿呢。

法比娅 他不是审判官，而是当事人。什么也不要怕。

---

① 赫克托耳：希腊神话传说中人物。在特洛伊战争中，他是特洛伊方面的主帅，作战勇猛。

② 阿喀琉斯：在特洛伊战争中，他为朋友帕特洛克罗报仇，杀死了赫克托耳。

③ 阿多尼斯：希腊神话中的美少年，是爱神阿佛洛狄忒的情人。他因独自出猎被野猪咬伤而死。

唐娜·伊奈丝 莱奥诺尔，你有什么好主意？

唐娜·莱奥诺尔 你还能听得进去吗？

唐娜·伊奈丝 噢！我也说不准了！对了，咱们别在这儿说这事儿了。

法比娅 这事儿交给我吧，一定能如愿以偿。唐·阿隆索将是你的人，我肯定让你跟这位卡斯蒂利亚骑士，坎波城的光彩和奥尔梅多之花，一起幸福地生活。

——**幕落**

第二天

第一场

〔街道，唐·彼德罗住宅的外观。

〔唐·阿隆索、特略。

唐·阿隆索　生活中不见她的面，我宁愿死去，特略。

特略　只怕有人发现了你们爱情的秘密。你在奥尔梅多和坎波城之间不断奔波，就让你的两个情敌产生想法，有了话柄。

唐·阿隆索　我崇拜伊奈丝……我怎么能够再也不见她呢?

特略　你的一言一行，至少表面要维护住。怎么，我的主人，你就不能耐心等三天，不这么狂热地宣泄爱情吗?

唐·阿隆索　我的爱既无间歇，也不松懈。这种爱始终燃烧，不容天性怂恿它有片刻懦弱的表现。不，我的心闲不下来。反之，现在我才知道，爱情具有雄狮的野蛮力量。要驯服这种爱，要战胜我这颗心，小于这种不间断的狂热是不行的。远离伊奈丝，我在爱情的平静水面，几乎缓不过气来。我若是生活在她身边，能够随时见到她，我的心灵就会成为一只火兽。

特略　你这样一趟一趟来回跑不累吗?

唐·阿隆索　然而，特略，从奥尔梅多到坎波城，有什么值得那么称赞的呢。利安得去见海洛[①]，不是每天夜晚都游过海，最后不是把水全喝下去，好浇灭他心中的火焰吗？在奥尔梅多

---

① 据希腊神话记载，利安得与爱神阿佛洛狄忒的女祭司海洛相爱，他每天夜晚游过海去相会，海洛则站在塔上举火炬为他引路。一天夜晚风雨大作，吹灭火炬，利安得溺水而亡。海洛见到他的尸体，悲痛万分，便坠塔身亡。

和坎波城之间，特略，并没有大海。伊奈丝不欠我什么。

特略 像利安得那样，自知走向生命危险的人，也面临一片大海。我敢断言，关于你的恋情，唐·罗德里戈同我一样了如指掌。当时我还不知道这件短斗篷是谁的，有一天，我就披着它进城……

唐·阿隆索 你披上啦？干的蠢事！

特略 就跟是我自己的一样，在街上碰见唐·罗德里戈，他叫住我："这件斗篷，先生，是谁给您的？我认得。"我回答说："如果您认为它能为您效劳，那我就送给您的一名仆人。"他一听，脸色陡变，回击道："这是我的一个仆人夜晚丢失的。您留着吧，披在身上很合适。"说罢扬长而去，他的手还按着剑柄，一副不屑的神态。

相信我，他知道我在你手下干事儿，他的斗篷丢在我们俩面前。要当心，我的主人，他们是有权势的人，又在自己的地盘上。公鸡在自己的窝里叫声最高。再说，你的恋情一开始就陷入各种魔法和邪术，我也十分担心。如果你的追求是正当的，何必借助于法术和驱魔呢？我跟法比娅去拔一个绞死的罪犯的臼齿，老实说，我更愿意待在自己屋里。我扮演了喜剧中的小丑，将梯子立在绞刑架上。法比娅爬上去，我在梯子脚下等待，只听那个绞死的人对我说："上来，特略，不要怕，否则的话，我就下去了。"伟大的圣保罗呀！我一下子瘫倒在地，魂儿都吓飞了，最后魂儿又回来，真是上天的奇迹。法比娅从梯子上下来，我也定下神儿来，可还是惊魂未定，看到没下雨浑身就都湿了，心里也实在难受。

唐·阿隆索 特略，特略，一种真心实意的爱情，不怕冒任何风险！可是命运却和我作对，我偏偏有一个狂热的情敌，非要娶唐娜·伊奈丝不可。瞧我，又忌妒又绝望，怎么办呢？不行，我不能相信驱魔的威力，那纯粹是虚幻的。唯有才德和恒心，才能将两个意志结合起来。伊奈丝爱我，我崇拜伊奈丝，靠她活着！凡是同伊奈丝无关的，我全无视、鄙视和蔑视！伊奈丝是我的财宝，我是伊奈丝的奴隶，没有伊奈丝，我就不能活下去！我从奥尔梅多到坎波城来回奔波，也是因为伊奈丝掌管着我的生与死。

特略 好了，这一爱情，你再也没有什么话可说的了，也许只能补充一句："伊奈丝，我就觉得你看着还不算讨厌。"这才新鲜呢。总之，上帝保佑这事儿有转机！

唐·阿隆索 招呼吧，时间到了。

特略 我这就去。

〔特略招呼。

第二场

〔唐·阿隆索、特略、安娜，继而唐娜·伊奈丝。

安娜 （在户内）谁呀？

特略 好快呀！是我。梅莉贝在家吗？卡利斯托来了。

安娜 等一等，桑普罗尼奥。

特略 我就等着，假见证的角色。

唐娜·伊奈丝 （在户内）是他本人来了吗？

安娜 （在户内）对，小姐。

〔安娜打开门，于是，唐·阿隆索和特略走进唐·彼德罗的住宅。

第三场

〔唐·彼德罗住宅的一间屋子。

〔唐娜·伊奈丝、唐·阿隆索、特略。

唐娜·伊奈丝 亲爱的大人！……

唐·阿隆索 伊奈丝，终于盼来了生活！……

特略 你们彼此如果有什么话要讲，最好还是痛快点儿！

唐娜·伊奈丝 特略朋友！……

特略 我的王后……

唐娜·伊奈丝 我看着你，阿隆索！这个下午，愚蠢的唐·罗德里戈一直纠缠，我简直烦透了，绝想不到你会见到我的面，我还能这样端详你。

唐·阿隆索 如果你不得不遵命结婚，我在听到你对我的宣判之前，不愿意放弃我的梦想。我的心这样对我说，我又把这话告诉特略，当时他吩咐人把我的马牵出来，而太阳也在赶着自己的马，奔向等待它们的白昼。我在走向你这美丽容貌的途中，就有一种悲惨的预感压抑心头，觉得一条坏消息即将证实这种预感。喏，我的预感不错，由你告诉我的这条消息证实了。这场婚礼如果举行，就是我的巨大不幸！

唐娜·伊奈丝 婚礼不会举行！我答应你之后，就要对全世界说不行。唯独你能统御我的自由和生命。世上没有任何力量能阻止我成为你的妻子。昨天，由于唐·菲尔南多的缘故，我有意不带莱奥诺尔，下楼到花园里，独自垂泪，向泉水和鲜花诉说我的爱情。我对它们说："鲜花和泉水呀，你们享受着幸福的生活，每天从夜里出来，怎能重又看到你们的太阳。"是的，我让爱情搅昏了头，恍若听见一株百合用花蕊的语言回答说："你崇拜的太阳如果夜晚也能升起来，那你还要怎样呢，为什么还这样痛苦呢？"

特略 这正是希腊人回答那个百般抱怨、纠缠他的盲人："既然夜晚也有其乐趣，为什么还抱怨看不见呢？"

唐娜·伊奈丝　我渴望你的光明，像飞蛾一样奔向这种黑夜的时刻！嗳！为什么说飞蛾呢？不如说像只凤凰，始终在这极其温馨、极其美丽的火焰中，最后死而复生！

唐·阿隆索　我的上帝呀，要赞美她这珊瑚和玫瑰的嘴唇，说出如此深情的话语，给了我幸福！我也一样，应当告诉你，我远离你，又不能对特略说的时候，就对鲜花倾吐我的忌妒、担心和恋情。

特略　这是事实！我见过他向奥尔梅多的红皮儿萝卜表白爱情。这位恋人有时对着石头，有时对着风说话。

唐·阿隆索　我这颗心独自待不住，又不肯沉默。它必须和你在一起，伊奈丝，必须和你交谈，和你一起感怀动情。谁能复述你不在时我对你讲的一切！可是，你一来到我面前，我连气儿都喘不上来了。一路上，我总对特略描绘你的魅力，我们一起赞美你的超凡智慧。我听到你这名字就乐不可支，甚至雇了一个与你同名的女仆，以便整天叫她伊奈丝。我的王后哇，我就觉得那也是在叫你。

特略　聪慧的伊奈丝，这就是你在我们俩身上创造奇迹的明证：他变得敏感，而我变成了诗人。听一听我为唐·阿隆索的一首诗所作的注释。他这首诗是要探讨人能否死了还依然活着。先看看这首诗：

> 就在伊奈丝山谷里，
> 她欢笑，而我却走了，
> 如能见到她，安德烈斯，
> 就说你看见我准备好，
> 准备好为伊奈丝而死。

唐娜·伊奈丝　这是唐·阿隆索作的吗？

特略 他作了这首诗，总的来说，对一个奥尔梅多的诗人，还不算太差劲吧。再听听我的注释。

唐·阿隆索 我作的诗，由伊奈丝支配！

特略

安德烈斯，这山谷自从让伊奈丝变成花园，就布满了鲜花，上天也艳羡，要用它的一团团星辰来交换。然而，这山谷自有年轻的春天，已经成为一片天空，来到伊奈丝山谷看看的人，就会见到大地上的蓝天。

我怀着畏惧和敬意，踏着她的脚印走去。她并不希望更清新的曙光来到她的田野，并以花露来润泽。唉！我看出伊奈丝在逃避爱情，也知道她的铁石心肠，看谁就让谁死亡，甚至折辱人家的自尊，因此，我哭着离开。但是“她欢笑，而我却走了”。

安德烈斯，告诉她我渴望再见到她，要因这种渴望而丧命。然而，即使这样也无济于事。还未等你到达她那残忍的手够得着的地方，我就会因渴望而死去。而你本人，一旦见到她的面儿，你也活不成，“如能见到她，安德烈斯”。

她那么倨傲，万一忘了夺走你的性命，那你就问问我那要人命的美人，为什么她在我身上自杀，既然她知晓她就是我的生命。你对她说：“狠心的，为什么让他死，为什么你报了仇还要痛悔。”对，安德烈斯，你再也见不到我了，“就说你看见我准备好”。

不错，死亡也不见得那么确切无疑，既然那无情无义的女子看上一眼，就能让人复活。她屠杀也会感到厌倦，于是让她杀的人再生。然而，我无论是死是生，绝不后悔爱上她，为她效劳。无悔，生命的最高目标，无非是“为伊奈丝而死”。

唐娜·伊奈丝 如果这段注释是你作的，那么应当承认，你以你主人的名义，长时间说了假话。

唐·阿隆索　我的爱情用诗表达不真实，这就是你的意思吧。其实，我的心上人，什么诗能表达我的爱呢？

唐娜·伊奈丝　我父亲来啦！

唐·阿隆索　他要进屋吗？

唐娜·伊奈丝　你们藏起来。

唐·阿隆索　藏哪儿？

〔唐·阿隆索和特略躲藏起来。

第四场

〔唐·彼德罗、唐娜·伊奈丝。

唐·彼德罗　我的伊奈丝，你还没有睡下吗？该睡觉了。

唐娜·伊奈丝　父亲，刚才我正祈祷呢，为的是您昨天向我提的事情。我请求上帝指引我作出选择。

唐·彼德罗　即使我出于对您的慈爱，伊奈丝，我也想象不出有什么选择的可能，找不出一个能与唐·罗德里戈相比的人。

唐娜·伊奈丝　的确，对于他的声望和姓氏，大家都众口一词。如果我要结婚的话，以他的好条件，在坎波城，甚至在整个卡斯蒂利亚地区，也无人能与他相比。

唐·彼德罗　如果你要结婚的话？你这是什么意思？

唐娜·伊奈丝　父亲，我已经有丈夫了。如果说在迫不得已之前，我什么也没有对您讲，那也是因为我不愿意惹您伤心。

唐·彼德罗　有了丈夫？这是什么新闻哪，伊奈丝？

唐娜·伊奈丝　你听着是新闻。对我而言，很早就有这个志向。现在我明确讲出来，您明天就吩咐人给我做一套修女服，免得我再有这种虚浮的打扮。我要穿上修女服走动，一直到跟人学会了拉丁文。您身边还有莱奥诺尔，她会给您生下后人的。我以母亲的名义求您了，不要反对我的意图，还是支持我这志向和我灵魂的安宁吧。给我找一个又善良又虔诚的女人，好教我熟悉这种新的身份，再找一个又教唱歌又懂拉丁文的教师。

唐·彼德罗 这话是你说的吗？

唐娜·伊奈丝 我这儿说的可不是空话，而是毫不动摇的决定。

唐·彼德罗 听你这么说，我身上一部分挺感动，另一部分却凉透了，因为你年纪轻轻，还指望你给我繁衍后代呢。不过，如果你有这种使命，我当然不便阻拦。我也知道，在这天底下，每个人的意志都是自由的。尽管你的愿望与我的不合，你想怎样就怎样吧。

然而应当考虑，我们的思想往往没有常性，往往游移不决，尤其性情不大坚定的女人，思想多么容易受影响。女人和任性，犹如言和行，总是相随相伴。因此，你要换装束，我并不觉得有道理。什么装束没有妨碍，你尽可以念拉丁文，学唱歌，尽可以按自己的兴致做事。漂亮的衣裙你还穿着吧，依然保持修美的仪容。我不愿意让坎波城的人，今天在我的伊奈丝身上欣赏圣女的光彩，明天又嘲笑你身上表现出的人的懦弱而无常性。不过，我会派人给你找一个虔诚的女人、一个能教你拉丁文的神父；归根结底，在生父和神父之间，理所当然要服从最好的。再见了！为了不惹你伤心，我得躲到能为你流泪的地方。

第五场

〔唐·阿隆索、特略、唐娜·伊奈丝。

唐娜·伊奈丝 真遗憾，让你难过了。

唐·阿隆索　我并不觉得遗憾。我希望至少要了解，你是在准备我们爱情的死亡。伊奈丝啊！在这样的痛苦中，为什么用这种猛药？

唐娜·伊奈丝　爱情一旦感到受到威胁，就使心灵更清醒。可能怎样做，心灵看得更清楚。

唐·阿隆索　这药方行吗？

唐娜·伊奈丝　行啊，能阻止唐·罗德里戈达到他所追求的目的。你完全懂得，一种不幸只要缓解，就有五分避免了。反之，一点儿办法也没有，也就没有希望了。

特略　我的主人，她说得有道理！在唐娜·伊奈丝唱歌和念拉丁文的时候，你们两个就可以充分利用教堂。否则的话，唐·罗德里戈要起疑心，必然向唐·彼德罗施加压力。唐娜·伊奈丝既然声明另有所爱而拒绝他，他也确实不能把这视为冒犯。此外，我也有了极好的借口，能自由出入这所住宅。

唐·阿隆索　自由出入！怎么可以？

特略　她不是要学拉丁文吗？我来给她上课不是很容易的事儿吗？你会看到，我教她读你的信该有多么内行！

唐·阿隆索　哈！你找到了医治我这病症的药方！

特略　还有，法比娅不是可以扮成女傅，来教唐娜·伊奈丝吗？她装扮成修女，就可以来培养她了。

唐娜·伊奈丝　你讲的真是金玉良言。法比娅就当我的道规习俗的教师。

特略　绝妙的道规和可敬的习俗！

唐·阿隆索　心爱的，爱情如同极为细密的布，能不知不觉让时光流逝，而对情侣来说，时间逃逝得太快了。我担心白昼会突然闯到我们面前。我就不得不留在这里，出去准让人瞧见。上帝呀！这倒很甜美，被迫留下！不过，坎波城要欢庆盛大节日：五月十字架。要知道，日期临近，我必须做做准备。在竞技场上，我首先要在你的注视下大显身手，可是，又有人从巴利亚多利德写信告诉我，唐·胡安国王要莅临庆典。王室总管请国王那几天到托莱德山区，以便散散心，休息一下。还请求国王途中在坎波城停一停，光临这座城市。当地的贵族全要晋见国王。上天保佑你，我心爱的人！

唐娜·伊奈丝 稍等一下，我得打开门。

唐·阿隆索 噢！光亮啊！噢！蠢笨的曙光，情侣的对头！

特略 你们就不要等太阳升起了。

唐·阿隆索 什么？

特略 太阳已经在这里照耀！

唐·阿隆索 对，照耀这里，正是伊奈丝！然而，特略，太阳要隐藏起来，还怎么照耀呢？

特略 你拖拖拉拉，而太阳匆忙升起。咱们打赌，你得留下来。

〔二人出去。

第六场

〔一条街道。

〔唐·罗德里戈、唐·菲尔南多。

唐·罗德里戈 那个骑士，唐·菲尔南多，我经常注意到。一种忌妒的本能，无疑向我发出了警告。他那举止、他那坚毅的神态、他那张脸的严肃表情，我所见到的无不引起我的忌妒。

唐·菲尔南多 这完全是一个情人想象出来的。一碰见英俊的男子，就马上担心起来，怕心上的女子看见那人，看见那人免不了动心。

唐·罗德里戈 他的名望很高，掩饰不住身份，在坎波城走到哪里都有人欢呼。这您能否认吗？我对您说过，在我们那场争斗中，我的短斗篷失落了，正披在他府上那个年轻人身上，有一天恰巧让我碰见了。那次相遇之后，我就暗暗打听，得到确切消息，那青年的主人的感情有了回应。他主人叫唐·阿隆索，奥尔梅多骑士，长得很英俊，是个著名的投枪手，无论是人还是公牛都非常畏惧他。这个人如果追求伊奈丝，那么我的努力就要全付诸东流。如果伊奈丝开始爱上他，那我怎么还能期望她向我送个秋波呢？

唐·菲尔南多　一定是强迫她爱他的吧？

唐·罗德里戈　他能让她爱上，也值得她爱。伊奈丝肯定不把我放在眼里，我真不知道该怎么办了。

唐·菲尔南多　忌妒，罗德里戈，是一种幻觉，能生于羡慕和捕风捉影。忌妒无缘无故就啃噬我们。忌妒不过是夜晚折磨我们的一个幽灵，不过是最终变为疯狂的一个念头、自称是真事儿的一种谎言！

唐·罗德里戈　可是，唐·阿隆索为什么从奥尔梅多往坎波城跑得这么勤呢？夜晚他守在街头是何用意？还有什么说的！我要娶伊奈丝！您是个聪明人，您说不杀掉唐·阿隆索，还能给我出什么主意呢？

唐·菲尔南多　我可不这么看。唐娜·伊奈丝对您未能产生爱情，为什么就会爱上他呢？

唐·罗德里戈　就算他更幸运，或者相貌比我好吧。

唐·菲尔南多　不如说唐娜·伊奈丝特别纯真，别人只要一提结婚就会冒犯她。

唐·罗德里戈　不行，不行！我受到如此恶劣的待遇全怪这个人，非杀了他不可！这么严重的敌视情绪没法儿解释；这件事里有丢面子的问题。在这件事情上，我很容易丧失理智，就像我失落短斗篷那样。

唐·菲尔南多　您那短斗篷，不是留给唐·阿隆索的，而是摔到他脸上的。继续争取结婚，罗德里戈。唐·阿隆索能得到皮毛，而您则能获得胜利。

唐·罗德里戈　在怀疑和悲伤的重压下，我的心窒息了。噢！勇气和活力也都抛弃了我！

唐·菲尔南多　您在五月十字架节上显显威风，我同您一起参加，国王也光临。我们的坐骑都急不可待，要在枣红的皮毛上置放鞍韉。算啦！倒霉的事儿不去想它，危害也就小了。

唐·罗德里戈　如果唐·阿隆索来参加，坎波城怎么能与奥尔梅多对抗呢？

唐·菲尔南多　您说什么疯话！

唐·罗德里戈　是爱情让我说起胡话。

〔二人下。

第七场

〔唐·彼德罗住宅的屋子。

〔唐·彼德罗、唐娜·伊奈丝、唐娜·莱奥诺尔。

唐·彼德罗　你不要固执了。

唐娜·伊奈丝　您不可能战胜我的决心。

唐·彼德罗　我的女儿，为什么让我这么伤心？何必操之过急呢？

唐娜·伊奈丝　这有什么关系，父亲，粗呢修女袍，反正我要穿一辈子。

唐娜·莱奥诺尔　你净说蠢话。

唐娜·伊奈丝　住口，莱奥诺尔。

唐娜·莱奥诺尔　至少在节日期间，你应当穿着漂亮的衣裙。

唐娜·伊奈丝　渴望修袍的人，就再也不可能爱世俗服装了。天堂的服装，是我此生唯一的等待。

唐·彼德罗　只要我愿意就行吗?

唐娜·伊奈丝　是的，父亲，只要我遵命就行了。

第八场

〔人物同上，法比娅。

〔法比娅上，她戴着念珠和眼镜，手持魔杖。

法比娅　保佑这家安宁。

唐·彼德罗　祝您也安宁。

法比娅　同我们的主结合的高尚的唐娜·伊奈丝在哪儿？上帝的选民在哪儿？她的神圣的丈夫为了向她表示宠爱，已经激发起她圣洁的热忱。

唐·彼德罗　可敬的嬷嬷，她就在这儿！我是她父亲。

法比娅　父女关系还要保持多年。我还许愿，让她本人有个您没有见到的主人。我希望天主无限慈悲，要启示您给她找最高贵的骑士做丈夫。

唐·彼德罗　哦！当然，嬷嬷，正是要找这样的丈夫。

法比娅　听说您要请人教授年轻的伊奈丝，指导她，给她指出通向天主的路径，引导她以初学修女的身份走在美满爱情的路上。我当即思考，并接受上天的明示，因而不顾自身的重大罪孽，来自荐为您效劳。

唐·彼德罗　伊奈丝，这正是你需要的人。

唐娜·伊奈丝　不错，我非常需要她。拥抱我吧，嬷嬷！

法比娅　不要抱得这么紧！苦修衣扎伤了我。

唐·彼德罗　我从未见过这样谦卑的人。

唐娜·莱奥诺尔　看她的脸，就能知道她的心。

法比娅　多么优雅！多么美丽呀！如此可爱的人，但愿有我的祝福，能得到我所祝愿的！你有祈祷室吗？

唐娜·伊奈丝　嬷嬷，我在修炼的路上刚刚起步。

法比娅　我是罪人，有你父亲在场，我不敢随便说话。

唐·彼德罗　请放心，我不会反对如此神圣的志愿。

法比娅　恶龙啊！您想吞掉她，枉费心机！她不会在坎波城结婚的！奥尔梅多向她提供一所修道院！“主哇”，如有可能，“快来帮我吧[①]”。

唐·彼德罗　这女人是个天使！

第九场

〔人物同上。特略，一身神学院学生打扮。

特略　（在幕后）唐·彼德罗如果同他女儿在一起，他肯定会感谢主动上门服务。（他上场）大人，我来向您推荐您要找的教师，以便教您女儿学习拉丁文和其他课程。您可以考验考验我。教堂里的人已经知道这位小姐的神圣决心，我在教堂也听说，您要一名修习生。如果您认为我能教她，我虽不是本城人，但也愿意为您效劳。

唐·彼德罗　哈！既然同时全送上门来，我不能不相信，不能不确信这是上天的意愿。让这圣女留在家中，让这年轻人来给你上课吧。你们安排一下，等着我回来。（对特略）您是哪儿来的，年轻人？

特略　大人，我是从卡拉霍拉来的。

唐·彼德罗　您贵姓？

特略　马丁·佩拉兹。

① 引号中原文为拉丁文。

唐·彼德罗　他大概是熙德[①]的亲戚。您是在哪里学习的?

特略　在乡下,我是这所大学的博士。

唐·彼德罗　您入修会了吗?

特略　入了,大人,我是晚祷小修会的小修士。

唐·彼德罗　我还回来。

〔唐·彼德罗下。

第十场

〔唐娜·伊奈丝、唐娜·莱奥诺尔、法比娅、特略。

特略　你是法比娅?

法比娅　你不是看出来了吗?

唐娜·莱奥诺尔　你呢,是特略吗?

唐娜·伊奈丝　亲爱的特略!……

唐娜·莱奥诺尔　全是大骗子!

唐娜·伊奈丝　唐·阿隆索有什么消息?

特略　我可以当着莱奥诺尔的面讲吗?

唐娜·伊奈丝　可以。

唐娜·莱奥诺尔　伊奈丝若是对我隐瞒她的想法,就会伤我的心和感情。

特略　在五月的节日期间,唐·阿隆索今天下午要为你效劳。他准备了自己的服饰、马匹、鞍辔、长枪、短枪。公牛已经发抖了。假如还组织普通人的竞赛,我们也装饰了一面盾牌,上面凝聚了我最精的才华。

唐娜·伊奈丝　他没有给我写信吗?

---

① 熙德:西班牙文,意为“炭雄”。西班牙剧作家纪廉德·卡斯特罗(1569—1631)著有《熙德的童年》。

特略　我真是头蠢驴！给您信，小姐。

唐娜·伊奈丝　我付一个吻的邮资。信上说什么呢？

第十一场

唐·彼德罗　（在幕后）好吧，栗色马如果病了，那就套车吧。（上场）这是怎么回事儿？

特略　（旁白，对唐娜·伊奈丝）你父亲。你假装念，我装作教你拉丁文。Dominus……

唐娜·伊奈丝　Dominus。

特略　接着念……

唐娜·伊奈丝　紧接着的这个词是个什么？

特略　Dominus meus。

唐娜·伊奈丝　Dominus meus。

特略　意思就是“我的主”，您的主，您祈求的那一个。

唐·彼德罗　你已经上课啦？

唐娜·伊奈丝　我简直等不及啦！

唐·彼德罗　很好。伊奈丝，市议会要求我出席节日庆祝活动。

唐娜·伊奈丝　他们做得对，因为国王也要来。

唐·彼德罗　我去可以，但是必须有你和莱奥诺尔陪伴。

唐娜·伊奈丝　您指点我吧，嬷嬷！我能去观看节日庆典而没有罪过吗？

法比娅　干吗不去呢？你不必有所顾忌。不要模仿那些假装正经的人，他们以为做什么事儿都会冒犯上帝，在艰苦生活和劳作中稍微消遣一下，就说是毫无节制，他们却忘了他们同所有的人一样是人了。毫无疑问，娱乐要有节制。不过，至少这次节日，我准许你参加，因为这些节日得到jugatoribus paternus[①]。

唐·彼德罗 好了，我要先付钱给你老师，也给这位圣女，好让她买一块面纱。

法比娅 （伸出手）天幕就是面纱，遮护我们所有的人。您呢，莱奥诺尔，您不会很快效仿您姐姐吗？

唐娜·莱奥诺尔 当然效仿了，嬷嬷。这样一个圣洁的榜样，只能从中获取教益。

第十二场

〔国王在奥尔梅多行宫的一间屋子。

〔国王唐·胡安二世、王室总管唐·阿尔瓦罗·德·卢纳以及随从。

国王 （对总管）不。马上就动身了，不要同我谈这些事务了。

总管 只签字就行了，我不会跟您长篇大论。

国王 赶快处理完。

总管 要召他们进来吗？

国王 现在不要。

总管 陛下为阿尔坎塔拉修会提出的请求，教皇陛下同意了。

国王 我请求他同意改换修会的服饰，我想这样更好些。

总管 原来的服饰也太难看了。

国王 修士们可以戴上绿色十字架。我应当十分感谢教皇，感谢他关心我们王国的扩大。这样一来，王子的利益依附于我们，就能指望始终得到更好的保障。

总管 这两条法令都同样重要。

① 不规范的拉丁文，大意为“上帝的恩准”。

国王 关于什么事情?

总管 您要对生活在卡斯蒂利亚的犹太人和摩尔人，采取歧视规定的事由。

国王 我要以这种方式，总管，满足对此怀有强烈希望的文森托·费雷尔修士。

总管 他是个圣洁而博学的人。

国王 昨天，我跟他一起决定，在我的王国各地杂居的这些人，犹太人要披上有徽章的斗篷，摩尔人则必须披着绿斗篷。基督教徒就应当端正态度，同他们保持距离。和他们有牵连的人，也就得慎重一些，免得在世人眼中损害他们的贵族身份。

总管 对于号称奥尔梅多骑士的唐·阿隆索，陛下赐给了骑士团徽章。

国王 对，此人出身高贵，名望很大。在御妹举行婚礼时，我在这里见过他。

总管 我想在明日坎波城的节庆上，他会去朝拜您。

国王 告诉他在比武会上，还要拿出更大的本领来。我有意将骑士团的第一封地赏赐给他。

第十三场

〔奥尔梅多，唐·阿隆索宅第的一间屋。

唐·阿隆索 （独白）噢！不幸啊，无以名状的不幸，与人为敌的别离，你把人心撕碎，又让人活受罪！你正是受你折磨的人所说的活死亡，你把人投入一无所见的孤独，又刺激人的欲望。唉！在出坎波城时，你还不如发发慈悲，像夺去我的灵魂那样，也夺走我的生命！

坎波城啊！在那里，在你的城墙里，生活着圣洁的伊奈丝、朝廷的王冠、城市的光荣。流淌的溪水、谛听她的鸟儿、模仿她的鲜花，一起歌唱她的美丽。她确实美极了，简直可以爱上自己的荣光，确信太阳也羡慕她，而且太阳在金光灿灿的旅途上，开始从西班牙升起，最后到印度沉落，全程没有遇见任何比她更美的形象。我爱上她非常值得，我的大胆行为也得到报偿。我所吃的苦，如今则衡量出我能享的福。然而，唉！我本当见到她，为她效劳，自由地崇拜她，却又不得不秘密行事，这些乐趣全被剥夺了。真心的爱情从来没有如此纯洁，如此透明，可是她眼中又流淌让我痛心而死的泪水。不错，那天我要离去时，她哭了，她的泪水证实了她的话，而我还是离开了她！谁能不明白，那天夜晚，伊奈丝可以成为我的人？畏怯的爱情哟，你总这样畏首畏尾，还能期望什么呢？上帝呀，这是多大的不幸，不仅灵魂离去，而且生命也撕成碎片！

第十五场

〔特略、唐·阿隆索。

特略　我回来啦！能指望你称赞几句吗？

唐·阿隆索　毫无指望！你迟迟不归，已经叫我恼火了。

特略　先不要指责我，这也是为了你的幸福。

唐·阿隆索　为我的幸福，谁也爱莫能助，除非我等待给我幸福的女子。伊奈丝给我写信了吗？

特略　这是她的信。

唐·阿隆索　哦！等一下你再讲讲，你都为我做了什么。（念信）“亲爱的大人，您走了之后，我已不是活在世上的人了，我狠心的大人哪，您离开我时，应当把我的生命一起带走。”

特略　你不往下念啦？

唐·阿隆索　不念了。

特略　为什么？

唐·阿隆索　如此美味的食物，我不能一次就吃光。跟我谈谈伊奈丝吧。

特略　我去见面时，身穿短修袍，戴着手套，摆出一副卖弄学问的样子，就像全部学问都装在脖子里的那种人。我致意敬礼都超过限度，讲了大量的空话，只是在我那种博学驴子般的夸夸其谈中，加几句妙语调调味。我正高谈阔论，转过身来，却认出了法比娅。

唐·阿隆索　等一等。我还要看看信，我特别渴望看她写的话，就不大注意听你讲了。"您的话我全部听从，唯一行不通的事情，就是我生活中没有您。不过，您没有吩咐这一点。"

特略　您现在的这副神态，我猜想是崇拜的神态吧？

唐·阿隆索　如同伊奈丝告诉我的，法比娅怎么能把一切都安排得那么好呢？

特略　瞧一瞧她就知道了！人聪明极了，又谨慎又虚伪，那副面孔也虔诚极了，总而言之，今后我再见到整天沉思默想的人，一定要多加提防！现在我知道怎么看待一个过分虔诚的女人，或者一个做戏的隐修士了。因为，你若是看见我那种甜言蜜语的鬼样子，准以为是一个圣洁的修士。那老家伙本人也这样认为，然而，他可是卡通[①]的活肖像。

唐·阿隆索　等一等。我有好长时间没有看这封信了。（念信）"尽快回来吧，以便让您了解我怎么度过您离开我的这段时间，我又见到您时会是什么样子。"

〔他出神地注视信。

特略　耶稣第二次降世了！

唐·阿隆索　你想出法子进去，还同她说话了。

---

① 卡通（公元前234—前149），史称老卡通，罗马政治家，曾任罗马执政官、监察官，代表元老院的保守政治。

特略　伊奈丝学习了关于你的知识。你就是她所学的拉丁文和课程。

唐·阿隆索　莱奥诺尔做什么了？

特略　她羡慕如此伟大的爱情。许多女子产生爱情，是因为看见别人相爱，而伊奈丝就向她显示爱你可以达到什么程度。一个男人受到一个女子极为深情的钟爱时，其他女子就想象，这个男人身上一定有什么迷人的秘密。她们当然错了。归根结底，这只是星辰的一次美妙的偶然相遇。

唐·阿隆索　请原谅我，美丽的双手，我来念念您写的最后几行。（念信）“据说，国王要来坎波城。啊！说得真对！您要来了，您就是我的国王！”再也没有什么可念的了！

特略　您在这世上还有一个完结。

唐·阿隆索　噢！短暂的幸福！

特略　然而，你还是分小段念的。

唐·阿隆索　嘿！这儿还有几个字，写在信笺的空白边上！（念信）“您脖子要系上这条纱巾！唉，我若是这条纱巾该有多好！”

特略　天哪！说得真好！你脖子上戴着伊奈丝进入竞技场。

唐·阿隆索　纱巾在哪儿呢，特略？

特略　直到现在，还什么也没有给我呢。

唐·阿隆索　什么？

特略　你给了我什么东西吗？

唐·阿隆索　明白了！等一下你去挑一套衣服吧。

特略　好吧，纱巾在这儿呢。

唐·阿隆索　光荣的纱巾！

特略　如同给它绣花的双手！

唐·阿隆索　我们起程去坎波城。（他若有所思，又叹了口气）唉！特略！

特略　我们还有什么难受的事儿？

唐·阿隆索 我做了个梦，忘记告诉你了。

特略 现在，你把梦还放在心上？

唐·阿隆索 我当然不相信了，不过，这场梦令我心神不宁。

特略 不要管它！

唐·阿隆索 据说，有些梦就是预兆。

特略 今后你还能有什么事儿！你要结婚，这不是非常自然的吗？

唐·阿隆索 我一夜过得不安稳，今天拂晓起来，就跑到窗口，观赏我们园子里的鲜花．聆听潺潺的水声，忽见金雀花树的绿枝上开了一朵花，是落了一只金翅鸟。它那小喉咙发出天韵般的爱情鸣叫，颤音在空中回旋，不料躲在巴旦杏树上的一只老雕，猛然出现，扑向金翅鸟。它们的武器不能相比，黄色羽毛四处飞散，花上沾满了鲜血。在金翅鸟的惊恐叫声中，轻风的微弱回声送来雌鸟的哀鸣：它栖在附近的一棵茉莉树上，目睹这一惨剧，哭泣它的不幸。我完全清楚，特略，这些都是幻觉。不过，我还是把自己的预感掺杂进去，就不禁失魂落魄，没有勇气活下去了！

特略 唐娜·伊奈丝遭受命运的打击，表现得又坚定又勇敢，反过来你却给她这么差劲的回报。前往坎波城！丢下梦幻和先兆，这全是违背信念的东西。重新鼓起你特有的勇气！回到你的坐骑跟前，拿起你的投枪，换上你的礼服，让男人忌妒而死，让女人爱恋而亡。唐娜·伊奈丝将属于你，而所有企图拆散你们俩的人，都不会得逞。

唐·阿隆索 对，对，特略，你说得对！伊奈丝在等我，我们兴高采烈地前往坎波城。预见死亡，就等于痛苦和死去两回。伊奈丝，唯独伊奈丝能让我死，但不是痛苦死去，而是高兴死去。

特略 走吧！到了竞技场，我要在你的注视下，迫使公牛跪到她面前！

——**幕落**

第三天

第一场

〔坎波城广场的入口或通道，两侧隔开，能让公牛在中间奔跑。

〔唐·罗德里戈、唐·菲尔南多、几名拿着投枪的仆人。

〔广场内铜锣声响。

唐·罗德里戈　没有运气！

唐·菲尔南多　命运与我们作对。

唐·罗德里戈　噢！太烦人啦！

唐·菲尔南多　咱们怎么办呢？

唐·罗德里戈　唉！我的胳膊，你再也不能为伊奈丝效劳了。

唐·菲尔南多　我真是无地自容。

唐·罗德里戈　而我，真是气愤填膺！

唐·菲尔南多　再试试吧。

唐·罗德里戈　我太倒霉了，不会成功的。命运仅仅有利于奥尔梅多的那个人。

唐·菲尔南多　他每次都投中！

唐·罗德里戈　总有一次他会投不中，我向您保证！

唐·菲尔南多　受宠的人步步成功。

唐·罗德里戈　他借助爱情的力量，菲尔南多，而我，却让伊奈丝的冷淡态度压倒了。再说，一个外乡人，只要一出场，就能赢得所有人的欢呼！

唐·菲尔南多　我理解您的担心。他是个出色的骑士，但是他的光辉，还不足以使坎波城的男子全黯然失色。

唐·罗德里戈　我这城市也令我大失所望，它酷似一个女人，不把自己拥有的放在眼里，却渴求属于别人的东西。

唐·菲尔南多　罗马和希腊都已经被人指责忘恩负义。

〔幕后传出人声、马嘶和铃响的喧闹。

第二场

〔人物同上，众人在幕后。

第一个声音　（幕后）投得真漂亮！

第二个声音　（幕后）好身手！好投枪！

唐·菲尔南多　咱们还等什么？上马吧。

唐·罗德里戈　走吧。

第一个声音　（幕后）他走遍天下也不会有敌手。

唐·菲尔南多　听见了吗？

唐·罗德里戈　叫我无法容忍。

唐·菲尔南多　事情再小点儿也叫人忍无可忍！

第二个声音　（幕后）七百倍光荣属于奥尔梅多骑士！

唐·罗德里戈　听听这种喊叫！我还有什么取胜的机会呢？

唐·菲尔南多　那是贱民！贱民您还不了解吗？

第一个声音　（幕后）上帝保佑你！上帝保佑你！

唐·罗德里戈　假如他是国王，他们还会喊得更响亮些吗？不过，他们做得对，让他们叫嚷吧，尤其让他们祈祷运气陪伴他到最后！

唐·菲尔南多　平民百姓总是粗野的，总为新鲜玩意儿喝彩。

唐·罗德里戈　他过来了。他要换马。

唐·菲尔南多　不错，今天他要同好运相伴而眠了。

第三场

〔唐·阿隆索、特略（身穿号服，手持一支投枪）、唐·罗德里戈、唐·菲尔南多。

特略　上帝明鉴，真是百发百中！

唐·阿隆索　把枣红马给我牵来，特略。

特略　胜利的桂冠是我们的了，共同获取。

唐·阿隆索　是我们的啦，特略？

特略　是我们的。你在马上，我在步下，我们俩相匹敌。

唐·阿隆索　对，特略，你表现得非常勇敢。

特略　我削断六头公牛的腿，就跟削我菜园里的萝卜似的。

唐·菲尔南多　进去吧，罗德里戈。不管您怎么说，幸而他们还等着我们呢。

唐·罗德里戈　对，等着您呢，唐·菲尔南多！不是等我！除非他们等待看别人向我冲刺，看一头公牛要我的命，或者把我当做猛兽的活食来戏弄。

特略　（旁白，对他主人）瞧哇，他们在观察你呢！

唐·阿隆索　我了解他们。他们看我成功就眼红，还因为伊奈丝的目光而忌妒我。

〔唐·罗德里戈和唐·菲尔南多带着仆役下。

第四场

〔唐·阿隆索、特略。

特略　在大庭广众之中，她的笑容给你以鼓舞。不用讲话，微笑中就能表达出心意。你每次经过，她都要站起来，从看台探出身子。

唐·阿隆索 啊！我的伊奈丝！上帝的安排，后代的如此美好的保证，我可以引见给我父母了。

特略 等那个唐·罗德里戈一旦失手了，你就这么做吧。伊奈丝为你这样激动万分，我见了真高兴。

唐·阿隆索 法比娅还留在伊奈丝那里。当我在广场绕场一周的时候，你跑去让法比娅通知伊奈丝，就说我走之前要同她谈谈。还让法比娅告诉她，今天夜晚我若是不回奥尔梅多，我父母就会以为我死了。我不愿意到时候不归而惹父母悲痛，应当让他们睡安稳觉。

特略 你这样考虑有道理。为了让他们高高兴兴地睡觉，就不能让他们等待并担惊受怕！

唐·阿隆索 我上场啦！

特略 愿上天保佑你。

〔唐·阿隆索下。

第五场

特略 （旁白）这是个好机会，跟法比娅讲话无需担心了。我在思索，尽管老太婆很狡猾，我也得把她拴住。无论喀耳刻[①]、美狄亚[②]，还是赫卡忒[③]，哪个也没有她的花花点子多。她脑瓜儿里的钥匙，恐怕要拧三十多圈儿。要把她蒙骗了，最好的办法就是向她表白我的爱情。对于一个上了年纪的女人，这是最好的药方儿。表白爱情和欲望，有两次就促使她们想

① 喀耳刻：希腊神话中的美丽女仙，精通巫术，能把行人变成牲畜或猛兽。

② 美狄亚：希腊神话中科尔喀斯公主，精通巫术，帮助阿耳戈英雄伊阿宋取得金羊毛。

③ 赫卡忒：希腊神话中夜和下界女神，常以三头三身出现。

象自己正当年，自以为红颜永驻！

〔特略下。

第六场

〔街道，唐·彼德罗住宅的外观。

〔特略和法比娅先后上。

特略 别走了，到地方了，我得呼唤！法比娅！不行，我真是小牛，还太嫩。她肯定明白我是看上她的金钱，而不是她的年龄。她那长有魔鬼脚的男友，已经教她懂得这一点了。

〔法比娅从唐·彼德罗家出来。

法比娅 耶稣哇，这不是特略吗？你怎么到这儿，以这种好方式为唐·阿隆索效劳！这是什么？出了什么事儿？

特略 你别急躁，要保持庄重！我这么匆匆赶来，只是为了你。为了见到你，我才更快地把唐·阿隆索的这封信送来。

法比娅 他的表现怎么样？

特略 非常勇敢，既然有我相伴。

法比娅 就不能谦虚一点儿？

特略 问问国王你就会知道，究竟是阿隆索还是我成绩更大。我每次出击，国王都从看台探出身子。

法比娅 真是奇特的恩宠！

特略 我倒是更喜欢你的宠爱。

法比娅 瞧瞧这副漂亮的嘴脸！

特略 你的美貌已经足以把我变成一个罗兰[①]。坎波城的公牛，我来对付？上帝万岁，一头头我给了它们多重的打击，显示何

① 罗兰：基督教骑士的典范，传奇人物，其事迹见《罗兰之歌》。

等身手和雄姿！我以迅雷不及掩耳之势，砍断它们的腿，在全场欢呼声中，我甚至听见一头公牛对我说：“够了，特略先生，够了！”我回答说：“永远不够。”接着挥剑一扫，就让牛蹄子一直飞上房顶。

法比娅 你砸坏了多少块瓦？

特略 那是房主的事儿，我管不着。通知你的女主人，法比娅，崇拜她的那个青年要来这里向她辞行。他必须回家，免得他父母误以为他死了。我通知你了。由于比赛还在继续，而我不在，国王未免为他私人的斗牛士惋惜，我要回到比赛场上，再给观众欢呼和鼓掌的机会。只要你同意给我一种爱的表示，我马上就返回。

法比娅 爱的表示，我？

特略 回报我的爱情。

法比娅 我会成为你勇敢的动因？这真是新鲜事儿！你最爱我身上的什么？

特略 你的眼睛。

法比娅 那好，我英俊的小马，我就送给你护眼罩。

特略 作为纯种公马，我的法比娅，我已经经受了考验。

法比娅 这是一种十足的马厩的恭维。

特略 褐色的儿马，就应当配以栗色的骒马！

法比娅 当心，别到场上出事儿。开头激动起来就恳求，到末了态度又冷下去了。你还是注意点儿，别让圣-卢卡的一个小伙子挑下你的裤子。在那么多人面前，特略，一头公牛就像王宫内侍那样，将你的衬衣扒掉，会引起会场多大的哄笑哇。

特略 我很谨慎，又有护带，一定能维护我的荣誉！

法比娅 护带两端包的铁皮像牛角，又有什么用呢？

特略 我这一身钢筋铁骨，不怕任何公牛！

法比娅 坎波城的公牛能干掉很多人，它们特别讨厌奥尔梅多的少年侍从。

特略 它们不会是头一批，法比娅，要被这纯粹西班牙的胳臂打倒在地。

法比娅 好吧！好吧！然而还是得当心，到那从来见不到太阳的地方，别一下子中暑了！

〔二人下。

第七场

〔连接坎波城广场的通道。

〔观众，继而唐·罗德里戈和唐·阿隆索上。

〔幕后传来嘈杂声和喊叫声。

第一个声音 （在幕后）唐·罗德里戈摔下马啦！

唐·阿隆索 （在幕后）你们都闪开。

第二个声音 （在幕后）唐·阿隆索去救他啦！多么勇敢哪！多么仗义呀！

第一个声音 （在幕后）他跳下马了。

第二个声音 （在幕后）嘿！那把剑多厉害呀！

第一个声音 （在幕后）他将公牛劈成碎片啦！

〔唐·阿隆索搀扶唐·罗德里戈上。

唐·阿隆索 我这儿有一匹马。我们的马都惊了，正满场子狂跑呢。鼓起勇气来！

唐·罗德里戈 您使我恢复了勇气。这一跤摔得真重！

唐·阿隆索 您不要去竞技场了。这儿有仆从，都听您的吩咐。请原谅，我还得回场子上去，必须抓住我那匹马。

〔唐·阿隆索下。

第八场

〔唐·菲尔南多、唐·罗德里戈。

唐·菲尔南多 这是怎么了？罗德里戈，独自一人？出什么事儿啦？

唐·罗德里戈 不幸掉下马，不幸失手啦！事事倒霉，尤其倒霉的是，我的救命恩人，却是我想要他命的情敌。

唐·菲尔南多 这事儿的全过程，就发生在国王眼前！而且伊奈丝也能够目睹，她那幸运的情人为了把您救出来，就把那头公牛劈烂了！

唐·罗德里戈 这叫我丧失理智。真的，菲尔南多，这世界从一端到另一端，没有人比我更不幸，更没脸面的了！创伤又掺杂悲伤，侮辱又加上忌妒，加上先兆和奇迹！我举目朝伊奈丝望去，期望在她脸上看到一丝同情，因为尽管她薄寡负义，她那张脸我还是爱得发狂。然而，尼禄[①]站在塔尔佩伊安岩石上，观望罗马大火，目光也没有伊奈丝这样冷漠。片刻之后，她又注视唐·阿隆索，羞怯的眼神微微染红了素馨花般的肌肤。她那红唇之间的微笑，是用珍珠来偿付欢乐，看到我倒在阿隆索脚下，被我的对手的命运和忌妒打垮的欢乐。然而，不等阿波罗在东方放声大笑，不等他将黄金撒遍天上的水泉，伊奈丝的微笑就得化作泪水，只要在坎波城和奥尔梅多之间的路上，这个狂妄的小骑士让我撞见！

唐·菲尔南多 他善于自卫。

唐·罗德里戈 您不了解忌妒。

唐·菲尔南多 不错，忌妒是魔鬼。可是，这样一件事，还应当从长计议。

---

① 尼禄(37—68)，罗马皇帝(54—68年在位)，64年借罗马大火事件迫害基督徒，建立恐怖制度，终因众叛亲离而自杀。

第九场

〔国王、总管、扈从。

国王 节庆很晚才结束。不过，我还从未见过这样精彩的场面。

总管 我已经告诉他们，您准备明日动身。然而，坎波城热切希望您能参加大比武，这是为了欢迎您，因而请求您推迟两天再起程。

国王 等我返回，安排日程更容易些。

总管 愿陛下给坎波城这种乐趣！

国王 我为了您而这样做，尽管王子焦急地等待，坚持托莱多的会面要如期进行。

总管 奥尔梅多骑士的确出色。多么勇敢哪！

国王 在斗牛的勇士中，他显得多么高雅，总管！

总管 在他身上，我不知道最应该赞赏什么，是运气还是勇敢，尽管他的勇敢是无可争议的。

国王 他做什么都成功。

总管 陛下赐予他恩宠，确实有道理。

国王 他受之无愧，也值得您嘉奖。

〔国王和总管下。

第十场

〔街道，唐·彼德罗住宅的外观。

〔唐·阿隆索、特略。

特略 我们等得太久了。现在再上路有危险。

唐·阿隆索 不行，特略。时间晚了我也得走，无论如何不能让我父母惦念。

特略 你一开始跟伊奈丝说话，就会把你父母置于脑后了。未等你离开，曙光又会照亮这道栅栏！

唐·阿隆索 不对，我身上的另一颗灵魂会提醒我的！

特略 栅栏那儿好像有人说话。那不是莱奥诺尔的声音吗？

唐·阿隆索 对，星光灿烂，就跟要出太阳一般。

第十一场

〔人物同上，唐娜·莱奥诺尔来到栅栏。

唐娜·莱奥诺尔 是唐·阿隆索吗？

唐·阿隆索 是我。

唐娜·莱奥诺尔 我姐姐马上就来，她正同我父亲谈论今天的节日盛况。特略进去吧，伊奈丝要送给您一件礼物。

〔她离开栅栏。

唐·阿隆索 去吧，特略。

特略 随后如果我出不去了，你就先走！我会同你会合的。

〔唐·彼德罗住宅的门打开，特略进入，唐·莱奥诺尔又回到栅栏边。

唐·阿隆索 啊！莱奥诺尔，到什么时候，我才能同样自由地进入这里呢？

唐娜·莱奥诺尔 我想不用多久了。也是碰巧了，我父亲对你印象很好，会喜欢上你的。他一旦了解你们的爱情，就能为伊奈丝选择最好的，然后坚持下去。

第十二场

〔唐娜·伊奈丝在幕后，唐娜·莱奥诺尔靠近栅栏，唐·阿隆索在街上。

唐娜·伊奈丝 你跟谁说话呢？

唐娜·莱奥诺尔 跟罗德里戈。

唐娜·伊奈丝 撒谎！我的主人来啦！

唐·阿隆索 你的奴隶，我可以指天为证！

唐娜·伊奈丝 是我的老爷，而不是我的奴隶！

唐娜·莱奥诺尔 我走了！唯有忌妒者可以打扰情侣，而不算干蠢事。

〔唐娜·莱奥诺尔下。

第十三场

〔唐娜·伊奈丝靠近栅栏，唐·阿隆索在街上。

唐娜·伊奈丝 你怎么样？

唐·阿隆索 就跟死人一样。我来看你，就是要活过来。

唐娜·伊奈丝 这一离去又惹人伤心，破坏了你今天给我的快乐。你是最完美的骑士，是女子唯一思念的对象！我忌妒所有的女子，渴望她们赞美你，随即又后悔、担心失去你。她们谈论你时，感情是那么冲动！给你多少敬意和绰号，不仅引起男人的艳羡，还引起女人的爱恋！事后我父亲就希望你能娶莱奥诺尔，而我出于对你的爱，不顾心中的忌妒，还称赞了他这种选择。然而，你应当是我的，我双唇紧闭，从整个内心向我父亲喊出这一声。唉！现在你要动身了，我怎么能快乐呢？

唐·阿隆索 是的，我还得走，那是为了让我父母放心。

唐娜·伊奈丝 我承认你做得对。但是，你也让我表示遗憾。

唐·阿隆索 哦！我也遗憾。我动身去奥尔梅多，灵魂却留在坎波城。我真不知道走是什么心情，留下又是什么心情。爱情构成一个离别的世界，伊奈丝，而忌妒又要激化担心。我人走了，可是心却不知道是活着还是死去。我的脚已经踏上马镫，就要起程，千言万语又说不出来，好似要死的人。这些天来，我头脑充满荒唐的念头，行进在崎岖的隘道深处，心里忧伤，在种种忧伤中又以我的快乐安慰自己。害怕失去你，这对我的想象力产生巨大的影响，甚至主宰了我的时日，让我恍若处于死亡的惶恐中。我也害怕我那些对头的忌妒，我当然能够自卫。然而此刻，我介乎爱情和担心之间，说出来的话也不知所云。有时，我完全丧失同你再见面的希望，陷入死亡的预感中，真想对你说另一个已经写出来的话：“夫人，我在要死的时候给你写信！”然而，你称我夫君，我生活在幸福的爱情里，因而应当感到诧异，一个最受宠爱的男人，怎么能萌生出这许多忧伤。然而，离开你，就是赴难一死！是啊，在远离你的地方，我给你写别离，我给你写死亡，确定无疑的死亡，既然我此行必死无疑！对，我知道，我这样忧伤无缘无故，可是这忧伤对我产生极大的影响，甚至让我相信，我的伊奈丝啊，这次有去无回；我起程奔向死亡。不对呀！死亡并不等于失去你，对不对？如果说灵魂不能分割，而我们俩融为一颗灵魂，那么我怎么能离开你，或者挣脱你而去呢？

唐娜·伊奈丝 你的担心和预感令我惶恐不安。不过，你的忧伤如果仅仅因忌妒而起，那么你的爱就未免太负心了。我理解你所讲的一切，可是你呢，不，你不理解我的爱的力量！

唐·阿隆索　请原谅，你要明白，这些预感，无非是一颗折磨我的灵魂的忧伤梦幻。不，我并不怀疑你。怀疑你，伊奈丝，就是冒犯你给我的名称。我心中没有一点儿怀疑的声音，而是梦幻和空想，必须消除妄念和幻象！

唐娜·伊奈丝　莱奥诺尔来了。

第十四场

〔唐娜·莱奥诺尔在幕后，人物同上。

唐娜·伊奈丝　有新情况？

唐娜·莱奥诺尔　（在幕后）对。

唐·阿隆索　我该走了吗？

唐娜·莱奥诺尔　（在幕后）当然了。我父亲要睡觉，现在叫你呢。

唐娜·伊奈丝　走吧，阿隆索，走吧！别了！别发怨言，必须如此。

唐·阿隆索　伊奈丝，什么时候上帝才终于允许我们结合呢？我既然要离开你，我的生命也就此结束。特略未能出来，或者还没有告辞。我走了，他会赶上我的。

〔伊奈丝下。

第十五场

〔唐·阿隆索正要离去，眼前猛然出现一个幽灵似的身影，那影子戴着面具和帽子，手按着剑柄。

唐·阿隆索　怎么回事儿？谁在那儿？他好像没听见。你是谁？

说话呀。这一个人就会让我害怕，我在那么多人面前都没有后退过，见这一个人就会害怕吗？你是唐·罗德里戈吗？你不能说出你是谁吗？

影子 唐·阿隆索。

唐·阿隆索 什么？

影子 唐·阿隆索。

唐·阿隆索 什么？不可能！你说的准是另一个人。只有我才是唐·阿隆索·曼里克。你若是戏弄我，那好，拔出剑来！

〔影子消失。

第十六场

唐·阿隆索 要追他去就未免荒唐了。可怕的想象啊！那会不会是我的幽魂呢？不对，他说他是唐·阿隆索，是个血肉之躯。我大概忧伤过度，净幻想些凄惨的事儿，结果产生这种幻觉。内心的念头用这幽灵来纠缠折磨我！像我这样勇武的人，不会无缘无故就发抖。也许是法比娅要阻止我去奥尔梅多，没有别的办法，就用这种巫术来影响我。她不厌其烦地对我重复说，我必须当心，不能在夜间赶路，但是又摆不出别的原因，只讲忌妒在窥伺我。然而，唐·罗德里戈不能再忌妒我了，因为现在我对他有救命之恩。这种恩情，像他那样出身的一位骑士，应当是没齿不忘的。可是，我反倒希望从今天起，这种恩情能使我们在坎波城的友谊长久。庶民百姓之间才会忘恩负义，血统高贵的人则不屑于此道。人的所有卑劣行为，最卑劣的难道不正是恩将仇报吗？

〔唐·阿隆索下。

第十七场

〔乡野，两排树木夹着的一条道路。

〔唐·罗德里戈、唐·菲尔南多、曼多。

唐·罗德里戈 今天夜晚，我的忌妒和他的性命都要结束了。

唐·菲尔南多 您真的决定啦?

唐·罗德里戈 伊奈丝既然把话收回，那么唐·阿隆索必死无疑，谁也阻挡不了。我终于明白，她的虔诚是装出来的。我也知道了，教伊奈丝拉丁文的就是特略，唐·阿隆索的少年侍从。而教授的拉丁文，也仅仅是表达爱情的一些词。哼！唐·彼德罗还招去那个有德行的家庭女教师！不幸的姑娘啊！我宽恕你的天真无辜。你燃烧邪恶的欲火，是因为中了法比娅的巫术。伊奈丝尽管非常谨慎，也还是没有看出这其中的阴谋勾当，因此，她践踏了我的名誉和她本人的名誉。多少贵族之家的名誉，就是让巫术和拉皮条的人这样给败坏了！能移走一座高山的法比娅，能让河水倒流；把冥河的幽魂当做仆从调遣的法比娅，能在空间搬运大活人，从这大海的边缘，一直搬运到热带地区或者冰雪的北极的法比娅，居然给伊奈丝上课！您想象一下，这算什么事儿！

唐·菲尔南多 是这样！既然如此，我若是您，就放弃任何报复的念头。

唐·罗德里戈 上帝呀，菲尔南多，我们这样做，就显得太软弱了。

唐·菲尔南多 鄙视自己的所爱，那就显得更加卑劣。

唐·罗德里戈 放弃！这我办不到。

曼多 听我说，大人，回声正提示我们，马越跑越近了。

唐·罗德里戈 他若是带着随从，那就是害怕了。

唐·菲尔南多　不可能。他那人无所畏惧。

唐·罗德里戈　不要做声，各就各位。你，曼多，你拿着火枪躲在树后等待时机。

唐·菲尔南多　祸福无常，乐极就会生悲！那会儿，他在竞技场上，在国王的注视下，出尽了风头；可是现在，等待他的却是一种惨死！

第十八场

唐·阿隆索　（独白）我有生以来，走在奥尔梅多的路上，这还是头一次感到惶恐不安。然而，这是病态想象的结果。潺潺的流水声和树枝在风中微微地摇动，又增加了这种忧伤。我策马向前奔跑，而我的思念却盲目地转向后方。对父母的爱和顺从将我带走！可是，以这种方式考验我心灵的坚定，真的就那么重要吗？噢！对，真够残忍的，这么快就离开伊奈丝！多么黑暗哪！这夜晚好恐怖，要直到旭日映黄拂晓走在福罗拉[1]地毯上的足迹为止。那边有人唱歌。是谁呢？没事儿！一定是哪个农夫赶路去干活儿。他的声音离得挺远，不过，越来越近了。怎么！还有一种乐器伴奏。那声调倒不算粗俗，还挺优美动听的。心充满忧伤的时候，音乐的兴趣也多么不吉祥啊！……

一个声音　（在幕后唱歌，由远及近）

他们在夜里
要把他杀死，
杀死那骑士，
那坎波城的光荣，
奥尔梅多的精英。

---

① 福罗拉：罗马神话中的花神和花园女神。

唐·阿隆索 他说什么！噢！天哪，如果这是你在我独行中给予的警示，那么你向我警示什么呢？要我掉头回去吗？我怎么能做得出来呢？不行，这是法比娅的阴谋，她一定是应伊奈丝的请求，要阻止我去奥尔梅多。

唱歌的声音 （在幕后）

影子也曾警告他
千万不要走，
而且也曾劝阻他
千万别上路，
劝阻那骑士，
那坎波城的光荣，
奥尔梅多的精英。

第十九场

〔一名农夫、唐·阿隆索。

唐·阿隆索 喂！你，唱歌的老乡！

农夫 是谁叫我？

唐·阿隆索 一个迷路的人。

农夫 我来了，说到就到。

唐·阿隆索 （旁白）什么都令我恐怖。（对农夫）你去哪儿？

农夫 去干活儿。

唐·阿隆索 这支歌是谁教你的，你唱得这么悲伤？

农夫 先生，是坎波城那边的人教我唱的。

唐·阿隆索 正是我，人们习惯称做奥尔梅多骑士，你瞧见了，我这不还活着嘛。

农夫 这支歌，无论其故事还是来由，我都告诉不了您什么了。我只是听一个叫法比娅的人这么唱的。如果您要了解这支歌，我已经唱给您听了。现在，转身往回走吧，不要过那条小溪。

唐·阿隆索 那未免太怯懦了。我是骑士，要维护自己的名誉。

农夫 你的勇敢完全是盲目的。回转吧，回到坎波城去吧。

唐·阿隆索 那你就跟我走吧！

农夫 不行。

〔农夫下。

第二十场

唐·阿隆索 （独白）多少幽灵，引人胆战心惊！恐惧又是以什么幻觉生成！听着，听我说！他往哪儿走啦？连脚步都听不见了！喂，农夫！听我说，等一等。“等一等”，答应的却是回声。我死啦？没那事儿，这支歌讲的是奥尔梅多的一个男子，是从前在这条路上让坎波城人杀死的。我的路已经走了过半了，如果再转回去，那会让别人怎么说呢？……有人来了……哦！好极了！如果是同路，我就同他们一道走。

第二十一场

〔唐·罗德里戈、唐·菲尔南多、曼多、几名仆人、唐·阿隆索。

唐·罗德里戈 那儿是谁呀？

唐·阿隆索 一个男人，这还看不见吗？

唐·菲尔南多　站住。

唐·阿隆索　先生们，如果你们迫不得已，用这种方式图财，那么我要告诉你们，我从这儿到家路很近了。我并不看重钱，白天在街上碰见人向我讨就给。

唐·罗德里戈　立刻放下武器。

唐·阿隆索　为什么？

唐·罗德里戈　投降。

唐·阿隆索　你们知道我是谁吗？

唐·菲尔南多　奥尔梅多人，斗牛士，又傲慢又愚蠢，来同坎波人对抗，用无耻的拉皮条的人败坏唐·彼德罗名誉的卑鄙家伙。

唐·阿隆索　你们这些人，如果还有一点儿绅士派头，那就应当在坎波城对我说这种话，而不要在这里，在我只身回奥尔梅多的路上来找我。对，在那里，在你逃窜时丢下斗篷的栅栏旁边，应当在那里，而不是等到半夜，仗着人多势众。不过，你们这帮坏蛋，讲句公道话，你们即使人很多，数量也还是太少。

〔双方搏斗起来。

唐·罗德里戈　我来是要你的命，而不是同你决斗。不过，即使同你肉搏，我也能干掉你。（对曼多）冲他开火！

〔曼多开枪。

唐·阿隆索　噢！奸诈之徒！你们不用火枪，就根本杀不了我。耶稣哇！

唐·菲尔南多　干得漂亮，曼多。

〔唐·罗德里戈、唐·菲尔南多及其随行人员下。

唐·阿隆索　为什么我不相信上天的警示？我的勇敢骗了我，羡慕和忌妒杀了我。我真不幸！在这荒郊野外，谁能来救护我呢？

第二十二场

〔特略、唐·阿隆索。

特略 那些骑马的人往坎波城奔去，他们引起我的不安。我问他们是否看见了唐·阿隆索，他们却没有回答。不是好迹象！我浑身发抖了。

唐·阿隆索 怜悯我呀，上帝！我要死了！您知道我的爱情只求结婚，没有别的目的！唉，伊奈丝！

特略 我听见痛苦呻吟的凄惨回音，是从这边传来的。发出呻吟的人离大路不远。噢！我丧失勇气了，感到头发竖起来，帽子恐难戴住了。喂！先生！

唐·阿隆索 是谁呀！

特略 上帝呀！眼前所见，还有什么怀疑的呢？那是我的主人。唐·阿隆索！

唐·阿隆索 来得正好，特略。

特略 大人，我这么晚才到，怎么能说来得正好呢？我到来看见你倒在血泊中，怎么能说来得正好呢？这帮奸诈之徒，卑鄙的家伙，这帮狗东西，你们回来呀，哼！你们回来杀我吧，既然你们这么无耻，杀害了卡斯蒂利亚从未有过的最高贵、最勇敢、最英俊的骑士！

唐·阿隆索 特略，特略，现在，只剩下一点儿关照灵魂的时间了！快把我扶上马，带我回家！我要见见父母。

特略 噢！我给他们带回去的坎波城节日的奇特消息！你那高贵的父亲会怎么说？你的母亲和城市会怎么说？报仇，报仇，慈悲的天哪！

第二十三场

〔坎波城国王驻跸的一个房间。

〔唐·彼德罗、唐娜·伊奈丝、唐娜·莱奥诺尔、法比娅、安娜。

唐娜·伊奈丝 他给予所有这些恩赐？

唐·彼德罗 他那王者的手，勇敢而慷慨的手，证明了他那颗心的高尚。全坎波城都十分感激。我呢，为了我所获得的全部恩宠，我要带你们去亲吻他的手。

唐娜·莱奥诺尔 他已经宣布要走了吗？

唐·彼德罗 对，莱奥诺尔，因为王子在托莱多等他呢。我受了国王的恩惠，可是你们所受的恩惠更大，因为他给予我的，将增加你们所继承的遗产。

唐娜·莱奥诺尔 您这样满意是对的。

唐·彼德罗 我被任命为布尔戈斯军区司令。应当去感谢国王陛下。

唐娜·伊奈丝 （旁白，对法比娅）我们要离开了，法比娅！

法比娅 命运也许给你安排一件更大的不幸！

唐娜·伊奈丝 从昨天起，我就伤心不已，恐怕不是没有缘故。

法比娅 我担心还有更大的损失在威胁你。不过，我也可能弄错了。预测未来的事情，没有万无一失的诀窍。

唐娜·伊奈丝 还有什么比别离更大的不幸呢？别离比死还糟糕。

唐·彼德罗 现在，伊奈丝，如果你愿意放弃当初的打算，那么我就再也没有什么幸福好祝愿的了。我绝不想逼迫你，不过，你结婚是我最热切的愿望。

唐娜·伊奈丝 我应当顺从您，但是不能放弃自己的打算。我倒有点奇怪，您还不明白我的处境。

唐·彼德罗　我的确不了解。

唐娜·莱奥诺尔　你若是愿意的话，我来替你讲吧，您没有按照她的心意安排婚姻，一句话就说穿了。

唐·彼德罗　（对伊奈丝）我这么爱你，总应当赢得更大的信赖。你反感的事情不告诉我，我又怎么能想象得出来呢？

唐娜·莱奥诺尔　自从国王对一位骑士大加褒奖之后，伊奈丝就对人家产生了好感。您瞧，这并不是一种轻浮的情调，而是一种正派的爱恋。

唐·彼德罗　如果他出身高贵，而你又爱他，那么谁还会反对呢？你接受上天的祝福，伊奈丝，准备结婚吧。不过，能告诉我他是谁吗？

唐娜·莱奥诺尔　唐·阿隆索·曼里克。

唐·彼德罗　如果是他，代价再大我也愿意。是奥尔梅多的唐·阿隆索吗？

法比娅　是的，先生。

唐·彼德罗　他那人特别勇敢。这是一种深思熟虑的选择，从现在起，我就为此欢欣鼓舞了。但是我也为修女袍感到惋惜，因为我原来想象你负有另一种使命。伊奈丝，你说说，不要沉默不语。

唐娜·伊奈丝　父亲，莱奥诺尔稍微说过了头。我的爱慕没有她在这里对您讲的那么强烈。

唐·彼德罗　我不想逼问你，仅仅保持这份喜悦，这是如此正当的选择和你结婚的愿望所给予的。从现在起，阿隆索就是你的丈夫，我也引以为荣，招了这样一个受人赞许、这样富有和出身高贵的女婿。

唐娜·伊奈丝　我要千百次拥抱您的双膝。我真要乐疯了，法比娅！

法比娅 我祝贺你！（旁白）等一下又该吊唁了。

唐娜·莱奥诺尔 国王！

第二十四场

〔国王、总管、唐·罗德里戈、唐·菲尔南多、随从以及上一场的人物。

唐·彼德罗 （对两个女儿）走上前去，亲吻他的手。

唐娜·伊奈丝 非常乐意！

唐·彼德罗 跪到陛下的脚下，感谢陛下把布尔戈斯军区交给我，感谢陛下对我和我女儿的恩典！

国王 您的英勇，唐·彼德罗，您的效力，已经给了我足够的回报。

唐·彼德罗 至少我渴望更好地为您效力。

国王 两位是否结婚了？

唐娜·伊奈丝 没有，陛下。

国王 您的名字？

唐娜·伊奈丝 伊奈丝。

国王 您的呢？

唐娜·莱奥诺尔 莱奥诺尔。

总管 唐·彼德罗应该招两个门当户对的女婿。请陛下指婚，这里的人，您要把她们许配给谁呢？

唐·罗德里戈 请陛下准许，我是伊奈丝的求婚者。

唐·菲尔南多 我呢，要把我的手和我的爱献给她妹妹。

国王 您给两个女儿招的女婿，唐·彼德罗，是高贵的骑士。

唐·彼德罗 我不能把伊奈丝许配给唐·罗德里戈，因为我已经把她嫁给了唐·阿隆索·曼里克，您赐予十字勋章的奥尔梅多骑士。

国王　那么我向您保证，把第一个骑士封地赐予他……

唐·罗德里戈　（旁白，对唐·菲尔南多）这变故真奇特！

唐·菲尔南多　（旁白，对唐·罗德里戈）谨慎些！

国王　……因为他功劳卓著。

第二十五场

〔特略，人物同上。

特略　（在幕后）让我进去。

国王　谁在喧哗？

总管　一名侍从同卫士争执起来。他要见您。

国王　让他进来。

总管　他哭着来请您主持公道。

国王　主持公道是我的职责，这根权杖就是象征。

〔特略上。

特略　不可战胜的唐·胡安，挫败多少疯狂的对头，征服了幸运的卡斯蒂利亚王国。我和一位老骑士一同前来，请求你惩处两个背信弃义者。老骑士过于痛苦，到了你门前倒下去，快要咽气了。我是他的仆人，斗胆强行冲过守卫，不惜打扰你的安宁。听我说，既然上天将正义的利刃交给你，由你自主判断！由坎波城骑士举办的这次五月十字架节的庆典，就好像要再次显示凡是有十字架的地方就有激情，然而节庆的当天却发生了一桩罪案。这天夜晚，我的主人唐·阿隆索，无愧于你只赏赐给最优秀者的恩宠的出色青年，从坎波城动身去奥尔梅多，以便给他年迈的双亲带去看见他安然无恙的快乐。他战胜了公牛，谁料他的仇敌更加凶残。就在我离开坎波城的时刻，夜空阴云密布，在两地的中途，背信弃义的剑举起来，强盗行径武装到臂膀，恐惧鼓翅飞翔。我过一条小溪上了连通道路的一座桥，遇见三个人：他们骑马朝坎波城方向飞奔，尽管结伙同行，一张张脸却惊慌失态。很晚才升起来的月亮，那张血红的面孔逐渐缩小，我借着月光认出了两个人。因为，人对上天没有秘密可言，它也许以其星光照亮最隐秘的黑暗，让人发现那里的罪恶和罪犯。我继续往前走，忽然看见，噢！不幸降到我的头上，我看见唐·阿隆索满身是血，气息奄奄。讲到这里，强大的国王，我既忍不住泪水，也说不清我的感受。我把他放到我的马背上，当时他还挺精神，那些对头可能以为已将他杀害。他到达奥尔梅多，天哪！只剩下最后一口气，刚好接受两位老人的祝福。两位老人悲痛欲绝，用泪水和亲吻包扎他的伤口。他一死，全家和全城都沉入哀悼之中。不过，他的葬礼，将与凤凰的葬礼相比拟。陛下，尽管人无常性而时间又健忘，他死后还将复活，人人都要传诵他的美名。

国王　多么奇异的遭遇！

唐娜·伊奈丝　我真不幸！

唐·彼德罗　伊奈丝，你的泪水和绝望，还是留给我们自己家吧。

唐娜·伊奈丝　我假装要给挑选自己的修道院，这回恳求您真的给我吧。我也求您，慷慨的国王，惩罚这些卑鄙的骑士。

国王　（对特略）你既然能认出他们来，那就告诉我，这两个背信弃义的人是谁？他们在哪儿？上帝明鉴，不把他们逮捕，我就不离开这座城市。

特略　他们就在这里，陛下，唐·罗德里戈是凶手之一，另一个是唐·菲尔南多。

总管　他们惊慌的神情就是供认。这桩罪恶一目了然。

唐·罗德里戈 陛下，听我说……

国王 逮捕他们，这些无耻之徒，明天押上断头台，斩首示众，以便结束奥尔梅多骑士的悲惨故事。

——**幕落**

修女安魂曲（1956年）

两部分七场景剧

原著：威廉·福克纳[①]

请予刊登（1956年10月）

安德烈·马尔罗谈到《圣殿》[②]时就说过，福克纳将侦探小说引进古典悲剧中。的确如此，而且，在任何悲剧中，都有侦探小说的成分。福克纳深知这一点，也就毫不犹豫地在今天报纸上选取他的罪犯和主人公。《安魂曲》就是如此，依我看，这是一部屈指可数的现代悲剧。

《安魂曲》原作并不是剧本，而是一部对话体小说。不过，它的情节很紧张，极富戏剧性。究其原因，首先在于一个秘密逐步

---

① 威廉·福克纳（1897—1962），美国著名小说家，出生在密西西比州新阿尔巴尼，是农场主的后裔。第一次世界大战期间，曾参加加拿大皇家空军。战争结束后退役，1925 年回到家乡，干各种杂活维持生计。1929 年，福克纳发表小说《沙多里斯》，从此走上独特的艺术创作道路，一生共写了十九部长篇小说和近百篇短篇小说。著名的有《喧哗与骚动》（1929）、《我弥留之际》（1930）、《八月之光》（1932）、《押沙龙，押沙龙》（1936）、系列小说《去吧，摩西》（1942）、"斯诺普斯"三部曲（1942—1959）、《修女安魂曲》（1951）。福克纳的作品自成一个天地，故事大多发生在虚拟的密西西比州北部的约克纳帕塔法县，故称为"约克纳帕塔法世系"。福克纳的小说既有乡土气，又有现代意识，显示其深度、广度和历史感。以萨特、加缪为代表的法国文学界对福克纳的创作评价极高，引起了诺贝尔文学奖评奖委员会的注意。福克纳获得 1949 年度的诺贝尔文学奖，由一个不大引人注意的作者，一夜之间成为国际名人。

②《圣殿》是福克纳于 1931 年发表的作品。

显露，始终保持悲剧性的悬念；其次在于人物和命运的冲突，围绕着杀害一名儿童的案件展开，是一场无法解决的冲突，只能接受这种命运。

在我们历史上所发生的悲剧，也可以搬上我们今天的舞台。福克纳在这里的贡献，就是将搬上舞台的时间提前了。他的人物生活在今天，而人物面对的，还是压垮厄勒克拉特和俄瑞斯忒斯[①]的同样命运。唯有一位伟大的艺术家才能如此尝试，将痛苦和屈辱的强烈感人的语言引进我们的住宅里。福克纳的奇特宗教，在本剧中体现在一名有人命案的黑人娼妓身上，也同样不是偶然的。这种极端的对照，反倒能概括他的《安魂曲》和他的全部事业。

最后还要补充一句，现代悲剧的大问题是个语言问题。穿着西服上装的人物讲话，就不能像俄狄甫斯[②]或者提多[③]，他们的语言必须相当简单，和我们的语言一样，同时也相当庄严，能够达到悲剧性。依我看，福克纳找到了这种语言。我力求原样改成法语，而不违背我所欣赏的作品和作者。

阿尔贝·加缪

① 希腊神话传说中的姐弟，是阿伽门农的子女。母亲与奸夫谋杀了阿伽门农，他们长大又杀了母亲及其奸夫，受到复仇女神的惩罚，俄瑞斯忒斯变成疯子，后被雅典娜女神解救，宣告无罪，回国继承王位。

② 俄狄甫斯：希腊神话传说人物，底比斯王拉伊俄斯之子。因为神预言他长大要杀父娶母，他出生后就被父亲遗弃在山崖，被牧人救起，由科任抚斯王收养。长大后，他要逃避这种命运，便出走，路上无意中杀死生父，到底比斯除掉怪物斯芬克斯，被底比斯人拥立为王，娶前王之妻，即他的生母为妻，并生子女四人。后来他得知自己杀父娶母，悲愤交加，刺瞎了自己的双眼，在流亡中死去。

③ 提多：《圣经·新约》中的人物，使徒保罗的门徒，随保罗到耶路撒冷建起哥林多教堂。

前言

这个前言的目的，不是向法国公众介绍福克纳。这一工作，二十年前马尔罗就出色地负担起来了；而且多亏了马尔罗，福克纳在我国赢得了他本国还没有给予他的荣耀。这个前言的目的，也不是赞扬E·库安德罗的翻译。法国读者知道，当今美国文学在我们中间，找不到更加优秀、更加卓有成效的使者了。如果设想一下，福克纳也像当初陀思妥耶夫斯基那样的遭遇，被编译者歪曲了，那么我们就能更好地衡量E·库安德罗先生所起的作用。一位作家知道自己应当如何感激这样水平的译者。不过，我只想指出几点：既然我将《修女安魂曲》搬上舞台，改编剧所提出的问题，就会引起一些人的兴趣。两种文本的发表，今天就能进行我要提供方便的比较了。

大家首先会注意到，原作小说尽管也分场次，但是既包括对话场面，同时也包括作品生成的历史和抒情章节，以便展开故事情节。这些建筑有法庭、州政府大厦和监狱，每座建筑都同时标示一幕的框架和剧情发生的场所。第一幕的对话安排在年轻的史蒂文斯夫妇的起居室里，是在出了法庭之后进行的，谈到了刚刚宣布的死刑判决书。坦普尔的忏悔是一场大戏，构成第二幕的重头戏，则是在州长卡皮托勒·德·杰克逊办公室里展开的。最后，在第三幕中，坦普尔和被判处死刑的女黑人，是在监狱里相见的。福克纳的意图显而易见：他要让史蒂文斯夫妇的悲剧，在人类为一种痛苦的正义而建起的圣殿中纠结并化解，但他并不相信这种痛苦的正义根源在于人。从这个角度看，法庭可以视作圣殿，州长的办公室可以视作忏悔室，监狱可以视作修道院，而在那“修道院”里，判处死刑的女黑人既为自身赎罪，也为坦普尔·史蒂文斯赎罪。为了把这些神圣的建筑写活，福克纳求助于诗意的联想，让在这种地方发生的事件，扎根到人和历史的深层。

自不待言，这些篇章，除了个别细节，改编成戏剧是派不上用场的。因此，这些我都舍弃了，我完全意识到损失有多大，但也只能依靠布景师和导演了：他们尽量慎重地让观众感到，这场戏发生地点的宗教性质。唯独对话的场面能提供剧情的素材。本书的读者很快就会发现，这些场面也不可能原样照搬，从许多方面看来，它们依然是小说的场面。我们在这里借助于一个特点突出的例子，感到戏剧时间和小说时间能有多大差异。缩短，紧凑，绷紧和爆发相交错，这便是戏剧的法则；而自由发展，以及沉思默想，则与小说密不可分。因此，必须在内部重新调拨这些对话，以保证戏剧所特有的持续性。正是戏剧的这种持续性，能推进情节发展而始终不间断，能凸显每个人物性格的变化，并引其到达各自的终点，能照亮各种动机又不将其投在强光之下，最后还能在剧终的升华中，收束在剧情发展过程中发端或编排的所有主题。实际上，这就充实了法庭上的前奏曲，换一种方式剪裁了第一幕各场，展示了戈旺·史蒂文斯这个人物的性格：我在州长那里给了他一整场戏，让他在最后一场重又露面，将讹诈信的故事贯穿始终。此外，出于戏剧效果的考虑，监狱看守的那场戏也必须重新编排。

这种新构架一经确立，就该解决最难的问题——语言的问题了。福克纳的风格，别看表面如何，其实不见得多难改编成剧本。我看完这部《安魂曲》，甚至确信福克纳没有特意考虑，就以他的方式解决了一个极难的问题：现代悲剧中的语言问题。这种语言既相当平常，是我们家居中随口讲的，又相当奇特，能达到一种悲剧命运的高度；如何让穿着西服上装的人物，讲这样一种语言呢？福克纳的语言风格：语气急促，语句断断续续，以重复的方式复述并延长，常有意外话、插入语，从句成分一个接一个，这一切向我们提供了悲剧台词的毫不做作的现代等值体。这是一种气喘吁吁的风格，是痛苦的那种喘息。一个螺旋形、无止境地施放出词语，引导说话的人步入埋葬在过去中的痛苦的深渊，引导坦普尔·史蒂文斯回忆她要忘却的东西：孟菲斯妓院的甜美的地狱，同样也引导南茜·曼尼戈投入盲目的、惊讶而无知的痛苦，而这种痛苦终于使她同时成为凶手和圣徒。

必须不遗余力地保存这种风格效果。不过，这种喘息的、黏合而坚决的语言，如果说能给戏剧带来新东西的话，运用起来却是有限的。舍弃这种语言，这出戏当然就会减少悲剧性。可是，单纯依赖这种语言，又不免单调，这种语言反而要毁了整出戏，因为，单调的效果不仅会使最热心的观众生厌，而且还有可能将悲剧推到始终与之并行的情节剧一边。因此，我既利用这种风格，又必须掌握分寸。我没有把握说已经成功。但不管怎样，这就是我打定的主意：在人物拒绝交待、情节悬于一种明显的神秘事件上的所有场面，同样，在用于引导一种剧情的发展，陈述新的事实，或者用于改变一场戏的速度的所有过渡段，总之，凡不是由人物，即演员直接忍受，而仅仅是感受并由外部演绎的，我就采取措施简化福克纳的语言，尽量使之直截了当，仅仅为统一和结构的需要，增加几点提示、几处“喘息”风格的点染。反之，只要关系到赤裸裸的、无法抑制的痛苦，尤其在坦普尔的供认中和她丈夫的反抗中所表现的痛苦，我就用法语模仿福克纳的风格。

还讲一点，听了南茜说信仰的最后一场并问我是否皈依的人（要注意，我若是翻译一出希腊悲剧并搬上舞台，谁也不会问我是否信仰宙斯[①])，对这一点肯定会感兴趣。的确，我极大地改变了最后一场戏。读原作可以看到，最后一场的主要内容，是南茜·曼尼戈和盖文·史蒂文斯大段大段谈信仰和耶稣。福克纳在其中阐述他的奇特的宗教观，而且在他的作品《寓言》中又加以发挥。他的宗教观主要不是怪在内容，而是怪在他提出的象征。南茜决定爱她的痛苦和死亡，犹如在她之前许多伟大的灵魂那样；不过，按照福克纳的观点，她因而也就成为圣徒，特殊的修女，她将修道院的尊严，突然赋予她所生活过的妓院和监狱。这种根本的反常特点，必须保留下来。其余部分，即那些长篇大论，如果他真的坚持，那也是赋予小说家的自由，对戏剧作者则是禁止的。我裁剪并紧缩了这些议论，反而利用坦普尔来驳斥南茜所体现的这种悖论，从而使之更加突出了。我这样处理也应当自责：删节了福克纳的信息。然而在这方面，我仅仅服从戏剧的需要，我也认为同样尊重这一信息的主旨。

① 我们的知识社会的反常现象：它自称进步了，动辄开除成为基督徒的人。眼下，它密切监视并揭露那些不够大张旗鼓抛弃这种可恶的邪教的人。因此之故，一些具有恶魔思想的人受到诱惑，敢于冒一个如此愚蠢的社会之大不韪，至少去当了红衣主教。——原注

本剧于1956年9月20日，在马图兰－马塞尔·埃朗剧院首次公演。

布景 莱奥诺尔·菲尼

导演 阿尔贝·加缪

人物与扮演者

戈旺·史蒂文斯………米歇尔·欧克赖尔

盖文·史蒂文斯…………马克·卡索

州长…………米歇尔·莫雷特

塔布斯先生，看守………雅克·格里佩尔

皮特…………弗朗索瓦·塔卢

坦普尔·史蒂文斯…………卡特琳·塞勒

南茜·曼尼戈…………塔吉亚娜·穆金

第一部分

第一场景

〔法庭。11月13日17时30分。

〔幕布还拉着，灯光渐明。

一个男人的声音 （在幕后）被告，您起立！

〔幕布拉起，与此同时，被告在隔离间也起立。只见法庭的一部分显现出来。

〔法庭没有占据整个舞台，仅仅位于左侧后半部分；另一半以及近台部分则处于黑暗中。因此，可见的布景不仅由照明灯光界定，而且还比舞台略高出一截。

〔观众只能看见一部分旁听席：旁听席前的栏杆以及法官、执达吏、出庭双方的律师、陪审团。被告律师盖文·史蒂文斯，是个年龄约四十岁的男子。

〔被告站立，她是个黑人女子，约三十岁，也就是说，从二十岁到四十岁可以随便估摸。她脸上神情平静，不动声色，若有所思。

〔她个头儿显得很高，高出全场一头。所有人目光都投向她，而她却不看任何人。她就好像独自一人，眼睛高高抬起，盯着听众席另一端远处一个点。

〔大厅一片死寂。所有人都观察被告。

法官 南茜·曼尼戈，法庭宣判之前，您为自己辩护，还有什么要补充的吗?

〔南茜不应声，也不动弹，就好像连听也没有听。

法官 我要提醒您，宣判之后，您再发言，法律就不准许了。我不能容忍发生任何意外情况。您若是有什么话要讲，现在就说吧。（南茜仍然默不做声）史蒂文斯先生，我刚才讲的话，请您对您的当事人重复一遍好吗？我希望您认真做一做。刚开庭的时候，您宣布您将辩护无罪，而您的当事人却回答说她申辩有罪，这就已经制造了混乱。看来您没有向她讲清楚她应当如何回答。但愿这次做得好些，她能领会您的意思，在宣判之后能保持常态。

史蒂文斯 南茜，法庭提醒您，在宣读判决书之后，您就一句话也不应该讲了。以什么方式都不能说话。您有什么事情要声明，必须现在讲。（南茜仍然默不做声）想一想吧，南茜，法庭有它的法律。我知道您为什么回答“有罪”，而我曾一再向您强调必须回答“无罪”。我知道您想说什么，不过现在，案子审完了。过一会儿，您在牢房里，想什么，说什么都随便了，您心中的一切，我知道，也理解。可是在这里，宣读完了判决书，您就应当保持沉默了。您想讲话，现在就讲吧。我的话您听明白了吗?

〔南茜注视他，沉默不语。

法官 （不耐烦地）她明白了吗?

史蒂文斯 她明白了，阁下。一颗痛苦和自信的灵魂对于所受的打击，也就只能明白到这个程度了。

法官 那好，我就要宣读判决书了。鉴于您，南茜·曼尼戈，于九月的第十三天，在杰斐逊城，故意并有预谋地杀害了戈旺·史蒂文斯夫妇的幼儿，本法庭判决如下：您将被押回州首府监狱，到三月的第十三天，您将被处以绞刑，直至死亡。愿上帝可怜您的灵魂。

南茜　（非常平静，一动不动，在寂静中忽然开口讲话，声音洪亮，但又不单独对任何人）是的，大人。谢谢，大人！

〔从看不见的旁听席传来抑制的感叹声。他们又愕然又气愤，认为这种违反规则的行为闻所未闻。场上开始萌生一种气氛，可以称之为惊愕，甚至骚乱，而南茜本人身在其中，或者身居其上，始终无动于衷。法官用槌击打桌子，执达吏急忙站起来，幕布也开始匆忙落下，但是下降时一抖一颤，就好像法官、法警乃至整个法庭都狠命往下拉幕布，以掩人耳目，压下这种令人气愤的事件。从看不见的旁听席中间，又升起一个女人的声音，听似呻吟，又似哀叹，或许是抽泣。

法官　肃静！肃静！让旁听者都退出去。

〔一阵刺耳的铃声响起，幕布急速落下，表明这一场景结束。

第二场景

〔11月13日18时。幕布轻轻拉起，场上是史蒂文斯青年夫妇的起居室。正中摆了一张桌子和几把椅子；桌子上放着一盏台灯。在侧远台摆了一张长沙发、一盏落地灯，还有壁灯；左侧一扇门通门厅；里端一道对开的房门通餐厅；右侧有一个烧煤气的壁炉，里面架的劈柴是仿造的。室内洋溢着一种精美的、现代的气氛；然而，房间本身又似乎属于另一个时代。从天棚的高度、装饰以及一套家具来判断，它倒像一座老式住宅的房间。

〔只听一阵脚步声，继而，电灯点亮了，就好像人要进来，拧了开关。左侧的房门打开了。坦普尔先露头，接着她丈夫戈旺、辩护律师盖文·史蒂文斯先后进屋。坦普尔是位少妇，二十五岁左右，衣着讲究，打扮得非常漂亮，敞怀穿着一件皮大衣，戴着帽子和手套，拿着手提包。她显得焦灼不安，但是极力控制自己。她脸上没有表情，走到屋中央的桌子前站住。戈旺比她大三四岁。在两次世界大战之间，美国南方有许多他这种人：独生子，家境富裕，生活有保障，住在大城市的带家具的公寓套房，进南方和东部最好的大学读书，还是最重要的体育俱乐部的会员。如今，他们结了婚，成家立业，不用求职就有职位，非常体面地养家糊口。一般来说，他们关注金融问题：棉花行情、有价证券。然而，这个人的脸却略显不同，能看出有点什么遭遇——一个悲惨的事件，是戈旺没有预防，也没有准备面对的某种事，然而又是他认了，并且试图摆脱出来的某种事：他这次努力是由衷的，实实在在的，毫无一己的私念（也许这是他平生第一次），完全符合他的道德准则。戈旺和史蒂文斯穿着外套，手上拿着帽子。史蒂文斯一进屋便站住了。戈旺顺手将帽子扔在长沙发上，走向坦普尔；坦普尔则站在桌子旁边，脱下一只手套。

坦普尔　（从放在桌子上的一盒烟里抽出一支香烟；她模仿被告的声调，但是这位少妇的声音，却显露了她想抑制并控制的激愤情绪）“是的，大人。”“有罪，大人。”“谢谢，大人。”人家要绞死你的时候，如果你要讲的话仅仅是这些，那么一个彬彬有礼的审判团，怎么能不满足你的愿望呢？

戈旺　够了，坦普尔！你还是住口吧。我去点着炉子，给你拿点儿喝的来。（对史蒂文斯）不过，盖文总得帮上点儿忙，把火点着，我来当当大厨师。

坦普尔　（拿起打火机）你去弄喝的，我来点火，免得让盖文叔父以为非得留下来不可。总而言之，他的全部渴望，就是以他这一小段告别词向我们表示尽了力："我为杀害你们女儿的凶手辩护了，但是未能让法庭无罪释放勒死我亲侄孙女的这个女人，现在我同你们分手。下次见！"怎么样，对不对，戈旺，他明明就是向我们表达了这个意思。他可以回家了。

〔她走到壁炉前，跪下去，一只手拧煤气阀，另一只手拿着打火机准备点火。

戈旺 （不安地）坦普尔！

坦普尔 （点着火）能让我喝点儿什么吗？行还是不行？

戈旺 很好。（对史蒂文斯）您把大衣脱下来呀，放哪儿都成。

〔他朝餐室走去。史蒂文斯没有动弹，只是观察坦普尔。

坦普尔 （始终跪在地上，背对着史蒂文斯）您若是留下，那就请坐；您不坐下来，那就请走。我倒倾向于第二个方案。一位母亲的正常痛苦，知道罪犯遭了报应所产生的满足感，这种喜悦是人们爱独自品味的，您不这样认为吗？

〔史蒂文斯观察她，继而走到近前，从兜里掏一块手帕，站在坦普尔身后不动，将手帕递过去，放在她眼睛下面。她审视手帕，接着抬眼望史蒂文斯。少妇的脸异常平静。

坦普尔 做什么用？

史蒂文斯 这手帕很好，您用得着的。

坦普尔 为什么？坐火车防备煤屑迷了眼睛吗？然而，我们是乘飞机旅行的，戈旺没有对您讲过吗？半夜我们从孟菲斯机场起飞，明天早晨到达加利福尼亚。到达加利福尼亚！

史蒂文斯 您还是留着吧。

坦普尔 （转身面对史蒂文斯）您来这里要看我流泪，那我就干脆告诉您，您看不到的。既看不到我流泪，也看不到别的什么。我抓不准您这次的来意，况且我也不在乎。不管来意如何，您都不会达到目的。您明白吗？

史蒂文斯 明白。

坦普尔 这就是说，您还不相信我这话。（附近有响动）他来了。他也会问您要做什么，为什么您一直跟我们到家里来。

史蒂文斯 我必须对他讲真话吗？

坦普尔 听我说，盖文叔叔，现在是我要向您提一个问题。准确地说，您究竟知道什么？……

〔由于戈旺回来，她一句话没讲完，当即改变话题，神态十分自若，此刻任何人进来，都不会觉察出来。

坦普尔 归根结底，您是她的辩护律师。她应当对您讲了。即使一个吸毒的女人，她要杀害一个小孩子，在她自己眼里，也总该有一个像样的理由吧。

戈旺 我跟你说过，不要再提这事儿了。

〔他端来一个托盘，上面放着一小罐水、一个微型小冰桶、三只空杯子和三只已经斟满威士忌的高脚杯。威士忌酒瓶从他外套的兜里露出来。他走到坦普尔跟前，将托盘递给她。

戈旺 你自己拿。我也喝一杯。头一杯。八年之后。有何不可呢？

坦普尔 有何不可？

〔她拿了一杯威士忌。戈旺又把托盘递给史蒂文斯，他拿了第二杯。戈旺将托盘放到桌子上，自己端起第三杯。

戈旺 八年来，烈性酒我一滴未沾。算起来有八年了，对不对？也许这正是时候，否则永远也不会再破戒了。不管怎么说，总归不算太早。（对史蒂文斯）这杯酒，您就一口干了。您大概还要加点水吧？

〔他酒没有沾，又把杯子放到托盘上，拿起水罐往一只平底杯里倒水，再将水杯递给史蒂文斯，但是这工夫，史蒂文斯已经干了威士忌，将酒杯放下，再端起那杯水。坦普尔也同样没有沾她的酒杯。

戈旺 现在，史蒂文斯阁下，被告律师也许要告诉我们来这里有何贵干。

史蒂文斯　尊夫人对您说过了，我来这里是向你们告别。

戈旺　很好，再见！最后再来一杯吧，我们毕竟善于生活。不过，喝完了就走吧。

〔他端起史蒂文斯的水杯，回到桌前。

坦普尔　（酒杯没有沾唇，她又放回托盘）当然了。他还穿着大衣喝酒，显然无意久留。

戈旺　（从口袋里取出酒瓶，给史蒂文斯调了一杯苏打威士忌）有何不可呢？如果说在法庭上，他有力量抬起手臂，为杀害他侄孙女的一个黑人妇女辩护。那么，他穿着一件普通的呢外套，肯定也能伸出手臂，同那孩子的母亲碰杯！（坦普尔动了一下）我知道，坦普尔，我应当控制住自己。不过，也许说了更好，全说出来，一吐为快，至少解脱一段时间，哪怕时间很短……

坦普尔　（她注意审视史蒂文斯，而不是戈旺。史蒂文斯神情严肃，也一本正经地审视坦普尔）说得对！我们坐下来。我希望史蒂文斯叔叔也同你碰碰杯，我亲爱的。

戈旺　（准备威士忌）他当然会同我碰杯了。他丝毫也不会感到为难。再说了，他为什么要可怜孩子的父亲呢？在法律看来，男人是不可能痛苦的。法律只可怜妇女和儿童，尤其可怜妇女，还特别可怜杀害白人儿童、吸毒的有色人种的妓女。（他把酒杯递给史蒂文斯，史蒂文斯接过去）因此，何必期望史蒂文斯——被告律师，怜悯一个男人或者一个女人呢？而这个男人和这个女人是他的侄儿和侄媳妇，又是被害的孩子的父母，这纯系偶然。

坦普尔　（语气生硬地）够了，戈旺！

戈旺　对不起！（他转向坦普尔，看见她手空着）你不喝吗？

坦普尔　不喝，谢谢。我想喝牛奶！

戈旺　喝牛奶？很好。不用说要喝热的啦！

坦普尔　对，劳驾。

戈旺　小意思。我去弄酒喝的时候，甚至还放上一个奶锅。毫无疑问，什么我都想到了。（他朝餐室的门走去）对了，我不回来，先不要放叔父走，如有必要，就将房门锁上。

〔戈旺下。坦普尔和史蒂文斯没有动弹，直到听见配膳室的门关上的声响。

坦普尔　（急促而口气生硬地）您了解什么？（更加急促）不要说假话！您清楚时间紧迫。

史蒂文斯　时间紧迫？为什么？就因为你们乘坐今晚的飞机？可是，南茜，她倒有时间。四个月，从现在起到三月份……要知道，3月13日才绞死她。

坦普尔　您完全明白我的意思……她的律师天天都能见到她……一名黑人妇女，和您，一位白人……您可能让她开口讲了，一吓唬她就开了口。用一点儿可卡因或一杯烈性酒，也能买通她。

〔她戛然住声，凝视史蒂文斯的眼睛，仿佛深感诧异或者万分失望；她的声音压得很低，勉强听得见。

坦普尔　上帝呀！难道她没有对您讲？我不能相信。您什么也不知道，要由我，还得我来讲？不对，这真叫我难以相信……不可能……

史蒂文斯　不可能？真的吗？就是没有！她多一句话也没有对我讲！

坦普尔　您这话我不信，不过也没什么。那么您呢，您认为了解到什么了？您从哪儿了解的没关系。只是请您告诉我，您认为事情是怎么发生的？

史蒂文斯　那天夜晚，有个男子在您房中。

坦普尔　（她侧耳倾听配膳室方向，接着朝史蒂文斯走近一步）其实不然！那天夜晚，我的房间里没有男人。我会否认的，您明白吗？我已经对您说过，您从我嘴里什么也别想问出来。

当然了，您可能让我站到证人席上，让我宣誓讲真话。尽管一位母亲的悲伤是圣洁的，您的那些陪审员不大喜欢随意将这种考验强加给她。不过，您是干得出来的。（改变口气）对不起，盖文叔叔，我很遗憾。您瞧，正是这事不可能，我不能讲。不行，哼，不行，永远我也不能讲！（配膳室的门啪地响了一声）我得走，让您单独和戈旺在一起。对，我上楼回房间等着，让你们单独谈谈。你们彼此肯定有许多话要讲。

〔她住了声。戈旺走进来，用小托盘端来一杯牛奶，走到桌子跟前。

戈旺　你们谈什么来着？

坦普尔　没谈什么。我对盖文叔叔说，他的举止神态，有点像弗吉尼亚州的那些旧派绅士；你们俩身上还有某种东西，一定是家族的遗传……（她注视二人）很好的遗传。我去给巴奇洗澡，吃点儿饭。（她摸摸奶杯，看看热不热，然后才端起来）谢谢，亲爱的。

戈旺　（对史蒂文斯）您瞧见了吧？温度正好。完美的服务！我就是培养成这个样子！

〔他戛然住口，注意看坦普尔。坦普尔端着奶杯站在原地，显然没有动弹，什么也没有做。他走上前，拥抱她。她身子僵板地接受亲吻，然后朝门厅走去。对史蒂文斯：

坦普尔　再见，盖文叔叔。六月份之前，我们回不来。

史蒂文斯　也许3月13号吧？

坦普尔　不，六月份。巴奇会给您和梅吉寄一张明信片。不过，万一您了解到什么新情况，能帮助南茜的真实情况，又需要我作证，尽管我还看不出这里面有我什么事儿，那么您就给我写信。（停顿）万一您还想了解什么情况。

史蒂文斯　我还不知道的情况，恰恰是您能告诉我的。

坦普尔 （沉默片刻）不行，我不行，盖文叔叔。别人守口如瓶，我为什么说呢？有人要上天堂，我算什么人，非得阻拦呢？晚安。

〔坦普尔出去，随手关上门。史蒂文斯神态极为严肃，将威士忌酒杯放到托盘上。

戈旺 听你们二人说话真是一大乐趣，多么坦率，又多么亲热，叔父和侄儿媳妇深情地相爱，彼此毫无隐瞒。（突然地）您能把这杯酒喝了吗？我还得吃晚饭，收拾行李呢。

史蒂文斯 您这杯还没有喝呢。您不愿同我一起喝吗？

戈旺 （他端起满满一杯酒）有何不可呢？不过，您最好还是走开，让我们好好品味漂亮的复仇，这是法庭提供给我们替代我们的孩子的。

史蒂文斯 我希望这能给你们以安慰。

戈旺 我祈求上帝，但愿如此，是的，我祈求上帝。复仇！哼，以眼还眼！还有更空洞的词儿吗？必须失去一只眼睛，才能领悟这话的含义。

史蒂文斯 你们这个仇还没有报，要等南茜死了才行。

戈旺 死了有何不可？也不算多大损失……街头一个妓女，一个醉鬼，一个吸毒的黑人……

史蒂文斯 一个堕落的、流浪的女人，生活无望了，直到那一天，戈旺·史蒂文斯夫妇纯粹出于人道，将她从水沟里救出来，给她生活的机会。（戈旺伫立不动，握酒杯的手指握得越来越紧。史蒂文斯在观察他）而她呢，出于感激……

戈旺 够了，盖文。回您家去吧！要不然就见鬼去！随便去哪儿，只要离开这里！

史蒂文斯 我走，等一下就走。（停顿一下）戈旺，您真的盼望将南茜绞死吗？

戈旺 我？不是！这案件整个儿就同我没有关系。按一般说法，我甚至没有起诉。喏，唯一把我同这案件连在一起的事情，就是我被视为这孩子的父亲。而这孩子又被……见鬼，谁把这称做威士忌呢？

〔他将威士忌连同杯子投进装冰块的小桶里，一把抓起一只平底空杯子，同时将酒瓶倾向杯子倒酒。刚开始没有弄出一点儿动静，紧接着他显然在笑；开头笑得很正常，可是几乎紧接着就失去控制，近乎歇斯底里了，同时他还往杯子里倒酒，酒很快溢出来。这时，史蒂文斯伸手抓住酒瓶，制止了戈旺的举动。

史蒂文斯 住手！立刻住手！

〔他抓住戈旺拿的酒瓶，放回到桌子上，拿起酒杯，往另一只杯里倒了一些酒，递给戈旺。戈旺接过酒杯，停止大笑，又冷静下来。

戈旺 （端着酒杯而不饮）八年啦！八年没有沾烈性酒。这就是给我的报答！我的孩子让黑人女坏蛋给杀害了；她甚至都不肯逃跑，否则警察或者随便什么人就可以朝她开枪，像对付一条疯狗那样把她撂倒。您明白吗？八年没有喝酒，而我的节制也得到了酬劳；好操行保持这么久，我得到了所应得的。好吧！现在我已经付出了。因此，我可以重新喝酒了。然而，我却没有喝酒的欲望了。那么，至少我有权笑吧，对不对？有此必要，不是吗？这件事我不情愿，不是也干了吗？这样，人家也同意价钱给我打折。我有两个孩子，人家只要找一个，就算付清了。死一个孩子，当众绞死一个女黑人，这就是我保护自己而要付出的全部代价……

史蒂文斯 保护自己防备什么？

戈旺 防备过去，还有我的放荡生活。还有，您也知道，八年前的那种酗酒。也可以说，防备我的懦弱……噢！对，的确可笑的。不过笑得不要太厉害，嗯，声音也不要太高，对不对？嘘！嘘！不能打扰从前的女子。譬如说打扰德雷克小姐，坦普尔·德雷克小姐，眼下的戈旺·史蒂文斯。不能叫醒一位年轻姑娘，也不能唤醒那时候的我。懦弱，对，为什么不是呢？懦弱，正是一针见血。不过，这个词不顺耳，那就干脆说过度吧。

史蒂文斯 谁还记得那段过去呢？

戈旺 真的吗？那么，我亲爱的叔父，您不记得了吗？戈旺·史蒂文斯，就是在场的这位，是在弗吉尼亚培养成绅士风度的人，也真够绅士的。有一天喝酒，醉得像十位绅士，劫持乡村学校的一名少女，当然是处女了。对，为什么不是呢，他同那少女驾小车在乡间飞驰，要去看一场足球赛，当时又醉得像二十位绅士，走迷路了，再灌烧酒，比得上一个团的绅士。最后把小车毁了，醉成死人一般，丧失了神智。这工夫，那名少女，当然始终是处女，被一个精神病抢走，关进孟菲斯的一家窑子里……（他嘴里咕哝一个词听不清楚）

史蒂文斯 什么？

戈旺 对，对，这终归要称做怯懦，哪怕这个词不好听。

史蒂文斯 然而后来娶了她，这不能算作怯懦。

戈旺 当然啦！一出窑子就娶了她，这是一件豪举！何等阶层，何等气度哇！弗吉尼亚的一位名副其实的老爷！我说什么！那时我独自一人，就抵得上一支绅士的军队。

史蒂文斯 不管怎样，动机不失为一位绅士。不过，戈旺，关进一家妓院里，而后来又……我听得不大明白……

戈旺 （急速抓起史蒂文斯的酒杯）扔掉这种掺水的酒。

史蒂文斯 （握住自己的酒杯）您说一个女子被囚在一家妓院里，究竟是什么意思呢？

戈旺 没有别的意思，您明白。

史蒂文斯 您没有加上一句："而且她还乐意"吗？（二人对视）

正是这一点，您永远也不能原谅她吗？怪她没有成为您那一刻生活的清白的动因。而那一刻生活，您永远也不能忘怀，既无法理解又无法补赎，甚至不去想它都不成。只因为，特别是因为她居然没有感到痛苦，甚至还产生乐趣吗？您不能原谅她的是这一点吗？也就是说您不仅因此丧失了自由，还丧失了做人的尊严，丧失了您妻子的尊重，尤其失去您的孩子。而您以如此惨痛的代价，偿付您妻子既未丧失也不懊悔，甚至并不感到缺少的东西。告诉我，戈旺，是不是就为这个，那个迷途的可怜女黑人，是不是就为这个该死呢？

戈旺 出去！

史蒂文斯 事情如果是这样，您就一枪将自己脑袋打开花吧！不要再这么苦恼折腾了，反正您也忘不掉。自杀算了，至少从此撒手，再也不必回忆，再也不会半夜盗汗醒来，既然您不愿意，也不能够停止回忆这段往事！再不然，您就痛快一次，正视这件事。告诉我那个疯子将她关进孟菲斯那房子的一个月，究竟发生了什么事？事情发生了，除了您和她谁也不知道，也许连您也不知道吧？

〔戈旺一直定睛注视史蒂文斯，他缓慢地、放肆地将一杯威士忌重又放到托盘上，拿起酒瓶，举到头顶上，威士忌立刻从没有塞住的瓶口流出来，沿着手臂、衣袖，一直淌到托盘上。戈旺仿佛并无觉察。他的声音、话语很不清晰。

戈旺 噢！愿耶稣来助我！耶稣来助我！

〔史蒂文斯沉默片刻，继而不慌不忙，将自己的酒杯放回托盘，转过身去，经过长沙发时拿起自己的帽子，走到门口，径自出去。戈旺平举着已经空了的酒瓶，又待了片刻，然后深深吸了一口气，无声地抽泣了一阵，似乎又回过神儿来，一时又清醒了，将空酒瓶放回托盘，瞧见他的一杯威士忌酒还没有动，便端起来，停了一下，转过身去，将酒杯投进熊熊燃烧着煤气火的壁炉柴架上。

〔灯光完全熄灭。

第三场景

〔史蒂文斯家客厅。3月11日，夜晚十点钟。

〔房间同四个月前完全一样。只是这回台灯点亮了，长沙发挪了地方，现在对着观众了。餐室的门关着。右侧角落的独脚小圆桌上摆着电话。

〔前厅的门开了，坦普尔和史蒂文斯一前一后走进来。坦普尔身穿长浴袍，她的头发用发带扎在后面，就好像准备睡觉了。史蒂文斯则身穿外套，头戴帽子。他的一套礼服与前场不同。坦普尔走进来站住，史蒂文斯也站住了。

坦普尔 把门带住，巴奇在婴儿室睡觉呢。

史蒂文斯 您把他带来啦？

坦普尔 对。

史蒂文斯 他就睡在那屋里……

坦普尔 对。

史蒂文斯 他不在这儿就更好些。

坦普尔 他在这儿了。

史蒂文斯 （注视坦普尔）讹诈，对不对，坦普尔！您这是故意的。没关系，我们还是照样谈。

坦普尔 讹诈？有何不可？女人为什么就不能利用自己的孩子筑起一道壁垒呢？

史蒂文斯 请问，您为什么又从加利福尼亚回来呢？

坦普尔 为了找回安宁。（她走向桌子）然而，安宁我没有找回来。您相信偶然巧合吗？

史蒂文斯　我可以相信。

坦普尔　（她从桌子上拿起折起来的电报，打开来）这封电报，您是3月6日打给我的："还有一周就到13号。停。然后您去哪里？"

〔她又折起电报，史蒂文斯在观察她。

史蒂文斯　怎么样呢？现在是11号。这就是巧合吗？

坦普尔　不是。巧合是指另一件事。（她坐下，将电文纸扔到桌子上，转身面对史蒂文斯）那是6号下午。巴奇和我，我们在海滩上。我捧着书看，要尽量忘掉电报，小家伙边玩耍边喋喋不休。突然，他问："妈妈，加利福尼亚，离杰斐逊远吗？"我随口回答："对，宝贝儿。"同时还继续看书。他又问道："在这儿待多长时间？"我回答："一直等我们待够了为止，宝贝儿！"当时他注视我，一副乖样子问我："我们一直待到绞死南茜吗？"太迟了。我本应当预料到会出现这种情况，可是太迟了。我回答说："对，我的宝贝儿。"一时找不到别种回答。是他对我说的，当然像所有孩子一样，他向我提出这个问题："然后呢，妈妈，然后我们去哪里？"同您问的完全一样："然后您去哪里？"于是，我们乘坐最早一个航班回来了。我给戈旺吃了安眠药，安排他躺下，但愿他睡着了，我就给您打电话。您有什么说的吗？

史蒂文斯　没有。

坦普尔　很好。看在爱上帝的分儿上，我们谈别的事儿吧。（她走到一张椅子前）我在这儿了，谁的过错无关紧要！您要点儿什么？喝杯酒吗？（她什么也没有给他，也没有等他回答）一定得救南茜！您和巴奇，你们一起把我弄回来，终于把我弄回来，因为我似乎知道点儿情况，还没有告诉你们。可是，您为什么认为，还有什么情况我没有对您讲呢？

史蒂文斯　因为您就这样，从加利福尼亚回来了……

坦普尔 这理由不充分。还为什么呢？

史蒂文斯 因为您在那儿……

〔坦普尔没有回头，一只手伸向桌子，摸索着直到摸着香烟盒，取出一支烟；同一只手再寻觅，直到抓着打火机，这才将香烟和打火机全拿到膝上。

史蒂文斯 ……就是天天在审判庭，面对法庭。从第一天起，终日如此……

坦普尔 （还是回避看他，一副全然无动于衷的神态，将香烟放到嘴唇上，说话时香烟随着音节跳动）难道我不是位伤心的母亲吗？……

史蒂文斯 当然是位伤心的母亲……

坦普尔 ……亲自来品味复仇的滋味，而一只嗜血的母老虎，喏，蹲在她孩子的尸体上……

史蒂文斯 然而，一位伤心的母亲的心没有那么大空间，能同时容纳痛苦和复仇。就是见一见杀害她孩子的凶手，她又怎么能受得了？

〔坦普尔打着打火机，点燃香烟，将打火机放回桌子上。史蒂文斯探过身去，将烟灰缸一直推到她够得着的地方。

坦普尔 谢谢！听我说，盖文。归根结底，我知道什么，或者您认为我知道什么，又有什么关系。我们甚至无需了解这些。我们只需要一件东西，一份证明，一份宣了誓的声明，保证她疯了……她已经疯了好几年了……

史蒂文斯 这我想过，可是太迟了。五个月前，也许还行……如今，已经宣判了。她被判定有罪，被判决了。从法律角度看，她已经死了。从法律角度看，南茜·曼尼戈甚至已经不存在了。

坦普尔 即使我签署一份声明也不行吗？

史蒂文斯 您在声明里说什么呢？

坦普尔 那要由您告诉我应当说什么。不管怎样，您是辩护律师，即使无力救您的当事人。就算您想不出什么来，我也可以说，我知道她疯了好几年了。我是受害者的母亲，我这样说，谁还敢怀疑呢？

史蒂文斯 那么，对司法官的侮辱呢？

坦普尔 什么侮辱？

史蒂文斯 被告被判决之后，您认为原告主要证人，听清楚了，原告主要证人能重上法庭，说案子判错了，应当宣布无效吗？

坦普尔 （不动声色地）随便对他们说什么，就说我遗忘了，我改变了主意，或者说检察长买通要我保持沉默……

史蒂文斯 坦普尔！

坦普尔 对他们说，孩子被人捂死在摇篮里，母亲要报仇，什么事都干得出来。然而，她一旦抓住了报仇的机会，又可能明白不能蛮干到底，牺牲一条人命，哪怕是一个黑人娼妓的性命。

史蒂文斯 （注视她片刻）这么说，您不愿意她死啦？

坦普尔 我已经跟您说过了。但是看在对上帝的爱的分儿上，不谈这个了。至少，我所要求的事儿，难道不可能吗？

史蒂文斯 坦普尔·德雷克要救南茜的命？

坦普尔 戈旺太太要救她的命。

〔她凝视史蒂文斯，还一直吸着烟。继而，她缓慢地从嘴上取下烟卷，在一直观察史蒂文斯的同时，伸手将香烟掐灭在烟灰缸里。

史蒂文斯 很好。我们重新出庭，宣誓证明凶手在作案时已经疯了。

坦普尔 对。这样也许就能……

史蒂文斯 证据在哪儿？

坦普尔 证据？

史蒂文斯 您拿出什么证据来呢？

坦普尔 我怎么知道呢？在证词中写什么呢？必须写上什么，证词才卓有成效呢？

〔她住了口，又定睛看着史蒂文斯，而史蒂文斯则继续观察她，一句话不讲，只限于注视，一直看到她长叹一声，很沉重，近乎呻吟。

坦普尔 唔！您还要怎样？您还有什么要求呢？

史蒂文斯 我要了解事实！唯独事实，才能使一份证词有效。

坦普尔 事实！我们正在设法救一个判了死刑的凶手，而她的辩护律师已经承认失败了。在这案件中，事实有什么用处？（说话速度又快又尖刻）我说……"我们"！其实不然，只是我，孩子被她杀了的母亲。是我在设法救她！不是您，盖文·史蒂文斯——辩护律师，而是我，戈旺·史蒂文斯太太——孩子的母亲！哼！您就不能想象一下，我什么都干得出来吗？什么都干得出来吗？

史蒂文斯 您什么都能干出来，除了能挽回整个案件的一件事。先把她要被处死一事抛在一边。况且，这算什么呢？随便一点儿可疑的事实，随便一份宣了誓的作假声明，就能要一个人的脑袋。处死一个人不算什么，问题的关键是非正义，唯独事实能对付非正义。事实，或者爱心。

坦普尔 （口气生硬地）爱心！上帝呀！爱心！

史蒂文斯 如果您愿意，也可以称为怜悯心。或者勇气，或者人格，或者只是睡安稳觉的权利。

坦普尔 您还向我提安稳觉，而这六年来……噢！劳驾，让我安静点儿吧！

史蒂文斯 坦普尔，我为南茜辩护，是不顾我的家庭，不顾我所爱的你们大家的反对；我为她辩护，是出于对正义的热爱。然而，对她的判决没有给她正义。而这种正义，我只期待您给予了，鉴于您，坦普尔·德雷克，您从前的遭遇。

坦普尔　可我要对您说，无论事实还是正义，同整个这件事毫无关系，我也帮不上您什么忙。您到了最高法院出庭，要做的不是讲出谁也不会相信的一种事实，而是一份宣了誓的有力声明，哪个法庭也无法反驳的一份声明。

史蒂文斯　我们不是向最高法院申诉。（坦普尔定睛看他）上最高法院，已经太迟了。如果可行的话，四个月前我就会安排了。我们去拜访州长，今天晚上就去！

坦普尔　州长？

史蒂文斯　对。我认识他，他会听我们解释。不过，现在，他有没有能力救南茜，也很难说呀。

坦普尔　那为什么要去拜访他呢？为什么？

史蒂文斯　我对您说过，为了事实。

坦普尔　没有别的，只为这种可怜的理由？仅仅为了用足够的词语，高声清楚地把事实讲出来吗？仅仅为了讲出来让人听见，让随便一个什么人，与此案无关，甚至不感兴趣的一个人听见吗？只因他能够倾听，就有权听见高声讲出来的这些话吗？那好，您就明说，结束您这漂亮的誓言，还是向我宣布为了我的灵魂的利益我必须讲吧！

史蒂文斯　我已经做了。我对您说过应当讲出来，以便讨回夜晚安眠的权利。

坦普尔　我也回答过您，已有六个年头儿，我分不清失眠和睡眠、白天和夜晚了。（她盯着看史蒂文斯的眼睛。史蒂文斯不应声，只是看着她。她犹豫起来，继而，她指了指婴儿室，压低了声音）您完全清楚，我要想让这个孩子继续安宁地生活，就不能讲出来。我把孩子带来，就是让您想想他，想想他的安宁。然而，您也要把他唤醒。

史蒂文斯　如果您本人找回睡眠，他也会睡得安稳。

坦普尔　为了这孩子的安宁和他将来的睡眠，不绞死杀害他妹妹的凶手，让遗忘来抹掉一切，难道还有什么更好的办法吗？

史蒂文斯 难道就得不择手段，甚至不惜随意编造谎言吗？

坦普尔 事情一过，谎言也就消逝了。

史蒂文斯 您说归说，并不相信。

〔坦普尔回到桌前，点着一支香烟，接着毅然决然地转身，面对史蒂文斯。

坦普尔 那好，走吧！前去敲门。提出您的问题。

史蒂文斯 那天夜晚，到您屋里的那个男人，他是谁？

坦普尔 是戈旺，我丈夫。

史蒂文斯 戈旺不在家。他和巴奇，早晨六点钟就动身去新奥尔良了。（二人对视）是戈旺本人，他在不知不觉中背叛了您。我明白了，您安排那次旅行，就是为了让他和巴奇那天晚上离开。真的，我很诧异，您没有把南茜也打发走。（他停下，仿佛发现了什么）唔，是您干的，对不对？您企图让南茜干，而她拒绝了。对，我敢肯定是这样。那个男人是谁？

坦普尔 那男人在那儿吗？您就证明试试看。

史蒂文斯 我证明不了。那天夜晚的情况，南茜什么也不肯对我讲。

坦普尔 她不肯对您讲吗？那好，请您聚精会神听我说。（她站在原地，身子挺直僵硬，正面注视史蒂文斯的眼睛）坦普尔·德雷克死了。从前少女的我，比南茜·曼尼戈早死了六年！如果南茜·曼尼戈没有别人能把她从绞刑架上救下来，那就只有求上帝来帮她啦！现在，您走吧！

〔她注视史蒂文斯。过了片刻，史蒂文斯站起来，但是还是不停地观察坦普尔，而坦普尔则与他对视。继而，他朝门口走了一步。

坦普尔 晚安。

史蒂文斯 （停了片刻）如果您改变了主意，请给我打电话。不过，别忘了，再有两天就执行了。晚安！

〔他绕过椅子，拿起外套和帽子，走到门厅，径直出去了。

〔史蒂文斯出去之后，戈旺悠闲地出现在门口，他只穿着衬衣，领口敞着，没有打领带。他注视坦普尔。坦普尔双手用力按住面颊，一动不动待了一会儿，继而手臂垂下来，毅然决然地走向电话，拿起话筒。戈旺一直观察她。

坦普尔 （对着话筒）请接329。

〔她还没有瞧见戈旺。戈旺手里攥着什么东西，逐渐靠近，刚好走到她身后，电话中就有人应答了。

坦普尔 喂，我要同盖文·史蒂文斯先生讲话……对，我知道。不过他快到了。等他一到，劳驾告诉他给……

〔戈旺抓住拿话筒的手，将电话挂断；另一只手将一只小药瓶扔到桌子上。

戈旺 喏，这是你的安眠药。盖文说的那天晚上在场的那个男人，你为什么不对我讲呢？算啦！你也不必费多大劲儿，只要对我说是巴奇的一个舅舅，你忘记告诉我了就行了。

坦普尔 （刚开始有点惊愕，接着又恢复表面的镇定）如果我对你说根本没有人，你相信我的话吗？

戈旺 当然相信！你说什么我都相信。我一直相信你，对不对？也正因为如此，我们才一起生活到现在。直至今日，我甚至还以为，去新奥尔良打鱼的那个妙主意，也是我独自想出来的。如果我不是冒失地听了你们这场美妙的谈话，如果不是盖文叔叔在无意中告诉我相反的情况，我还会相信的。毫无疑问，除了我，人人都知道了。不过，这样非常好。这样非常好，认为唯独我这么傻，唯独我……算啦！还是感谢。然而，劳驾，破一次例，今晚尽量讲讲真相。也许盖文说得对，也许他要打交道的人不是我妻子，而是一个叫坦普尔的人，你我都很熟悉的、从远方回来的一个人，对不对？比方说，当时在场的那个男人，也许就是巴奇的生身之父，而他直到现在，还让我以为孩子是我生育的。恰恰那天晚上，他进城来，就像这么碰巧……

坦普尔 （转身走向房间）戈旺，住口！

戈旺 不，丝毫也不要担心。我不会大吵大闹的，你放心好了。我也不会打你，我平生没有打过一个女人，连一个婊子也没有打过，知道吗，甚至没有打过孟菲斯的一个妓女，或者一个“前”妓女。可是，温和的耶稣哇，我认识的一些男人就说，一个男人有权打两种女人：他的老婆和他的婊子。瞧瞧我这运气，真叫人难以置信：我只要打一次，只要扇一个耳光，就能打了两种女人。（他住了口，转过身去，显然在极力控制自己。继而，他改变声调）要我给你弄一杯饮料吗？

坦普尔 （生硬地）不要。

戈旺 （将自己的烟盒递给她）那就抽支烟吧，怎么都成，总得干点儿什么，不要这样原地愣着。

〔她取了一支烟卷，一直拿在手上，而始终僵硬的手臂垂在身边。

戈旺 我得了个好分数，可以停一停了，现在，我们再重新开始。自然了，如果我们能够相互理解的话。应当说这不大容易。今天晚上，刺激人的消息，像雨点一般落下来。这么多社交新闻，我们脑子乱哄哄的难以达成一致，也不足为奇。即使涉及最普通的问题，比方说了解一位母亲，好好的一个妻子，怎么突然像一个赎了身的可恶妓女那样乱来，竟然导致自己的孩子被杀害！

坦普尔 很好。说下去，直到现在我们埋藏在心里的话，这回来个了结。

戈旺 真的吗？你认为我们能够了结？你真的认为有一份工资，有朝一日你可以不再付给吗？真的认为你在人世的债务的最后一笔，他们不再向你索取吗？你也可以不必为我们所犯的仅仅一个错误而偿付吗？的确，这仅仅是一个错误，对不对，一个单纯的错误？以基督的名义，我们笑吧。喂，笑哇！笑哇！

坦普尔 （激烈地）说够了，戈旺！

戈旺 好极了。扇我耳光吧，打我吧。这样，也许我可能反过来打你，于是你可能开始原谅我，你完全清楚：整个这件事都原谅我，首先是八年前那次酩酊大醉，当时我喝醉了，并不是想喝烈酒，而是因为害怕，因为我这个在学校充好汉的家伙，最有名气、始终时髦的大学生，是夏洛茨维尔大学俱乐部主席，还能叫出纽约茶馆所有坏女人的名字。可我却害怕，不知道跟一个十七岁的女孩子，一个密西西比的外地女孩子如何打交道，也不知道跟一个中学毕业之前从未离开过家的小妞儿如何说话。对，喝醉了好有勇气同她说话，说服她逃离那辆旅游车。

坦普尔 你并没有强迫我！

戈旺 什么？

坦普尔 你并没有强迫我。你向我提出建议，我自主地接受了。你没有责任。

戈旺 你还不住口？喂，你还不住口？是我的责任！那就说利用也一样！对，让我利用吧，既然我这么考虑。让我独自尽情地呻吟。你本人不妨也试试，你会发现呻吟是有乐趣的。你不妨按照这种推测哀叹：这八年来我总在心里嘀咕，如果没有你，我就会娶一个贤淑的好姑娘，她在丈夫做好一切必要的安排之前，绝不会放纵情欲……（他住了口，双手捂住脸）唉，你我二人，我们本来应当相爱，我们本来应当相爱呀！你回忆不起来了吗？

坦普尔 对。

戈旺 什么对呀？

坦普尔 我们本来应当相爱。

戈旺 （朝她伸出手）过来！不要离我这么远。

坦普尔 （伫立不动）不。

戈旺 （又镇定下来）很好，那就随你的便吧。那天夜晚，我们家里有个男人。

坦普尔 根本没有。

戈旺 （没有听她说话）既然盖文叔叔都知道了，那么我推想，在杰斐逊城除开我，当然无人不知无人不晓了。我还看不出那个人同凶杀案有什么关系。不过，也许你同他上了床，让南茜撞见了，她一时愤恨，或者性欲冲动，或者类似原因，便把孩子杀掉了。也许并不是南茜那么冲动，而是你们只顾卑鄙地寻欢作乐，忘记把孩子从床上抱开，而在那种苟且偷情中……你瞧见啦？瞧我能判断出来吧？

坦普尔 （机械地摇头，就像到了神经发作的边缘）不是，不是，不是……

戈旺 不是，真的吗？我该不该相信你的话？你就说吧！说那天夜晚，你屋里根本没有男人。（坦普尔默不做声）快点儿！你就不能否认吗？（她仍然沉默）很好。这样更好，更清楚！至少，你没有告诉盖文，那天夜晚发生了什么事。我本人什么也不想知道。任何别人都不会了解，永远也不会了解。我禁止你给盖文叔叔打电话，你也不同意向州长或者向任何人透露任何情况。你本人也说过，而且你再说什么也不如这话真实：如果南茜要指望你免除一死，那就让上帝来帮她吧。明白吗？

坦普尔 不明白。

戈旺 不对，你明白啦！我甚至再给你一次机会。你瞧，我善于容忍，不失上流社会人士的风度。可恶的上天在无限慈悲给我的考验，我不但乖乖地接受，而且还加以利用。不错，是为了自己灵魂的升华，对不对，也是为了学会宽恕别人的过错。一只地道的羔羊，怎么！还别说！羔羊还希望你留下一滴血，不要全偿付给你从前的所为。因此，你不要动这电话，一切又会重新变得可能了。反之，如果你打电话，那我一走就永不复返了。

〔坦普尔慢腾腾地转向电话。

戈旺　等一下。这六年当中，你什么时候都可以清理这一切。现在也行，你是自由的。不过，你一旦拿起这话筒，和盖文叔叔通上话，那就晚了，离开的将是我。你愿意我走吗？（她不回答）说你不给盖文打电话了，说呀，求求你啦！

坦普尔　我做不来。

戈旺　说呀，坦普尔！从前我们相爱过。

坦普尔　我们本来可以相爱。

戈旺　那就证明这一点吧。如果南茜该被绞死，那就让她死了吧。如果那天夜晚发生了什么事儿，只有她和你知道。如果她本人不愿意讲出去，她也不愿意保命，那么你何必又……

坦普尔　我做不来。

戈旺　坦普尔！

〔坦普尔转过身去，直挺挺地走向电话。戈旺抢先一步，用手按住话筒。

戈旺　你知道我对你说过的话，你打电话我就离去。

坦普尔　（声调异常平静）劳驾，戈旺，你这手移开。（二人对视。戈旺抽回手。坦普尔拿起听筒，放到耳边，目光直视前方，继而说道）请接329号……

——**幕落**

第二部分

第四场景

〔州长办公室一角，3月11日至12日深夜约两点钟。一张庞大笨重的办公桌，平展展而光秃秃的，上面只摆着一个烟灰缸和一部电话机。办公桌后面有一把高靠背扶手椅。扶手椅后面上方的墙壁上，挂着州徽：一只鹰、一架天平，在背景的旗帜上也许还有拉丁文的一句格言。另外两把椅子，大致相对，摆在办公桌的两端。办公桌占据舞台的前半部分的右侧，正如第一场景的法庭，占据舞台前半部分的左侧。

〔州长站在坐椅和办公桌之间，州徽之下。他不年迈，也不年轻，有点像大天使加百列[①]。显然他是被人从卧室里叫出来的，尽管他扣了衬衣领扣并打了领带，头发也梳得很整齐。

〔坦普尔和史蒂文斯刚刚进来。坦普尔还是第二场景的打扮，身穿同一件皮大衣，头戴同一顶帽子，手拿同一个小提包。史蒂文斯的衣着与第三场景完全相同，他帽子拿在手上。二人朝办公桌两侧的椅子走去。

史蒂文斯 谢谢您接待我们，亨利。

州长 欢迎二位，请坐吧。（对坐下的坦普尔）史蒂文斯太太吸烟吗？

史蒂文斯 是的，谢谢。

〔州长递给坦普尔一支香烟，并且给她点着。接着，他坐下去，双手放在面前的办公桌上，还一直拿着打火机。史

① 加百列：《圣经》中的大天使之一，他慰劳并同情人类。

蒂文斯坐到坦普尔对面的椅子上。

州长 我朋友盖文在电话里明确告诉我，太太，您要向我谈一个非常严重的问题。

坦普尔 对。

州长 我听您讲。

坦普尔 我想了解一下我应当讲到什么程度。

州长 我不明白。

坦普尔 如果您告诉我已经掌握的情况，那我就会知道应当谈的余下的部分。

州长 您从远方来，太太，又是凌晨两点钟。这恐怕不是没有缘故的。是什么促使您走这一步，毫无疑问，您比我更清楚。

坦普尔 我知道。不过，我要讲的极难启齿，极难启齿，对，正是这样。我希望你能帮帮我，以便……总之，别太让我为难了。

州长 （注视着坦普尔）那好，向我谈谈南茜·曼尼戈吧。她叫这名字，对不对？要不然，她是怎么拼读的？

坦普尔 她不拼读。她不能拼读。她不识字，也不会写字。你们要绞死的人，就是用这个名字，也许这不是她的真名实姓。然而，她被绞死之后，这一细节就无关紧要了。

州长 不管怎样，先对我谈谈她吧。

坦普尔 她没有什么好讲的，她无非是一个堕落成娼妓和吸毒的女人，是我和我丈夫把她从污水沟里捞出来，让她给我们的孩子当保姆。她杀害了其中一个孩子。明天就送她上绞刑架了。而我们，我是指她的辩护律师和我，我们来这里请您救她一命。

州长 对，这些我全知道。然而，为什么要救她呢？

坦普尔 我是被她杀害的孩子的母亲，为什么还要请您救她呢？就因为我宽恕她了！

〔州长注意观察她。史蒂文斯也同样。他们等待着。坦普尔定睛看着州长，但是目光没有挑衅的神色，仅仅心怀戒备。

坦普尔　因为她疯了！

〔州长观察她，她也注视州长，同时小口小口吸烟喷出来。

坦普尔　我明白。这个引不起您的兴趣。令您感兴趣的，当然是了解我为什么要雇用这样一个女人照顾我的孩子。那好！这么说吧，是为了再给她一次机会，归根结底，她还是个人嘛。

史蒂文斯　不对，坦普尔，这不是真正的原因。

坦普尔　（极其自然地）不错，这不是真正的原因。为什么我就不能停止说呢？这应当很容易呀。停止说谎，完全像停止跑步，停止喝酒，或者停止吃糖一样，因为已经厌倦了。然而说谎，就好像不知厌倦似的。好，我还是要告诉您，我雇用南茜的真正原因。真正的原因就是，我需要找个人到我家来说说话。（停顿）现在，我必须全说出来，以便让您了解为什么我需要她，为什么非常高贵的坦普尔·德雷克–史蒂文斯，只能找一个黑人妓女寻求共同语言。

州长　对。告诉我们为什么。

坦普尔　（在烟灰缸里掐灭香烟，又挺起身。她讲话的声音生硬，颇不连贯，但是表面上并不显得激动）一个妓女，吸毒成瘾，无可救药，该永世下地狱，活在世间，也是为了有一天作为凶手死在绞刑架下。一个堕落的女人，只是在那一天才引起她同胞的注意：那天她倒在污水沟里，侮辱一个白人，而那白人用脚要踢掉她的牙齿，要把她的叫骂声堵进嗓子眼儿里。您还记得吧，盖文，那人叫什么来着？

史蒂文斯　忘记了。他是银行出纳员，对不对？（对州长）他有意卖弄品德。（对坦普尔）可是，您有必要讲这些吗？

坦普尔　有必要，有必要。那个星期一早晨，南茜还醉醺醺的，银行门口已经有五十来个人等候，刚一开门，她就突然冒出来，径直冲开人群，向那职员喊：“喂，白人，我那两美元在哪儿呢？”那银行出纳转过身来，抬手就打她，将她扔到人行道边的污水沟里，还狠命踢她，企图压住那一再重复的声音：“我那两美元在哪儿呢？”众人终于明白了，就阻止他再踢这女黑人的嘴：她的牙齿掉了，流着血，但一直在结结巴巴地说：“您欠我两美元，是半个月前那次，后来您还来过……”（她住了口，双手捂脸，待了一会儿才移开）好吧，应当全讲出来。刚才说到哪儿啦？

州长　南茜说：“您已经欠了我两美元……”

坦普尔　两美元，对。可是，为什么讲这么多呢。全部真相，我最好一下子全倒出来。（她像跳水之前那样深呼吸，接着说道）两美元，这是南茜·曼尼戈的牌价。然而我呢，也在一家妓院住过，到那儿一次显然贵得多。（她住了声，身子僵直不动，看着两个人。继而，她浅浅一笑）非常高贵的夫人，对不对，承认这种事儿？我们这些上流社会的女继承人，我们就是这样子。（沉默）不管怎样，我跨越了这一步。现在，这算完了，我再也停不下来，也退不回去了，现在非继续不可了。（沉默）你们为什么一言不发？帮帮我呀，说说话呀。要不然，就到这个州各处呼喊，重复我刚说的话，好让所有长了耳朵的人全听见我绝不会相信的事情。（州长默默地注视她。她要向州长做个哀求的动作）我得走到哪个地步呢？在安居乐业，在遗忘和平静中生活了八年之后？必须走到哪个地步，您才能被打动，才撤回判决书，而我们也终于能回家睡觉，或者试图睡个好觉。对，要我讲什么才算蒙受足够的耻辱，您才能同意满足我的愿望！

州长　判处死刑也是耻辱。

坦普尔　现在我们不谈死亡，我们说的是耻辱。南茜·曼尼戈痛苦的不是耻辱，她仅仅因为要死了而感到痛苦。就是为了让她免遭这种短暂的痛苦，这种无关紧要的痛苦，我才在这凌晨两点钟，带着坦普尔·德雷克和她的耻辱来见您。

史蒂文斯 说下去，坦普尔。

坦普尔 他还没有回答我的问题。（对州长）我得走到哪个地步呢？不要讲我必须全说出来。这话，有人已经对我讲过！

州长 我尽量帮您。我知道坦普尔·德雷克是什么人。一名年少的女学生，八年前的一天早晨离开学校，对不对，和伙伴们乘一趟专列，要到另一所学校看足球赛。可是在旅途中她从车上消失了，六周之后才在杰斐逊重新露面，作为杰斐逊城一件凶杀案的证人。而指认她上法庭作证的那位律师的当事人，当时人们就得知，正是劫持她，并在那段时间囚禁她的人。

坦普尔 关在孟菲斯城的一家妓院里，不要忘记这一点！

史蒂文斯 等一下，让我对州长讲一讲事件的经过。对您来说，这样更容易一些。那天，坦普尔下了旅游车，去会一个在车站等她的青年。他们两个人打算单独去看足球赛。当时，那青年已经喝了酒，我想是为了有足够的勇气应付局面。他又喝了一些，结果毁掉自己的小轿车，同坦普尔住进一家走私酒店。那青年又喝得烂醉，就在他往下灌威士忌的时候，酒店里发生一起罪案，凶手劫持了目击凶杀的坦普尔，将她带到孟菲斯一个有人对您说过的地方。就是这些。不过还应当补充一点，开小车的那个年轻人，陪同坦普尔的那个，当时本来应当保护她，后来同她结婚了，一下子又恢复了自己的教养。他是我的侄儿。

坦普尔 不要谴责他。那次逃离，是我愿意的。

州长 为什么？

坦普尔 人为什么要罪恶的东西？当然是因为人喜欢罪恶，胜过喜欢其他东西。不管怎么说，应当相信，当时我就喜爱罪恶，胜过喜爱任何别的东西。我愿意随那青年走，而他只能讨我五分的欢心。

史蒂文斯 也许吧。然而，他应当保护您。

坦普尔 （口气生硬地）为此他娶了我。同一件事，难道要他偿付两回吗？而这种事，偿付一次都恐怕不值得吧？

州长 我能向您提个问题吗？

〔坦普尔注视他，点了点头。

州长 为什么您不把他带来呢？

坦普尔 谁呀？

州长 您丈夫。您同他有连带关系。作为您这方面的连带关系者，难道他不应该来这里吗？你们二人之间，也好把事情彻底澄清，一起设法救南茜·曼尼戈。

坦普尔 我们到这里来，真的是为了救南茜吗？我不知道，不知道了。我倒觉得，我们来叫醒您，是要您给我一次感受痛苦的合法机会。您明白我这话的意思：不是因为某种具体的事而痛苦，而是单纯的痛苦，像人呼吸那样痛苦。既然如此，要我丈夫来做什么呢？

州长 如果他真的是您丈夫，也许他希望与您分担痛苦吧？

坦普尔 为此他必须与我分担了一切。

州长 我能否这样理解，您要对我讲一些他不了解的情况？

坦普尔 对。

史蒂文斯 最好还是对他讲了，坦普尔。人总不能在谎言中生活八年。

州长 如果他在场，您还会讲出来吗？

〔坦普尔注视州长，史蒂文斯微微打个手势，没让他侄媳妇瞧见。在肃静中，戈旺进来，因在身后而坦普尔看不见，他在门口站住不动，继而闪身半躲在窗帘后面。

州长 设想一下这位置坐的不是我，而是他。

坦普尔 他走了，我再也见不到他了。

州长 假如他在场，您会当着他的面讲吗？

坦普尔 嗯，会的！现在，就让我讲述吧。（停了一下）劳驾，请给我一支烟。（州长递给她一支烟，她没有点燃，就放在烟灰缸上了。冷场）说到我看见凶杀的场面，至少看见凶手的影子。凶手名叫波佩伊，他开一辆旧车，把我带到孟菲斯。我完全清楚，自己有腿有眼睛，汽车无论穿过哪个城镇的大街，我本来都可以喊人，可是我没有那么做。情况完全就像我未能同戈旺一起出去，或者汽车撞到树上之后我单独离去。是的，我本可以叫住一辆卡车、一辆小车，求人家送我去最近的火车站或者学校，再不然直接送我回家，送我回到我父亲和几个哥哥身边，他们知道哪是恶，哪是善。然而我没有呼救。我没有做出来，不是没有，坦普尔没有做出来。我不得不选择恶，也许是不知不觉。总之，波佩伊开着车，我留在他身边，什么也没有讲，眼睛直瞪瞪的，嘴上叼着烟卷。

史蒂文斯 （对州长）对，波佩伊那个人很讨厌，就像恶的化身。小矮个儿，棕褐色头发，跟个蟑螂似的，瘦瘦的，黑黑的，一脸凶相。他还是个神经不正常的人，是个疯子，患有阳痿症，这些情况，她也要对您讲。

坦普尔 （对史蒂文斯）亲爱的盖文叔叔！对，对，这些情况也一样，是我要讲的。实在是不走运，我连受肉欲吸引的托词都没有。尽管阳痿患者，有时候也挺迷惑人，尤其是当……不过，受迷惑的不是肉体，不是和善温柔的、值得原谅的肉体。有什么关系？我选择留在凶手身边，就好像我离不开，是的，就好像我离不开他。他把我带往孟菲斯，我就乖乖地跟他走。他把我关进曼奈尔街的那家妓院里，如同关进西班牙修道院的结婚十年的妻子，由一个鹰眼的老鸨看守。她比任何鸨母都有预见性。她出去时就由一名黑人女仆把门。她去所有老鸨下午都要去的地方：到警察局交罚金，或者请求保护，或者到银行，或者到其他妓院；她出去了倒也不错，因为女仆开门进来，我们就可以（她迟疑了一下，接着急速地）说说话。我有香水，能随意用，当然了，全是老鸨选的，味儿挺冲，还真不能随意洒，不管怎么说，我有香水用。波佩伊还给我买了一件皮大衣，可是不放我出门，又能在哪儿穿呢？不管这些！反正我有大衣、浴衣和内衣裤，全是按照波佩伊的眼光挑选的，并不全合我的意。要知道，他愿意我高兴。不止高兴，他还非常愿意我幸福。我们终于到了关键地方，现在既然有此必要……

〔她住了口，伸出手臂从烟灰缸上拿起那支没有抽的香烟，发觉没有点燃。史蒂文斯拿了打火机，准备站起来。州长目不转睛地注视坦普尔，他摆摆手制止史蒂文斯。史蒂文斯便停下，只是将打火机从办公桌上推到坦普尔够得到的地方，重又坐下。坦普尔拿起打火机，打着火，点燃香烟，再关上打火机，放回原处。然而，她只吸了一口烟，就把香烟放回烟灰缸上，重又直挺挺地坐下，又讲下去。

坦普尔　要知道，我本可以随时顺着落水管滑下去，我只是没有那么做。只有晚间我才走出房间，波佩伊来接我。那辆汽车窗户紧闭，有柩车那么大，他和司机坐在前面，我和老鸨坐在后面，在红灯区的街道上行驶，每小时六十迈到八十迈。我所看见的，也仅仅是红灯笼照明的这个街区、这些小街道。波佩伊甚至不准我见妓院里的其他妓女，不准我在她们干完活儿之后数钱的工夫或者什么也不干、躺在床上等待的时候，同她们坐坐，听她们讲讲如何干这一行。（她又住口，继而她脸上呈现惊讶或惊奇之色，接着说道）于是我想到我们的宿舍和学校。同一种年轻女子的气味，都在想男人，但不是想一个男人，不是想这个或那个男人，而是笼统地想“男人”。那些女人想的时候更平静，仅此而已。总之，她们坐在暂时空出来的床上，谈论干那一行的艰难，情绪不那么激动了。不过，她们不是同我讨论，因为我一天二十四小时，都独自关在房间里，没有事儿干，就穿上皮大衣、显眼的三角裤和花花绿绿的浴衣，在屋里炫耀。可是没有人看，屋里只有六尺高的一面大镜子以及摸着我的绸内衣咯咯笑的黑人女仆。我在房间里走来走去，房门始终关着。对，与外界隔绝，在寻欢作乐的罪孽的腹心绝对安全，如同在潜水艇里，沉到二十呎[①]深的海底。唔！对，波佩伊愿意我高兴，您应当明白。可是我呢，我还想多要点儿什么东西，不只是高兴就完了。正像那些妓女姐妹所说的，我必须千方百计堕入情网。

州长 堕入情网?

史蒂文斯 对。(州长注视坦普尔，坦普尔却一言不发了）她是指那个年轻人，就是波佩伊……

坦普尔 （对史蒂文斯）住口。

史蒂文斯 不，您精疲力竭了，我必须帮助您。这么说，波佩伊那家伙亲自带来个青年，而那青年……

坦普尔 盖文!

史蒂文斯 那青年在他的圈子里，大家都叫他雷德。他是城郊一家夜总会清场的，您知道，是个打手，负责赶走喝醉了的或者捣蛋的顾客。那家夜总会是波佩伊开设的，是他的总部所在地。正是……（他迟疑了一下，然后对坦普尔）正是波佩伊将雷德带进您房间的。(对州长）您明白，对不对?

州长 对。可是，我不理解为什么那个波佩伊……

史蒂文斯 不管用什么办法，真应该把他灭了，就像碾死一只蜘

① 呎：旧水深单位，1 英呎约合 1. 83 米。

蛛那样，用巨足一下将他踩扁。因为，他并不是让她卖淫。噢！不是，他没有把她卖掉。指控他犯下这种粗俗的罪恶，那就是对他的侮辱。反之，他是个纯粹主义者，也可以说，是个非常讲究的鉴赏者。不，他并不卖她，而是给他的仆人。

州长 盖文。当着史蒂文斯太太的面，难道有必要讲下去吗？

史蒂文斯 有必要。您还不知道全部情况，而且……

坦普尔 不，让我讲吧。我遇到雷德那个人，是如何遇到的无关紧要，重要的是我爱上了他。是什么性质的爱，我还不知道。不管怎么说，我给他写了信。

州长 是情书吗？

坦普尔 非常感谢。我的意思是，感谢用情书这个词。事实上，每次他要来的时候，我都给他写信。后来，他们两个走后也写信。还有几回，他们有几天，没露面……

州长 等一等。您说什么？“他们两个走后”？（州长和坦普尔对视。坦普尔沉默不语）我可以这样理解吧：那个波佩伊也在房间，看着雷德和您……

史蒂文斯 对，他带雷德去正是为此。我说他是鉴赏者，就是这个意思。

州长 （对坦普尔）好，继续讲吧，史蒂文斯太太，把事情讲完。已经谈到书信了。

坦普尔 书信，对，那些信非常优美。我的意思是……写得很好。（目光始终盯着州长）我想尽量表达的，是我没有表达出来的……总之，这类信，一个女人写给一个男人的信，即使写于八年前，也不愿意让她丈夫看到，不管她丈夫对爱妻的过去已经持何种看法了。（她显然在强制自己）出色的信，当然是一个初入道的姑娘所能写出来的最好的信。您若是看了，心中准会产生疑问，一个十七岁的女孩子，怎么这样会用词儿，措辞这样准确……其实，我无需上多少课程，我有这种天赋。（略一停顿，语气转为冷淡）我写了信，不知写了多少封，但是有一封就足够了，一切都是信引起的。

州长　南茜犯罪，也是信引起的？真的吗？您向我解释一下。

坦普尔　对。您一定听说过讹诈。那些信，两年前又出现了。如何买回来呢？坦普尔·德雷克不是别人，她要把信买回来，所想到的头一个办法，当然是提供另一批信的材料……

史蒂文斯　（对坦普尔，温和地）对，全是信引起的，她只要告诉州长事情如何到那一步就行了。

坦普尔　我原以为讲过了，我写了信。后来，我给写信的那个男人死了，我嫁给了另一个男人，过上规矩的生活，至少我认为自己规矩了。我生了两个孩子，为了找个说话的人，我雇用了另一个妓女，她也过上了规矩的生活。我甚至把信的事儿也置于脑后了，直到有一天，信又出现了。于是我发觉不仅没有忘记信，甚至也没有变规矩……

州长　那个年轻人，雷德，他是怎么死的？

坦普尔　自然死的，我是说符合他的天性。他溜进妓院后面的小街，攀登落水槽要进我房间的时候，被人从一辆汽车里开枪打死了。不错，我们秘密约会，是瞒着波佩伊的头一次约会。是头一次，也是唯一的一次，我们还以为得手了，骗过了波佩伊。我们想单独见面，只是我们两个人，而先前那一次次相会，每次都不是单独的。我们终于有一次爱情的约会。爱情如果有可能存在的话，如果有意义的话，那么除了在没有耻辱之感、默默的厮守中彼此心领神会，还能意味什么呢？在知道双方裸体的时候并不相爱。知道双方裸体，而同时又有人看着您。因此，我们要单独相会，至少有一次，哪怕只一次，忘掉一切与我们爱情无关的事情……

州长　你们的爱情？雷德爱您吗？

坦普尔　他爱我。也许是因为我爱他，而他没有料到，他本人也绝不会想这种事儿，绝想象不出他所说的一次机缘，这样一次机缘。当时他站在我面前，他主人则在他身后。他看着我，身子微微颤抖，不能向我提起我偷偷寄给他的信，而且一声不吭，因为他知道控制不住自己的声音，但是他的脸在说话，波佩伊也看不见。对，我们确信这种爱，希望至少经历一次，于是安排了这次幽会，我若是冒昧一点儿说，就是我们的蜜月……总之，他单独来会我一个人时，被人打死了。就在他最想我，而我也想他的当儿，他被撂倒了。再容一分钟，也许他就进入我的房间，而房门锁着，屋里终于只有我们两个人。这下完了。这一切，雷德、那家妓院、那些妓女、波佩伊，就好像根本不存在了。（她说话的速度加快了）后来，波佩伊因为这个人命案被逮捕，判处死刑，我回到自己家中。从那以后，一切对我都无所谓了。我父亲和我几个哥哥，都在家等着我。后来我去了欧洲，在巴黎待了一年。在那里也一样，一切对我都无所谓了。

史蒂文斯 可是，那年冬天，戈旺去了巴黎，你们结婚了。

坦普尔 （顺从地）对。在使馆举行婚礼，随后又在克里蓉举行招待会。且不说买了一辆新车，还在费拉角买了一座摩尔风格的别墅。总之，应有尽有，以便抹掉在美国的那段过去。然而事实上，我们是依赖别的事情来抹掉过去，以为只要结婚，只要举行婚礼就够了。只要我们二人跪下祈祷“我们犯了罪，宽恕我们吧”，于是就有了安宁、遗忘、爱情，有了直到那时我搞糟的一切。（她又迟疑了，继而接着说，但话语简短而连续不断了）爱情……也许这个词很恰当，对不对，然而我们也想到，两个人结合，除了相爱，还有别的原因，还有把我们连在一起的那场悲剧：我们都受过对方的损害。我还寄希望于比悲剧和爱情更有效的东西：宽恕，以便保持二人长久结合。对，我希望彼此宽恕。然而实行起来，宽恕对方也许容易，接受对方的宽恕则很难。

史蒂文斯 尤其是心高气傲的一个男人。

坦普尔 盖文！

史蒂文斯 您完全了解。是您丈夫的虚荣心将一切全毁了。弗吉尼亚的一个大贵族坐在浴室里忘记关门，被人偶然撞见，他不是出于虚荣心，又怎么会难过呢？不，宽恕，这不是他们要的东西，在他看来，那还不够好。他可不接受对方的宽恕，刚过一年心里就开始嘀咕，他是否真是孩子的父亲。

坦普尔 主哇！主哇！

州长 让她说吧，盖文。

坦普尔 说，真的，这就叫做说。说，就能造成那么大损害吗？不过，现在更加容易了，因为事关南茜的性命。我们回到杰斐逊，回到我们家中，您明白。面对丑闻、耻辱，干脆正视所有事情，免得它们再来侵扰我们。我们对视时甚至尽量不垂下目光……噢！不行，我说不下去了。您对他讲吧，盖文叔叔。

史蒂文斯 好吧。（对州长）试想一下，深孚众望的青年戈旺·史蒂文斯的形象，他们在美丽街区的新住宅，他们的入会极难的俱乐部以及在最著名的教堂里的专座。接着，儿子出生了，家族的继承人，他们雇用了南茜，她是保姆、家庭教师、修女、顶梁柱，随您怎么称呼她都行。（对坦普尔）对不对？好了，坦普尔，鼓起勇气！

坦普尔 （现在显得疲惫不堪）对，我是公主，她是贴心人。家里没有男人的时候，她就听我讲，听我把幻想的事情高声讲出来。您能想见这种情景：在漫长的午后，两个从前有罪孽的女人，在寂静的厨房里边喝可口可乐，边往外翻腾还记忆犹新的往事。（对州长，终于边流泪边说）有个人说说话，先生，我们二人都有这种需要！找一个人，不是为了谈话，或者对您的话表示赞同，只是让他待在那儿，默默地倾听。杀人凶手、疯子、纵火犯，如果有个人听他们讲述，也许他们就会安安静静地待着！噢！现在让我安静点儿吧，让我安静点儿吧！

史蒂文斯　我来告诉您事情的结尾吧。早在头一个孩子出生之前，她就发现丈夫根本没有宽恕她，也不肯接受她的宽恕，认为娶了就做到了仁至义尽，要求她不断地表示感激。她从而明白一切全完了，她的过去要始终压在他们头上。头一个孩子出世的时候，她还是看到了希望，这便是她孩子的清白，至少是属于她身上的一部分，而又没有沾上她的罪恶。对这一部分，她终于能忘我，全心全意地奉献自己。这就好像同上帝的一次休战，她这方面同意忍受一切，放弃一切，甚至放弃最简单的欢乐，只要无辜的孩子不受玷污，不受恐怖的侵害。她这样牺牲自己，反过来只希望上帝的表现，也至少像个上流社会人士。

州长　那孩子确实是戈旺·史蒂文斯的吗？请原谅，太太。

史蒂文斯　对。不过，我侄儿对此有怀疑，或者认为自己有所怀疑，于是，一切又全完了。这孩子同样把她和外界，和她丈夫分开，提醒她的过错。她再也不能一心投在孩子身上而忘掉自己了。（对坦普尔）在这种情况下，您想逃离了。（坦普尔点了点头）然而，第二个孩子又出生了，在一段时间里，坦普尔不知道如何出走了。同时她也不能留在她以为忘掉过去的这个社会里，再也受不了这种客套虚礼了，受不了这些说宽恕而不宽恕、满怀怨恨却面带笑容的上流社会人物。她在等待，等待灾难降临，可是不知道灾难以什么面目出现。（停顿一下）嘿！灾难以雷德兄弟的面孔出现了，他叫皮特。

州长　我明白。他掌握信，就向她讹诈。

史蒂文斯　对，他向她讹诈。不过，她并不满足于给他钱，连自身都给他了。（州长注视史蒂文斯）对。皮特求之不得，他肯定心里在盘算，最好把戈旺的老婆也占有了，就能敲诈戈旺了。而坦普尔……（他迟疑了一下）哦！我推想她要一了百了……不管怎样，她开始讨好那个皮特，愿意同他一起潜逃。

州长 （对坦普尔）您为什么要这样做？

坦普尔 （站起来，说话口气越来越激烈）哼！至少这一点是清楚的，我可以向您解释。同这个讹诈者在一起，我终于得到了休息。是的，休息，再也不考虑名誉、体面、崇高的情感。过了六年宽恕和尊贵的生活之后，我终于遇见一个根本不在乎这两样东西的男人。一个非常果断的男人，又残忍又粗暴，毫无道德可言，在这方面可以说达到了纯洁和完整的程度。总之，一个根本不考虑弥补或者忘却的男人：假如我求他宽恕，他就只会揍我，把我扔进水沟里。因此，同他在一起我就能安心。对，安心，能确信我即使被扔进水沟里，即使被他往死里打，也绝不会有什么事情要他宽恕我。唔，我并不是愿意跟随他，而是附在他身上逃走！

州长 （沉吟片刻）现在，您只剩下对我讲讲人命案了。叙述一下9月13日南茜干了什么。

坦普尔 （一直站着，刚才一阵激动而精力耗尽，现在身子摇摇晃晃，颇似梦游者）9月13日。南茜，对，她一直爱我，现在还爱我，这一点我肯定。她尤其爱我的两个孩子及其清白无辜。她关注整个这件事，什么也不讲，了解全部情况，就像对待自己所爱的人那样，她由衷地监视我的一举一动。有一阵她以为我只是要给皮特钱，把信赎回来，恢复安宁的生活。然而，我需要另一种安宁，要在邪恶中，在罪孽的彻底垂听中得到安歇。一句话，我要逃走，要跟皮特一起走，重新去过不道德生活的那种漫长空虚的日子。我将戈旺和巴奇打发走，约会皮特在我房间见面。南茜一旦明白我要干什么，明白我要出去，要带走一个孩子，丢弃另一个，要同皮特那样一个男人一起生活，她就想阻止我了。她先拿走我为出走准备的钱和珠宝首饰。（坦普尔身后一道幕布开始落下，灯光渐暗。现在，坦普尔要在黑暗中讲话）那是9月13日夜晚，皮特已经来了，就在那儿，而我在这里准备，却不知道南茜还在窥视我们。她一旦明白我不惜一切代价非走不可，就想还能留住我、保护孩子和未来的办法。她盲目地寻找，还一心一意地为我好，但是什么办法也没有想出来，除非……唔，对，我可以肯定她在暗地里，躲在门后偷听我们说话。在那天夜晚，她发现我渴望作恶和遗忘，带着我甚至不再惦念的孩子奔向堕落。就在那天夜晚，她构想出一种疯狂的、可怕的而又无辜的举动！那天夜晚，对，9月13日，南茜窥视我们，窥视我和皮特……

第五场景

〔幕布又缓缓拉起，场上是戈旺·史蒂文斯家的起居室。晚上九点半。去年9月13日。左侧一个敞开门的壁橱，衣服凌乱地丢在地板上，显见有人发狂地翻腾了壁橱。屋中央的桌子上放着坦普尔的帽子，她的手套、手提包以及装婴儿用品的一个提包；桌子旁边的地板上，立着两只塞得满满而美好的旅行箱，显然是坦普尔的。种种迹象表明，坦普尔要走了，气急败坏地找什么东西而没有找到。

〔灯光重又亮起来，只见皮特站在敞开门的壁橱前，手上拿着最后一件衣服，一件浴衣。他有二十五岁左右，样子不像个罪犯或强盗，倒像个善于推销汽车或家用电器的青年。他的服装很普通，并不显眼，满大街的人都穿着。不过，他却有一副自负与自信的神态。一个英俊的青年，正是女人喜欢的那种类型，也是不会有出人意料之举的那类男人，因为别人能准确地知道他要干什么，只是希望他这次不要那么干。一个心肠狠毒的人，他不是不道德，而是不考虑道德。

他穿一套薄衣料的夏装，帽子推到后脑勺。他翻弄一件薄纱浴衣，动作很快，毫不爱惜，任其掉到地上。他转过身，脚绊到已经丢在地板上的其他衣物，毫不犹豫地一脚踢开，站在那儿看着乱衣服堆，那样子又厌恶又失望。坦普尔也在台上，站在上一场景结束时的原地未动。不过，她穿了一件敞怀的薄外套。

皮特 南茜怎么样？

坦普尔 我给她的房东打电话。他们从今天早晨就没有见到她。

皮特 我事先就应当跟你打招呼！（他瞧了瞧手表）去她的住处等她吧。

坦普尔 （站在桌子旁边）等她干什么呀？

皮特 毕竟是三百美元哪。你认为没什么吗？我可在乎。且不说还有珠宝首饰！如果是她拿了，她就得给交出来，哪怕是用烟头烫她的脚！那么你说怎么办呢？叫警察吗？

坦普尔 不必。你别折腾了，赶紧溜吧。

皮特 溜？

坦普尔 对，这事现在撂下吧，你快逃走。钱找不到了，你不会带我走的。你留下来，就只能等我丈夫回家，再向他进行小小的讹诈了。

皮特 我要票子和首饰，另外再加上你。

坦普尔 信一直在你手中。

皮特 （他翻里兜，掏出一包信，扔到桌子上）你要的话，我可以给你。

坦普尔　两天前我就对你说过，我不想要！

皮特　好。可那是两天前的话了！

〔二人对视了片刻。继而，坦普尔拿起这包信，另一只手伸给皮特。

坦普尔　把你的打火机给我！

〔皮特从衣兜里掏出打火机，递给她，但是他没有动地方，坦普尔只好走过去两步，拿了打火机。接着，她走向壁炉，开始打两三下，没有把打火机打着。皮特没有动弹，他在观察她。坦普尔停下片刻，一只手拿着那包信，另一只手拿着打着火的打火机。继而，她扭头看皮特。二人相互端详了片刻。

皮特　烧了吧！那天我给你，你却不肯收下，认为还可能改变主意。烧掉吧！信一销毁，你就摆脱我了。

〔二人一直相互端详。最后，坦普尔转过头去。皮特自信地笑了。

皮特　过来！

〔坦普尔灭了打火机，转身回到桌子旁边，将信和打火机放到桌子上，走向皮特。皮特待在原地不动。与此同时，南茜出现在左侧的门口。他们没有瞧见她。皮特搂住坦普尔。

皮特　人既然在一起，要这个还有什么用呢？（他越发紧紧地搂住她）嗯，我的布娃娃！

坦普尔　不要这么叫我。

皮特　（搂得更紧，抚摩她，但是动作也有点生硬）雷德干得不错。我也抵得上雷德，不是吗？

〔二人亲吻。南茜悄无声息进了屋，站住观察皮特和坦普尔。她现在穿着保姆服，是成衣服装，各大商场都能买得到。不过，她只是半敞着怀穿着薄外套，没有戴布帽，也没有扎围裙，但是戴了一顶男人帽，一顶凸凹不平、变了形的毡帽头。皮特放开搂抱。

皮特 走！我们离开这儿！

〔他的目光从坦普尔肩膀上方发现南茜，吓得惊跳一下。坦普尔也不禁惊跳一下，急忙回身，瞧见南茜。南茜往前走了几步。

坦普尔 （对南茜）你在这儿干什么？

南茜 我把我的脚带来了。我想抽香烟。快把他打发走。

皮特 讨厌的黑鬼，她也许带来了藏的钱财吧？（他们观察南茜，而南茜却不应声）也许没有带来。我们去弄香烟，既然她上来烟瘾了。（对南茜）喂，丑八怪！你回来就为这事儿吗？

坦普尔 （对皮特）住口！拿箱子上车去。

皮特 （对坦普尔，而眼睛却盯着南茜）不，不，还是先侍候她吧。

坦普尔 出去！我来同她谈。她会全交出来的。

〔皮特又观察了南茜一会儿。南茜面对着他们，但是眼睛没有注视什么，她伫立不动，仿佛惊呆了似的，脸色阴沉，没有表情，让人看不透。皮特看了一会儿，便耸了耸肩。

皮特 好吧。得把钱讨回来。要不然，我还会找她来。

〔皮特走向桌子，拿起打火机，似乎要走，却又停下，几乎令人难以觉察地迟疑一下，瞥了一眼那包信。

皮特 你可千万别忘了拿着。

坦普尔 去吧。

〔他拎起两只箱子，走向落地窗，从南茜身边走过。南茜则一直目视前方。

皮特 （对南茜）为你效劳，没洗白的女人，得替你烤烤鞋。付不出五十张票子也行啊！就算找个乐子吧。

〔他用一只手拎着两只箱子，打开门，要出去又站住，转身对着坦普尔。

皮特 你若是改变主意，我不会走远。

〔他终于出去，随手带上门。就在门要关上的当儿。

南茜 等一下！

〔皮特站住，又要打开门。

坦普尔 （极快地对皮特）看在爱上帝的分儿上，走吧。

〔皮特出去，随手关上房门。南茜和坦普尔对视。

南茜 我真不该藏起钱和钻石首饰阻止您走。昨天我把藏的钱找到的时候，也许应当给那小子。他有了钱就不会要别的了，现在也许跑到芝加哥了。一看他那样子就知道。

坦普尔 原来是你偷走的。可是，这什么也没有改变。

南茜 谁是窃贼，是您还是我？先说钻石首饰，并不是您花钱买的。再说钱的事儿，您可是个出色的说谎者。共有两千美元，可您对我说是二百，对他说是五十。他没有太担心也不奇怪。而且，就算是两千，他也不会在意。您一旦上了他的车，身上带钱没带钱，对他又有多大关系呢？他完全清楚，只需等待就行了，只要看住您，必要时搂一搂，从我所见到的，他很会这一套，结果您要多少钱，甚至要钻石首饰，都能从您丈夫或爸爸那儿得到。这个小流氓，他一清二楚。（坦普尔突然向前扇了南茜一个耳光。南茜猛一后退，外套兜里的钱和首饰全掉在地板上。坦普尔愣住，看着现钞和首饰。南茜继续说道）对，这肮脏的钱，正是金钱把什么都腐蚀了。妻子戴着钻石首饰，丈夫兜里揣着两千美元买香烟和坐出租车的钱，有人来向他们敲诈就不奇怪了，那些无赖呼啦一下全糊上来，就跟苍蝇逐臭肉一样。这小子就是个流氓。您尽可以打我，他就是个流氓！这也不是我见到的第一个，您也见过不少。我一眼总能认出来，即使您装作忘记了。其实，您并没有忘记。您完全清楚，他长一个漂亮的脸蛋也没用，是一副凶相，从地狱里冒出来的。我只要把您这臭钱给他，他准溜之大吉。

坦普尔 试试吧！走着瞧！

南茜 唔！我知道，现在主要不是信的事儿了！您又想去过那种好生活！有我，您感到不过瘾了，还要实打实的，怎么，还要肮脏的勾当。对，您这儿已经出了肮脏的事儿，您当初就能写出这种信，八年后又引起这许多烦忧、许多不幸！况且，您本可随时收回来，可是您不愿意。甚至有两次，他打算还给您。而您，就像对待仁慈的上帝那样，根本不当一回事儿。

坦普尔 从什么时候起，你就偷偷监视我？

南茜 一直监视您。您甚至不用拿金钱和首饰换取，就能将信要回来！一个女人用不着金钱首饰，只要是女人就成，她要什么都能从男人那里获取。我们女人，我们都知道这一点。您在家里，只要扭动扭动腰，就能达到目的，甚至用不着打发您丈夫去钓鱼。您在孟菲斯学来的那一套，至少在这事儿上能派上用场。您总应当留在孩子身边。

坦普尔 真是一种婊子道德的表率！不过，归根结底，你也可以同样说我是这种表率，不对吗？我们之间的唯一差异，就是我不肯在我丈夫家中当个婊子！

南茜 我不谈您丈夫，甚至不谈您。我要谈的是两个小孩子。

坦普尔 我也一样！你说我为什么把巴奇送到祖母家去，不正是考虑孩子吗？不正是让孩子离开这个家，因为别人教他叫爸爸的那个男人，随时可能决定对孩子说不要叫他爸爸吗？你既然窥视，就一定听见了他这么说。

南茜 （打断她的话）我一定听见了他这么说！同样，我也听见您怎么说了。这次您抗议了。您终于起来自卫。您矢口否认！当然不是为了您，而是为了这个小孩子。而现在，您全丢下不管了。您就这样抛弃啦！

坦普尔 抛弃？

南茜 对。您完全清楚，您永远也见不到巴奇了。您把他丢弃了。您说，这不是真的！（坦普尔不应声）好吧。巴奇就算安置啦！那么现在，另一个孩子您留给谁呢？

坦普尔 留给谁？她才六个月呀，我带着她。

南茜 您当然不能丢下。不能丢给任何人，连我也不行！然而，这六个月的婴儿，您也同样不能带在路上！这就是我要说的。喏，她在摇篮里，让她自己摔下去！她还会哭两声儿，不过请放心，她还太小，哭声不可能很高。谁也听不见，谁也不会来照看她，尤其撂在上了锁的房子里，要一直等到下星期，等戈旺先生回来。而到那时，就全交待了，孩子的哭声也停止了，您也终于可以寻欢作乐了。

坦普尔 外衣给我！

南茜 （从一张椅子上拿起外衣，递给坦普尔）不过，您把孩子带在身边，嗯，那更方便一些，直到您写信给戈旺先生或者您父亲，写信要钱。如果那小流氓觉得他们撒手扔钱不够痛决，他就会把你们，把您和婴儿扔出去！怎么就不能在一所房子的门口把他忘了呢？根本就不关心您啦！把您甩掉！您只好去孟菲斯祈祷啦！（坦普尔不禁浑身一抖，继而又控制住自己）打我吧！您就打我吧！要不然就叫在外面的那个坏蛋，你们就用烟头烫我吧。我对你们，对您和他说过，我把脚带来了。就在这儿！（她微微抬起一只脚）我全都尝试过了，这个也可以尝试尝试！

坦普尔 最后再说一遍，住口！

南茜 我住口。（她不动，也不看坦普尔。她的声调、神态略有变化，但只是到后来观众才明白，现在她不再对坦普尔讲话了）我尝试过了，凡是能做到的我全尝试过了。您瞧见啦！

坦普尔　谁也不会反驳你的。你用我的孩子、我的丈夫威胁我。你甚至偷了我逃离要带的钱！对，谁也不会说你没有尝试过，尽管你最终还是把钱送回来了。拾起来。

南茜　您说过您用不着！

坦普尔　我是用不着。拾起来。

南茜　我也用不着。

坦普尔　不管，还是拾起来！你给戈旺先生送去，就可以作你下周干事儿的担保了。

〔南茜蹲下去，拾起钱和首饰，放回盒子里，全撂在桌子上。坦普尔冷静下来，她叫了一声。

坦普尔　南茜！（南茜抬起头看她）我很遗憾，我的意思是遗憾打了你。你对我的孩子，对我一直很好，长久以来，你帮助我活下来。我试图密切我们夫妇的关系，而任何人在任何时候都能看出来，我们不可能在一起生活了，连起码的体面都不可能维持。

南茜　嗳！这情况，我还不相信！而且，我在这里不讲你们夫妻关系，不讲家庭的体面，也不讲您和我，我当然感激您把我留在身边，对我叙述了……

坦普尔　不要说这个。同你在一起，我几乎感到挺高兴……

南茜　我是说您的两个孩子！

坦普尔　我跟你讲过，不要再谈他们了。

南茜　这我办不到。我还必须问您一遍："您要这么干吗？您要这么干吗？"

坦普尔　我没有别的选择。

南茜　您知道我是个没有文化的人。您必须明明白白地告诉我，我才能够理解。您明说吧："对，我要这么干！"

坦普尔　你听见我说啦！对，我要这么干！

南茜　用钱还是不用钱？

坦普尔　用钱也不用钱。

南茜　不惜损害您的孩子？（坦普尔不回答）您丈夫已经猜想巴奇不是他生的了。您这一走，他就更加确信这一点，就该看不上孩子，让孩子受气了。另一个孩子，您要交给那个无赖，他肯定当做把柄敲诈钱财，直到把家里的钱敲诈光了，他就要把孩子扔到大街上。您想让两个孩子都遭罪吗？或者想要他们的命吗？您想让他们像我们一样，像您和我一样蒙受耻辱吗？其实您知道这种结果，却不设法使您的孩子避免这种遭遇！您比我还坏，然而仁慈的上帝晓得，我不相信这是可能的。不，您不知道甚至像我这样一个卑鄙的女人所经受的。您不知道小孩子绝不应当感到耻辱，感到害怕。正是由于这一点，仅仅由于这一点，才必须保护孩子，所有孩子。或者说，能做到的全要保护。实在不行，保护一个也好。但是，对那一个必须尽心尽力。可是您呢，您要把两个全丢弃，丢进您和我都了解的耻辱中。我们二人，连一个孩子都救不了？（她们相互打量）您的心肠如果这么狠，能干得出来，您也可以对我明讲！

〔坦普尔注视她。户外传来不耐烦的汽车喇叭声。

坦普尔　对！我干得出来。不管我的孩子！现在，你走吧！

〔坦普尔急忙走到桌子跟前，从一沓钞票上拿了两三张，递给南茜，南茜接过去。坦普尔收拢好余下的钱，从桌上拿起手提包，打开。这工夫，南茜平静地穿过房间，走向婴儿室。坦普尔一手拿着打开的手提包，一手拿着钱，注视着南茜。

坦普尔　你去哪儿？

南茜　（还往前走）去瞧瞧孩子是不是又需要我。

〔南茜站住，转身注视坦普尔，眼神特别怪。坦普尔本来要往手提包里装钱，也停下了，开始注视南茜。南茜再说话时，还是原先的语气，人们只有到后来才会明白她的话的含义。

南茜 我什么都尝试过了，凡是能做的我全做了，您瞧见了吧？

坦普尔 （命令）不要说了。到此为止。

南茜 （平静地）到此为止。我不说话了。

〔她从连着婴儿室的门出去。坦普尔终于把钱装进手提包里，合上并放到桌子上。接着，她又转向孩子的手提箱，整理了一下，很快检查了里面装的衣物，再拿起首饰盒，塞进去，把箱子盖上。她刚盖上箱子，就看见南茜悄悄地从婴儿室里出来，穿过房间，走到对面她先前上场时走的房门。坦普尔目送她。

坦普尔 南茜！（南茜站住，但是没有回身）不要把我想得太坏！你是我的姐姐，还像从前那样。

〔南茜一动不动等在那里，目视前方，仿佛视而不见。坦普尔话音停下，她又朝房门走去。

坦普尔 如果真到了那一天，我会对所有的人说你尽了全力，说你什么都尝试过了。你的话就有道理：现在甚至不是信的问题了。问题在于我！责任全在我一个人身上！我不好。（南茜继续往前走）再见，亲爱的！（南茜走到门口）你有钥匙，我把你的钱放在桌子上。你可以拿去……（南茜下）南茜！

〔没人回答。坦普尔望着南茜出去的空门，愣了一会儿，继而忙碌起来，拿起南茜留下的钱，扫视一下周围，走向物品凌乱的写字台，拿了一个镇纸，又回到桌子前，用镇纸压住钱。接着，她步子加快，毅然决然地从桌子上拿起小被子，走向通婴儿室的房门，出去了。过了一两秒钟，她发出撕肝裂胆的叫声，与此同时，南茜重又出现在另一个门口。灯光闪烁，开始暗下来，直至黑暗笼罩了仍在继续的叫声。

第六场景

〔幕布拉起，显现州长的办公室。时为3月12日，凌晨3点零9分。

〔州长已不在原来的位置。坦普尔俯身跪在地上，史蒂文斯站在她身边，半遮住现站在州长原来所在位置的戈旺。坦普尔还不知道州长已经走了。

坦普尔 （跪在地上，双手捂住脸，开头她还在黑暗中讲话）就是这些。警察来了。南茜还在黑暗的厨房里，坐在椅子上，她说："对，上帝，是我干的。"我们面对面，我站立，她坐着，两个人陷在黑夜中，悲痛到了极点，无声地号叫，一起感到孤独，一起永远完蛋了。于是，我服从了她对我的全部判决。我打电话报了警。警察来了。"是我干的，上帝。"南茜说道。而我呢，我却开始沉默了，一直到这个夜晚。（灯光渐强，她身后的幕布重又拉起来）警察把她带走，她一眼也没有看我就走了。她在牢房里还一再重复："是我干的，是我干的。"对，是她干的。然而，是谁杀的呢？谁是真正的罪犯呢？不是我又是谁，可是她要替我死了！

〔史蒂文斯俯下身，碰了碰坦普尔的胳臂，仿佛要扶她站起来。坦普尔拒绝了，但她始终没有抬头。

史蒂文斯 您起来吧，坦普尔！

〔他又尝试扶她站起来。可是不等他搀扶，坦普尔却站起身，她的脸还背对着办公桌，还觉得灯光晃眼，便抬手护住，类似小姑娘要哭的动作，但只是为了遮住晃眼的灯光。

坦普尔 现在，就不要多久了，对不对，盖文叔叔？听了这一切之后，州长全部要说的话，就是不行。（她虽然还以为在对州长讲话，但一直没有回过头去看）因为您不愿意救她，这一点我肯定。噢！回答，回答！这回，有一句话就够了！

〔在她说话的工夫，戈旺进来，站在刚才州长待的位置。坦普尔回头看见戈旺，便戛然住声，一时呆若木鸡。

戈旺 无耻！

坦普尔 （走向史蒂文斯）您为什么总要借助于这些谎言呢？有什么迫使您这么做吗？是您说得那么漂亮的正义吗？嗯，为什么不是呢？不正是我头一个开始说谎的吗？（对戈旺）刚才你没有必要藏起来。有你在场，我照样讲。

戈旺 我们很早就应该这样彼此掩藏了。大约八年前我们就应该这样做了，但不是在办公室里，而是在地球两端的两座废矿井里。（对史蒂文斯）您满意了，对不对？一切都是按照您的意愿进展的。您是怎么称呼这个啦？哦！对，事实。（他看着坦普尔）可真够美的呀，事实！

史蒂文斯 这回，我要恳求您住口了。

戈旺 既然说到事实，请问那些信在哪儿？我猜想，那个小流氓现在要直接向我兜售了。他打错了算盘。一堆垃圾，别人不会出大价钱的。

〔他绕过办公桌，走向他进来的那扇门。

史蒂文斯 信在我这儿。（坦普尔愕然地注视他。戈旺站住。史蒂文斯对坦普尔）您不记得了吗？您回来的时候，南茜在房间里。信就放在桌子上。她拿去了，后来她给了我。

〔戈旺大笑起来，恶狠狠地，没有快意，继而，发狂地。

戈旺 看来，现在一切都正常了。有罪的女人忏悔了自己的过错，讹诈者没有得逞，消毒的工作也做得尽善尽美。当然，一个小女孩儿交给一个疯女人，她杀了孩子，臆想这样就会解决问题了。不过，说到底，那个白痴女人也算符合逻辑。有来有往，一报还一报，同一个看来在讹诈者床上才能睡安稳觉的女人共同生活，总得为这种生活乐趣付出点儿代价。对，感谢上帝，感谢女圣徒南茜，感谢她肯下手杀死我的孩子，以便让我能继续安享我妻子的妇道。（他又以同样的方式大笑。坦普尔直挺挺地坐在那里，目视前方，心不在焉）无可挑剔，真的。一切都彻底解决了。

史蒂文斯　还有一点儿事儿没有解决。

戈旺　好哇。我们还有开心的事情。为了让我们寻开心，还要杀掉谁呢？

史蒂文斯　南茜。

戈旺　南茜？这还用说！她要被绞死，这是肯定的，绳索套在脖子上，但愿发出很大的声响。这样一来，两名妓女中，至少有一名还了债。这也是一个光明磊落的比例，不能再请求上帝发慈悲了。（他仇视并痛心地看着坦普尔）况且，还必须解决别的事情呢。比方说，我就很想了解这些臭名昭著的信的内容。既然现在是忏悔的时刻，我不妨承认，坦普尔所讲的，还把我迷惑住了。您好好想想，我要说的是，在具体细节上一定刺激得要命。尤其是在我们愉快的婚姻期间，她对我讲的可是另一套话，极为体面。您想想看，我甚至可以说是长老[①]式的，而讲这种话的人在生孩子的时候，简直就能成为长老了。

史蒂文斯　您住口，戈旺！

戈旺　而我呢，当时自然认为，这是她所受的教育的结果，即受两种教育——中学和妓院所产生的后果。而她为了忘记

① 长老：长老会成员，指加尔文主张的教会的管理体制，即由世俗人员和牧师组成的各级长老会管理教会。

第二种教育所作的努力，引导她过分回想第一种教育了。总之，她在我面前通过了考试。在另一个人面前……（他见史蒂文斯要发火）好，好，亲爱的律师先生，请您冷静！不过要承认，这事儿是挺遗憾的。当初是我干出来的，把她带到孟菲斯，这事儿当时就通不过，毫无疑问，现在也通不过。在私生活中，我得到一些补偿，得到点儿激情，也完全是正当的。您明白我要说的意思，激情什么的，我至少能收获那种卓越的东方教育的成果，而给她那种教育，我本人也出了力，当然是通过一些中间人了。可是不然，我呀，我是丈夫。我怀着愧疚的心情进行弥补，也就只有权利接受悔改了的德操。亲爱的律师先生，别人怎么说也是空话，天天跟悔改了的德操打交道，实在没有什么意思，而一个真正的荡妇，在床上做戏要精彩得多。

史蒂文斯　戈旺，您再说下去，我可要揍您了。

戈旺　我还是要说下去，因为这种德操只针对我，为我专用！（突然发作，他同时喊叫和哭泣，冲坦普尔的方向嚷道）和其他人，在其他人下面，就那么欢乐，满嘴脏话……

〔史蒂文斯扑向戈旺，戈旺一把抓住他的胳臂，制止了他。

戈旺　您就别费这劲儿了，盖文！（他一把将盖文推出去）八年之后，我恢复了勇气和力量，我要按照自己的方式来清理自己的生活。（他注视他们二人，然后声音低沉地）我恨你们所有的人。（他嘿嘿冷笑。对坦普尔）永别了，布娃娃。

史蒂文斯　您先得清理您那可恶的虚荣心。

戈旺　虚荣心也同样清理，放心吧。

〔他朝门口走去。

坦普尔　（猛然站起来）你去哪儿？

戈旺　去灌醉酒。只是八年来，我已经忘记了这种方式。你有别的什么建议吗？

史蒂文斯　您将巴奇放在哪儿啦？

戈旺　哦！对，幸存者！他在您家里，同您妻子在一起。他在那儿不是很安全吗？您妻子也杀孩子吗？

〔他直挺挺地朝门口走去。

坦普尔　戈旺！不要抛弃我！

〔戈旺没有回答便出去了。

坦普尔　上帝呀！又来啦！

史蒂文斯　走吧。

坦普尔　（始终不动弹）明天，明天，还是明天。

史蒂文斯　对，明天，必须重新开始。他又要毁了汽车，或者随便什么东西，八年期间，直到他找见别的东西毁坏，又必须重新宽恕他。（他挽起坦普尔的胳臂）走吧，坦普尔，时间太晚了。

坦普尔　（不肯走）州长怎么说？

史蒂文斯　他说不行。

坦普尔　他说为什么？

史蒂文斯　他没有权利赦免她。

坦普尔　他没有权利？一位州长，法律赋予他全权宽恕，或者准许缓刑吧？

史蒂文斯　如果只有法律，那么我就可以引疯癫为理由辩护了，也不会让您来这里。

坦普尔　也让孩子的爸爸来了，不要忘了这事儿，尽管我还不明白是怎么安排的。（她注视他）哦！气门嘴儿撒气，停在汽油站换轮胎，原来是这么回事儿，您打了电话，他也来得及。而这一切白折腾，为了弄清事实，为了正义，可是白折腾，白折腾，反正她得死。

史蒂文斯　州长没有讲正义。他只谈到一个小男孩和未来，推测戈旺和您会留在孩子身边。南茜没有犹豫，牺牲一个棋子儿挽救这局面，她使用所掌握的最后办法：她自己已然堕落而无望的生命。

坦普尔　我放弃了，全丢弃了，也包括两个孩子。南茜跟您说过。

史蒂文斯　南茜尽其所能，为使您永远不再放弃了。星期五早晨她要证明这一点。

坦普尔　星期五！黑日子啊！盖文！这是不幸的日子。任何人，任何人也不选这一天出行。唉！如果她得到赦免，一切就会结束了。戈旺可以从容地把我扔出门，或者我主动离开。可是太晚了，再也无可挽回了。现在，必须进行下去，明天，还有明天，总是……

史蒂文斯　好了，坦普尔，走吧……

坦普尔　（还不肯走）告诉我准话，他是怎么回答的。我知道，这个夜晚他没有说……或者他在电话里讲了，我们甚至根本没有必要……

史蒂文斯　一周之前，他就向我表明了……

坦普尔　就是您给我打电报的那个时候？他怎么说的？

史蒂文斯　说他那职位的微不足道的特权，在天平上，根本不能同南茜那不可想象的举动相抗衡。说她疯狂牺牲她那堕落的、毫无价值的可怜生命所换取的，他独自一人不可能取消。

坦普尔　（神态失常）那也是善良的，善良而温柔的生命。这样看来，我在深夜两点钟来到这里，甚至根本无望救她的性命吧？甚至不是为了听他对我讲他已经决定不救她，只是为了让我当着两个外人的面，向我丈夫忏悔，承认我花了八年补赎而不想让我丈夫知道的一件事。就是这样啊，受折磨！

史蒂文斯　就是这样，我由衷地请原谅我把您带到这一步。但是有此必要，免得南茜孤单一人，也为了让她这一举动，哪怕是疯狂的举动，能够起点儿作用，在她死后还有助于保护一个儿童，使其免遭遗弃。您来这里就是做到这一点。

坦普尔 好，我做到了这一点。现在，我们能回家了吗？

史蒂文斯 能回家了。我们去看看南茜吧。

坦普尔 我们去看她，对她说她要被绞死。

史蒂文斯 她不愿意被赦免。不过，也许她也忍不住抱有希望。

坦普尔 我们去看她，这事儿我们也要做到。

〔她朝门口走去，脚步不稳，有点跌跌撞撞，但还是朝前走。史蒂文斯扶她，她却抽回胳臂，而脚步未停。

坦普尔 （神不守舍，不是对任何人讲话）为了拯救我的灵魂……如果我有灵魂的话……如果有个上帝要拯救它……如果上帝仅仅希望拯救它……

第七场景

〔监狱内部。3月12日上午10点30分。

〔监狱二楼公用室。左侧的门镶有粗铁杆，通档案保管室。只有一扇窗户，开在临街的背景墙壁上，也安了粗铁条。晴朗的一天上午过半。

〔只听铁锁的沉重声响，右侧的门开启，朝后面，即朝外拉开。史蒂文斯进来，监狱看守跟进来。史蒂文斯的衣着与第四场景完全一样。看守只穿着衬衣，没有打领带。他拿着一大串钥匙，穿在一个大铁环上，贴着他的腿，就好像一个农夫拎着灯笼。他一进来便随手关上门。

〔史蒂文斯挨着门口站住。看守则锁上牢门。

塔布斯先生 就这儿，我去叫女囚犯。

史蒂文斯 不，等戈旺·史蒂文斯先生来了再说。您交代了吗？

塔布斯先生 交代了。塔布斯太太给他带路。再说，我也可以在档案保管室里等他。

史蒂文斯 不必。您先告诉我女囚犯怎么样。

塔布斯先生 非常老实，律师先生，非常老实："是，先生。""不，先生。"谁会相信这个黑鬼，这个可恶的下流货杀害了……

史蒂文斯 她没有对您说，她等我们来看她吗？

塔布斯先生 没有。在我看来，她在准备。

史蒂文斯 她在准备？

塔布斯先生 准备服刑。明天早晨，这需要思考，需要履行这样一个小小的手续。证据嘛，她要求给她派来一位教士。

史蒂文斯 她没有对您说过可能赦免她吗？

塔布斯先生 赦免？哪个州长也不敢赦免一个杀害儿童的凶手。我们的同胞热爱正义：他们准会放火烧掉监狱。再说，除了昨天晚上，这一周每天晚上您都见到她了。她若是有什么话要讲，那也是讲给律师，而不是讲给看守。（他奇怪地注视史蒂文斯）前天晚上您同她一起唱歌来着，律师先生，有没有这事儿？

史蒂文斯 有这事儿。

塔布斯先生 这么说，您爱唱歌？

史蒂文斯 不，但是这对我有帮助。

塔布斯先生 好，律师先生，归根结底，宪法上说我们都是自由的。不过应当相信，他们全需要人帮助。晚上他们不停地唱歌，这简直不是一座监狱，而成了歌剧课堂。况且，全是男中音，有点单调。我不知道您是否同我一样，律师先生，我喜欢男低音。我应当请求郡长逮捕一名男低音，这样音部就全了。您也一样，律师先生，您是男中音。

史蒂文斯 对。

塔布斯先生 真糟糕！不管怎样，他们说您："他是个好白人。他唱歌。"看来，坏白人从来不唱歌。他们有自己的看法，对不对，律师先生？不用说，他们感激您是有原因的。归根结底，您不仅为一个女黑人辩护，而且还不顾您家族的反对为她辩护，碰巧这个善良的女黑人是杀害您侄孙女的凶手。这种情况极少见，而我……

史蒂文斯 您这里只关着黑人吗？

塔布斯先生 差不多。况且，您从外面就能看见他们的手。

史蒂文斯 他们的手？

塔布斯先生 对。在铁栏杆之间。他们整个人，根本看不见，只能看见他们的黑手：他们的手倒不是拍打或者摇动，而是像这样，仅仅放在栏杆中间。晚上我从市里回来，就瞧瞧他们的窗户，数一数手，也就放心了：他们全在。

史蒂文斯 他们都老实待着吗？

塔布斯先生 对，甚至捷夫也算上。然而，他给我们制造了多大麻烦，您还记得吗？

史蒂文斯 不记得了。

塔布斯先生 就是制造了大麻烦。他妻子死了，刚结婚才半个月。他埋葬了妻子。开头，他试着夜晚在野外行走，走累了好能睡着觉，可是根本不顶事。于是，他又试图喝得酩酊大醉好睡觉，还是一点儿事也不顶。于是，他又试图打架斗殴。后来，在赌博掷骰子时，用刮胡刀割了一个白人的喉咙。就这样，他能睡着觉了。反正在一段时间内！治安警官找见他时，他正睡觉，睡在他为结婚、过日子和安度晚年而租的房子的阳台上。不幸的是，治安警官把他叫醒，带到这里。这一下子就闹翻了天，警官、我以及五名黑人囚犯不得不一齐动手，才将他掀翻在地，上了锁链脚镣，才把他制住。他躺在地上，旁边有六个壮小伙子小心看守，生怕他起来。您知道他说什么吗？他说："我就是控制不住自己的想念，我就是控制不住自己的想念。"

史蒂文斯 现在呢？

塔布斯先生　他不再想念了。他终日手抓栏杆，但并不向外张望，而是注视墙壁，双手在栏杆中间有时换换地方。

史蒂文斯　他唱歌吗？

塔布斯先生　不唱，就是这个人不唱歌。结束了。他安静下来，不打扰别人了。要知道，监狱里关的犯人，我更喜欢黑人；白人就没有满意的时候，总是找碴儿指责，总爱批评。黑人则不然，进来一两天，他们就安顿下来，就像在自己家里似的。

〔有人敲门。戈旺进来。

塔布斯先生　好，我去等候史蒂文斯太太。早安，先生。

〔塔布斯先生下。

戈旺　您把我叫来干什么？

史蒂文斯　首先就是要给您这个。

〔他递给戈旺一个包。

戈旺　（看着小包）这是什么？

史蒂文斯　这是信，有人请我转交给您。

戈旺　那人是谁？

史蒂文斯　这对您有什么关系！信您拿到手了，希望您知道怎么处理。

戈旺　您知道吗，您？

史蒂文斯　信一眼不看就烧掉。

戈旺　看信！（他笑起来，是一种冷笑）一个上流社会人士，当然不能看这种信了，哪怕是想了解他妻子的文学天赋。不过，我是个上流社会的人吗？

史蒂文斯　现在您就能拿出表现来。您倒是可以忘掉上流社会，只需做人就行了。

戈旺　看样子您懂得怎么才算做人！可贺、可贺呀。我呢，老实说，我在这个问题上欠了债。（他朝牢门走去）我走了。我不愿意碰见坦普尔。

史蒂文斯　我本来还想请您等她，在她跟南茜说话的时候，留在她身边。

戈旺　肯定不成。我既不想见她，也不想见南茜。

史蒂文斯　南茜也许能帮助您。

戈旺　真的吗？帮助什么？

史蒂文斯　帮助宽恕别人和宽恕您自己。

戈旺　看样子您也懂得怎么才算宽恕！毫无疑问，您是第一流的。

史蒂文斯　（口气激烈地）您在州长那里听到并且看见您妻子之后，什么是痛苦，如果还没有起码的了解，那么您就是最卑劣的人了。

戈旺　（他注视史蒂文斯，突然换上一副哀求的神态。他摇了摇头，现在不看对方，说话声调低沉）如果我是最卑劣的人，那么一切都有救了。不对，我也是个普普通通的人。（他猛然转过身去）噢！我也不知道了，我也不知道了！

〔史蒂文斯走上前，拉住他的胳臂。

戈旺　我走了，盖文。我请你们所有的人原谅。

史蒂文斯　去看看巴奇吧，把信烧毁。然后，您大概还会回来。

〔戈旺犹豫着，想要出去，牢门又锁上了。他敲门。只听哗啦哗啦的钥匙声，塔布斯先生打开门。

塔布斯先生　万分抱歉，可是……（戈旺推开他，出去了。对史蒂文斯）真冲啊，年轻的先生。我锁上门是习惯，不是信不过，请相信，律师先生。

史蒂文斯　我相信。

塔布斯先生　可是，那位年轻的先生，他却疑神疑鬼。这看得出来。请注意，他的怀疑也是有道理的。喏，我有个叔叔，他妻子在一次车祸中丧生。嘿！车祸之后，他对什么都怀疑起来。例如他收到一封信，拿在手中翻过来倒过去，就是不拆开，然后放到桌子上，再围着打转，接着坐下，皱着眉头面对着来信："又有什么事儿啦？"他反复叨咕。总之，他变得多疑了。后来病倒了，还不肯吃药，始终是怀疑心理在作祟。结果他死了。请相信我，律师先生，多几分信赖，对生活总归有帮助。

史蒂文斯 （厌烦地）我希望您还是去接一接史蒂文斯太太。

塔布斯先生 哦，当然……可怜的太太……

〔有人敲门，史蒂文斯不耐烦地摆了摆手，要去开门。坦普尔进来。

塔布斯先生 早安，史蒂文斯太太。您到这儿就跟到家一样。总之，我是说，欢迎您光临。让塔布斯太太给您端一杯咖啡来，您说好吗？

坦普尔 谢谢，塔布斯先生。我们能马上见见南茜吗？

塔布斯先生 当然了，她见到您一定很高兴。我猜想她渴望求您宽恕。她必须感到自己在情理上说得过去了，为了明天。

〔他从左侧门下。

坦普尔 （对史蒂文斯）请求我宽恕？怎么能这样讲呢？您说呢？怎么能这样？

〔南茜从背景的门进来，塔布斯先生跟在后面。南茜进门走了两步就站住了。她仍然穿着在头一幕时的衣裙。

塔布斯先生 好了，律师先生，你们不必着急。

史蒂文斯 时间不会长。

〔塔布斯先生下。南茜漠然地看着两位探监者。

坦普尔 （她朝南茜走去，用手触碰她一下，又住了手）南茜！你到了这儿，而我，你瞧，我从市里来。你关在这儿，而我，却可以随便在街上行走。

南茜 必须如此。（对史蒂文斯）信您给戈旺先生了吗？

〔坦普尔正欲说话，但是被史蒂文斯打断了。

史蒂文斯 对，按照您对我的要求做的。

坦普尔 （愕然失态）您把信给他啦。为什么？有什么用，不是又添乱吗？

南茜 为了让他烧掉。

坦普尔 他会看完后烧掉的。

南茜 他没有看就烧掉了。

坦普尔 换了谁都忍不住要看的，这我知道。现在我看清楚了，我睁开了眼睛。

南茜 也许有很多事儿，他都干得出来。然而，他就是强迫自己，也不可能看他妻子写给另一个男人的信。他把信烧了。

坦普尔 你说谎。就在我们来的这座监狱里，你怎么还能说谎呢？

史蒂文斯 够了，坦普尔。她在这种地方，恰恰值得您听她讲。

南茜 他如果看了信，就会走了，永远离开您了。事情就是这样，有些话看了是忘不掉的。不过，他立刻就烧掉了。他再也不会离开您了，既不会离开您，也不会离开巴奇，除非您本人走了。

坦普尔 我本人，再也不可能做什么了，永远也不会了！我独自决定的最后一件事，就是从加利福尼亚回来，可是太迟了。

南茜 是的，但是昨天晚上，您毕竟还是回来了。我知道昨天夜里，你们在什么地方了，您和他……（她指着史蒂文斯）你们两个人，去见市长了！他说什么啦？

坦普尔 上帝呀！市长！不对！是州长本人——杰克逊！当然了，你一发觉盖文先生昨天晚上没有来这儿，立刻就猜出来了，对不对？其实，你不可能知道的，只有一件事儿，就是州长对我们说了什么，你还是不可能知道。因为我们，州长、盖文先生和我，我们几乎没有谈你。我们要去拜见他的理由，并不是要恳求他，或者申辩，而是因为，这似乎是我的权利、我的义务、我的特权……不要看我！

南茜 我没有看您。况且，一切都很好。我知道州长是怎么回答的。昨天晚上，我就能告诉您他会如何回答，让您避免这趟旅行。我一得知您回到家中，一知道您和他……（她又指了指史蒂文斯，同时不易察觉地点了点头，手收回放到胸前，就好像还穿着围裙似的）我就应该给您捎个信儿。是的，我本应该让您避免这趟旅行，避免这次旅途之劳。但是我没有这样做。不过，一切都非常好……

坦普尔　是应当捎个信儿，那样的话，我也就不会去那里，不会讲了。他们将你绞死，可是去了又怎么样，他们会不遗余力地要绞死你。你为什么没有讲？

南茜　我也不知道，因为我不顾一切，还抱有希望吧。也许会有奇迹发生吧？可是，为什么会为我发生奇迹呢？对，我抱有希望！这是最难摧毁的，人总不免产生希望。这是可怜的罪人所能放弃的最后一样东西，也许这是可怜的罪人还拥有的全部东西。至少他抓住不放，他抓住不放。然而现在看来，并没有奇迹发生，也没有希望了。这样更好，这样非常好……

史蒂文斯　这样真的更好吗？南茜？

南茜　对，再也不需要什么了，只需要相信。（他们带着疑问的表情看着她）仅仅需要相信。现在我知道了，知道州长对你们说了什么。我很高兴。很久以前我就已经接受了，在法庭上，在法官面前就已经接受了。甚至还要往前推：那天晚上，在育婴室里，举起手之前……

坦普尔　（痛心疾首）住口！

南茜　我住口。我会同我们的兄弟妥善处理的。

坦普尔　我们的兄弟？

南茜　妓女和窃贼的兄弟，杀人犯的朋友，就是与他们同时处死的人。我不完全明白他所说的话，但是我爱他，因为他被杀了。

坦普尔　也许他能帮助你对待死。可是，他如何帮助我活下去呢？我知道做什么，我知道自己该做什么。就在那同一天晚上，我也在育婴室里找到了。可是怎么做呢？我不知道。对我来说死容易，然而我应当活下去。怎么活下去呢？

南茜 要信赖。

坦普尔 信赖谁？瞧瞧他们怎么对待我们，对待你和我。如果你想说我必须在某个人面前卑躬屈膝，那么我要在你面前，仅仅在你面前这样做。

〔她笨拙地俯身跪下。

南茜 您起来，没有女主人给女仆人下跪的。再说，另外还有一个主人，而您则是仆人。

坦普尔 我不愿意做他的仆人，我不愿意为那个主人效劳：他非得让你死，就因为八年前我决定和波佩伊出走。

南茜 您出走，是因为您同我一样，喜爱邪恶的东西，当时我们就是这样。这个主人不能阻止我们追求邪恶。不过，为了纠正偏差，他发明了痛苦：痛苦是可怜的人世的真正光明，我信赖他。

史蒂文斯 您说得对，南茜，您是应当信赖。

南茜 谢谢，史蒂文斯先生。您这么说，是因为您想，这会使我更容易过明天那一关。其实我说这话不是为了明天，尽管明天我会害怕。我说这话因为我知道，我们的兄弟会救我的。

坦普尔 （站起来，失态）他从未救过任何人，他连自己都救不了。他们要把你带走，他们要折磨你，而你却忘了他们。

南茜 我没忘他们。要知道，甚至一个女凶手，也能得到宽恕。有一个地方就是这样，我敢肯定，我要去那里。

坦普尔 你要去那里。等你死了，他们就宽恕你了！等你死了，他们就宽恕你了！等你入了地狱，他们就宽恕你了！

南茜 不是入地狱。肯定别处有个地方，您的孩子到了那里，就什么也不记得了，连我这双手也想不起来了。

坦普尔 有个地方，对呀，有个地方，你到那里也能重又找见你的孩子。就是你向我提过的，你在身上怀了半年的孩子。而当你去作乐，我也说不清去做什么。那男人踢你，踢到你肚子上，孩子就失去了。你说呀，难道这世上有一个地方，在那里我们的孩子能宽恕我们吗？难道这世上有个什么地方，人在那儿就不再痛苦，也不再死亡了？

南茜　对。

史蒂文斯　您怀孕的时候，孩子的父亲踢您肚子了吗？

南茜　我不知道。

史蒂文斯　没有打你吗？

南茜　怎么没打。但我不知道他是不是孩子的父亲，无论谁都可能是。

史蒂文斯　无论谁？

南茜　对，史蒂文斯先生。不过，在这方面，我也会得到宽恕的。

〔只听脚步声渐近，大家都停下不动了。又响起钥匙开锁的声响。塔布斯先生进来了。

塔布斯先生　行了吗，律师先生？

〔史蒂文斯看了看南茜。

史蒂文斯　行了。非常好。别了，南茜，我尽了力了。

〔南茜随塔布斯先生走向左侧的门。

坦普尔　（冲上前去）不要丢下我一个人。

南茜　您不是一个人。（她停了停，目视前方。继而，声音低沉地唱起来）

他是河流是石头，
洗净晾干我们的伤口，
他解除我们死的痛苦。

〔南茜跟随看守下。幕后传来关铁门的咣当声、钥匙拧锁眼的声响。继而，看守重又出现，他用钥匙开门，然后等待。

塔布斯先生 就这样，律师先生！今天晚上，她要走很长的路，而且难行！我可不喜欢陪伴她。

〔他拉着朝他们打开的门，等待着。坦普尔站在那里一动不动，直到史蒂文斯碰了一下她的胳臂，她才要移动，可是身子却微微摇晃，非常轻微，马上又挺住了。事情发生得极快，看守来不及走过去扶住她。

塔布斯先生 哎呀！您在长椅上坐一坐吧！我去给您端杯水来。

坦普尔 （已经镇定下来）我好多了。

〔她脚步坚定地走向牢门。看守在观察她。

塔布斯先生 您有把握吗？

坦普尔 （她的脚步更加稳了，她朝看守和牢门走去）请原谅。

塔布斯先生 您别客气，这是非常自然的。无论谁，哪怕是勒死人的女黑人凶犯，怎么能受得了这里的气味。

坦普尔 （朝前走）无论谁，能救我，能帮助我；无论谁，能让我不再孤独，在这不幸的大地上，怀着这颗空虚的心，这颗不道德的心，能让我合上眼睛，能让我最终合上眼睛……

〔传来戈旺的声音。

戈旺 坦普尔！

〔坦普尔和史蒂文斯都站住不动了。戈旺上。他径直走向坦普尔，冲到面前又猛然站住，略一犹豫，便轻声说道：

戈旺 好了，坦普尔，应当回家了。

坦普尔 （停了一下）回家？跟谁呀？

戈旺 跟我呀，巴奇等着我们呢。

坦普尔 跟你一起。对，为什么不行啊！

〔她朝门口走去。

——**幕落**

加缪答记者问（摘要）

一

在文本上，唉！我不得不改变形式。加以裁剪；这不是一个剧本，而是我引进逻辑的一个世界。在法国观众看来，不统一，戏剧是不可思议的……

我喜爱并赞赏福克纳，认为比较透彻地理解他。他尽管没有为戏剧写作，然而在我心目中，他是这个真正悲剧时代的唯一剧作家……留给我们的一个古典主题，却始终具有现实意义，这也许是人世的唯一悲剧：盲目的人撞到自己的命运和责任。这些极为普通的人，虽然穿着西服，要通向伟大，就必须找到一种简单可行的对话。唯独福克纳有此才具，找到了一种激烈的语气、一种紧张的情景，而且激烈紧张到无法容忍的程度，人物必须通过猛烈的超凡之举才能解脱。

摘自《战斗报》（1956年）

二

《安魂曲》并不是一个剧本，而是一部拥有巨大对话场面的小说，而这些场面所满负的历史诗意，连同心理活动的气氛，我都力求保存下来……

我要表现的是戏剧的，而不是小说的一种情节的发展……

我仅仅发展了丈夫这个角色，觉得这个角色很美……

这部剧并没有提出种族问题。福克纳是个非常伟大的作者，不可能不属于全人类。在《安魂曲》中，忍受痛苦的宗教，尤其在第七场景，接上了净化，这种古代的洗礼。

摘自《文学新闻报》（1956年）

三

问：阿尔贝·加缪和威廉·福克纳相会，能向我们提供第一部现代悲剧吗？

答：这个背景已经告诉我们，一种有力的侦探因素进入这出悲剧。况且，所有悲剧都包含这种因素。瞧瞧《厄勒克特拉》或者《哈姆雷特》吧。福克纳深知这一点，便从报上刊登的社会新闻中寻找他作品中的人物，而且乐此不疲。

因此，要有一个秘密，还有一种冲突。这种冲突使人物与他们的命运相对立，并且在他们接受这种命运的结局中得到解决。这就是古典悲剧的钥匙。福克纳运用这种钥匙，打开了现代悲剧的道路。他这部作品，虽然不是为舞台创作的，却完全具有戏剧的那种紧张气氛。在我看来，是最接近某种悲剧理想的一部作品。

问：现代悲剧这个问题，我认为一直令您感兴趣。正是由于这种原因，您才同意将这部《安魂曲》搬上舞台吗？

答：是这个原因。还有我对我认为美国最伟大的小说显而易见的赞赏。要知道，我们生活在一个高度悲剧性的时期，而这个时期还没有戏剧。福克纳让人隐约看到，我们时代的悲剧性，终于到了能孕育出悲剧的时候了。

问：全部困难不是恰恰在于，让现代人讲一种悲剧语言吗？

答：当然了，不过，但愿我已经克服了这种困难。福克纳的急促喘息的语言风格，正是痛苦的特点……

问：痛苦，他的整个宗教的基础……

答：对呀！奇特的宗教，在他最后一部作品《寓言》中表达得更清楚，其象征让人隐约看到，通过痛苦和屈辱有望赎罪。在这里，他把传递他这信息的任务，交给了杀人凶手和娼妓南茜·曼尼戈，这并不是偶然的。

问：他这书名“修女安魂曲”的含义，他向您解释了吗？

答：他？怎么可能。我只见了他十分钟，他连三句话都没有对我讲，没有解释。一旦了解妓院和监狱在他的世界所起的作用，这书名的全部含义也就不言自明了。南茜和坦普尔就是两位修女，进入卑鄙和赎罪的修道院。

问：福克纳的信仰无论怎样模糊，不是同您本人的不可知论相冲突吗？

答：不错，我不相信上帝。然而，这不等于我是无神论者。我甚至可以同意邦雅曼·贡斯当[①]的观点，认为不信教是某种庸俗的……对，过时的东西。

问：可否把这视为您的思想某种变化的信号呢？而且对福克纳的这种兴趣，不是预示可能转而赞成教会的精神，即或不是赞成教会的信条吗？《堕落》的一些读者不禁抱有这种希望。

答：其实他们这样看没有任何依据。我那位法官——忏悔者不是说得明明白白，他是西西里人或爪哇人吗？连基督徒的一点儿影子也没有。同他一样，我对他们当中的任何一人都非常友好。我赞赏他生活的方式、死的方式。我缺乏想象力，

① 贡斯当（1767—1830），法国政治家和作家。

不能追随他多远。顺便提一句，这是我同那个让-巴普梯斯特·克拉芒斯的唯一共同点，而有人硬要把我和他等同起来。这本书，我真希望把它取名为“我们时代的英雄”。起初它仅仅是一部长中篇，收进明年一月要出版的名为“流放与王国”的集子里。不过，我谈起话来就收不住了：绘一幅肖像，一个小先知的肖像，如同今天到处碰到的那种人。他们什么也没有预言，仅仅在自责的同时指责别人。

摘自《世界报》（1956年8月31日）

群魔（1959年）

三部分剧

原著：陀思妥耶夫斯基[①]

关于《群魔》

《群魔》是我列在所有其他作品之上的四五部作品之一。我有多种理由可以说，我是由这部作品哺养长大的。不管怎么说，将近二十年前，我就在舞台上看到它的人物了。他们不仅具有戏剧人物的高度，而且在行为、感情的爆发、出人意料的快速举动方面，无不具有戏剧人物的特点。陀思妥耶夫斯基的小说，也显示了一种戏剧的技巧：他运用对话，而地点与活动则交代几句。从事戏剧的人，不管是演员、导演还是编剧，总能从陀思妥耶夫斯基那里学到所需要的东西。

今天，《群魔》搬上了舞台，为此不得不经过数年的不懈努力。我当然知道，也测量出剧本和这部出色的小说相距有多远！我仅仅试图遵循这部作品的内在运动，也同样由讽刺喜剧走向正剧，再走向悲剧。无论对于文本还是演出，情况均如此：从某种现实主义出发，最终达到一种悲剧的模仿。至于其他方面，我们行进在这个巨大而可笑的、躁动的、充满喧嚣和暴力的世界上，就尽量

---

① 菲奥多尔·米哈依洛维奇·陀思妥耶夫斯基（1821—1881），对欧美和俄国现代文学具有广泛影响的俄国作家。创作以小说为主，其代表作前期有：《被欺凌和被侮辱的》（1861）、《死屋手记》（1861—1862）、《地下室手记》（1864）；中期有：《罪与罚》（1866）；后期有：《白痴》（1868）、《群魔》（1871—1872）、《卡拉马佐夫兄弟》（1879—1880）。

不要失掉痛苦和温情的线路，而正是这一线路将陀思妥耶夫斯基的世界同我们每个人拉近了。现在我们完全知道了，陀思妥耶夫斯基笔下的人物既不怪异，也不荒唐。他们同我们相像，都有同样的心灵。如果说《群魔》是一部预言书，那么不仅仅是因为它宣告了我们的虚无主义，而且还因为它表现了万分痛苦或死亡的灵魂：这些灵魂不能够爱，又为不能爱而痛苦，虽有愿望又不可能产生信仰，也正是今天充斥于我们社会和我们思想界的灵魂。这部作品的题材既是沙托夫谋杀案（受一个真实事件的启发：大学生伊万诺夫被虚无主义者涅恰耶夫杀害），也是当代英雄斯塔夫罗钦的精神冒险与死亡。今天搬上我们舞台的，不仅仅是世界文学的一部杰作，而且还是一部现实的作品。

阿尔贝·加缪

纪念陀思妥耶夫斯基[①]

几个月前，我接待了一位友好的苏联青年，他出语令我十分惊讶，抱怨说俄罗斯的伟大作家没有被充分地翻译成法文。我告诉他，十九世纪伟大的俄罗斯文学，在同时代的各国文学中，在我国是翻译得最多、翻译质量最好的。我反过来也令他惊讶万分，向他断言没有陀思妥耶夫斯基，二十世纪法国文学不会是现在这种局面。为了让他彻底信服，最后我还对他说："您是在一名法国作家的办公室里，在这个积极参与他这时代的思想运动的作家办公室里，仅挂的两幅肖像是谁呢？"他回身看我所指的方向，看到托尔斯泰和陀思妥耶夫斯基的肖像，他那张脸不禁豁然开朗。

我在我年轻朋友的脸上见到的这种光彩，仅此就足以令人忘却如今为隔绝人而聚积的所有愚蠢和残忍。这种光彩，我既没有算到俄罗斯的账上，也没有算到法兰西的账上，而是归功于照耀在边境上的创作的天才：我们在陀思妥耶夫斯基的全部作品中所感到的、几乎不间断的创作的天才。

我在二十岁时遇见这部作品，当时所受到的震撼，过了二十年还在持续。我将《群魔》与三四部伟大作品并列，诸如《奥德赛》、《战争与和平》、《堂吉诃德》以及莎士比亚的戏剧，这些作品构成思想创作高山的冠顶。我起初欣赏陀思妥耶夫斯基，是因为他向我揭示了人性的东西。"揭示"这个词用得很贴切，因为他仅仅告诉我们，我们知道但又不肯承认的东西。再者，他也满足了我单纯追求清醒的一种颇为自得的情趣。然而时过不久，我逐渐经历了我这个时代更为痛苦的悲剧，便更喜爱那位感受并且最深刻表现我们历史命运的陀思妥耶夫斯基了。在我看来，陀思妥耶夫斯

① 这篇文章写于 1955 年，为欧洲广播电台集体悼念陀思妥耶夫斯基而作。

基首先是这样一位作家:他早在尼采之前，就识别出当代虚无主义，并予以界定，预言其可怕的后果，并且试图指出解救之路。他的主题就是他本人所称的“深邃的精神，否定和死亡的精神”，这种精神要求“为所欲为”的无限自由，最后通向毁灭一切或者奴役所有的人。他个人所遭受的痛苦，既参与又拒绝这种精神。他的悲剧性的希望，就是从卑恭治愈耻辱，以放弃治愈虚无主义。

“上帝和不朽性的问题，与社会主义问题是同样的，只是换了个角度”，写出这样的话的人，就知道从今以后，我们的文明要求解救所有的人，否则任何人也得不到解救。不过他也知道，如果忘掉了一个人的痛苦，这种拯救也就不可能普及到所有的人。换言之，他不主张一种不是社会主义的宗教，但是也拒绝一种不是宗教的社会主义，两者都最大限度地取其广义。他从这种方式拯救了真正宗教和真正社会主义的未来，尽管当今世界似乎从两方面都认定他是错误的。这个世界死去还是再生，无论哪种情况，都将证明陀思妥耶夫斯基是正确的。因此，他虽有缺点，而且正因为有这些缺点，才能以他的整个精神境界，支配我们的文学和我们的历史。他今天依然帮助我们生活和希望。

阿尔贝·加缪

出版说明

这个改编本的确定，既参照了本义上的《群魔》的文本，也参照一般单独发表的《斯塔夫罗钦的忏悔》以及陀思妥耶夫斯基创作小说时所写的《笔记》。这三个文本都是鲍里斯·德·施洛埃泽尔翻译的，收在七星诗社藏书版的一个集子里，题为“恶魔”，是本改编剧本的依据。

《群魔》于 1959 年 1 月 30 日在安托万剧院（经理为西莫娜·贝里欧）首次公演。

服装设计 马约
导演 阿尔贝·加缪

人物与扮演者（按出场先后）
格里高列耶夫（叙述者）………米歇尔·莫雷特
斯切潘·特罗菲莫维奇·维尔科文斯基………皮埃尔·布朗夏尔
瓦尔娃拉·彼特罗芙娜·斯塔夫罗钦…………塔尼娅·巴拉绍娃
利甫廷…………保尔·盖伊
齐加列夫…………若望·马尔丹
伊万·沙托夫…………马克·埃罗
维尔钦斯基…………乔治·贝尔热
加加诺夫…………乔治·塞利埃
阿列克赛·伊戈罗维奇…………乔·瓦勒里
尼古拉·斯塔夫罗钦…………皮埃尔·瓦奈克
普拉丝科葳·德罗兹道夫…………夏洛蒂·克拉西

达莎·沙托夫…………娜丁·巴西尔

阿列克赛·基里洛夫…………阿兰·莫代

莉莎·德罗兹道夫…………雅宁·帕特里克

莫里斯·尼古拉耶维奇…………安德烈·乌曼斯基

玛丽娅·第莫菲耶芙娜·列比亚德金…………卡特琳·塞勒

列比亚德金上尉…………夏尔·德奈

彼得·斯切潘诺维奇·维尔科文斯基…………米歇尔·布凯

费德卡…………爱德蒙·塔米兹

修道院修士…………弗朗索瓦·马里埃

利雅姆琴…………若望·穆塞利

第科尼主教…………罗杰·布兰

玛丽·沙托夫　…………妮科珥·凯塞尔

布景

1. 瓦尔娃拉·斯塔夫罗钦家。典雅而豪华的客厅。
2. 菲利波夫公寓。同时呈现的布景：一间客厅和一间小屋。家具陈设简陋。
3. 街道。
4. 列比亚德金住宅。郊区的一间破烂不堪的客厅。
5. 森林。
6. 第科尼住宅。圣母修道院的大客厅。
7. 斯塔夫罗钦家在斯克沃列什尼基的乡间别墅大客厅。

根据演出的需要，这个改编本许多处删节了。这个版本补全了演出台本删掉的段落和场面，放在括号里。

（为恢复这改编剧本的原貌，译者翻译时去掉了括号）

第一部分

三下击打之声响过，场内一片黑暗。一只照明灯光射到叙述者身上，只见他手拎帽子，站在幕前一动不动。

安东·格里高列耶夫——叙述者

（他彬彬有礼，说话带有讥讽的口气，但是脸上却不动声色）

太太们，先生们：

你们要目睹的这些奇特的事件，是在我尊敬的朋友——斯切潘·特罗菲莫维奇·维尔科文斯基教授的影响下，发生在我们这外省的城市。教授在我们中间，始终扮演着一个真正国民的角色。他是自由派和理想主义者；他爱西方、进步和正义，总之，他爱一切高尚的事物。他站得这么高，就不幸想得过多，认为沙皇和大臣个个都同他过不去，于是他到我们中间驻足，以凛然难犯的态度，承担起受迫害的流亡思想家的角色。不过，一年当中有两三次，他的国民忧郁症发作，卧床不起，肚子上放一个热水袋。

他生活在他的朋友瓦尔娃拉·斯塔夫罗钦将军夫人家中。将军夫人在丈夫去世之后，就委托他教育她的儿子尼古拉·斯塔夫罗钦。哦！我忘了告诉你们，斯切潘·特罗菲莫维奇当了两回鳏夫，做了一回父亲。他将儿子送往国外。他的两任妻子年纪轻轻就离开人世，老实说，她们同他在一起生活并不十分快活。一个男人也的确不可能同时爱自己的老婆和正义。因此，斯切潘·特罗菲莫维奇就把全部感情，移到他的学生身上，对尼古拉·斯塔夫罗钦的思想教育非常严格，结果有一天尼古拉逃走了，去过放荡的生活。斯切潘·特罗菲莫维奇就只好同瓦尔娃拉·斯塔夫罗钦终日厮守。瓦尔娃拉对他的友谊是无限的，也就是说时常憎恨他。我要讲的故事就从这里开始。

第一场景

〔幕启，场上是瓦尔娃拉·斯塔夫罗钦家的客厅。

〔叙述者走过去，挨着桌子坐下，开始同斯切潘·特罗菲莫维奇打牌。

斯切潘 唔！我忘了让您切牌了。请原谅，亲爱的朋友，真的，昨天夜晚我没有睡好觉。我有多么后悔，不该在您面前抱怨瓦尔娃拉！

格里高列耶夫 您只不过说，她把您留下是出于虚荣心，她也忌妒您的学识。

斯切潘 说的就是这个。嗳！其实不然！该您出牌了。要知道，那是荣誉和高尚的天使，而我却恰恰相反。

〔瓦尔娃拉·斯塔夫罗钦上。她走到门口站住。

瓦尔娃拉 又打牌！（他们站起来）请坐，接着打牌吧。我还有事情。（她走到左侧一张桌子旁边，查阅文件。两位男士继续打牌，然而，斯切潘·特罗菲莫维奇不时瞥眼瞧瞧瓦尔娃拉·斯塔夫罗钦。她没有看他，但是终于说话了）我还以为，今天上午您一定在写您的书了。

斯切潘 我去花园散步了，随身带着托克维尔[①]的著作……

瓦尔娃拉 您也读过保罗·德·科克的作品。可是您宣布写书有

① 托克维尔（1805—1859），法国作家、政治家。他的著作《美洲的民主》（1835—1840）成为政治自由主义派的《圣经》。

十五年了。

斯切潘 对，材料都搜集了，但是必须综合整理。其实也无所谓！我被人遗忘了。谁也不需要我了。

瓦尔娃拉 如果您不那么经常打牌，别人也不会把您忘得那么快。

斯切潘 不错，我打牌，是不像样子。然而这是谁的责任呢？谁毁了我的职业生涯？哼！让俄罗斯死去吧！王牌。

瓦尔娃拉 谁也没有阻拦，您尽可写一部书，表明别人不该忽视您。

斯切潘 您忘记了，亲爱的朋友，我已经发表了许多著作。

瓦尔娃拉 真的吗？谁还记得呢？

斯切潘 谁？这不！我们的朋友肯定还记得。

格里高列耶夫 当然了。首先有您的讲座，纵论阿拉伯人；其次，您开始研究某一时期某些骑士的异乎寻常的高尚精神；尤其是您那篇论文，论述小城市哈瑙[①]在1413年至1428年间，本来能赢得重要地位，又是什么不为人知的原因，恰恰阻止了它取得这种地位。

斯切潘 您有一种钢铁般的记忆，亲爱的朋友，非常感谢！

瓦尔娃拉 问题不在这儿。问题在于您宣布出书有十五年了，可是一个字还没有写呢。

斯切潘 是啊！没有写，写起来太容易啦！我就是要停留在没有创作结果的状态，停留在孤独的状态！这样他们就会知道他们有多大损失。我要成为一种谴责的化身！

瓦尔娃拉 您会成为谴责的化身，只要别那么经常躺着。

斯切潘 什么？

瓦尔娃拉 对，要成为一种谴责的化身，就必须保持站立的姿势。

斯切潘 不管站立还是躺着，关键是这种思想。况且，我行动，行动，总是遵循自己的原则。这个星期，我还在一份抗议书上签了名。

---

① 哈瑙：德国城市。

瓦尔娃拉　抗议什么？

斯切潘　不知道。当时说……算了，我忘记了。反正得抗议。唉！当年我那时候，完全不一样。那时候，我每天工作十二小时……

瓦尔娃拉　五六小时就足够了……

斯切潘　……我跑各个图书馆，做的摘录笔记一大摞一大摞的。当时我们抱有希望！我们一直谈论到天亮，构筑未来。啊！那时我们多勇敢，像钢铁一样坚强，像磐石一样不可动摇！那真是赛过雅典人的晚会：演奏音乐、西班牙舞曲、对人类的爱、西克斯图斯圣母……我的高贵而忠诚的朋友哇，您知道吗，您知道我丧失的一切吗？……

瓦尔娃拉　不知道。（她站起来）不过我知道，如果你们一直聊到天亮，您就不可能每天工作十二小时。再说，这一切全是空谈！您知道，我终于等来了我儿子尼古拉……我要同您谈谈。（格里高列耶夫站起身，过来吻她的手）很好，我的朋友，您非常知趣。您就待在花园里，过一会儿再回来。

〔格里高列耶夫下。

斯切潘　我的高贵朋友，又见到我们的尼古拉了，多让人高兴啊！

瓦尔娃拉　是啊，我太高兴了。他是我的整个生命。可是，我心里有些不安。

斯切潘　不安？

瓦尔娃拉　对，不要充当护士的角色，我感到不安。咦，您从什么时候起，扎上了红领带？

斯切潘　只是今天才……

瓦尔娃拉　我觉得这不大符合您的年龄。我说到哪儿啦？对，我感到不安，您非常清楚是什么缘故。那么多传言……我是不会相信的，可是那些传言总纠缠我。说他放荡，行凶，决斗，侮辱所有的人，同社会渣滓交往！真荒唐，真荒唐！然而，那若是真的呢？

斯切潘 嗳，不可能！想一想嘛，他小时候爱幻想，多么温和，那忧郁的样子特别可爱。我非常清楚，唯独精英的灵魂，才能感到那种忧伤。

瓦尔娃拉 您忘了，他不是小孩子了。

斯切潘 可他身体很弱。您还记得吧：有时他整夜啼哭。您见过他逼着别人同他打架吗？

瓦尔娃拉 他身体根本不虚弱，您怎往那方面想呢？他的身体不过有些过敏罢了。那时候您也想得出来，深夜把他叫醒，向他讲述您所遭遇的不幸，当时他才十二岁。您就是这样当家庭教师的。

斯切潘 亲爱的天使爱我，他要我把心里话都讲给他听，在我的怀抱里流眼泪。

瓦尔娃拉 天使变了。据说他现在力大无比，我见了会认不出来的。

斯切潘 对了，他在信中对您说了什么？

瓦尔娃拉 他很少写信，而且非常简短，不过语气总是恭恭敬敬的。

斯切潘 您瞧。

瓦尔娃拉 我什么也没有瞧见。您必须丢掉这种习惯：说话等于什么也没有说。况且，事实摆在那儿呢。他在决斗中，重伤了另一位军官，害得他自己丢了军衔，有没有这事儿？

斯切潘 这不算罪过。高贵血统的热忱激励了他。这一切极富骑士风度。

瓦尔娃拉 对。可是，他出入圣彼得堡那种下流的街区，喜欢同强盗和醉鬼为伍，却没有多少骑士风度的味道了。

斯切潘 （笑）哈！哈！这是哈里王子的青春生活。

瓦尔娃拉 您是从哪儿弄来的这套故事？

斯切潘　这故事在莎士比亚的作品中，我高贵的朋友，不朽的莎士比亚，天才作家们的皇帝，总之，是伟大的威廉给我们描述了哈里王子如何同法尔斯塔夫一起放荡。

瓦尔娃拉　我要再读读剧本。对了，您还锻炼吗？您是知道的，您每天要走六俄里①。好。不管怎样，我求尼古拉回家来。您探一探他的意图。我希望把他留在家里，给他说一门亲。

斯切潘　给他说一门亲！哈！这可真浪漫！您已经有了主意？

瓦尔娃拉　对，我想到莉莎，我的女友普拉丝科葳·德罗兹道夫的女儿。她们母女在瑞士，同我的养女达莎在一起……再说，这同您有什么关系？

斯切潘　我爱尼古拉如同爱我自己的儿子。

瓦尔娃拉　爱得并不深。您的儿子，您只见过两次，还包括他出生的那天。

斯切潘　是他姨妈把他抚养大的，我给寄去他母亲留给他的小庄园的收益，而我的心也因久别而痛苦。况且，这是个干瘪的果实，头脑和心灵都很贫乏。他写给我的信，您若是看了，哼！别人会以为他在对一名仆人讲话。我以父亲的全部心意问他愿意不愿意来看我。您知道他怎么回答我吗？他回答说：“如果我回去，那也是为了核查我的账目，也为了把账目完全清了。”

瓦尔娃拉　这回您要彻底学会让人尊敬您。好了，我不打扰您了。这是你们聚会的时刻。朋友、劝酒、打牌、无神论，尤其是气味，烟草和男人的难闻的气味……我走了，您别喝过量了，否则又该腹痛了……一会儿见！（她注视斯切潘，然后耸了耸肩膀）扎一条红领带！

〔瓦尔娃拉下。

① 1俄里合1.067公里。

斯切潘 （还望着她的方向，又看着写字台）噢！残忍、冷漠的女人！我无法当面跟她讲！我要给她写信，给她写信！

〔他走向桌子。

瓦尔娃拉 （重又上场）喂！还有，不要再给我写信了。我们住在同一个宅第，彼此写信未免可笑。您的朋友们到了。

〔瓦尔娃拉下。

〔格里高列耶夫、利甫廷和齐加列夫上。

斯切潘 您好，我亲爱的利甫廷，您好。请原谅我这样激动……别人恨我……对，别人完全恨我。无所谓。尊夫人没有陪您一起来？

利甫廷 没有。女人应当留在家里敬畏上帝。

斯切潘 怎么，您不是无神论者吗？

利甫廷 是啊，嘘！不要这么高声讲出来。正因为如此。一个无神论者的丈夫，就应当教他妻子敬畏上帝。这就能使他更加自由。瞧瞧我们的朋友维尔钦斯基。刚才我遇见他，他不得不自己上集市买东西，因为他妻子在陪伴列比亚德金上尉。

斯切潘 不错，不错，我知道别人怎么议论，然而那并不是真的。他妻子是一个高贵的人。况且，她们全都是高贵的女子。

利甫廷 怎么，不是真的？我是听维尔钦斯基亲口讲的。他劝说他妻子相信了我们的观点，还向她证明了人是自由的，或者天生应当自由。好嘛，她也就自我解放了，后来，她向维尔钦斯基表示，她解除他作为丈夫的职务，打算让列比亚德金代替他。他妻子向他宣布这条消息时，你们知道维尔钦斯基是怎么回答的吗？他对妻子说："我的朋友，在此之前，我对你只有爱；现在，我敬佩你了。"

斯切潘 他是个罗马人哪。

格里高列耶夫 我所听到的情况却相反，当他妻子宣布撤销他时，他放声大哭。

斯切潘　对，对，他有一颗温柔的心。（沙托夫上）这不沙托夫朋友来了。令妹有什么消息吗？

沙托夫　达莎要回来了。既然您问起来，那我就告诉您，她在瑞士同普拉丝科葳·德罗兹道夫和莉莎一起待厌烦了。我对您讲这情况，尽管在我看来，这事儿与您无关。

斯切潘　当然无关了。不过，她要回来了，这是主要的。啊！非常亲爱的朋友们，要知道，远离俄罗斯是生活不了的……

利甫廷　然而，在俄罗斯也生活不下去呀。还需要别种东西，可是什么也没有。

斯切潘　怎么办呢？

利甫廷　必须改变一切。

齐加列夫　是啊，但是你们得不出结果来。

〔沙托夫神情沮丧，走过去坐下，将他的鸭舌帽放在身边。

〔维尔钦斯基和加加诺夫先后上。

斯切潘　您好，我亲爱的维尔钦斯基。您的妻子怎么样……（维尔钦斯基转过身去）好，我们都很爱您，您知道甚至非常爱您！

加加诺夫　我偶然路过，进来看看瓦尔娃拉·斯塔夫罗钦。哦，也许我是多余的人吧？

斯切潘　嗳！嗳！在友情的宴席上，总是有位置的。我们要讨论问题。我知道，发表点儿怪论吓不着您。

加加诺夫　除开沙皇、俄罗斯和家庭，其他什么都可以讨论。（对沙托夫）对不对？

沙托夫　什么都可以讨论，当然不是同您。

斯切潘　（笑）应当为我们的好友加加诺夫的谈话干杯。（他摇铃）假如沙托夫，爱恼火的沙托夫至少给我们这个面子。我们的好友沙托夫，他的确爱发火，就跟火上的牛奶似的。谁若是同他讨论什么，那得先把他捆起来才行。你们瞧，他已经要走了。他又上来火气了。好了，我的好朋友，您知道大家都爱您。

沙托夫 那好，你们就别惹我。

斯切潘 可是谁惹您啦？如果是我，那我就请您原谅。我们的话太多了，这我知道。我们在空谈，还必须行动。行动，行动……或者，总得工作。这二十年来，我不停地吹响起床号，催促人工作。为使俄罗斯重新站起来，就必须给她思想，必须工作。让我们开始工作吧，最后总能有一种个人见解……

〔阿列克赛·伊戈罗维奇送上酒来，随即离去。

利甫廷 目前，应当取消军队和舰队。

加加诺夫 同时取消！

利甫廷 对，为争取世界和平！

加加诺夫 可是，其他国家若是不取消，那不就会企图侵略我们吗？怎么能知道呢？

利甫廷 取消了嘛。这样我们就能知道了。

斯切潘 （兴致大发）嘿！是个怪论，但是有合理的成分……

维尔钦斯基 利甫廷走得太远，因为他觉得无望看到我们的思想占统治地位。我则认为，必须从头开始，同时废除教士和家庭。

加加诺夫 先生们，开玩笑的话，我全能理解，不过，一下子取消军队、舰队、家庭和教士，嗳，不行，嗳，不行，不行……

斯切潘 说说也没有什么害处，一切都可以谈。

加加诺夫 然而照这样说的，一下子，同时都全取消了，不行，嗳，不行，不行……

利甫廷 喏，您认为俄罗斯必须改革吗？

加加诺夫 对，那当然了。我们国家不是什么都那么完善。

利甫廷 那就必须将她肢解了。

斯切潘和加加诺夫 什么？

利甫廷 完全如此。要改革俄罗斯，就必须建立联邦。要建立联邦，首先就得将她肢解。这是无可置疑的。

斯切潘 这值得深思。

加加诺夫 我……嗳！不行，不行，我不能就这样让人牵着鼻子……

维尔钦斯基 要深思，就得花时间。穷困可不等人哪。

利甫廷 应当解决最急迫的事。最急迫的事，首先是让所有的人都有饭吃。书籍、客厅、剧院，以后再说，以后再说……一双靴子胜过莎士比亚的著作。

斯切潘 嗳！这我可不敢苟同。不对，不对，我的好友，不朽的天才照耀在人类的上空。哪怕所有人都赤脚走路，莎士比亚也要大行于世……

齐加列夫 就你们这种样子，你们不会有结果。

〔齐加列夫下。

利甫廷 请允许……

斯切潘 不行，不行，这我是不能允许的。我们热爱人民……

沙托夫 你们并不热爱人民。

维尔钦斯基 什么？我……

沙托夫 （站起来，气冲冲地）你们既不热爱俄罗斯，也不热爱人民。你们同人民失去了联系。你们谈论人民，就像谈论具有异国风俗习惯的远方移民，应当予以同情似的。你们失去了民众，而没有民众的人就没有上帝。因此，你们所有的人，我们也一样，我们所有的人，只不过是微不足道的冷漠的人、迷途者，绝非别的什么。您本人，斯切潘·特罗菲莫维奇，要知道，我也没有把您排除在外，尽管是您把我们大家培养起来的，甚至我还专指您而言。

〔他拿起鸭舌帽，冲向门口。然而，斯切潘·特罗菲莫维奇的声音又使他站住了。

斯切潘 好吧，沙托夫，既然您要这样，那我就同您反目了。现在我们和解吧。（他伸出手去，沙托夫虽握了手，但仍在赌气）为全世界的和解干杯！

加加诺夫 干杯。但是，我不会让别人牵着鼻子走。

〔众人干杯。瓦尔娃拉·斯塔夫罗钦上。

瓦尔娃拉 不打扰你们，请为我儿子尼古拉的健康干杯。他刚刚到家，正在换衣裳，我让他过来见见您的朋友们。

斯切潘 您觉得他怎么样，我的高贵朋友？

瓦尔娃拉 他那样好的气色和神情，令我喜出望外。（她注视众人）对，为什么不讲出来呢：这段时间有多少传闻，因此，让大家瞧瞧我儿子的样子，我是不会不高兴的。

加加诺夫 我们见到他也非常高兴，亲爱的！

瓦尔娃拉 （看着沙托夫）您哪，沙托夫，又同您的朋友见面了，您高兴吗？（沙托夫站起身，但是动作笨拙，碰翻了细木镶嵌的一张小桌）请您把这张桌子扶起来，桌角要损坏的，坏就坏吧。（对其他人）你们在谈论什么呢？

斯切潘 在谈论希望，我的高贵朋友，在谈论光明的未来，那未来已经照亮了我们黑暗道路的尽头……啊！我们遭受多少痛苦和迫害，到了那时就会得到安慰。流亡即将结束，瞧这曙光……

〔尼古拉·斯塔夫罗钦出现在远台，停在门口不动。

斯切潘 啊，我亲爱的孩子！

〔瓦尔娃拉要朝斯塔夫罗钦走去，但是被他冷漠的神情打住了。她不安地注视儿子。沉闷尴尬的气氛持续几秒钟。

加加诺夫 您好吗，亲爱的尼古拉？……

斯塔夫罗钦 很好，谢谢。

〔大家立刻欢呼起来。他朝母亲走过去，亲吻了她的手。

〔斯切潘朝他走去，拥抱他。尼古拉·斯塔夫罗钦冲斯切潘·特罗菲莫维奇微笑，到了其他人中间，又恢复了冷漠的神态。除了沙托夫，大家都向他道贺。

〔然而，他长时间默然无语，也使大家的欢乐情绪降下一度。

瓦尔娃拉 （注视尼古拉）亲爱的，亲爱的孩子，看来你忧伤、烦闷。这很好。

斯切潘 （拿来一只酒杯）我亲爱的尼古拉！

瓦尔娃拉 请您讲下去。我想，我们谈到了曙光。

〔斯塔夫罗钦冲着沙托夫举杯，而沙托夫一言未发便走了。

〔斯塔夫罗钦嗅了嗅杯中酒，没有喝，就将酒杯放到桌子上。

利甫廷 （在全场尴尬片刻之后）对了。你们知道新长官已经上任了吗？

〔维尔钦斯基在左侧角落里，对加加诺夫说了什么话，加加诺夫则回答：

加加诺夫 我可不会让人牵着鼻子走。

利甫廷 看样子他要全打乱了。果真如此，还真叫我惊讶。

斯切潘 什么事儿都不会有。新官上任，有点儿醉意吧！

〔斯塔夫罗钦走过去，坐到沙托夫离开的座位上。

〔他直挺挺地坐在那里，若有所思，脸色阴沉，端详着加加诺夫。

瓦尔娃拉 还要说什么呢？

斯切潘 唔！其实，您了解这种病症！总之，打个比方，派随便一个废物，到最小的车站窗口卖票，这废物为了表明他手中的权力，当您去买票的时候，他就会摆出天神朱庇特的姿态看着您。您明白吧，这废物醉了，他沉醉在行政职务中。

瓦尔娃拉 请您简短点儿……

斯切潘 我的意思是……不管怎样，我也认识新任行政长官，仪表堂堂，对不对，四十来岁吧？

瓦尔娃拉　您怎么知道他仪表堂堂呢？他有一对绵羊的眼睛。

斯切潘　一点儿不错。不过……好吧……面对女士的看法我退让。

加加诺夫　在看到新任行政长官工作之前，还不能批评他，您不这么认为吗？

利甫廷　为什么不能批评他？他是行政长官，这一点就够了。

加加诺夫　请原谅……

维尔钦斯基　俄罗斯正是像加加诺夫这样推理，才深陷无知的境地。就是任命一匹马去当行政长官，他也等着看看它如何工作。

加加诺夫　嗳！对不起，您冒犯我了，我不能允许。我说过……不如这么说……总而言之，不行，不行，我不会让人牵着鼻子走的……（斯塔夫罗钦一副迷惘的神态，穿过舞台，走向加加诺夫。他刚走第一步，全场就肃静了。走到加加诺夫面前，他慢慢抬起手臂，捏住加加诺夫的鼻子，拉着加加诺夫在场上走了几步，但是动作并不粗暴。瓦尔娃拉·斯塔夫罗钦惶恐不安，喊了一声："尼古拉！"尼古拉松开加加诺夫的鼻子，自己倒退了几步，微笑着，若有所思地注视加加诺夫。众人一时愕然，接着场面一阵混乱。其他人围住惊慌失措的加加诺夫，扶他回来，坐到一张椅子上。尼古拉·斯塔夫罗钦则转身走了。瓦尔娃拉六神无主，端起一只酒杯，送给加加诺夫）他……他怎么这样……救救我，救救我！

瓦尔娃拉　（对斯切潘）噢！上帝呀，他疯了，他疯了……

斯切潘　（同样六神无主）哪里，亲爱的，是一种冒失的行为，年轻人……

瓦尔娃拉　（对加加诺夫）请原谅尼古拉，我的好朋友，我恳求您了。

〔斯塔夫罗钦上。他略微停一下，便朝加加诺夫走去；加加诺夫惊恐地站起来。

〔斯塔夫罗钦皱着眉头，快速说道：

斯塔夫罗钦　您当然会原谅我啦！突然产生一种渴望……要干件

蠢事……

斯切潘　（走到斯塔夫罗钦的另一侧，斯塔夫罗钦一副烦闷的样子目视前方）这种道歉不像样，尼古拉。（惴惴不安地）我的孩子，求求您了。您有一颗高尚的心，您受过教育，非常有修养，可是突然间，您向我们显示了神秘而危险的一面。至少可怜可怜您的母亲。

斯塔夫罗钦　（瞧瞧他母亲，又瞧瞧加加诺夫）好吧，我来解释一下。不过，我要悄悄地对加加诺夫先生讲，他会理解我的。

〔加加诺夫胆怯地走上前。斯塔夫罗钦俯过身去，用牙齿咬住加加诺夫的耳朵。

加加诺夫　（岔了声）尼古拉，尼古拉……

〔其他人注视他，还不明白出了什么事。

加加诺夫　（惊恐万状）尼古拉，您咬了我的耳朵。（叫喊）他咬我耳朵！（斯塔夫罗钦放开他，待在原地，脸色阴沉地看着他。加加诺夫惊慌地喊叫着出去）叫警察呀！叫警察呀！

瓦尔娃拉　（走向她儿子）尼古拉，看在爱上帝的分儿上！

〔尼古拉注视他母亲，微微一笑，继而病症发作，仰身跌倒在地。

——黑暗

叙述者：加加诺夫卧床数周。尼古拉·斯塔夫罗钦也一样。后来他病愈下床，诚恳地表示了歉意，便起程旅行，要游历好长时间。他仅仅在日内瓦停留了一段时间，倒不是欣赏这座城市繁忙的景象，而是因为又见到了德罗兹道夫母女。

第二场景

〔瓦尔娃拉·斯塔夫罗钦家的客厅。

〔瓦尔娃拉·斯塔夫罗钦和普拉丝科葳·德罗兹道夫在场上。

普拉丝科葳　唔！亲爱的，不管怎么说，我很高兴将达莎·沙托夫还给你。至于我，我没有什么可说的，只是认为如果她不在那里的话，你的尼古拉和我的莉莎不会闹得这么别扭。要注意，我什么也不知道！莉莎自尊心太强，性子太倔犟，不肯对我讲。不过事实上，他们俩关系冷淡，莉莎觉得丢了脸面，可是天晓得为什么，也许你的达莎了解些情况，尽管……

瓦尔娃拉　我不喜欢这样拐弯抹角，普拉丝科葳。你要说的全说出来吧。你是要我相信，达莎和尼古拉私通了吗？

普拉丝科葳　私通，亲爱的，怎么用这种词儿！再说，我也不愿意让你相信……我太爱你了……您怎么能假设……

〔她擦拭一滴眼泪。

瓦尔娃拉　别哭嘛，我并没有受到冒犯。直截了当地告诉我发生了什么事儿。

普拉丝科葳　什么事儿也没有，对不对？他爱上莉莎，这是肯定的，喏，在这件事儿上，我不会看错。女人的直觉！……可是，你了解莉莎的性格，怎么说呢，又固执又好嘲笑人，对，是这样！尼古拉呢，他也很高傲。多高傲哇，哦！不愧是你的儿子。因此，他受不了别人的嘲笑。而他本人，也是那么挖苦人。

瓦尔娃拉　挖苦人？

普拉丝科葳　对，就是这个字眼儿，反正莉莎不断找碴儿跟尼古拉争吵。有时她发现尼古拉跟达莎说话，她就大发脾气。亲爱的，这真叫人受不了。医生嘱咐我不要生气，而且，我在那湖畔待腻了，又患了牙疼病。后来我听说日内瓦湖能引起牙痛，这是它的一个特点。最后，尼古拉走了。依我看，他们会和好的。

瓦尔娃拉 这次闹别扭也没什么。再说，我太了解达莎了。荒唐，我会把事情弄个水落石出的。

〔瓦尔娃拉摇铃。

普拉丝科葳 不行，我向你肯定……

〔阿列克赛·伊戈罗维奇上。

瓦尔娃拉 告诉达莎，我在等她。

〔阿列克赛·伊戈罗维奇下。

普拉丝科葳 亲爱的，我不该对您谈起达莎。她和尼古拉之间只有过一般谈话，还是高声的，至少当着我的面。可是，莉莎神经过敏，也影响到我。还有那湖水，你不可能知道！不错，湖水很平静，可是叫人心烦。人一心烦，对不对，就要神经过敏……（达莎上）我的达申卡，我的孩子！把您丢下多叫人伤心！我们再也不能像在日内瓦那样，晚上进行有趣的谈话了。啊！日内瓦！再见，亲爱的！（对达莎）再见，我的小乖乖，我的心肝儿，我的鸽子。

〔普拉丝科葳下。

瓦尔娃拉 坐在那儿，（达莎坐下）做刺绣活儿。（达莎从桌子上拿起刺绣的绷子）跟我讲讲你这趟旅行吧。

达莎 （声调平稳，带两分倦意）哦！我玩得很开心，确切地说很长见识。欧洲是让人长见识的地方，对，比起欧洲来，我们太落后了，而且……

瓦尔娃拉 别谈欧洲了，你没有什么特别的事儿要告诉我吗？

达莎 （注视对方）没有，什么事儿也没有。

瓦尔娃拉 不管是思想上、良心上，还是心上，就一点儿事儿也没有？

达莎 （闷闷不乐而口气坚决地）没有。

瓦尔娃拉 我就确信是这样。我从未怀疑过你，把你当做我的女儿看待，还帮助你哥哥。你绝不会做出惹我不快的事，对不对？

达莎 不会，绝不会。愿上帝祝福您。

瓦尔娃拉 听我说，我想到你了。放下刺绣吧，坐到我身边来。（达莎来到她身边坐下）你愿意结婚吗？（达莎注视她）等一等，先别说话，我想到比你年长的一个人。不过，你是通情达理的，况且，他还是个挺漂亮的男人。我指的是斯切潘·特罗菲莫维奇，他当过你的老师，你也始终敬重他。怎么样？（达莎仍然注视她）我知道，他人很轻浮，总好唉声叹气，总过分考虑自己。不过，他有优点，你会珍视的，尤其是我要求你这样。他值得爱，因为他没有自卫能力。我这话你明白吗？（达莎点了点头。发作）我早就确信，早就信赖你。至于他，他会爱你的，因为他必须如此，他必须如此！他必须崇拜你！听我说，达莎，他会对你百依百顺的。你要迫使他服从，否则你就是个笨蛋。不过，永远也不要把他逼迫得忍无可忍，这是夫妻生活的首要一条规则。啊！达莎！最大的幸福，莫过于自我牺牲。况且，你会让我特别高兴，这是主要的。然而，我一点儿也不强迫，要由你自己来决定。说吧。

达莎 （慢吞吞地）如果非如此不可，那我就作此决定。

瓦尔娃拉 非如此不可？你这是指什么呀？（达莎默不做声，低下头）你刚才讲了一句蠢话。我要把你许配给人，这不错，但这绝不是强制的，你明白吧。我忽然想到这事儿，仅此而已。没有什么可隐瞒的，对不对？

达莎 对。我照您的意愿去做。

瓦尔娃拉 这么说，你同意了。那好，我们具体安排一下吧。一举行完婚礼，我就付给你一万五千卢布。从这笔钱里，你给斯切潘·特罗菲莫维奇八千卢布，让他每周接待一次他的朋友。如果他们来的次数太频繁，那就把他们赶出去。况且，有我在眼前。

达莎 关于这件婚事，斯切潘·特罗菲莫维奇对您说什么了吗？

瓦尔娃拉　没有，他什么也没有说。不过，他会说的。（她霍地站起来，将她的黑纱巾抛在肩上。达莎目不转睛地看着她）你真没良心！你想到哪儿去啦？你以为我要害你吗？他会主动来哀求你，低声下气地给你下跪！他会幸福死的，事情就是这样安排的！

〔斯切潘·特罗菲莫维奇进来。达莎站起身。

斯切潘　啊！达申卡，我的美人儿，又见到您真高兴。（他拥抱达莎）您终于回到我们中间啦！

瓦尔娃拉　放开她吧，您有一辈子的时间爱抚她呢。我呢，我有话对您讲。

〔达莎下。

斯切潘　好吧，我的朋友，好吧。可是您知道，我多么喜爱我这小门生。

瓦尔娃拉　我知道。不过，您不要总叫她“我的小门生”。她长大啦！真讨厌！哼，您抽烟啦！

斯切潘　也就是说……

瓦尔娃拉　请坐吧。问题不在这儿，现在的问题是，您必须结婚。

斯切潘　（愕然）结婚？第三次？到了五十三岁？

瓦尔娃拉　是啊，这又怎么样呢？到了五十三岁，这是生命的顶峰。我知道，我也快到这个年龄了。况且，您还是个漂亮男人。

斯切潘　您对我始终这么宽容，我的朋友。不过，不瞒您说……我没有料到。对，五十来岁了，我们还不老，这是显而易见的。

〔斯切潘凝视她。

瓦尔娃拉　我来帮助您，送给新娘的礼物篮子是不会空的。唔！我忘说了，您要娶的是达莎。

斯切潘　（猛一惊跳）达莎……我还以为……达莎！她还是个孩子啊。

瓦尔娃拉　二十岁的孩子，谢天谢地！您的眼珠子不要这样滴溜儿乱转，好吗？您又不是在竞技场上。您是聪明人，可您什么也不懂，您需要一个时刻照顾您的人。等我一死，您怎么办呢？达莎会是您的出色的管家。况且，还有我在，一时半会儿我还死不了。再说，她是个温柔天使。（气冲冲地）您明白吗，跟您说，她是个温柔天使！

斯切潘 我知道，可是，年龄相差悬殊……我本来想……迫不得已，喏，也得找一个我这年纪的人……

瓦尔娃拉 好哇，您就提高她，发展她的心灵。您还给她一个体面的姓氏。您也许成为她的救星，对，她的救星……

斯切潘 那么她呢……您对她讲过吗？

瓦尔娃拉 她那方面您不必担心。自然了，要由您去祈求，恳求她给您这份儿面子，您明白吧。不过，您无需担心，还有我在呢。况且，您爱她。（斯切潘·特罗菲莫维奇站起来，身子站立不稳）您怎么啦？

斯切潘 我……当然，我接受，既然这是您的愿望。不过……我怎么也不能相信，您会同意……

瓦尔娃拉 同意什么呀？

斯切潘 如果没有一个重大原因，一个急不可待的原因……我怎么也不会相信，您能眼睁睁看着我娶……另一个女人。

瓦尔娃拉 （猛然站起来）另一个女人……（她样子极凶地注视他，然后朝房门走去。在到达门口之前，她又转过身来）我永远，永远也不会宽恕您，明白吗？如果您居然想象，哪怕是一秒钟，想象您和我之间……（她正要出去，格里高列耶夫却进来）我……您好，格里高列耶夫。（对斯切潘·特罗菲莫维奇）您是同意了，具体事务由我来安排。我这就去普拉丝科葳家，把这个计划告诉她。您照顾好自己，不要变老了！

〔瓦尔娃拉下。

格里高列耶夫 我们的朋友好像很激动……

斯切潘　也就是说……噢！最后我非得失去耐心，再也不愿意……

格里高列耶夫　愿意干什么……

斯切潘　我同意了，是因为我觉得生活无聊。对我来说，怎么都无所谓。然而，她若是把我逼急了，那就不再无所谓了。那我就会感到受了侮辱，就会拒绝。

格里高列耶夫　您拒绝？

斯切潘　拒绝结婚。噢！我本来不应当说出来！然而，您是我的朋友，我这是自言自语。对，人家要我同达莎结婚，而我同意了，总之，我同意了。到了我这年纪！哼！我的朋友，结婚，就是一颗有点儿高傲、有点儿自由的灵魂的死亡。婚姻将腐蚀我，耗损我的精力，我再也不能为人类的事业效劳了。孩子要出世，天晓得是不是我的。其实不是，他们不是我的孩子，智者能够正视现实。我接受了！因为我感到无聊。不对，并不是因为我感到无聊才接受下来，只不过是，有一笔债……

格里高列耶夫　您在诬蔑自己，娶一个年轻漂亮的姑娘用不着花钱。

斯切潘　唉！我更需要钱，而不是漂亮姑娘……您知道，我没有经营好我儿子继承的他母亲的那个庄园。他要求我偿付欠他的八千卢布。有人指责他是革命分子、社会主义者，要破除上帝、私有财产，等等。关于上帝，我不知道，可是关于私有财产，我可以向您保证，他非常看重他自己的私有财产……况且，对我来说，这是一笔荣誉债，我必须牺牲自己。

格里高列耶夫　这一切会给您带来荣誉。您哪，何必这样黯然神伤呢？

斯切潘　还有别的事儿。我怀疑……喏，您瞧……别看我在她面前那种样子，我也并不那么傻！为什么要这样匆匆忙忙地结婚？达莎在瑞士期间，见到了尼古拉。而现在……

格里高列耶夫 我不明白。

斯切潘 是啊，这里面有奥妙。为什么这样奥妙呢？我不愿意掩盖他人的罪孽！上帝哟，您多么伟大，多么仁慈，您会给我安慰！

〔莉莎和莫里斯·尼古拉耶维奇上。

莉莎 终于又见到他了，莫里斯，那是他，正是他。（对斯切潘·特罗菲莫维奇）您还认得我，对不对？

斯切潘 上帝呀！上帝呀！亲爱的莉莎！终于有这样幸福的一刻！

莉莎 对。我们分开有十二年了。告诉我，您非常高兴，又见到我您非常高兴。您没有忘记您的小门生吧？

〔斯切潘·特罗菲莫维奇跑向莉莎，抓起她的手，端详她，一时激动得说不出话来。

莉莎 这是送给您的一束鲜花。我本来想给您带来糕点，可是，莫里斯·尼古拉建议送鲜花，他多会体贴人心。这是莫里斯：我希望你们成为好朋友。我非常爱他，对，他是我在这个世界上最爱的男人。向我的好老师致敬，莫里斯。

莫里斯·尼古拉耶维奇 非常荣幸。

莉莎 （对斯切潘）又见到您的面，叫人多高兴！然而，我很伤感。在这种时刻，为什么我总伤感呢？您是位有学识的人，您给我解释解释吧。事先我一直在想，又能见到您了，回忆起所有的往事，我一定会乐疯了。可是现在，我一点儿也高兴不起来——然而，我是爱您的。

斯切潘 （手里捧着鲜花）这没什么。我也一样，对不对？我也一样，您瞧，我的眼泪要流下来了。

莉莎 哦，您还有我的画像啊！（她去摘下一幅肖像画）这是我，可能吗？我那时真的长得这么美吗？可是我不愿意看这画像，不看！一种生活过去，另一种生活开始，随后又让位给另一种，就这样没完没了。（瞧着格里高列耶夫）您瞧，我又讲起那些老故事！

斯切潘 我忘记了，真是昏了头，我来给您介绍格里高列耶夫，一位出色的朋友。

莉莎 （有点卖弄风情地）唔，没错儿！是您哪，心腹！我觉得您很讨人喜欢。

格里高列耶夫 我配不上这种荣誉。

莉莎 得了，得了，做一个正直的人，也没有什么可惭愧的。（她转身背对着格里高列耶夫。他则以欣赏的目光注视她）达莎同我们一道回来了，这您当然知道了。她是个天使，我希望她幸福。对了，关于她哥哥，她对我谈了很多情况。那个沙托夫，他怎么样啦？

斯切潘 他呀！一场空梦！他原先是社会主义者，后来又放弃了信念，现在是为上帝和俄罗斯活着。

莉莎 对，有人跟我说过，他有点儿怪。我想认识他。我愿意交给他一些工作。

斯切潘 这当然是个善举了。

莉莎 善举，为什么？我想认识他，我感兴趣……总之，我特别需要找个人帮忙。

格里高列耶夫 我同沙托夫挺熟，如果您高兴的话，我马上去找他。

莉莎 好哇，好哇。很可能我要亲自去一趟，尽管我不愿意打扰他，或者他家里根本没人。可是，一刻钟之后，我们还得回到自己家里。您准备好了吗，莫里斯？

莫里斯·尼古拉耶维奇 我听您的吩咐。

莉莎 很好。您真好。（她朝门口走去，同时对斯切潘·特罗菲莫维奇说）我讨厌心肠不好的男人，哪怕他们相貌堂堂，聪明过人，您也跟我一样吧？人心，这才是主要的。对了，我祝贺您要结婚了。

斯切潘 怎么，您知道……

莉莎　是啊，瓦尔娃拉刚刚告诉我们的。大喜事儿啊！我敢说，达莎没有想到。走吧，莫里斯……

——黑暗

叙述者：我要去瞧瞧沙托夫，既然这是莉莎的要求，而且我已经觉得对莉莎什么都不能拒绝了，尽管我根本不相信她突然萌生那种愿望作出的解释。这就把我，同时也把你们引到不大华贵的街区，引到女房东费利波夫那里；女房东将客房和一间公用客厅，至少她称做客厅的一间房，租给了一些古怪的人，其中有列比亚德金和他的妹妹玛丽娅、沙托夫，尤其是基里洛夫工程师。

第三场景

〔场上布景为一间客厅和一小间客房，即对着院子的沙托夫的房间。客厅靠左侧有一扇门，正对着基里洛夫的房间，靠里端还有两扇门，一扇通门厅，另一扇对着二楼的楼梯。

〔在客厅中间，基里洛夫面对观众，神情十分严肃。他正在做体操。

基里洛夫　一、二、三、四……一、二、三、四……（呼吸）一、二、三、四……

〔格里高列耶夫上。

格里高列耶夫　打扰您了吗？我要找伊万·沙托夫。

基里洛夫　他出去了。您并不打扰我。不过，再有一个动作我就做完了。对不起。（他喃喃数着数，做完他的动作）好了。沙托夫快回来了。您喝茶吗？夜间我喜欢喝茶，尤其是做完体操之后。我来回踱步，走很多路，喝茶一直喝到天蒙蒙亮。

格里高列耶夫 您到天亮才睡觉?

基里洛夫 一直这样，很久以前就开始了。夜晚我思考。

格里高列耶夫 思考一整夜?

基里洛夫 （平静地）对，有此必要。要知道，我感兴趣的是，人出于什么原因不敢自杀。

格里高列耶夫 不敢?您认为自杀的人还不够多吗?

基里洛夫 （心不在焉地）正常来讲，数量还应当多得多。

格里高列耶夫 （讥讽地）依您看，是什么阻止人自杀呢?

基里洛夫 痛苦，因为疯了或者绝望而自杀的人，并不考虑痛苦。然而，出于理性自杀的人，则势必考虑。

格里高列耶夫 怎么，还有出于理性自杀的人?

基里洛夫 很多。假如没有痛苦和偏见，数量还要多，一大批人，无疑是所有的人了。

格里高列耶夫 什么?

基里洛夫 然而，他们要遭受痛苦的念头一生出来，就阻止他们自杀了。即使知道不会有痛苦，但是念头却存在。想象一下，如同房子那么大的一块巨石，砸到您头上，您没有时间感觉到什么，真正感觉到疼痛。即便如此，人也要害怕，吓得倒退。这现象很有意思。

格里高列耶夫 一定有其他原因。

基里洛夫 对……另一个世界。

格里高列耶夫 您是指惩罚吗?

基里洛夫 不，另一个世界。人们已有一种理由活在世上。

格里高列耶夫 难道没有吗?

基里洛夫 没有，活在世上没有理由，因此我们是自由的。活着还是死去无所谓。

格里高列耶夫 您讲这种话，怎么还能这样平静?

基里洛夫 我不喜欢争吵，我也从来不笑。

格里高列耶夫　人怕死是因为热爱生活，因为生活是美好的，仅此而已。

基里洛夫　（猛然发作）这是一种怯懦，无非是一种怯懦！生活并不美好，另一个世界并不存在！上帝不过是由惧怕死亡和痛苦而幻化出来的一个幽灵。要想自由，就必须战胜痛苦和恐惧，就必须自杀。那样一来，上帝就不复存在了，人就终于自由了。因此，历史可以分成两部分：从猴子到上帝的毁灭以及从上帝的毁灭……

格里高列耶夫　到猴子。

基里洛夫　到人的神圣化。（又突然平静下来）敢于自杀的人，就是上帝。还没有人想到这一点，我却想到了。

格里高列耶夫　自杀者已有数百万。

基里洛夫　从来没有人为此而自杀。无不怀着恐惧，没有任何人为了杀掉恐惧，为了杀掉恐惧而自杀的人，立刻就成为上帝。

格里高列耶夫　只怕他来不及了。

基里洛夫　（站起身，轻声地，仿佛不屑似的）真遗憾，您好像要笑起来。

格里高列耶夫　请原谅，我并没有笑。不过，这些话听起来太奇特了。

基里洛夫　为什么奇特？要说奇特，那也是人就这么活着，却想不到这一点。而我呢，不可能再想别的什么了。我这一生就只想这一件事。（他示意俯下身，格里高列耶夫便俯下身）我这一生，就是受上帝的折磨。

格里高列耶夫　您为什么对我这样讲？您并不了解我吧？

基里洛夫　您像我哥哥，他死了有七年了。

格里高列耶夫　他对您影响很大吗？

基里洛夫　没有影响。他从来不讲什么话。可是，您非常像他，简直太像了。（沙托夫上。基里洛夫站起身）我荣幸地通知您，格里高列耶夫先生已经等了您一会儿了。

〔基里洛夫下。

沙托夫　他怎么啦？

格里高列耶夫　不知道。如果我理解了的话，他是要我们大家全自杀，以便向上帝证明并不存在上帝。

沙托夫　不错，他是虚无主义者。他是在美洲被传染上这种病症的。

格里高列耶夫　在美洲？

沙托夫　我是在那里认识他的。我们一起挨饿，一起睡在光板地上。在那个时期，我考虑问题才像所有那些阳痿患者。我们到那里去，是为了通过亲身体验，了解人处于最艰苦的社会条件下是什么状态。

格里高列耶夫　上帝呀！为什么去那么遥远的地方？你们只需走出去二十公里，给人打短工收庄稼就行了。

沙托夫　我知道。可是我们当时就那么傻。这一位还是老样子，尽管我很尊重他身上表现出的那种真正的激情和坚定性。他在那里挨饿，一句怨言也不讲。幸而一位慷慨的朋友寄去钱，我们才能回国。（他注视叙述者）您也不问问我，这位朋友是谁。

格里高列耶夫　是谁？

沙托夫　尼古拉·斯塔夫罗钦。（沉默）您想知道他为什么那么做吗？

格里高列耶夫　我不相信饶舌的人。

沙托夫　对，据说他跟我妻子有关系。哼！有关系又怎么样？（他定睛看着叙述者）钱我还没有还上呢，不过我会还的。我再也不愿跟那一圈子人打交道了。（停顿一下）您瞧，格里高列耶夫，所有那些人：利甫廷、齐加列夫以及其他许多人，诸如斯切潘·特罗菲莫维奇，甚至包括斯塔夫罗钦，您知道他们为什么那样吗？仇恨。（叙述者摆了摆手）是的，他们憎恨自己的国家。假如他们的国家能够突然改革了，变得特别昌盛幸福，他们首先就会痛不欲生。他们就再也不能朝谁脸上吐痰了。可是现在，他们可以啐他们的国家，只想损害它。

格里高列耶夫　那么您呢，沙托夫？

沙托夫　现在我爱俄罗斯，尽管我没有这种资格了。因此，我为俄罗斯的不幸，为自己丧失了资格而伤悲。我当初的那些朋友，他们则指责我背叛了他们。（扭过头去）眼下，我必须挣钱，偿还给斯塔夫罗钦。绝对有此必要。

格里高列耶夫　正因为如此……

〔有人敲门。沙托夫走过去开门。莉莎手拿一叠报纸上。

莉莎　（对格里高列耶夫）哦！您已经到了。（她朝格里高列耶夫走去）昨天在斯切潘·特罗菲莫维奇那儿我就想好了，您肯为我做些事儿。您有机会同这位沙托夫先生谈了吧？

〔她边讲话边注意观察四周。

格里高列耶夫　他本人就在。不过，我还没有容出工夫……沙托夫，这位是伊丽莎白·德罗兹道夫，名字您听说过。她委托我来同您谈一件事情。

莉莎　很高兴认识您，有人向我提起过您。彼得·维尔科文斯基对我说，您是个聪明人。尼古拉·斯塔夫罗钦也对我谈起过您。（沙托夫扭过头去）总之，我有这样一种想法。依我看，一般人不了解我们这个国家。因此我想，有必要把这几年来我们报纸上刊登的社会新闻和有意义的事件搜集起来，出一本书。自不待言，这本书就是介绍俄罗斯。假如您愿意帮助我的话……我需要一位行家，您的工作，我当然会付酬劳。

沙托夫　这个想法挺有价值，甚至相当精明……值得考虑……真的。

莉莎　（十分满意）书一旦售出，利润我们就分成。您负责提供提纲和编纂工作，我则提供点子和所需的资金。

沙托夫 是谁让您想到，这件工作我能干呢？为什么找我而不找另外一个人呢？

莉莎 是这样，我听别人对您的评价，觉得您这人不错，您接受吗？

沙托夫 这件事可行。对，您能把报纸留下吗？我考虑一下。

莉莎 （拍手）啊！我真高兴！等书一出版，我该有多自豪哇！（她不住地环视周围）对了，列比亚德金是不是就住在这里？

格里高列耶夫 哦，对，记得我对您讲过。您想见他吗？

莉莎 见他，对，还不仅仅如此……总之，他要见我……（她注视格里高列耶夫）他给我写了一封信，还有诗；他在信上对我说要揭露什么事儿。我摸不着一点儿头脑。（对沙托夫）您觉得他那人怎么样？

沙托夫 他是个酒鬼，人也不正派。

莉莎 我还听说，他同妹妹住在一起。

沙托夫 对。

莉莎 据说他虐待她？（沙托夫凝视她，没有应声）不错，传闻很多。我要问问尼古拉·斯塔夫罗钦。尼古拉认识他妹妹，据说还非常熟，对不对？

〔沙托夫一直注视她。

莉莎 （突然激动起来）唔！听我说，我要立刻见见她。我必须亲眼见到她，求您帮我这个忙，这事儿绝对有必要。

沙托夫 （过去拿起报纸）报纸您拿走吧，这活儿我不接了。

莉莎 为什么呀？到底为什么？我好像惹您发火啦？

沙托夫 不是这码事儿。这种差事别找我，仅此而已。

莉莎 什么差事？这件事情不是随便想想，我是要做的。

沙托夫 对，现在，您应当回去了。

格里高列耶夫 对，请您回去吧。沙托夫会考虑的，到时候我去拜访您，把考虑的结果告诉您。

〔莉莎瞧瞧他们，嘴里咕哝两句，便溜掉了。

沙托夫 那是个借口，她是来看玛丽娅·第莫菲耶芙娜的。而我还没有那么下流，去参与搞这种把戏。

〔玛丽娅·第莫菲耶芙娜从他背后上场。她手中拿一个小面包。

玛丽娅·第莫菲耶芙娜 你好，沙托什卡！

〔格里高列耶夫点头致意。

〔沙托夫迎上去，挽住玛丽娅·第莫菲耶芙娜的胳臂。玛丽娅走到客厅中央的桌子跟前，将小面包放到上面，又拉开一个抽屉，抽出一副纸牌独自摆，并不理会格里高列耶夫。

玛丽娅·第莫菲耶芙娜 （摆纸牌）一个人待在房间里，我实在待够了。

沙托夫 见到你我很高兴。

玛丽娅·第莫菲耶芙娜 我也一样。这位是……（她指了指格里高列耶夫）我不认识他。欢迎客人！对，同你说说话我总是很高兴，尽管你总不梳头。你过着修士一样的生活，我来给你梳梳头吧。

〔她从兜里掏出一把小梳子。

沙托夫 （笑）我不梳头，是没有梳子。

〔玛丽娅·第莫菲耶芙娜给他梳头。

玛丽娅·第莫菲耶芙娜 真的吗？那好，等以后我的王子回来，我这把梳子就送给你。（她分开一条缝儿）要我告诉你吗，沙托什卡？（她坐下来，开始用纸牌占卜）你人聪明，可是你很无聊，而且，你们全都无聊。我不明白人怎么还会无聊，忧伤不等于无聊。我就忧伤，但是我还寻开心。

沙托夫 你哥哥在时也一样吗？

玛丽娅·第莫菲耶芙娜 你是说我的仆人吧？他当然是我哥哥，但主要还是我的仆人。我命令他：“列比亚德金，送水来！”他就去了。有时，我瞧着他，不该那么笑。他若是醉了就打我。

〔她继续摆纸牌占卜。

沙托夫 （对格里高列耶夫）一点儿不错，她拿他当仆人使唤。他打她，但是她并不怕他，况且，事情一过，她全忘了，一点儿时间概念也没有。（格里高列耶夫摆了摆手）没关系，我可以当着她的面儿讲，她已经把我们丢在脑后，很快就不再听别人讲了，陷入沉思冥想之中。您看到这个小面包了，也许从早晨到现在，她一口东西也没有吃，大概要到明天才会吃下去。

〔玛丽娅·第莫菲耶芙娜拿起小面包，但是目光没有离开纸牌，拿在手里并不吃，在对话过程中又放到桌子上了。

玛丽娅·第莫菲耶芙娜 一次搬家、一个狠毒的男人、一次负心、一张灵床……算了，这些全是谎言。人都可以说谎，纸牌为什么就不会呢？（她打乱纸牌，站起身来）除了上帝的母亲，人人都说谎！

〔她微笑着注视自己的脚。

沙托夫 上帝的母亲！

玛丽娅·第莫菲耶芙娜 对呀，上帝的母亲，大自然，湿润的大地！她又仁慈，又真实。你还记得是怎么写的吧，沙托什卡？“你用泪水浇灌大地，一直润下去一尺深，就能享受一切了。”因此我动不动就流泪，沙托什卡。流泪没有什么不好。流淌的全是快乐的或者可望产生快乐的眼泪。（她泪流满面。她双手搭到沙托夫的肩上）沙托什卡，沙托什卡，你妻子真的离开你了吗？

沙托夫 是真的，她抛弃了我。

玛丽娅·第莫菲耶芙娜 （抚摩沙托夫的脸）不要生气。我也一样，我很伤心。知道吧，我做了个梦，梦见他回来了，我的王子，他回来了。他轻声叫我，对我说："我心爱的，我心爱的，来呀，我们又见面了。"我满心欢喜。"他爱我，他爱我。"我就这样反复说。

沙托夫 也许他真的要来了。

玛丽娅·第莫菲耶芙娜 噢！不会，这只是一场梦！我的王子再也不回来了，只会剩下我一个人。噢，我亲爱的朋友，为什么你从来不问我什么呢？

沙托夫 就因为我知道，你什么也不会对我说。

玛丽娅·第莫菲耶芙娜 哦，对，我什么也不会说。就是把我杀了，就是把我烧死，我什么也不会说，别人永远也不会知道一点儿情况！

沙托夫 你瞧对吧。

玛丽娅·第莫菲耶芙娜 不过，你这人心眼儿好，假如你问我，那好，也许……为什么你不问我呢？问我呀，好好问问我，沙托什卡，我会说的。求求我，沙托什卡，好让我肯开口讲，那样我就会讲了，我就会讲了……

〔沙托夫一声不吭，玛丽娅·第莫菲耶芙娜站在他面前，泪流满面。继而，门厅传来响动和骂骂咧咧的声音。

沙托夫 他回来了，你哥哥回来了。你回屋去，要不他又该打你了。

玛丽娅·第莫菲耶芙娜 （咯咯大笑）哎！是我的仆人吧？哼！有什么大不了的？我们把他打发到厨房去。（可是，沙托夫把她拉向最里端的房门）别担心，沙托什卡，别担心。如果我的王子回来，他会保护我的。

〔列比亚德金上，并随手啪地把门甩上。

〔玛丽娅·第莫菲耶芙娜停在远台，她的脸表情怪异，凝结着一丝鄙夷的微笑。

列比亚德金 （在门口唱歌）

我来告诉你太阳已升起，
它的亲吻似火焰，
森林颤抖又喘息。

谁在那儿？朋友还是仇敌！（对玛丽娅·第莫菲耶芙娜）你，回屋去！

沙托夫　让您的妹妹安静点儿。

列比亚德金　（向格里高列耶夫自我介绍）退役上尉伊格纳斯·列比亚德金，为全世界和朋友们效劳，只要他们忠于友情！噢！无耻之徒！首先，告诉你们所有的人，我爱上了莉莎·德罗兹道夫。她是一颗明星，是一位女骑士，一句话，她是一颗骑马的明星。而我呢，也是个体面的人。

沙托夫　出卖自己妹妹的人。

列比亚德金　（喊叫）什么？又是诽谤！知道吗，我一句话就能让你无地自容……

沙托夫　说出来吧。

列比亚德金　你以为我不敢吗？

沙托夫　不敢，什么上尉，你是个胆小鬼。你要怕你的主人。

列比亚德金　有人向我挑衅，您是证人，先生！好吧，你知道，您知道，这女人是谁的老婆吗？

〔格里高列耶夫走了一步。

沙托夫　谁的？你不敢讲出来。

列比亚德金　她是……她是……

〔玛丽娅·第莫菲耶芙娜朝前走来，她张着口，却一言不发。

——黑暗中

叙述者：这个残疾的不幸女人，是谁的老婆呢？达莎真的失了身吗？而那人又是谁呢？还有，谁引诱了沙托夫的妻子呢？好吧，我们就要得到答案了！当时，我们这座小城的气氛，的确变得十分紧张。最卑劣的一个家伙举着麦秸火把，将一切全烧毁，使所有的人都赤身裸体。请相信我，看到自己的同胞全都赤条条的，一般来说，是一种痛苦的考验。那位人道主义者的儿子，自由派斯切潘·特罗菲莫维奇的孩子，彼得·维尔科文斯基，终于露面了，却是在人们最没有料到的时候。

第四场景

〔在瓦尔娃拉·斯塔夫罗钦府邸。

〔人物：格里高列耶夫和斯切潘·特罗菲莫维奇。

斯切潘　唔！亲爱的朋友，整个事情要决定下来。如果达莎同意，星期日我就要结婚，这实在没有什么好笑的。总之，既然我那位十分亲爱的瓦尔娃拉·斯塔夫罗钦请求我今天来，以便做个全面安排，我就顺从她的旨意。我这样是不是对不起她？

格里高列耶夫　哪里，您一时心乱如麻，仅此而已。

斯切潘　不，我是对不起。我只要想一想，这位慷慨而富有同情心的女子，对我的可鄙的缺点有多宽容！我是个任性的孩子，带着儿童的全部自私，却没有儿童的天真无邪。她照顾我二十年了，而我，就在她收到这些可怕的匿名信的时候……

格里高列耶夫　匿名信……

斯切潘　对，您想象一下：有人向她告发，尼古拉将庄园给了列比亚德金。这个尼古拉是个魔鬼。可怜的莉莎！唔，我知道，您爱她。

格里高列耶夫　谁允许您……

斯切潘　算了，算了，我什么也没有讲。请注意，莫里斯·尼古拉耶维奇也爱她。可怜的男人，我真不想处于他那种地位。况且，我自己的处境也并不容易。无论如何我得对您说，我为自己感到羞耻，我真的给达莎写了信。

格里高列耶夫　我的上帝！您对她说了什么？

斯切潘　嗯！反正……总之，我也给尼古拉写了信。

格里高列耶夫　您疯啦？

斯切潘　不过，我的意图是高尚的。归根结底，假如在瑞士真的发生了什么事儿，或者有了开端，有了苗头，哪怕是有了小小的苗头，我也不得不首先探询他们的内心，唯恐对他们产生什么压力。我是想让他们知道我了解情况，好让他们自主。我所做的纯粹是高尚之举。

格里高列耶夫　可是这很愚蠢！

斯切潘　对，对，很愚蠢。但是又能怎么办呢？事情全定下来了。我也写信通知了我儿子。其实有什么关系！就算是掩饰别人的过错，我也得娶达莎。

格里高列耶夫　不要这样讲。

斯切潘　哼！如果这个星期日永远也不到来，干脆被取消啦！上帝显显灵，从日历上划掉一个星期日，又费什么劲儿呢？哪怕只是向无神论者显示一下威力，表明大局已定，那样也好哇！她会以为同意结婚，是由于畏惧或者穷困吗？我这样做，完全是为了她一个人。

格里高列耶夫　您说的是谁呀？

斯切潘　就是瓦尔娃拉呗。二十年来，她是我崇拜的唯一女子。（阿列克赛·伊戈罗维奇引沙托夫上）哈！我们爱发火的朋友来了，想必您是来看您妹妹的……

沙托夫 不是。我收到瓦尔娃拉·斯塔夫罗钦的邀请，因为事情牵连到我。警察局要传讯我们，我想就是这样讲的。

斯切潘 哪里，哪里！这种说法不错，尽管我不知道用在什么场合，对您是否合适。对了，我们亲爱的瓦尔娃拉还在做弥撒。至于达莎，她在自己的房间。要不要我吩咐人叫她。

沙托夫 不要。

斯切潘 这事儿就不谈了。这样更好，越往后推越好。您一定知道瓦尔娃拉对她的安排。

沙托夫 知道。

斯切潘 好极了，好极了！既然如此，咱们就不谈了，咱们就不谈了。我当然理解您感到意外。我本人也一样，事情突如其来……

沙托夫 住口。

斯切潘 很好。说话客气点儿，我亲爱的沙托夫，至少今天要注意。对，同我说话耐心一点儿，我的心情很沉重。

〔瓦尔娃拉·斯塔夫罗钦以及普拉丝科葳由莫里斯·尼古拉耶维奇搀扶着上场。

普拉丝科葳 多丢人！多丢人哪！莉莎也跟着掺和，而这种事儿……

瓦尔娃拉 （摇铃）住口！你看到什么地方丢人啦？那个可怜的姑娘不懂什么道理。要慈悲一点儿，我亲爱的普拉丝科葳！

斯切潘 什么？出什么事儿啦？

瓦尔娃拉 没什么。一个可怜的残疾姑娘，在做完弥撒出门时，扑倒在我的膝下，亲我的手。（阿列克赛·伊戈罗维奇上）上咖啡……不要给马卸套。

普拉丝科葳 在大庭广众之下，大家都围观！

瓦尔娃拉 当然在大庭广众之下！感谢上帝，教堂人都满了！我给了她十卢布，把她扶起来了。莉莎还想把她送回家。

〔莉莎拉着玛丽娅·第莫菲耶芙娜上。

莉莎　不行，我考虑过了。我想你们大家都会愿意进一步了解玛丽娅·列比亚德金。

玛丽娅·第莫菲耶芙娜　多漂亮啊！（她瞧见沙托夫）怎么，你在这儿，沙托什卡！你到这上流社会来干什么？

瓦尔娃拉　（对沙托夫）您认识这个女人？

沙托夫　认识。

瓦尔娃拉　她是谁？

沙托夫　您自己瞧瞧嘛。

〔她不安地打量玛丽娅·第莫菲耶芙娜。

〔阿列克赛·伊戈罗维奇端着托盘和咖啡上。

瓦尔娃拉　（对玛丽娅·第莫菲耶芙娜）亲爱的，刚才您浑身发冷。喝下这杯咖啡，暖暖身子吧。

玛丽娅·第莫菲耶芙娜　（微笑）哦！对。您借给我的头巾，我忘记还给您了。

瓦尔娃拉　您留着用，它是您的了。请坐，喝您这杯咖啡，不要怕。

斯切潘　亲爱的朋友……

瓦尔娃拉　喂！您哪，还是免开尊口，您不掺和进来，局面就够复杂的了！阿列克赛，去叫达莎下来。

普拉丝科葳　莉莎，现在我们必须离开。你不适于待在这里，这座住宅里没有我们什么事儿了。

瓦尔娃拉　这是多余的话，普拉丝科葳。感谢上帝，这里只有朋友。

普拉丝科葳　如果全是朋友，那再好不过。其实我呢，并不怕舆论。倒是你，那么心高气傲，在众人面前要发抖的。倒是你害怕真相。

瓦尔娃拉　什么真相，普拉丝科葳？

普拉丝科葳　就是这位。

〔她指着玛丽娅·第莫菲耶芙娜。玛丽娅见有人指向她，便笑起来，同时不停地扭动。

〔瓦尔娃拉面失血色，站起身，嘴里咕哝着别人听不见的话。

〔达莎从远台上场，除了斯切潘·特罗菲莫维奇，谁也没有看见她。

斯切潘 （打了几下手势，要引起瓦尔娃拉·斯塔夫罗钦的注意）达莎来了。

玛丽娅·第莫菲耶芙娜 哦！她多美呀！喂！沙托什卡，你妹妹长得不像你。

瓦尔娃拉 （对达莎）你认识这个人吗？

达莎 我从来没有见过她。不过我猜想，她是列比亚德金的妹妹。

玛丽娅·第莫菲耶芙娜 对，他是我哥哥，但主要还是我的仆人。我也一样，亲爱的，我原先不认识您。可是，我很想遇见您，尤其是我听仆人说您给了他钱之后。现在见了面我很高兴，我要对您说，您很可爱，对，很可爱。

瓦尔娃拉 是什么钱哪？

达莎 尼古拉·斯塔夫罗钦到瑞士时，委托将一笔钱交给玛丽娅·列比亚德金。

瓦尔娃拉 尼古拉？

达莎 尼古拉本人。

瓦尔娃拉 （沉吟半晌）好吧。他做了这件事，如果说没有告诉我，那自有他的道理，我也不想了解。不过，将来你要慎重一些。那个列比亚德金名声不好。

玛丽娅·第莫菲耶芙娜 唔！是不好。他若是来了，就打发他到厨房去，他待在厨房里才合适。给他喝咖啡就行了，真的，我从心里就瞧不起他。

阿列克赛·伊戈罗维奇 （上）一位叫列比亚德金的先生，坚持让人通禀。

莫里斯·尼古拉耶维奇 请允许我告诉您，夫人，他那个人不宜在社交场合接待。

瓦尔娃拉 然而我要接待他。（对阿列克赛·伊戈罗维奇）让他进来吧。（阿列克赛·伊戈罗维奇下）干脆全告诉你们吧，我接到几封匿名信，信上告知我儿子是个魔鬼，并要我提防一个残疾的女子，说她被选中到我的生活里起重大作用。我要弄个水落石出。

普拉丝科葳 同样，我也收到了这种信。你知道，信上说这个女人和尼古拉……

瓦尔娃拉 我知道。

〔列比亚德金上，他情绪激动，但是并没有喝醉。他走向瓦尔娃拉·斯塔夫罗钦。

列比亚德金 我来这里，夫人……

瓦尔娃拉 您坐到那张椅子上吧，先生，您在那儿说话，也照样能让人听见。（他调头，走过去坐下）现在，您能自我介绍一下吗？

列比亚德金 （起立）列比亚德金上尉。我来这里，夫人……

瓦尔娃拉 这人是您的妹妹吗？

列比亚德金 是的，夫人。我没有看住，让她溜出来了，因为……请别以为我想诋毁自己的妹妹，可是……

〔他做了个手势，指了指太阳穴。

瓦尔娃拉 遭遇这种不幸已有很久了吗？

列比亚德金 自从那个确定的日期，夫人，对，那个确定的日期……我来这里是感谢您接待她。这是二十卢布。

〔他朝瓦尔娃拉·斯塔夫罗钦走去，其他人都有所动作，仿佛要保护她。

瓦尔娃拉 看来，您丧失理智了。

列比亚德金　没有，夫人。您住豪宅，列比亚德金住陋室，可是我妹妹玛丽娅，本家姓列比亚德金，没有夫姓的玛丽娅，只能接受您给她的十卢布。从您手中，夫人，唯独从您手中，她什么都可以接受。然而，她一只手接，另一只手则登记赠给您的一家慈善机构。

瓦尔娃拉　要登记，到我的门房那儿，先生，您走的时候可以办一下。因此，我请您把钱收好，别在我的面前举着乱晃。我也感谢您能回到座位上。现在您来解释吧，告诉我，为什么我给的，您妹妹都能接受呢？

列比亚德金　夫人，这是个秘密，我要带到坟墓里去。

瓦尔娃拉　为什么这样？

列比亚德金　我能向您提个问题吗，公开地，按照俄罗斯方式，从心灵深处，行吗？

瓦尔娃拉　我洗耳恭听。

列比亚德金　人能仅仅因为心灵过分高尚就死去吗？

瓦尔娃拉　我从来没有提过这样的问题。

列比亚德金　从来没有，真的？嗯，果真如此……（他用力拍着胸脯）无望的心哪，你就沉默吧！

〔玛丽娅·第莫菲耶芙娜咯咯大笑。

瓦尔娃拉　不要打谜语了，先生，回答我的问题。为什么我给的她全可以接受？

列比亚德金　为什么？啊！夫人，几千年来，自然万物天天冲着造物主呼喊："为什么？"但是一直等不来答案。难道必须由列比亚德金一个人来回答吗？难道这公正吗？我希望名叫巴维尔，但是我名叫伊格纳斯……为什么？我是诗人，骨子里的诗人，而我的生活如同猪狗。为什么？为什么？

瓦尔娃拉　您大言不惭，而我认为这是一种放肆的行为。

列比亚德金　不对，夫人，根本不是放肆。我不过是个伪君子，而伪君子是不发牢骚的。人有时不得不充当家族的败类，也不能把家丑张扬出去。因此，列比亚德金不会发怨言，多一句话他也不讲。要承认，夫人，他的心灵很高尚！

〔阿列克赛·伊戈罗维奇上，他的情绪非常激动。

阿列克赛·伊戈罗维奇　尼古拉·斯塔夫罗钦到。

〔众人的目光不约而同转向门口。

〔只听传来急促的脚步声。彼得·维尔科文斯基上。

斯切潘　怎么……

普拉丝科葳　怎么是……

彼得　我向您致敬，瓦尔娃拉·斯塔夫罗钦。

斯切潘　彼得，这不是彼得——我的孩子吗？

〔他冲过去，紧紧搂住彼得。

彼得　好，好。别这么激动。（他挣脱拥抱）你们想想看，我进来时，以为准能见到尼古拉·斯塔夫罗钦，可是不见人影儿。半小时之前，他是在基里洛夫家同我分手的，约好在这里见面。不过，他也快到了。我很高兴能向你们宣布这个好消息。

斯切潘　我可有十年没有见着你了。

彼得　那就更不能由着自己的性子。要稳重一点儿！啊！莉莎，我真高兴！您这位十分可敬的母亲没有把我忘记吧？您这两条腿怎么样？亲爱的瓦尔娃拉·斯塔夫罗钦，事先我通知了父亲，他自然丢在脑后……

斯切潘　我的孩子，真叫人乐不可支！

彼得　对，你爱我。不过，你要安静点儿。哈！尼古拉到啦！

〔斯塔夫罗钦上。

瓦尔娃拉　尼古拉！（斯塔夫罗钦听到呼唤他的声调，便站住了）站在那儿别动，我要您立刻回答我，这个女人，是否真的是您的合法妻子？

〔尼古拉注视母亲，微笑起来，然后走过去，亲吻她的手。

〔他又同样以沉稳的脚步，走向玛丽娅·第莫菲耶芙娜。

〔玛丽娅站起来，脸上呈现欣喜而痛苦的表情。

斯塔夫罗钦 （以异乎寻常的和蔼和温柔的态度）您不应当待在这里。

玛丽娅·第莫菲耶芙娜 现在，我能在这里，跪到您面前吗？

斯塔夫罗钦 （微笑）不能，您不能这样做。我既不是您的哥哥，也不是您的未婚夫，更不是您的丈夫，对不对？挽上我的胳臂。请您允许我把您送回您哥哥身边。（她恐惧地朝列比亚德金瞥了一眼）一点儿也不要怕。现在有我在跟前，他再也不会碰您了。

玛丽娅·第莫菲耶芙娜 嗳！我什么也不怕。您终于回来了。列比亚德金，去吩咐把马车赶过来。

〔列比亚德金下。

〔斯塔夫罗钦把胳臂递给玛丽娅·第莫菲耶芙娜，她挽上他的胳臂，脸上容光焕发。然而她走路时，不料失足要摔倒，幸好被斯塔夫罗钦托住。

〔他带玛丽娅走向门口，态度十分恭敬，而周围一片寂静。

〔莉莎一脸憎恶，从坐椅上起来，重又坐下。

〔等二人一走出去，全场才喧闹起来。

瓦尔娃拉 （对普拉丝科葳）怎么样，你听见他说的话了吧？

普拉丝科葳 当然了，当然了！可是，为什么他不回答你的问题呢？

彼得 那是他不能够，请相信我！

瓦尔娃拉 （突然注视彼得）为什么？您了解什么情况？

彼得 我全部了解呀！说来话太长，尼古拉不好那么叙述。不过，自始至终我是见证人，可以把事情告诉您。

瓦尔娃拉 您要以名誉向我保证，您的叙述不会伤害尼古拉的感情……

彼得 恰恰相反！……他还会感谢我讲了呢……喏，五年前，我们一同在彼得堡，而尼古拉，怎么说呢，他过的生活……有点儿糟蹋人。对，这个词儿最贴切。他过着无聊的日子，又不想灰心丧气，既然无事可干，就不管是什么人，随便结伴出去，反正心灵高尚，对不对，也不失大贵绅的派头。总之，他同一些坏家伙来往，从而认识了这个列比亚德金，一个小丑，一个寄生虫。列比亚德金兄妹生活极为困苦。有一天在小酒馆里，有人对这个瘸腿姑娘不礼貌。尼古拉站起来，抓住那个侮辱人的家伙的脖领，一个耳光就把他扇到门外去了。就这些。

瓦尔娃拉 什么……“就这些”？

彼得 对，事情全由这儿引起的。瘸腿姑娘爱上了她的骑士，而尼古拉还没有对她说上两句连贯的话。大家都嘲笑她，唯独尼古拉不开玩笑，对她很敬重。

斯切潘 还真有点骑士风度。

彼得 对，您瞧，我父亲站在瘸腿姑娘一边。基里洛夫，他可不是这种看法。

瓦尔娃拉 为什么呢？

彼得 他对尼古拉说：“就因为您把她当做侯爵夫人那样对待，害得她完全昏了头，而您是故意这样干的。”

莉莎 那么骑士又是怎么回答的呢？

彼得 他回答说：“甚里洛夫，您以为我在嘲弄她，实在是错了。我尊重她，因为她比我们所有的人都强。”

斯切潘 高论！怎么说的……对，再来一遍，骑士风度……

彼得 对，骑士风度！不幸的是，瘸腿姑娘竟然想象尼古拉是她的未婚夫。总之，尼古拉必须离开彼得堡时，也做了安排，确保瘸腿姑娘领一笔年金。

莉莎 为什么这样安排？

彼得 我也不知道。也许是率性而为吧，一个天生就有点厌世的人，往往就会这样，对不对？基里洛夫则认为，这是一个年轻人无聊的胡闹，要瞧瞧能把一个半疯的残疾姑娘引到什么地步。但是我可以肯定这不是真的。

瓦尔娃拉　（异乎寻常地慷慨激昂）当然啦！这才是我的尼古拉，完全随我！这种冲动、这种盲目的慷慨，保护弱者、残疾人，也许还保护不配保护的人……（她注视斯切潘·特罗菲莫维奇）……这么多年，是谁保护着这个人？是我，完全是我！噢！我对尼古拉罪过有多大呀！至于这个可怜的女人，事情非常简单，由我来收养。

彼得　您这样做很好。因为，她哥哥总折磨她。他想象自己有权支配妹妹的年金。他不仅夺走妹妹所拥有的一切，还经常打她，不仅夺走她的钱，还拿去喝酒，还冒犯她的恩人，扬言不把年金直接交给他，就把她的恩人告上法庭。总而言之，尼古拉自愿的馈赠，自愿的馈赠，对不对？他却看成是一种义务。

莉莎　什么义务？

彼得　嗳！我哪儿知道！他谈到名誉，谈到他妹妹和家庭。名誉，对不对，是一句空话，非常空泛。

沙托夫　真的是一句空话吗？（所有目光都移向他）达莎，依你看，这是句空话吗？（达莎注视他）回答我。

达莎　不是，哥哥，名誉实际存在。

〔斯塔夫罗钦上。

〔瓦尔娃拉起身快步迎上去。

瓦尔娃拉　尼古拉呀！你原谅我吗？

斯塔夫罗钦　要得到原谅的是我，母亲。我本来应当向您解释。不过我确信，彼得·维尔科文斯基会费心告诉您的。

瓦尔娃拉　是啊，他告诉我了。我真高兴……你的行为具有骑士风度。

斯切潘 妙，这个词儿用得恰到好处。

斯塔夫罗钦 骑士风度，真的！你们是这样看待事物的。想必多亏了彼得·维尔科文斯基，我才受到这种赞扬。应当相信他，母亲，他只是碰到特殊的情况才说谎。（彼得·维尔科文斯基和他相视而笑）好，再次请您原谅我的态度。（声音生硬而冷淡地）不管怎样，这事儿现在就了结了。

〔莉莎发出一阵狂笑。

斯塔夫罗钦 您好，莉莎，但愿您身体无恙。

莉莎 请您原谅。您一定认识莫里斯·尼古拉耶维奇。上帝呀，莫里斯，人怎么能如此高大呢？

莫里斯 我不明白。

莉莎 哦！没什么……刚才我是想……假如我有残疾，您带我上街，您就有了骑士风度，对不对，您还会忠于我吗？

莫里斯 当然了，莉莎。可是，为什么提起这种不幸呢？

莉莎 当然了，您就有了骑士风度。这样，您那么高大，而我有点伛偻，我们就成了可笑的一对。

〔瓦尔娃拉·斯塔夫罗钦走向莉莎，普拉丝科葳·德罗兹道夫也走向女儿。

〔然而，斯塔夫罗钦却转身，朝达莎走去。

斯塔夫罗钦 我听说您要结婚了，达莎，我应当向您道贺。（达莎扭过头去）我是诚心诚意地祝贺。

达莎 我知道。

彼得 为什么要祝贺呢？看来有什么喜事儿吧？

普拉丝科葳 对，达莎要结婚了。

彼得 哦！好极了，也同样接受我的祝贺吧。不过，您这样可就赌输了。您在瑞士时对我说过，您一辈子也不结婚。毫无疑问，这是一种传染病。您知道我父亲也要结婚吗？

斯切潘 彼得！

彼得　是啊，你不是写信告诉我了吗？你的笔调不清晰明确，这倒是真的。你说自己喜出望外，接着又求我救救你；你对我说那姑娘是颗钻石，可是又说你不得不结婚，以便掩饰别人在瑞士犯下的罪过；你请求我同意，这真是颠倒的世界！可你又哀求我把你从这桩婚姻里救出去。（对其他人，口气快活地）你们想想清楚吧！他这代人就是这样，高谈阔论，而思想混乱！（他似乎觉出他这话产生的效果）唉，怎么……我好像干了件蠢事儿……

瓦尔娃拉　（满脸通红，朝他走去）斯切潘·特罗菲莫维奇在给您的信上，就是这样一字不差地写的吗？

彼得　对，信就在这儿。这封信很长，他所有的信都一样。应当承认，他的信我全看不到头。况且，这对他无所谓，他主要是为后世写的。不过，他所写的没有一点儿害处。

瓦尔娃拉　尼古拉，这桩婚事，斯切潘·特罗菲莫维奇是不是也通知你啦？想必也是同样的笔调吧？

斯塔夫罗钦　他的确给我写了信，但那是一封非常高尚的信。

瓦尔娃拉　够啦！（她转向斯切潘·特罗菲莫维奇）斯切潘·特罗菲莫维奇，我等您帮一个大忙，我等您出门，此后再也不要出现在我面前。

〔斯切潘·特罗菲莫维奇朝她走去，不卑不亢地施了一礼，接着又走向达莎。

斯切潘　出了这些事儿，达莎，请原谅我。我感谢您接受了我的求婚。

达莎　我原谅您，斯切潘·特罗菲莫维奇。我对您只感到友情和敬意。而您，对我至少保留您这份儿尊重。

彼得　（连连拍自己的脑门）唔，我明白了！怎么，是跟达莎结婚？请您原谅，达莎，原先我不知道。我父亲如果不尽写空话，长点儿脑子告诉我一声也好哇。

斯切潘 （注视彼得）你能什么也不知道！你不是在演戏吧？

彼得 喂，瓦尔娃拉·斯塔夫罗钦，您瞧瞧吧，他不仅是个老顽童，还是一个很凶的老顽童。我怎么能明白呢？一种罪过，在瑞士！你们想想清楚吧！

斯塔夫罗钦 住口，彼得，您父亲这么做很高尚。而您，又冒犯了我们大家都尊敬的达莎。

〔沙托夫起身走向斯塔夫罗钦。

〔斯塔夫罗钦冲沙托夫微笑，可是等他走到近前就不笑了。众人都注视他们二人。

〔一时冷场，继而，沙托夫用尽全力，扇了斯塔夫罗钦一个耳光。瓦尔娃拉尖叫一声。

〔斯塔夫罗钦抓住沙托夫的肩膀，然后又放开，双手背到身后，凝视沙托夫。在他的逼视下，沙托夫后退。

〔斯塔夫罗钦微微一笑，略施一礼，便出去了。

莉莎 莫里斯，过来，把您的手给我！大家瞧瞧这个人，他是最好的。莫里斯，我当着大家的面，明确地向您表示，我同意做您的妻子！

莫里斯·尼古拉耶维奇 您能肯定吗？莉莎，您能肯定吗？

莉莎 （她泪流满面，望着斯塔夫罗钦出去的那扇门）对，对，我能肯定！

第二部分

第五场景

〔在瓦尔娃拉·斯塔夫罗钦宅第。

〔阿列克赛·伊戈罗维奇左臂上搭着一件大衣、一条围巾和一顶帽子。

〔斯塔夫罗钦站在他面前穿衣服要出门。彼得·维尔科文斯基一副赌气的样子，站在桌子旁边。

斯塔夫罗钦 （对彼得）如果您再像刚才那样对我讲话，我就让您尝尝我的手杖。

彼得 我的建议中，根本没有冒犯人的地方。假如您真想娶莉莎……

斯塔夫罗钦 ……您能给我除掉唯一阻挡我的障碍。我知道，我替您讲了，免得您挨我的手杖。手套，阿列克赛。

阿列克赛 下雨了。先生，您什么时候回来呢？

斯塔夫罗钦 最迟下午两点。

阿列克赛 听候您的吩咐。（斯塔夫罗钦拿起手杖，准备从小门出去）愿上帝保佑您，先生。不过，只有当您干好事儿的时候。

斯塔夫罗钦 什么？

阿列克赛 愿上帝保佑您，不过只有当您干好事儿的时候。

斯塔夫罗钦 （沉吟片刻，接着把手放到阿列克赛的胳臂上）我善良的阿列克赛，我还记得你抱着我的那个时刻。

〔他出门了。

〔阿列克赛从远台下。

〔彼得·维尔科文斯基扫视周围，接着去翻一张写字台的抽屉，掏出几封信来看。

〔斯切潘·特罗菲莫维奇上。

〔彼得·维尔科文斯基藏起信件。

斯切潘 阿列克赛·伊戈罗维奇对我说你在这儿，我的儿子。

彼得 咦，你在这座房子里干什么？我想你已经被人赶出去了？

斯切潘 我来取我剩下的一些物品。这就离开，心里既不怀怨恨，也不抱回来的希望。

彼得 算了吧，你还要回来的！一只寄生虫，总归是一只寄生虫。

斯切潘 请问，我的朋友，你就不能换一种说法吗？

彼得 你一贯这么说，要把事实看得比什么都重。事实上，你佯装爱瓦尔娃拉·彼得罗芙娜，她却佯装没有看出你爱她。作为这种幼稚行为的代价，她就供养你。因此，你是一只寄生虫。昨天我向她建议，将你安置到一家合适的收容院里。

斯切潘 你对她谈了我？

彼得 对。她跟我说，明天她要同你谈一谈，以便把问题彻底解决了。事实上，她还愿意看你的鬼脸。她把你的信给我看了。真把我笑坏了，上帝呀，真把我笑坏了！

斯切潘 笑话？你长的是一颗什么心哪？你知道一个父亲是怎么回事吗？

彼得 你已经教我懂得了是怎么回事儿。你既不给我吃，也不给我喝。还有我吃奶的时候，你就把我放到邮车上寄往柏林，就像寄一个包裹。

斯切潘 没良心的家伙！我尽管把你放到邮车上寄走，可是我的心却不停地流血！

彼得 空话！

斯切潘　你是不是我的儿子，魔鬼？

彼得　你比我更清楚。不错，在这件事情上，做父亲的总好产生幻想。

斯切潘　你还不住口？

彼得　不，不要哭哭啼啼的。你就跟民间的一个老太太似的，动不动就流几滴眼泪，假哭两声，况且，整个俄罗斯也哭哭啼啼，幸而我们要改变这一切了。

斯切潘　我们，谁？

彼得　我们这些正常的人。我们要再造世界，我们是救星。

斯切潘　你现在这种状态，怎么还能代替基督，为人类造福呢？你瞧瞧自己这样子嘛！

彼得　不要叫喊，我们将摧毁一切，我们将彻底摧毁，将一切推倒重来。到那时就实现平等了。你宣扬过平等，对不对？那好，你会得到的！我可以打赌，见了平等你会认不出来的。

斯切潘　如果它像你，我就不会认得。不，我们这些人，追求的不是这种东西！我什么也不理解了，我已经停止理解了。

彼得　这全要怪你这病态的老神经。你们只是夸夸其谈，而我们，我们却付诸行动。你还抱怨什么，没有头脑的老人？

斯切潘　你怎么能如此冷漠呢？

彼得　我是上了你的课。你主张对付非正义必须强硬，要确信自己的权利，勇往直前，走向未来！好哇，我们就是朝那个方向前进的，一路进行打击。如同《福音》上讲的，以牙还牙！

斯切潘　胡说，《福音》里没有这种话！

彼得　见鬼！我从未看过这本魔鬼书，也没有看过别的什么书。书有什么用？关键是进步。

斯切潘　不然，你真疯啦！莎士比亚和雨果，并不阻碍进步。恰恰相反，我向你保证，恰恰相反。

彼得　别激动！雨果是个老荡妇，仅此而已。至于莎士比亚，我们的农民上牧场，也根本不需要，他们需要靴子。就是这样，等到摧毁一切之后，马上就会给他们靴子穿的。

斯切潘 （尽量拿出讥讽的口气）那要等到什么时候呢？

彼得 五月份，六月份，大家都生产靴子。（斯切潘·特罗菲莫维奇颓然坐下）要心满意足，老头儿，你的思想就要变成现实。

斯切潘 那不是我的思想。你要全毁掉，彻底毁掉。而我呢，我希望人人相爱。

彼得 不需要相爱！将来有科学。

斯切潘 那可就无聊了。

彼得 为什么无聊？这是一种贵族思想。平等的人不会感到无聊。同样，他们也不寻开心，一切都平等。等我们有了正义，又有了科学，那就没有了爱，也不存在无聊了，全都忘掉。

斯切潘 任何人也绝不会同意忘掉自己的爱。

彼得 又是空话。想一想吧，老头儿，你忘了，你结了三次婚。

斯切潘 两次，而且间隔时间很长。

彼得 长也好，短也罢，反正忘记了。因此，忘得越快越好。哼！还有一点让我烦，你从来不知道自己想要什么。我想要什么，心里清楚。必须砍掉一半儿人的脑袋，留下来的人，就让他们喝酒。

斯切潘 砍头容易，有思想则难。

彼得 什么思想？思想就是废话。要实现正义，就必须取消废话。废话，对你们有用，对你这样的老糊涂虫有用。必须作出选择，你若是信奉上帝，就不得不讲废话；你若是不信上帝，但又不肯得出结论必须扫荡一切，那么你还得讲废话。你们全是这种状态，总是情不自禁地讲废话。而我要讲的，就是必须行动。我要全部破坏，再由别人去建造，不要改革，不要改善。越改善，越改革越糟，越是快点破坏越好。首先是摧毁，然后，那就不是我们的事儿了。其余的全是废话，废话，还是废话。

斯切潘 （惊慌失措地下）他疯了，他疯了……

〔彼得·维尔科文斯基大笑不止。

——**黑暗中**

叙述者：好嘛！我忘记了告诉你们两件事：第一件是在斯塔夫罗钦卧床治疗期间，列比亚德金兄妹神秘地搬家了，搬到城郊的一间小房去住；第二件是一名被判服苦役的杀人犯越狱逃走，在我们附近转悠，因此夜晚富人不敢出门了。

〔街道。

〔斯塔夫罗钦在夜色中行走，他没有看到费德卡跟在后面。

第六场景

〔埃皮法尼街菲利波夫公寓的公用客厅。

〔基里洛夫蹲着，去拾滚到椅子下面的一个皮球。斯塔夫罗钦上场时，看到他正摆出这种姿势。

〔基里洛夫看到斯塔夫罗钦进来，便手里拿着皮球站起身。

斯塔夫罗钦 您在玩球？

基里洛夫 这球是我在汉堡买的，可以投掷再拾回来，加强背部力量。我也同房东家的孩子一起玩儿。

斯塔夫罗钦 您喜欢孩子吗？

基里洛夫 喜欢。

斯塔夫罗钦 为什么？

基里洛夫 我热爱生活。您喝茶吗？

斯塔夫罗钦 好吧。

基里洛夫 请坐。您找我有事吗？

斯塔夫罗钦 帮个忙，看看这封信。我曾咬过加加诺夫的耳朵，这是他儿子的挑战。（基里洛夫看完信，便撂在桌子上，注视斯塔夫罗钦）是的，他已经给我写过好几封信辱骂我。起初我回信向他保证，如果他还因为我冒犯了他的父亲而耿耿于怀，我准备向他诚心诚意地道歉，本来我的行为也不是蓄意的，那个时期我有病。他的怒火非但没有平息，似乎更加激烈了，这从他给我写的信上的言辞就能看出来。今天，有人把这封信交给我。他在结尾是如何对待我的，您看到了吧？

基里洛夫 对，说什么“挨扇的嘴脸”。

斯塔夫罗钦 挨扇的嘴脸，是这么写的。虽然我不愿意，可是不决斗不成了。我来请您当我的证人。

基里洛夫 我去。见面怎么说呢？

斯塔夫罗钦 首先重申我的道歉，不该冒犯他的父亲。您再说我准备忘掉他对我的侮辱，但是今后他不能再给我写这类信，尤其不再使用如此粗俗的字眼。

基里洛夫 他不会接受。很明显，他要决斗并要你的命。

斯塔夫罗钦 我知道。

基里洛夫 好，说说您决斗的条件。

斯塔夫罗钦 我要求明天全部了结。明天上午九点钟您去见他。约莫下午两点钟，我们可以到场，用手枪决斗。两个垒位相距十米，我们在相距十米的位置站好，一有信号，就朝对方走去。每人都可以边走边开枪，每人三颗子弹。就这些。

基里洛夫 相距十米太短了。

斯塔夫罗钦 十二米也行，但是不能再长了。您有手枪吗？

基里洛夫 有，您想看看吗？

斯塔夫罗钦 当然了。

〔基里洛夫在一只箱子前蹲下，从里面取出一匣子手枪，放到斯塔夫罗钦面前的桌子上。

基里洛夫 我还有一只手枪，是在美国买的。

〔他拿给斯塔夫罗钦看。

斯塔夫罗钦　您有这么多武器。这些枪非常漂亮。

基里洛夫　这是我唯一的财富。

〔斯塔夫罗钦注视他，接着又缓慢地盖上木匣，但仍然目不转睛地看着他。

斯塔夫罗钦　（颇为犹豫地）您一直处于同样的思想状态吗？

基里洛夫　（口气自然并当即回答）对。

斯塔夫罗钦　我是指自杀。

基里洛夫　我已经明白。对，我还是同样的思想状态。

斯塔夫罗钦　哦！定在什么时候呢？

基里洛夫　不久之后。

斯塔夫罗钦　看来您很幸福。

基里洛夫　我是很幸福。

斯塔夫罗钦　这我理解。有时我也想过，假设犯了罪，不妨这么说，干了一件特别卑鄙无耻的事儿。好哇，朝脑袋开一枪，就什么也不存在了！耻辱就无所谓啦！

基里洛夫　我感到幸福不是因为这个。

斯塔夫罗钦　为什么？

基里洛夫　您见过一片树叶吧？

斯塔夫罗钦　见过。

基里洛夫　有叶脉，在阳光下绿油油、亮晶晶的吧？是不是很好？对，一片树叶就能说明一切。人生来，死去，各种行为，一切都很好。

斯塔夫罗钦　即使……

〔他欲言又止。

基里洛夫　什么？

斯塔夫罗钦　如果损害了您喜爱的一个孩子，譬如说损害了一个小姑娘，如果玷污了她，那么也还好吗？

基里洛夫 （默然注视他）您做出来了吗？（斯塔夫罗钦沉默不语，怪异地摇了摇头）如果做了这种坏事，这也很好。如果有人将玷污女孩儿的那个人的脑壳劈开，或者相反，别人宽恕了他，怎么样都很美满。我们一旦知道了这一点，就会永远心满意足了。

斯塔夫罗钦 您什么时候发现自己是幸福的？

基里洛夫 上星期三深夜，两点三十五分。

〔斯塔夫罗钦猛然站起身。

斯塔夫罗钦 是您点亮了圣像前的长明灯吗？

基里洛夫 是我。

斯塔夫罗钦 您祈祷吗？

基里洛夫 时刻在祈祷。您瞧这只蜘蛛，我正在观赏它，并且感激它这样爬行，这就是我祈祷的方式。

斯塔夫罗钦 您相信来世生活吗？

基里洛夫 不是相信来世的永恒生活，而是相信现世的永恒生活。

斯塔夫罗钦 现世？

基里洛夫 对。片刻。一种快乐，如果持续五分钟以上，人就会死了。

〔斯塔夫罗钦注视着他，脸上流露出几分憎恨的神色。

斯塔夫罗钦 而您还敢说不信奉上帝！

基里洛夫 （口气自然地）斯塔夫罗钦，求求您，不要以挖苦的口气同我说话。想一想您对我来说曾经是什么人，您在我的生活中曾经扮演过什么角色。

斯塔夫罗钦 时间不早了，明天上午您准时去见加加诺夫。记住，九点钟。

基里洛夫 我会准时的。我想什么时候醒，就能什么时候醒。我上床睡下，心里念叨：七点钟，到七点钟我就准醒。

斯塔夫罗钦 这是一种非常宝贵的能力。

基里洛夫　对。

斯塔夫罗钦　去睡吧，不过，先告诉沙托夫一声，我要见他。

基里洛夫　等一等。（他从角落里拿起一根棍子，敲了敲隔壁的墙）好了，他这就过来。对了，您不睡觉吗？明天您可要决斗。

斯塔夫罗钦　我即使很疲劳，手也不会发抖。

基里洛夫　这是一种宝贵的能力。晚安。

〔沙托夫出现在远台的门口。

〔基里洛夫冲他笑了笑，从侧门下。

〔沙托夫望着斯塔夫罗钦，然后缓步走进来。

沙托夫　您把我折磨得好苦！为什么您迟迟不来？

斯塔夫罗钦　您就那么有把握我能来吗？

沙托夫　我不能想象您会抛弃我。我离不开您，想一想您在我的生活中扮演过什么角色。

斯塔夫罗钦　那您为什么打我？（沙托夫沉默不语）难道是因为我同您妻子的关系吗？

沙托夫　不是。

斯塔夫罗钦　是由于涉及令妹和我的传闻吗？

沙托夫　我认为不是。

斯塔夫罗钦　好吧。其实也没什么，明天晚上我还不知道自己在哪儿，这次来只是要给您一个警告，同时请您帮个忙。警告是这样：您有被暗杀的危险。

沙托夫　暗杀？

斯塔夫罗钦　彼得·维尔科文斯基小组要下手。

沙托夫　我已经知道了。您是怎么得知的呢？

斯塔夫罗钦　我是小组成员，和您一样。

沙托夫　您，斯塔夫罗钦，您是他们团体的成员，同那位虚荣心强而愚蠢的仆人为伍？您怎么能做得出来？难道这是无愧于尼古拉·斯塔夫罗钦的壮举吗？

斯塔夫罗钦　请您原谅，您的确应当破除这种习惯，不要把我视为全俄罗斯的沙皇，而您不过是这沙皇旁边的一粒尘土。

沙托夫　嗳！不要再以这种口气对我说话了！您完全清楚，他们是坏蛋和仆役，您不能混迹到他们中间。

斯塔夫罗钦　无可置疑，他们是混蛋。然而，这又有什么关系？老实说，我不完全是他们团体的成员。我有时帮了他们，也是出于业余爱好，因为我没有什么更好的事儿可干。

沙托夫　还能以业余爱好者的身份，干这种事情吗？

斯塔夫罗钦　是有这种情况：以业余爱好者的身份结婚，生孩子，也以业余爱好者的身份犯罪！不过提起犯罪，是您有被杀害的危险，而不是我。至少可能被他们杀害。

沙托夫　他们对我无可指责。我加入了他们的组织。后来我前往美洲，在那里我的思想发生了变化，回来的时候也对他们讲了。我老老实实地向他们声明，我们在各方面看法都有分歧。这是我的权利，我的良心、我的思想的权利……我绝不允许……

斯塔夫罗钦　别嚷啊。（基里洛夫上，他来取走手枪匣子，随即出去）维尔科文斯基如果想象您可能危害他们的组织，他会毫不犹豫地除掉您。

沙托夫　他们叫我好笑。他们的组织甚至都不存在。

斯塔夫罗钦　我也确实推测，这全是维尔科文斯基一个人头脑里想出来的。其他人以为他是一个国际组织的代表，因此都跟随他。而他则有本事让他们相信了，一个团体，就是这样组成的。就这么简单，再以这个团体为基础，说不定哪天还建起一个国际组织呢？

沙托夫　就这个蛀虫，这个无知的家伙，就这个对俄罗斯一无所知的蠢货！

斯塔夫罗钦　不错，这些人根本不了解俄罗斯。不过，总的说来，在了解俄罗斯方面，他们也只是略微比我们差点儿。而且，即使一个愚蠢的家伙，也完全能开枪杀人。因此我来提醒您。

沙托夫　我要感谢您，感谢您在我打了您之后还这么做。

斯塔夫罗钦　不然，我是以德报怨。（笑起来）让您高兴一下，我是基督教徒。反正我若是相信上帝的话，就会成为基督徒。可是吱溜一下，（他站起来）野兔跑掉了。

沙托夫　野兔？

斯塔夫罗钦　对呀，要做一道红酒洋葱炖野味，就得有一只野兔。要相信上帝，就得有一个上帝。

〔他又笑起来，但这次却是冷笑。

沙托夫　（异常激动）不要这么亵渎上帝！不要笑嘛！抛掉这种口气，换上合乎人情的口吻，讲点儿人话，哪怕您这一生仅此一次！回想一下我动身去美洲之前，您对我说过什么。

斯塔夫罗钦　想不起来了。

沙托夫　我来告诉您。时间到了，该有人把您的真相告诉您，必要时打您，让您终于想起您是什么人。那时候您对我说，唯有俄罗斯人民以新上帝的名义，能够拯救世界，您还记得吗？您说过“一个无神论者不可能是俄罗斯人”，您还记得吗？那时候，您没有说野兔不存在。

斯塔夫罗钦　的确，我似乎记得我们的谈话。

沙托夫　让谈话见鬼去吧！没有什么谈话！唯有一个主人宣布重要的事情，而一个门徒在死者中间复活。门徒，就是我，而您就是主人。

斯塔夫罗钦　重要的事情，真的吗？

沙托夫　对，是真的。不正是您对我说过，如果有人精确地向您证明基督之外存在真理，那您宁愿同耶稣在一起也不要真理吗？不正是您说过，驱使一国人民寻找神的那种盲目的生活力量，比理性和科学还要大。正是这种力量，也唯有这种力量决定善与恶，您也说过俄罗斯人民要走在人类的前头，就必须跟在他们基督的身后……我相信了您的话，种子也在我身上发了芽，而且……

斯塔夫罗钦　我替您高兴。

沙托夫　抛掉这种口气，立刻抛掉，否则我就……对，这一切您都对我说过！可是与此同时，您又对基里洛夫说了相反的一套，在美洲时他向我透露了。您往他那颗心灵里灌输了虚假和否定，将他的理性推向疯狂。您的这个作品，您看到了吗？欣赏了吗？

斯塔夫罗钦　我要提请您注意，基里洛夫本人刚才对我说，他心满意足。

沙托夫　我问您的不是这个。您怎么能对他说一套，对我说另一套呢？

斯塔夫罗钦　毫无疑问，我要从两方面说服我自己。

沙托夫　（绝望地）而现在，您是无神论者了，就不再相信您教导我的吗？

斯塔夫罗钦　那么您呢？

沙托夫　我相信俄罗斯，相信正统，相信基督圣体……我相信救世主第二次会在俄罗斯降临，我相信……

斯塔夫罗钦　上帝吗？

沙托夫　我……我会相信上帝的。

斯塔夫罗钦　好嘛，您并不相信。况且，人能够既聪明，又信奉上帝吗？不可能。

沙托夫　不对，我没有说我不相信。我们全是死人或半死不活的人，没有能力信奉。因此，人必须站起来，首先是您，我所敬佩的人。唯独我了解您的聪慧、您的天才、您广博的文化和宏阔的观念。在这世间，每一代人，只有极少数出类拔萃的人，只有两三人而已，您是其中一个。唯独您，对，唯独您能高举起大旗。

斯塔夫罗钦　我注意到此刻，所有的人都要把一面旗帜交到我手中。维尔科文斯基也一样，要我举起他们的旗帜。可是他另有考虑，是因为他赞赏他所说的我的“超常的犯罪才能”。我究竟算什么呢？

沙托夫　我知道您也是个魔鬼。有人也听您明确讲过，无论什么兽性的肉欲闹剧和一种牺牲的壮举，在您看来毫无差异。据说您甚至在彼得堡参加了一个秘密团体，一个下流放荡的团体。据说，还是据说，我是不愿意相信的。据说您引诱孩子并玷污他们……（斯塔夫罗钦霍地站起来）回答，说出真相。尼古拉·斯塔夫罗钦，在打了他耳光的沙托夫面前不能说谎。那种事儿您干过吗？您若是干过，就再也不能高举大旗了，我也就理解您何以悲痛欲绝又无能为力。

斯塔夫罗钦　够了。这些问题极不恰当。（他注视沙托夫）其实又有什么关系？我呢，我只关心更加普通的问题，例如：是应当活下去，还是应当自戕？

沙托夫　像基里洛夫那样？

斯塔夫罗钦　（带着几分伤感）像基里洛夫那样。不过，他会一直走到底，他是个基督。

沙托夫　那么您呢，您能自戕吗？

斯塔夫罗钦　（痛苦地）必须如此！必须如此！然而，我担心自己太懦弱。也许我明天就做到，也许永远不会。这是个问题，是我心中提出的唯一问题。

沙托夫　（扑向他，抓住他的肩膀）您寻求的就是这个。您寻求惩罚。亲吻大地，用您的泪水浇灌大地，哀求慈悲吧！

斯塔夫罗钦　放开我，沙托夫。（他将沙托夫推开，脸上露出痛苦的表情）要记住：那天我本来可以杀掉您，而我却双手背到身后。因此，不要逼我。

沙托夫　（又向后退去）哼！为什么我注定要相信您，爱您呢？我不能把您从我心中赶走，尼古拉·斯塔夫罗钦。等您出去之后，我还会亲吻您的脚印。

斯塔夫罗钦　（同上）我对您说出来心里很痛苦，真的，我不可能爱您，沙托夫。

沙托夫　我知道。您不可能爱任何人，只因您是个无根而又没有信仰的人。唯独在一块土地里扎了根的人，才能够爱，相信和建设，其他人则破坏。而您，您情不自禁地破坏一切，甚至还受维尔科文斯基这类傻瓜的迷惑，须知他们要破坏就是图省劲，仅仅因为破坏比不破坏容易。喏，我还要拉您回到老路上。那样一来，您也得到安宁了，我也不再独守您教给我的思想了。

斯塔夫罗钦　（又镇定下来）感谢您的好意。您可以帮我找到野兔，不过我来请您先帮一个小一点儿的忙。

沙托夫　什么事？

斯塔夫罗钦　不管是以这种或那种方式，万一我消失了，希望您照顾我妻子。

沙托夫　您妻子？您已经结了婚？

斯塔夫罗钦　对，同玛丽娅·第莫菲耶芙娜结了婚。我知道您对她很有影响。唯独您能够……

沙托夫　您娶了她，看来这事儿是真的啦？

斯塔夫罗钦　是四年前的事儿，在彼得堡。

沙托夫　有人逼您娶她吗？

斯塔夫罗钦　逼我？没有。

沙托夫　您同她有了孩子？

斯塔夫罗钦　她从未生过孩子，也不可能有孩子，玛丽娅·第莫菲耶芙娜一直是处女。我只求您照顾她。

〔沙托夫愕然，目送他走了。

〔继而，沙托夫又追上去。

沙托夫　喂！我明白了，这回我了解您了，我了解您了，您娶了她是为了惩罚自己的一个严重过错。（斯塔夫罗钦不耐烦地摆了摆手）听我说，听我说，您去瞧瞧第科尼。

斯塔夫罗钦　第科尼是谁？

沙托夫　原先当过主教，退隐到这里，在圣伏锡米乌斯修道院。他会帮助您的。

斯塔夫罗钦　（注视沙托夫）在这世上，谁能帮我呢？连您也不能，沙托夫。我再也无求于您了。晚安。

第七场景

〔一座浮桥。

〔斯塔夫罗钦撑着雨伞，冒雨朝另一个方向走去。

〔费德卡从他身后冒出来。

费德卡　先生，我能在您的伞下避避雨吗？

〔斯塔夫罗钦站住。这一场面在伞下进行，二人对视。

斯塔夫罗钦　你是谁？

费德卡　我是谁不重要。不过您呢，您是斯塔夫罗钦先生，一位老爷！

斯塔夫罗钦　你是苦役犯费德卡！

费德卡　我不再是苦役犯了。不错，我判了无期徒刑，可是，我觉得时间太长，就换了营生。

斯塔夫罗钦　你在这里干什么？

费德卡　不干什么，我需要通行证，在俄国，没有通行证寸步难行。幸而您认识的一个人，彼得·维尔科文斯基，答应给我弄一份。反正也得等着，我就窥伺您，希望大人赏给我三卢布。

斯塔夫罗钦 是谁命令你窥伺我的？

费德卡 没人，没人！彼得·维尔科文斯基倒是这样对我说过，我凭着自己的才能，也许能为大人效劳，根据情况为您搞掉一些碍手碍脚的人。不错，他还对我说过，您会经过这座桥，到河对岸去看什么人，我就等您，说话已有三个夜晚了。您瞧，我讨三卢布不过分吧。

斯塔夫罗钦 好，听我说，我喜欢别人把我的话听明白。你从我这儿连一戈比也得不到，我现在用不着，将来也永远用不着你。假如在这座桥上或者别的什么地方，你再让我撞见，我就把你捆起来送交警察局。

费德卡 对，可是我需要您。

斯塔夫罗钦 滚开，别找挨揍！

费德卡 要知道，先生，我是个可怜无助的孤儿，现在又下着雨！

斯塔夫罗钦 我说话可算数，再让我撞见，我就把你捆起来。

费德卡 那我还是听候吩咐，什么事儿都难说呀！

〔费德卡消失了。斯塔夫罗钦注视着他走掉的方向，然后重又赶路。

——黑暗

第八场景

〔列比亚德金的家。

〔斯塔夫罗钦已经进了屋。列比亚德金接过他的雨伞去放好。

列比亚德金 多么恶劣的天气！噢！您身上都打湿了。（他搬上前一把扶手椅）请坐，请坐。（他又站起来）唔！您瞧瞧这间屋，您瞧，我过的是修士的生活，清心寡欲，蛰居，受穷，完全符合古代骑士的三愿。

斯塔夫罗钦 您认为古代骑士发这样的三愿吗？

列比亚德金 不知道，也许我弄混了。

斯塔夫罗钦 您当然弄混了，但愿您没有喝酒。

列比亚德金 喝了几口。

斯塔夫罗钦 我早就告诉您不要酗酒。

列比亚德金 对。多怪的要求！

斯塔夫罗钦 玛丽娅·第莫菲耶芙娜在哪儿？

列比亚德金 就在隔壁。

斯塔夫罗钦 她在睡觉？

列比亚德金 嗳！没有，她在拿纸牌算命。她在等您。她一听说您来的消息，就打扮好了。

斯塔夫罗钦 我一会儿见她，先同您解决点儿事情！

列比亚德金 我也这样希望，多少事情积在我的心头。我真想能像从前那样，敞开同您谈谈。唔！您在我的生活里，扮演的角色多么重要，现在对待我又多么残忍。

斯塔夫罗钦 看得出来，这四年来您一点儿也没有变。（默默地注视他）有人说得真对，人在头半生养成的习惯，决定人的后半生。

列比亚德金 啊！说得真妙！好了，这就表明，生活之谜已经解开！然而，恰恰相反，恰恰相反，我同蛇一样正在蜕皮，而且，我已经写了遗嘱。

斯塔夫罗钦 奇闻奇闻，留下什么遗产，留给谁？

列比亚德金 我愿意把自己的骨骼留给大学生。

斯塔夫罗钦 您想生前拿到一笔酬金吗？

列比亚德金 为什么不行呢？您听啊，我在报上读了一个美国人写的传记。他把巨额财产赠给科学基金会，将自己的骨骼赠给当地学府的大学生，他的皮肤用来制作一面鼓，日夜敲打演奏美国国歌。可是，唉，比起美国人，比起他们思想的大胆程度，我们只能是小人国的居民了。如果我试图照样做，有人就会指责我是社会主义者，没收我的皮肤。因此，我只好同大学生打交道。我愿意把自己的骨骼留给他们，但是有个条件，他们必须在我的头盖骨上贴个标签，写上："一位痛悔的自由思想家。"

斯塔夫罗钦 这么说，您已经知道自己有生命危险了。

列比亚德金 （惊跳）我，不知道，您这话什么意思？开什么玩笑？

斯塔夫罗钦 您不是给行政长官写了一封信，要揭发维尔科文斯基的小团体吗？您是那小团体的成员。

列比亚德金 我没有参加他们的小团体。我同意散发传单，那在一定程度上是帮忙。我给行政长官写信，是为了解释这类事情，不过，假如维尔科文斯基真的以为……唔！我要去彼得堡，我亲爱的恩人，我正是为了这事儿等您，去那里我需要钱。

斯塔夫罗钦 您别想从我这儿得到一个铜子儿，我给您的已经太多了。

列比亚德金 不错。然而我呢，我接受了耻辱。

斯塔夫罗钦 令妹做我的合法妻子，这件事有什么耻辱的？

列比亚德金 可是，婚礼是秘密举行的，还保持秘密，这注定是件神秘的事儿！我接受您给的钱，好，这是正常的！然而有人问我："您为什么接受这种钱？"我信守诺言，不能回答，从而损害我妹妹，损害我的家庭名誉。

斯塔夫罗钦 我来告诉您，我这就弥补对您高贵家庭的这种侮辱。毫无疑问，明天我就正式宣布我们的婚姻。家庭名誉的问题也就解决了。同样，补助金的问题，自然就跟着解决，我再也不必付给您了。

列比亚德金 （惊慌失措）这怎么行啊？您可不能公布这一婚姻，

她是半疯的人。

斯塔夫罗钦 我自有安排。

列比亚德金 令堂会怎么说呢？您必须把妻子带回府上。

斯塔夫罗钦 这就不关您的事儿了。

列比亚德金 那我怎么办呢？您就把我扔了，就像扔一只鞋跟穿破了的旧靴子。

斯塔夫罗钦 对，就像扔一只鞋跟穿破了的旧靴子。说得对，现在，叫玛丽娅·第莫菲耶芙娜来吧。

〔列比亚德金出去，将玛丽娅·第莫菲耶芙娜带来。她停留在屋子中央。

斯塔夫罗钦 （对列比亚德金）您出去吧。不，别走那儿。您会听的。到外面去。

列比亚德金 外面下雨呢。

斯塔夫罗钦 拿着我的雨伞。

列比亚德金 （六神无主地）您的雨伞，真的，我配得上这种荣誉吗？

斯塔夫罗钦 任何人都配得上一把雨伞。

列比亚德金 对，对，当然了，这属于人权！

〔列比亚德金下。

玛丽娅·第莫菲耶芙娜 我能亲您的手吗？

斯塔夫罗钦 不，现在还不行。

玛丽娅·第莫菲耶芙娜 好吧。您坐到灯光里来，好让我看着您。

〔斯塔夫罗钦要坐到扶手椅上，便朝她走去。

〔玛丽娅满脸惊恐，连连后退，抬起手臂，仿佛要护住自己。

〔斯塔夫罗钦站住。

斯塔夫罗钦 我吓着您了，请原谅。

玛丽娅·第莫菲耶芙娜 没什么。不，我看错了。

〔斯塔夫罗钦坐到灯光下。玛丽娅·第莫菲耶芙娜叫了一声。

斯塔夫罗钦 （颇不耐烦）又怎么啦?

玛丽娅·第莫菲耶芙娜 没什么。刚才乍一看我认不出您了，就觉得您是另一个人。您手里拿着什么?

斯塔夫罗钦 哪只手?

玛丽娅·第莫菲耶芙娜 右手，有一把刀。

斯塔夫罗钦 您瞧，我的手是空的。

玛丽娅·第莫菲耶芙娜 对，对。昨天夜里，我梦见一个男人，他像我的王子，但又不是。他拿一把刀朝我走来。啊!（她叫喊）您是我梦见的那个凶手，还是我的王子?

斯塔夫罗钦 您没有做梦，镇定下来。

玛丽娅·第莫菲耶芙娜 您若是我的王子，那么为什么不拥抱我呢?不错，他从来还没有拥抱过我，可是他非常温柔。他传给我的，除了温柔，我感觉不出别的。可是相反，您身上有什么东西在活动，威胁着我。他管我叫他的鸽子，他给了我一枚戒指:“晚间你看着戒指，我就会来到你的睡梦中。”

斯塔夫罗钦 戒指在哪儿?

玛丽娅·第莫菲耶芙娜 我哥哥卖了喝酒了。现在到了夜晚，我就孤单一人了。每天夜晚……

〔她哭了。

斯塔夫罗钦 不要哭了，玛丽娅·第莫菲耶芙娜。从今往后，我们就一起生活了。

〔玛丽娅凝视着他。

玛丽娅·第莫菲耶芙娜 对，您的声音现在又温柔了。我想起来了。我知道您为什么对我说，我们将一起生活。那天您在马车上对我说，我们的婚姻要公布了。可是，这事儿我也害怕。

斯塔夫罗钦 为什么?

玛丽娅·第莫菲耶芙娜　我不会接待人，我对您根本不合适。我知道，有仆人来接待。可是在您府邸那儿，我见到了您的女亲戚，我主要是对她们不合适。

斯塔夫罗钦　她们伤害您啦？

玛丽娅·第莫菲耶芙娜　伤害？一点儿也没有。我看着你们所有的人，你们在那儿相互不合，吵闹，你们在一起的时候，甚至不能开心地笑一笑。那么多财富，却没有一点点儿快乐！真可怕。不，我没有受到伤害，但是我很伤心，我觉得您为我感到丢脸。对，您感到丢脸，那天早晨，您开始疏远了，您的脸甚至也变了。我的王子走了，仅仅剩下一个蔑视我，也许还恨我的人。再也没有温柔的话语，只有烦躁、怒火、刀……

〔她站起来，浑身发抖。

斯塔夫罗钦　（突然发作）够啦！您疯啦，疯啦！

玛丽娅·第莫菲耶芙娜　（声音细微地）求求您了，王子，您出去，再进来。

斯塔夫罗钦　（还气得发抖，不耐烦地）进来？为什么进来？

玛丽娅·第莫菲耶芙娜　好让我弄清楚您是谁。这五年来，我一直等他来，时时刻刻都想象他进门的样子。您到外面去，再进来，就像您久别归来那样，也许我会认出您来。

斯塔夫罗钦　住口，现在您听我说，集中您的全部注意力。明天，如果我还活着，我就公布我们的婚姻。我们不住在我家里，去瑞士的深山里，到一个凄凉无人的地方，度过我们的余生。我就是这样安排事情的。

玛丽娅·第莫菲耶芙娜　对，对，你希望死去，你已经入土了。可是，你一旦要重新生活，就想要摆脱我了，不管以什么方式！

斯塔夫罗钦　不，我不会离开那地方，不会离开您的。您为什么对我称呼“你”了？

玛丽娅·第莫菲耶芙娜　因为现在我认出你了，我知道你不是我的王子。他不会为我感到丢脸的；他不会把我藏在深山里，而是把我引见给所有的人，对，甚至引见给那天眼睛死盯着你的那位年轻小姐。不对，你非常像我的王子，但是结束了，我受了你的谎言的欺骗。你呀，你想讨那位小姐的欢心，你在打她的主意。

斯塔夫罗钦　您听不听我说？别讲这种疯话啦！

玛丽娅·第莫菲耶芙娜　他从来没有说过我疯了。他是王子，是雄鹰。他若是愿意，能给上帝下跪，不想跪就不跪。你呢，沙托夫打了你耳光，你也是个仆人。

斯塔夫罗钦　（他抓住玛丽娅的手臂）您瞧瞧我，认认我，我是您的丈夫。

玛丽娅·第莫菲耶芙娜　放开我，骗子。我不怕你的刀。他会保护我，对付所有的人的。你呢，你想要我死，因为我妨碍你。

斯塔夫罗钦　你说什么，疯子！你说什么！

〔他一把将玛丽娅推开。

〔玛丽娅摔倒，他朝门口冲去。

〔玛丽娅跑向他。这时，列比亚德金出现，把她抓住，而她连声号叫。

玛丽娅·第莫菲耶芙娜　杀人凶手！受诅咒的人！杀人凶手！

——黑暗

第九场景

〔浮桥。

〔斯塔夫罗钦脚步匆急，嘴里咕咕哝哝，含混不清。

〔桥走过一半儿的时候，费德卡在他身后出现。

〔斯塔夫罗钦猛一回身，揪住他的脖领，毫不费劲就把他脸朝地摔倒，然后又放开他。费德卡马上又站起来，手中拿着一把宽刃短刀。

斯塔夫罗钦　放下刀！（费德卡把刀藏起来。斯塔夫罗钦转过身去，接着走路。费德卡跟在后面，走了很长的路。已经过了桥，走在一条空荡无人的长街上）刚才我火冒三丈，差一点儿扭断你的脖子。

费德卡　您真健壮，老爷。灵魂虚弱，可是身体强壮有力，您的罪过一定很大。

斯塔夫罗钦　（笑）现在，你也说教啦？然而，听说上周你抢了一座教堂。

费德卡　准确地说，我进教堂里是要祈祷。后来我转念一想，仁慈的上帝把我引到那里，我就应当利用这个机会，既然上帝要助我一臂之力。

斯塔夫罗钦　你也干掉了教堂守卫。

费德卡　也就是说，我们把教堂全扫荡了。可是，早晨在河边，我们争吵谁拿最大的袋子。于是，我犯了罪。

斯塔夫罗钦　妙极了，你继续杀人抢劫吧。

费德卡　小维尔科文斯基也是这么对我说的，我很乐意。机会总是有的。对了，那天晚上您去列比亚德金上尉的家……

斯塔夫罗钦　（戛然站住）怎么样……

费德卡　唉！您可别再打我呀！我是说那个酒鬼喝得烂醉，每天晚上都不关门。随便什么人都能进去，杀掉房中所有的人，杀掉兄妹俩。

斯塔夫罗钦　你进去啦？

费德卡　对。

斯塔夫罗钦　为什么你没有把人全杀了？

费德卡　我算过了。

斯塔夫罗钦 什么?

费德卡 我把他杀了之后，能窃取一百五十卢布，我是说把“他们”杀掉之后。不过，我若是信小维尔科文斯基的话，干这同样的活儿，我能从您这儿拿到一千五百卢布。因此……（斯塔夫罗钦默默注视他）我来找您，就像跟一位兄长，或者一位父亲商量。谁也不会知道一点儿情况，连小维尔科文斯基也不例外。不过，我需要了解您是否渴望我去做，或者您告诉我一声，或者您给我一点儿定钱。（斯塔夫罗钦看着他，开始笑起来）好了，您还不肯给我早就向您要的那三卢布吗?

〔斯塔夫罗钦一直笑，掏出一沓钞票，一张一张抛掉。

〔费德卡拾一张，发出一声“啊”。这场面继续，灯光渐暗，直到完全黑暗。

——黑暗

叙述者：杀人者，或者欲杀人者，或者容人杀人者，往往本人就要轻生，他是死亡的伴侣。斯塔夫罗钦的笑，也许就是这种含义。然而，很难说费德卡是这样理解的。

第十场景

〔勃里科沃森林。

〔空气潮湿。地面泥泞。寒风瑟瑟。树枝光秃秃的。

〔场上位垒前，各站着斯塔夫罗钦和加加诺夫。斯塔夫罗钦身穿轻便外套，头戴白色海狸皮帽。加加诺夫三十三岁，高大肥胖，金黄色头发。

〔两位证人站在场中央，即基里洛夫和加加诺夫一方的证人莫里斯·尼古拉耶维奇。决斗双方已经拿起了武器。

基里洛夫 现在，我最后一次建议你们和解。我只是形式上这样讲一下，这是我作为证人的责任。

莫里斯·尼古拉耶维奇 我完全赞同基里洛夫先生的话。这种在现场不能和解的念头，无非是一种偏见，顶多适合于法国人。何况这场决斗没有理由，因为斯塔夫罗钦先生准备再次道歉。

斯塔夫罗钦 我再次重申这种建议：我愿意尽量表示歉意。

加加诺夫 这真叫人难以忍受！我们不要重演一遍同一出喜剧了。（对莫里斯·尼古拉耶维奇）假如您是我的证人，而不是我的敌人，那您就向这人……（他用手枪指了指）解释，他的让步只能使侮辱更加严重。他总摆出那副样子，就好像我的冒犯触不到他，他在我面前躲躲闪闪并不感到耻辱。告诉您，他不停地侮辱我，而您呢，您只能令我恼火，结果开枪射不中他。

基里洛夫 不要再讲了，我请你们听我的号令，你们各就各位。（双方回到各自的位置，站到位垒后面，几乎在幕后）一、二、三，开始。

〔双方相互逼近。

〔加加诺夫开枪，站住，发现他没有射中斯塔夫罗钦，而自己成了靶位。

〔斯塔夫罗钦迎上去，朝加加诺夫的上方射击。然后，他从兜里掏出一块手帕，包扎他的小手指。

基里洛夫 您受伤了？

斯塔夫罗钦 让子弹擦了一下。

基里洛夫 如果您的对手声明还不满意，那么你们还应当继续决斗。

加加诺夫 我声明这人情愿往空中射击，这又是一种侮辱。

斯塔夫罗钦 我以自己的名誉向您保证，我并不想冒犯您。我朝半空中射击，这仅仅是出于我个人的原因。

莫里斯·尼古拉耶维奇 不过我认为如果决斗双方有一个人先声明朝半空中开枪，那么决斗就不能继续。

斯塔夫罗钦 我根本没有声明每次都朝空中开枪，你们不知道我第二枪怎么射击。

加加诺夫 我再说一遍，他是有意那么做。但是根据我的权利，我要第二次射击。

基里洛夫 （冷淡地）这的确是您的权利。

莫里斯·尼古拉耶维奇 既然如此，就继续决斗。

〔同样场面。加加诺夫在位垒，长时间举枪瞄准斯塔夫罗钦。斯塔夫罗钦则一动不动，垂臂在那里等待。

〔加加诺夫的手在发抖。

基里洛夫 您瞄准时间过长，射击，快射击。

〔加加诺夫开了枪。斯塔夫罗钦的帽子被打飞了。

〔基里洛夫拾起帽子，交给斯塔夫罗钦。

〔两个人检查皮帽。

莫里斯·尼古拉耶维奇 该您射击了，不要让您的对手久等。

〔斯塔夫罗钦注视着加加诺夫，朝上方开了枪。

〔加加诺夫狂怒，跑出来。莫里斯·尼古拉耶维奇跟在后面。

基里洛夫 您为什么不打死他？您这样做对他的伤害还要严重。

斯塔夫罗钦 究竟该怎么办呢？

基里洛夫 不要同他挑战决斗，或者打死他。

斯塔夫罗钦 我不想打死他，可是，如果不挑战，他就会当众侮辱我。

基里洛夫 不错，您是会遭受到侮辱！

斯塔夫罗钦 我开始堕入五里雾中。为什么人人期待我做出不期待任何别人做的事？为什么我必须承担任何人也不承担的后果，必须接受任何人也不能承受的重负呢？

基里洛夫 您寻求这些重负，斯塔夫罗钦。

斯塔夫罗钦 啊！（沉吟一下）您看出来啦？

基里洛夫 对。

斯塔夫罗钦 就这么明显？

基里洛夫 对。

〔冷场。斯塔夫罗钦戴上帽子，正了正。

〔他又恢复冷淡的态度，注视基里洛夫。

斯塔夫罗钦 对重负会感到厌倦的，基里洛夫。这个笨蛋没有打中我，也怪到我头上。

——黑暗

第十一场景

〔瓦尔娃拉·斯塔夫罗钦的宅第。

〔斯塔夫罗钦居中坐在沙发上，包扎了手指，身子直挺挺，一动不动地睡觉。几乎觉察不到他的呼吸。他的脸色惨白而严峻，宛如石雕，眉头则微微皱着。

〔达莎上，跑到跟前站住，凝视他，在他胸前画了个十字。他睁开眼睛，仍然不动弹，目光直愣愣的，盯着前方的同一点。

达莎 您受伤啦？

斯塔夫罗钦 （看着达莎）没有。

达莎 您让对方流了血？

斯塔夫罗钦 没有，我没有打死任何人，尤其是任何人也没有打死我，正如您所见，决斗的过程愚蠢极了。我朝天开枪，加加诺夫也没有打中我。我的运气不好，我很累，想单独待一待。

达莎 很好，既然您总回避我，那我就再也不来见您了。我知道，到最后我还会同您相聚。

斯塔夫罗钦 最后？

达莎 对。等到一切都完结了，您一召唤我就来。

〔他注视达莎，似乎完全醒来。

斯塔夫罗钦 （口气自然地）我多么怯懦，又多么卑劣，达莎，觉得自己到了最后，确实要呼唤您。而您呢，尽管十分明智，也的确能招之即来。不过，请告诉我，不管什么结果，您都会来吗？（达莎沉默不语）即使在那期间，我干出卑鄙到极点的事儿？……

达莎 （注视他）您要让人弄死您妻子？

斯塔夫罗钦 不，不，既不弄死她，也并不弄死任何人，这我不愿意。也许，我会让人弄死另一个人，那个年轻姑娘……也许我阻止不了自己。噢！丢开我吧，达莎，为什么您要随同我毁掉呢？

〔他站起身。

达莎 我知道最终，唯有我留在您身边，我等待这一时刻。我为此而祈祷。

斯塔夫罗钦 您祈祷？

达莎 对。从某一天起，我就不停地祈祷了。

斯塔夫罗钦 假如我不呼唤您，假如我逃开……

达莎 这不可能。您会呼唤我的。

斯塔夫罗钦 您这话里有很大的轻蔑的意味。

达莎 不仅仅是轻蔑。

斯塔夫罗钦 （笑）就是说有轻蔑的意味。这没关系，我不愿意您随我毁掉。

达莎 您怎么也不会失掉我。我不来到您的身边，也会去当修女，护理病人。

斯塔夫罗钦 去当护士！的确如此。其实，您像护士那样对我感兴趣，归根结底，这也许是我最需要的。

达莎　对，您有病。

〔斯塔夫罗钦突然抓起一把椅子，看样子毫不费劲地掷到客厅另一端。

〔达莎叫了一声。

〔斯塔夫罗钦转过身去，走开坐下了。

〔继而，他说话口气十分自然，就仿佛什么事情也没有发生。

斯塔夫罗钦　要知道，达莎，现在我经常产生幻觉，各种各样的小魔鬼，特别是有一个……

达莎　您已经对我讲过了，您是有病。

斯塔夫罗钦　昨天夜晚，他就坐在我身边，没有离开我。他又愚蠢又放肆，而且很平庸。对，很平庸。我心里恼火，自身的魔鬼居然如此平庸。

达莎　听您这口气，就好像真的存在似的。噢！愿上帝为您驱魔！

斯塔夫罗钦　不，不，我不相信魔鬼。然而昨天夜晚，魔鬼从各处沼泽地里出来，一齐扑向我。喏，就有一个小魔鬼，在桥上向我提议，他去割了列比亚德金的脖子及其妹妹玛丽娅·第莫菲耶芙娜的脖子，使我摆脱这桩婚姻。他要我预付给他三卢布。不过，这次行动的费用，他计算到一千五百卢布。那是个会算账的魔鬼。

达莎　您肯定是一种幻觉吗？

斯塔夫罗钦　不，并不是幻觉。那是费德卡，是个越狱的苦役犯。

达莎　您是怎么回答的？

斯塔夫罗钦　我吗？什么也没有说。为了摆脱他，我给了他三卢布，甚至更多。（达莎惊叹一声）对，他大概以为我同意了。但是，您尽可放下这颗极富同情的心，他必须得到我的命令才能行动。也许到头来，我会下命令的！

达莎 （合拢手掌）我的上帝，我的上帝，他为什么这样折磨我呀？

斯塔夫罗钦 请原谅。不过是开开玩笑。而且，这种情况从昨天晚上就开始了：我总想笑，愿望极其强烈，长时间笑个不停……（他笑起来，但似乎在强笑，并不快乐。达莎伸手指向他）我听见马车声响，一定是我母亲回来了。

达莎 愿上帝保佑您不受您的恶魔侵扰。呼唤我吧，我一准儿来。

斯塔夫罗钦 听我说，达莎。如果我去见费德卡，向他下命令，您还会来吗？甚至在犯了罪之后，您也会来吗？

达莎 （泪流满面）噢！尼古拉，尼古拉，求求您了，不要独自一人待着，这样的话……去修道院，看看第科尼，他会帮助您的。

斯塔夫罗钦 又是他！

达莎 对，第科尼。紧接着就是我，我本人，随后我就来，我一准儿来……

〔她哭着逃下。

斯塔夫罗钦 她会来的，她当然会来的。而且兴冲冲地。（厌恶地）噢！……

阿列克赛·伊戈罗维奇 （上）莫里斯·尼古拉耶维奇……希望见您。

斯塔夫罗钦 是他？他来能是……（得意地微微一笑）请他进来吧。

〔莫里斯·尼古拉耶维奇上。

〔阿列克赛·伊戈罗维奇下。

〔莫里斯·尼古拉耶维奇看见斯塔夫罗钦的微笑，便停下脚步，仿佛要掉头走开。但是，斯塔夫罗钦换了表情，一副由衷惊讶的神色。他朝客人伸出手，而莫里斯·尼古拉耶维奇没有同他握手。斯塔夫罗钦又微笑起来，但是态度却很客气。

斯塔夫罗钦 请坐。

〔莫里斯·尼古拉耶维奇坐到一张椅子上。斯塔夫罗钦则侧身坐到沙发上。

〔斯塔夫罗钦半晌无语，打量着来客，而客人似乎还在犹豫。

莫里斯·尼古拉耶维奇 （突然开口讲话）您若是能办到，就娶了莉莎·尼古拉耶芙娜吧。

〔斯塔夫罗钦注视着对方，表情没有变。莫里斯·尼古拉耶维奇也定睛看着他。

斯塔夫罗钦 （沉默片刻）如果我没有弄错的话，莉莎·尼古拉耶芙娜是您的未婚妻吧？

莫里斯·尼古拉耶维奇 我们正式订了婚。

斯塔夫罗钦 你们闹翻了吗？

莫里斯·尼古拉耶维奇 没有。拿她自己的话来说，她爱我，也敬重我。她的话对我无比珍贵。

斯塔夫罗钦 我理解。

莫里斯·尼古拉耶维奇 然而我知道，当她戴着面纱，在教堂的神坛前的时候，如果您呼唤她，她就会抛下我和其他人随您去的。

斯塔夫罗钦 您没有弄错吗？

莫里斯·尼古拉耶维奇 没有。她嘴上说恨您，也是直率的。可是内心里，她还疯狂地爱您。而我，她嘴上说爱的人，有时她却极端鄙视我。

斯塔夫罗钦 然而我感到惊奇的是，您支配了莉莎·尼古拉耶芙娜。她允许您了吗？

莫里斯·尼古拉耶维奇 您讲这种话就下流了，这是幸灾乐祸的话。不过，再怎么蒙受耻辱我也不怕。不，我没有任何权利，也根本没有得到允许。莉莎不知道我这举动。我是瞒着她来对您说，唯独您能使她幸福，您在神坛前应当站在我的位置上。况且，我走出了这一步，就不能再娶她，也不能容忍我自己了。

斯塔夫罗钦 如果我娶她，结了婚之后，您会自杀吗？

莫里斯·尼古拉耶维奇 不会。那要很久之后……或许，永远也不会……

斯塔夫罗钦 您这么讲是让我放心吧。

莫里斯·尼古拉耶维奇 让您放心！您还在乎多流一点儿还是少流一点儿血！

斯塔夫罗钦 （沉吟片刻）请相信，您的提议令我十分感动。然而，是什么促使您认为，我对莉莎就有感情，愿意娶她呢？

莫里斯·尼古拉耶维奇 （霍地站起来）怎么？您不爱她？您不是企图向她求婚吗？

斯塔夫罗钦 我对一位女子的感情，除了对她本人，一般来讲我不能告诉任何人。请原谅，这是我天生的一个怪癖。不管怎样，我可以告诉您其余的真相：我结了婚，因此不可能再娶另一位女子，或者像您所讲的试图向她求婚。

〔莫里斯·尼古拉耶维奇目瞪口呆，直愣愣地看着他，面失血色，继而猛地一拳捶在桌子上。

莫里斯·尼古拉耶维奇 您承认了这种情况之后，再不让莉莎安宁，我就会用乱棍打死您，就像对待一条狗那样。

〔他腾地站起身，径直出去，在门口撞到了要进来的彼得·维尔科文斯基。

彼得 嘿！他疯了，您把他怎么啦？

斯塔夫罗钦 （笑）没怎么。再说，这事与您无关。

彼得 我敢肯定，他来是要把他的未婚妻献给您吧？嗯？您想想看，正是我间接促使他这么做的。如果他拒绝把姑娘让给我们，我们就亲手夺过来，对不对？那可是个漂亮妞儿。

斯塔夫罗钦 看来，您一直有意帮我弄到她。

彼得 只要您作出决定，有人会替您清除障碍，这也不会让您破费多少。

斯塔夫罗钦　不然。破费一千五百卢布……对了，您来这儿干什么？

彼得　怎么？您忘记啦？我们的聚会呢？我来提醒您，过一小时就开始了。

斯塔夫罗钦　哦！真的！好主意。您来得正是时候，我正要寻开心。我应当扮演什么角色呢？

彼得　您是中央委员会委员，了解整个秘密组织。

斯塔夫罗钦　我应当怎么做呢？

彼得　摆出一副高深莫测的样子，这就够了。

斯塔夫罗钦　可是，没有中央委员会吧？

彼得　有您和我呀。

斯塔夫罗钦　也就是说您喽。那么，组织也没有啦？

彼得　会有一个的，那我得把那些蠢货组织起来，让他们抱成一团。

斯塔夫罗钦　好哇！您打算怎么办呢？

彼得　嗯！首先给头衔、职务：秘书、司库、主席，这方面您明白！再有，就是感伤的情调。正义，对他们来说是感伤情调。这就让人多多地倾诉，尤其是那些傻帽儿。总而言之，他们聚在一起是怕舆论。舆论，是一种力量，一种真正的黏合物。他们最怕被人看成反动派。因此，他们不得不充当革命者。他们若是独立思考，有个人的看法，就会感到惭愧。所以，他们的思想会跟着我转。

斯塔夫罗钦　绝妙的计划！不过，我知道一个办法要好得多，能把这帮人捆在一起。促使四名成员杀掉第五个，就借口他是告密者，这样他们就被血腥事件捆在一起。哎呀，我真蠢：这完全是您的想法，对不对，您不是要让人干掉沙托夫吗？

彼得　我！嗳，怎么……您不想吗？

斯塔夫罗钦　不，我不想。可是您呢？您想干掉他。您想了解我的意见吗？这个想法还不太糟。想把人捆在一起，就需要比多愁善感，比怕舆论更厉害的东西，就是不要名誉。引诱并裹挟我们同胞的最好办法，就是公开宣扬有权干不名誉的事情。

彼得 对，对，我知道。不名誉万岁，人人都投向我们，谁也不愿落后。嘿！斯塔夫罗钦，您无所不通！头领要由您来当，我做您的秘书。我们登上一条船，桨是槭木做的，帆是丝绸做的。还有，我们将莉莎·尼古拉耶芙娜安置在舳楼上。

斯塔夫罗钦 对于这种预言，只有两点异议。一是我不会当你们的头儿……

彼得 您会当的，我来向您解释……

斯塔夫罗钦 二是我不会帮您杀害沙托夫，以便将您的那些笨蛋捆在一起。

〔他放声大笑。

彼得 （气得脸通红）我……我还得去通知基里洛夫。

〔他急匆匆下场。

〔等他一出去，斯塔夫罗钦的笑声就停止了。他走过去坐到沙发上，默默无语，脸色阴沉。

——黑暗

〔街道。彼得·维尔科文斯基走向三王来朝街。

叙述者（出现在维尔科文斯基的身后）：在彼得·维尔科文斯基活动的同时，城里也展开了一些行动。有些地方莫名其妙地失了火；盗窃抢劫的案件成倍增加。在自己的房间里熟读了唯物主义作品的一名少尉抓伤并咬了他的长官。上流社会的一位贵妇开始定时打自己的孩子，一有机会还侮辱穷人。还有一位贵妇，要同她丈夫实行自由做爱。有人对她说："这不可能。"她却嚷道："怎么不可能？我们是自由的。"我们的确是自由的，但是自由做什么呢？

第十二场景

〔基里洛夫、费德卡和彼得·维尔科文斯基在菲利波夫公寓的公用厅里。

〔沙托夫的房间半明半暗。

彼得 （对费德卡）基里洛夫先生会把你藏起来。

费德卡 您是个卑鄙虚伪的小人，但是我听您的吩咐，我听您的吩咐。千万不要忘记您对我的许诺。

彼得 躲起来。

费德卡 遵命。要记住。

〔费德卡消失了。

基里洛夫 （如同指出观察到的一个事实）他鄙视您。

彼得 我不需要他喜欢我，只需要他服从。请坐，我有话要对您讲。我来给您提个醒儿，别忘了我们绑在一起的协议。

基里洛夫 什么也不能把我绑住，也不能把我绑在什么上。

彼得 （惊跳）什么，您改变观点啦?

基里洛夫 我没有改变观点，我按照自己的意愿行事，我是自由的。

彼得 同意，同意。我承认这是自由的意愿，只要这种意愿没有改变就好。您听一句话就发火，这段时间脾气大得很。

基里洛夫 我不是脾气大，我是不喜欢您。然而，我还是信守诺言。

彼得 不过，我们之间话一定要讲明白，您一直要自杀吗?

基里洛夫 一直是这个想法。

彼得 好极了。要承认，谁也没有强迫您。

基里洛夫 您表述得很愚蠢。

彼得 同意，同意。我表述得非常愚蠢。毫无疑问，谁也不可能强迫您。我接着讲，您参加了我们的组织，您却向组织的一个成员公开了自己的打算？

基里洛夫　我没有公开，只是讲了我要那么做。

彼得　好，好，您的确没有必要忏悔。您讲了，好极了。

基里洛夫　不，不是什么好极了。您说话就跟什么也没说一样。我决定自杀，因为我产生了这种念头。您认为这种自杀可能为组织服务。假如您在这里下了黑手，警方要缉拿凶手，我就开枪打烂自己的头，留下一封信，称自己是凶手。您要我等一等再自杀。我回答您说我可以等待，反正这对我无所谓。

彼得　好。但是，您承诺同我一起写这封信并保证听我的支配。当然了，只有这些，其余的一切，都由您自由做主。

基里洛夫　我没有承诺，我同意了是因为我觉得这无所谓。

彼得　您愿意这么说也行。您还一直是原来的打算吗？

基里洛夫　对。很快就安排吗？

彼得　再过几天吧。

基里洛夫　（站起来，若有所思）要我声明犯了什么罪呢？

彼得　到时候您就知道了。

基里洛夫　好。但是有一点您不要忘记：我绝不会帮您对付斯塔夫罗钦。

彼得　同意，同意。

〔沙托夫从里面房间出来。

〔基里洛夫到角落里坐下。

彼得　来得正好。

沙托夫　我无需征得您的同意。

彼得　这话就错了。您现在这种处境，还真需要我的帮助，我已经费了好多唇舌，为您说好话了。

沙托夫　我没有必要向任何人汇报，我是自由的。

彼得　不完全如此。别人向您透露了许多事。您无权说断就断，连声招呼也不打。

沙托夫　我寄了一封信，信上写得很清楚。

彼得　我们看了信，理解得并不清楚。他们说，现在您可能会告发他们，我为您辩护了。

沙托夫　有些律师就是这样，他们的职业就是把人毁掉。

彼得　不管怎样，他们现在同意您恢复自由，只要您交出印刷机和所有的纸张。

沙托夫　印刷机我还给你们。

彼得　在哪儿呢？

沙托夫　在森林里，离勃里科沃林间空地不远，全让我埋在地下了。

彼得　（嘴角露出一丝笑意）埋在地下了？非常好！真的，非常好！

〔有人敲门。阴谋分子上：利甫廷、维尔钦斯基、齐加列夫、利雅姆琴和一名还俗的修士，他们边讨论边落座。

〔沙托夫和基里洛夫避到一个角落。

维尔钦斯基　（在门口）嘿！斯塔夫罗钦来了。

利甫廷　不算太早哇。

修士　先生们，我可没有浪费时间的习惯。既然你们盛情邀请我参加这次会议，我能冒昧地提个问题吗？

利甫廷　不妨，亲爱的，不妨。自从您往那个女小贩的经书里塞了黄色照片，搞了那场闹剧之后，您在这里受到普遍的欢迎。

修士　那不是闹剧，我是带着信念干的，认为上帝就该枪毙。

利甫廷　在修道院里教授的就是这个吗？

修士　不是，在修道院里，大家因为上帝而受罪，因此大家恨他。不管怎样，我的问题是：我们开会还是没有开会？

齐加列夫　我注意到，我们不停地讲话，却等于什么也没有说。负责人能不能告诉我们，为什么让我们到这儿来？

〔全体目光投向维尔科文斯基，他变换了一下姿势，看样子要发言。

利甫廷 （急速地）利雅姆琴，请坐到钢琴那儿去。

利雅姆琴 什么！又来啦！每次都是老调重弹！

利甫廷 这样，就谁也听不见我们的谈话了。弹吧，利雅姆琴！为了事业！

维尔钦斯基 是啊，弹吧，利雅姆琴。

〔利雅姆琴坐到钢琴前，随意弹一曲华尔兹舞曲。

〔众人目光又投向维尔科文斯基，只见他根本没有讲话，而是恢复了打瞌睡的姿势。

利甫廷 维尔科文斯基，您不要发表什么声明吗？

彼得 （打哈欠）没有话要讲，我倒是想要一杯法国白兰地。

利甫廷 您呢，斯塔夫罗钦？

斯塔夫罗钦 谢谢，不要，我不喝酒了。

利甫廷 不是问您喝不喝酒，而是要不要讲话。

斯塔夫罗钦 讲话？讲什么呀？没有。

〔维尔钦斯基递给彼得·维尔科文斯基一瓶白兰地，在整个晚上，彼得喝了不少。这时，齐加列夫站起身，他阴沉着脸，将一个厚笔记本放到桌子上，笔记本上密密麻麻，字迹很小，众人看着颇感畏惧。

齐加列夫 我请求发言。

维尔钦斯基 可以，您讲吧。

〔利雅姆琴更加用力地弹琴。

修士 对不起，利雅姆琴先生，这可真是什么也听不见了。

〔利雅姆琴停止弹琴。

齐加列夫 先生们，我提请你们注意，要初步地向你们解释几点。

彼得 利雅姆琴，把钢琴上的剪子递给我。

利雅姆琴 剪子？干什么？

彼得 对，我忘了剪指甲了，三天前就该剪了。说下去，齐加列夫，说下去，我听您讲。

齐加列夫 我的全部精力投入未来社会的研究，得出这样的结论，从远古到今天，各种社会制度中的所有的人，说过的全是蠢话。因此，我就必须建立起自己的组织体系。就是这个！（他拍了拍笔记本）老实说，我这个体系还没有完全设计好。不过到现在这个样儿，也应当讨论一下。因为，我还要向你们解释我解决的矛盾。从无限自由出发，我确实达到了无限的专制制度。

维尔钦斯基 恐怕很难让老百姓接受。

齐加列夫 对。然而我要坚持，说明除了我这个办法，再也没有，也不可能有别的办法解决社会问题。这种解决方式也许令人失望，但是没有别种方式。

修士 如果我完全理解了的话，会议的议程就是齐加列夫先生的巨大失望。

齐加列夫 还别说，您这话相当准确。对，我陷入了绝望。然而，除了我的解决方式，没有别的出路。你们若是不接受，那么干什么都靠不住。总有一天还要回到我这个办法上来。

修士 我建议投票看看，齐加列夫先生的绝望能引起多大兴趣，我们开会期间是否有必要听他念这部书。

维尔钦斯基 投票，投票！

利雅姆琴 对，对。

利甫廷 先生们，先生们！我们不要冲动。齐加列夫太谦虚。他的书我读过，有些结论是可以探讨的。但他是从人性出发的，即从我们通过科学认识的人性，而且真的解决了社会问题。

修士 真的?

利甫廷 当然了。他提议将人类分成两个不等份儿：约十分之一的人将享有绝对自由，对其他十分之九的人拥有无限的权力。那十分之九的人必然丧失个性，可以说变成一群羊，如羔羊一般只会顺从，因而也就达到了那种有趣动物单纯无知的状态。总之，那是伊甸园，不同的是必须劳动。

齐加列夫　对，我就是这样获得平等的。所有的人都是奴隶，在奴役状态中人人平等。否则，他们就不可能平等，也就必须完全拉平。譬如说，必须降低知识和才能的水平。由于有才能的人总想提高身份，可惜就得割掉西塞罗[①]的舌头，剜掉哥白尼的眼睛，砸烂莎士比亚的脑袋。这就是我的体制。

利甫廷　对。齐加列夫先生发现，才能高是不平等的根源，因而也是专制的根源。因此，一旦发现一个人天资过人，就得把他打下去，或者把他关起来。甚至相貌很美的人，在这方面也值得怀疑，必须清除。

齐加列夫　同样，特别愚蠢的人也应当清除，因为他们会诱使别人沾沾自喜，觉得与众不同，这也是专制的根苗。反之，通过这些办法，就能实现完全的平等。

修士　然而，您陷入了矛盾，这样一种平等，就是专制。

齐加列夫　不错，正是这一点令我失望。然而，如果说这种专制就是平等，那么矛盾就消失了。

彼得　（打呵欠）净说蠢话！

利甫廷　真那么愚蠢吗？我反而觉得这是非常现实的。

彼得　我不是说齐加列夫，当然也不是说他的天才的思想，而是说所有的这些讨论。

利甫廷　通过讨论，就能达到一种结果。这总比摆出一副专裁者的架势保持沉默要好。

〔大家都赞同这一直接的回击。

彼得　写作，建立体系，这些都是废话，是一种美学的消遣。你们不过是在城里待得无聊而已。

---

① 西塞罗（公元前 106—前 43），拉丁政治家和演说家。

利甫廷 我们不过是外省人，的确如此，特别值得怜悯。然而眼下，您也没有给我们带来任何轰动的事情。您给我们的那些传单上说，只有砍了一亿人的脑袋，才能改善全人类的社会。在我看来，这并不比齐加列夫的思想更现实可行。

彼得 这就是说，砍了一亿人的脑袋，前进的步伐势必加快了。

修士 自己的脑袋也有被砍掉的危险。

彼得 这是一种弊病。要树立起一种新宗教，这种风险总是要冒的。不过，您要退缩，这我完全理解，而且认为您有权逃避。

修士 我没有这么讲。我原就准备把自己同一个组织完全绑缚在一起，只要这个组织能显示出严肃而有效。

彼得 什么，您同意向我们组织的团体宣誓吗?

修士 也就是说……为什么不呢，如果……

彼得 听我说，先生们，我完全理解你们等我解释、等我透露我们组织的机构。然而，我还没有确信和你们有同生共死的关系，就不可能这样做。那么，让我向你们提一个问题好吗?你们赞成无休无止的争论，还是千百万人头落地?当然，这只是一个形象。换句话说，你们在沼泽地里，是愿意挣扎跋涉，还是愿意飞速穿越?

利雅姆琴 飞速，当然飞速，为什么跋涉呢?

彼得 那么你们就是同意我给你们的传单上所主张的方法啦?

修士 也就是说……当然了……还得进一步说明!

彼得 如果你们害怕，那就没必要说明了。

修士 您知道，这里的人谁也不怕。但是，您把我们当成棋盘上的小卒。把事情向我们讲清楚，我们再瞧瞧如何。

彼得 你们准备用誓言把自己和组织连在一起吗?

维尔钦斯基 当然了，如果您以恰当的方式向我们提出来。

彼得 （指了指沙托夫）利甫廷，您可什么话也没有讲。

利甫廷 我准备回答，准备做许多别的事儿。但是我要首先确定，这里没有密探。

〔众人哗然。利雅姆琴跑到钢琴前。

彼得 （表面上十分惊慌）什么？您要说什么？您可真让我慌了神儿。我们中间有密探，这可能吗？

利甫廷 我们要受到牵连！

彼得 我受到的牵连要比你们严重。因此，你们每个人都必须回答一个问题，这将决定我们是分手还是继续。为了事业的需要准备杀一个人，你们当中某个人如果知道了，会去警察局告发吗？（对修士）请允许我首先问您。

修士 为什么首先问我？

彼得 我不大熟悉您。

修士 这样一个问题是一种侮辱。

彼得 更明确一些。

修士 （怒气冲冲地）我当然不会告发啦。

彼得 您呢，维尔钦斯基？

维尔钦斯基 不会，一百个不会！

利甫廷 为什么沙托夫站起来了？

〔沙托夫果然站起身，他气得脸发白，注视彼得·维尔科文斯基，继而朝门口走去。

彼得 您的态度可能给您带来极大的危害，沙托夫。

沙托夫 我这态度至少对你这奸细和坏蛋有利，让你心满意足吧。我不会降低人格，回答你这无耻的问题。

〔沙托夫下。场面一阵混乱。除了斯塔夫罗钦，所有的人都站起来。

〔基里洛夫慢腾腾地回自己的房间。

〔彼得·维尔科文斯基又喝了一杯白兰地。

利甫廷 好哇！考验一下还是有用处。现在，我们了解情况了。

〔斯塔夫罗钦站起身。

利雅姆琴　斯塔夫罗钦也没有回答呢。

维尔钦斯基　斯塔夫罗钦，您能回答这个问题吗？

斯塔夫罗钦　我看没有什么必要。

维尔钦斯基　可是，我们全牵连进来，而您，却没有！

斯塔夫罗钦　你们是受到了牵连，而我没有。

〔众人哗然。

修士　可是，维尔科文斯基也没有回答问题。

斯塔夫罗钦　不错。

〔斯塔夫罗钦下。

〔维尔科文斯基追上去，继而又回来。

彼得　听我说，斯塔夫罗钦是代表。我是他的副手，你们所有的人必须不惜性命，服从他并服从我。不惜性命，你们明白吧。对了，要记住，沙托夫刚刚暴露了自己是叛徒，而叛徒就得受到惩罚。宣誓，好了，宣誓……

修士　什么？……

彼得　你们是不是男子汉？你们要退缩，不敢以名誉宣誓吗？

维尔钦斯基　（有点不知所措）到底应当宣什么誓？

彼得　宣誓惩罚叛徒。快点儿，你们宣誓。来呀，快点儿。我还得去见斯塔夫罗钦。宣誓……

〔他们所有的人慢慢举起手。彼得·维尔科文斯基冲出去。

——黑暗

第十三场景

〔先在街道上，后在瓦尔娃拉·斯塔夫罗钦的家中。

〔斯塔夫罗钦和彼得·维尔科文斯基。

彼得　（跟在斯塔夫罗钦身后小跑）您为什么离开呀？

斯塔夫罗钦　我看不下去了。您在沙托夫身上演的戏叫我恶心。可是，我不会听任您这么干的。

彼得　他自我暴露了。

斯塔夫罗钦　（站住）您瞪眼说谎。我已经向您道破为什么您需要沙托夫流血，您要利用他来把你们这伙人拢在一起。刚才您很灵活，促使他走开。你就知道他不肯说“我不告发”这句话，他认为回答您是一种怯懦的行为。

彼得　同意，同意。但是，不应当起身就走哇，我还需要您呢。

斯塔夫罗钦　这我料到了，既然您要促使我让人杀死我妻子。这么干到底为什么呢？我这样对您能有什么帮助呢？

彼得　什么帮助，什么都能帮助……而且，您说对了。和我在一起，我就给您除掉您妻子。（彼得·维尔科文斯基拉住斯塔夫罗钦的胳臂。斯塔夫罗钦一下子挣开，揪住他的头发，将他掼到地上）噢，您可真健壮！斯塔夫罗钦，照我的要求做，明天我就把莉莎·德罗兹道夫给您带来，好吗？回答呀！听我说，如果您向我提出要求，沙托夫我也可以让给您……

斯塔夫罗钦　看来您是真的要杀他啦？

彼得　（爬起来）这和您有什么关系？他对您那么凶恶。

斯塔夫罗钦　沙托夫是好人，而您，您才是恶人。

彼得　我是恶人。然而我，我可没有扇您耳光。

斯塔夫罗钦　您就是抬一抬手，我就会立刻要您的命。

彼得　我知道。但是，您不会因为蔑视我而要我的命。

斯塔夫罗钦　您眼力不错。

〔他扬长而去。

彼得　听我说，听我说……

〔彼得打了个手势。费德卡出现，他们二人跟随斯塔夫罗钦。展示街景的幕布拉起，呈现瓦尔娃拉·斯塔夫罗钦的客厅。

〔达莎在场上，她听见维尔科文斯基的声音，便从右侧门出去。

〔斯塔夫罗钦和彼得·维尔科文斯基上。

彼得　听我说……

斯塔夫罗钦　您可真固执……明明白白告诉我，您对我有什么期待，说完就走人。

彼得　好，好。是这样。（他望着旁边的门）等一等。

〔他走过去，轻轻打开门。

斯塔夫罗钦　我母亲从来不扒门缝偷听。

彼得　这我相信，你们这些贵族，根本不屑干这种事。我呢，正相反，我要扒门缝偷听，况且，我仿佛听见有声响，不过，这没有关系。您想知道我对你们有什么期待吗？（斯塔夫罗钦默不做声）那好！是这样……我们共同掀起俄罗斯。

斯塔夫罗钦　俄罗斯很沉重。

彼得　再有十个这样的团体，我们就强大了。

斯塔夫罗钦　就像由这些傻帽儿组成的十个团体！

彼得　正是同愚昧一起推动历史前进。喏，您瞧瞧行政长官的老婆，朱莉·米哈依洛芙娜，她就同我们在一起。愚昧！

斯塔夫罗钦　您不是要对我说，她也谋反吧？

彼得　不是。然而她抱着一种念头：必须阻止俄罗斯青年走向深渊，她所谓的深渊就是革命。她那一套很简单：必须赞扬革命，赞成青年，向青年表明她作为行政长官的夫人，也完全可以当个革命者。青年从而就会明白，这是最好的制度。因为辱骂它非但没有危险，想消灭它甚至还能得到报偿。

斯塔夫罗钦　您夸大其词，人不可能愚蠢到如此程度。

彼得　嗳！他们可不那么愚蠢，他们不过是理想主义者而已。幸而我不是理想主义者，但是我也不聪明。什么？

斯塔夫罗钦　我没有说话。

彼得　那就算了。我倒希望您说："哪里，您是聪明人。"

斯塔夫罗钦　我从来没有想过对您说类似的话。

彼得　（怀着仇恨）您的看法对，我这人愚蠢。因此，我需要您。我的组织必须有个头儿。

斯塔夫罗钦　你们有齐加列夫。

〔他打呵欠。

彼得　（怀着仇恨）您这是嘲笑他。绝对平均化，这是一种卓越的思想，丝毫也不可笑。这要纳入我的蓝图，配以别的东西。这种社会，最终我们要组织起来。要迫使他们相互监视，相互揭发。这样，就没有个人主义的容身之地了！时而会发生一点儿骚动，但是总在一定的限度之内，仅仅是为了战胜无聊。我们是首领，全由我们来供养。要知道，有奴隶就得有首领。因而，他们必须绝对服从，彻底非个性化，而且每三十年，我们准许骚动一次，那时他们全都大打出手，相互残杀起来。

斯塔夫罗钦　（凝视他）我早就琢磨您究竟像谁，但是错就错在要在动物界寻找可比的形象。现在我找到了。

彼得　（心不在焉）是啊，是啊。

斯塔夫罗钦　您像一名耶稣会教士。

彼得　同意，同意。况且，耶稣会教士做得对，他们找到了套路。阴谋、谎言，只为一个目的！换了别种方式，就不可能在这世上活下去。而且，教皇也必须站在我们一边。

斯塔夫罗钦　教皇？

彼得　对，但是这很复杂。为此教皇必须同"国际"取得一致意见。这还为时过早。将来则是不可避免的，因为两者精神相同。到那时，教皇位于顶峰，我们在他周围，下面才是服从齐加列夫体制的群众。当然，这是将来的打算！在西方，会有教皇，而在我国，在我国……将来有您。

斯塔夫罗钦 毫无疑问，您喝醉了。别缠我了。

彼得 斯塔夫罗钦，您长得英俊。您又英俊，又强壮，又聪明，您总归知道吧？不，您不知道，您还是个老实人。我呢，这些我知道，因此您是我的偶像。我是虚无主义者，虚无主义者需要偶像，您正是我们需要的人。您不冒犯任何人，然而人人都恨您；您平等待人，然而人人都怕您。您呢，您无所畏惧，您能牺牲自己的生命，也能牺牲同胞的生命。这样很好。对，您是我需要的人。除了您，我看别人都不成。您是头领，您是太阳。（他突然抓起斯塔夫罗钦的手亲吻，被斯塔夫罗钦推开了）不要蔑视我，齐加列夫找到了体制，而我呢，唯独我找到了实现这种体制的办法。我需要您，没有您，我等于零，同您一起，我就能摧毁旧俄罗斯，建立起新俄罗斯。

斯塔夫罗钦 什么俄罗斯？密探的俄罗斯？

彼得 看吧，如果您真的坚持的话，我们掌握了政权之后，也许会促使人们更加道德些。不过目前，我们需要一两代堕落的人，需要一种前所未闻的、极端无耻的腐化，将人变成卑鄙而自私的、肮脏的虫子，这就是我们所需要的。除此而外，再给他们一点儿鲜血，好让他们品出味道来。

斯塔夫罗钦 我始终认为您不是社会主义者，您是个无赖。

彼得 同意，同意。一个无赖。可是，我必须向您说明我的方案。我们开始制造混乱：放火，暗杀，不断把水搅浑，嘲笑一切。您明白，对不对！对！对，美妙极啦！一场浓雾要降临俄罗斯，大地将哀悼她从前的神灵。到那时……

〔他住了口。

斯塔夫罗钦 到那时……

彼得 我们将抬出新沙皇。

〔斯塔夫罗钦注视他，慢慢地离开他。

斯塔夫罗钦 我明白。一个骗子。

彼得 对。就说他隐蔽着，但是会出现的。他存在，然而谁也没有见到。想象一下这个主意的力量！“他隐蔽着。”十万人当中，也许能把他指给一个人看。于是，整个大地都欢腾了。“看见他了。”您接受吗？

斯塔夫罗钦 什么？

彼得 接受当新沙皇。

斯塔夫罗钦 哦！这就是您的方案！

彼得 对。请仔细听我说。和您一起，就能造出一部传说。您只要一露面，就胜利了。从前，“他隐蔽着，隐蔽着”，我们将把所罗门的两三条评价，同您的姓名连起来。一万条请求，只要满足一条，大家都来投奔您。每个村庄的每个农民都会知道，在哪儿安了个木箱，可以将自己的请求投进去。于是，这消息传遍整个大地！“颁布了一部新法律，一部公正的法律。”于是，大海就将涨潮，旧木船就将沉没，我们就将考虑打造起一艘铁船。怎么样？怎么样？（斯塔夫罗钦鄙夷地笑笑）嗳！斯塔夫罗钦，不要丢下我一个人。没有您，我就好比没有美洲的哥伦布。您能想象出没有美洲的哥伦布吗？而我反过来也可以帮助您。我把您的事情全安排好，明天我就把莉莎给您带来。我知道，您很想得到，特别想得到莉莎。只要您说一声，我就全给摆平。

斯塔夫罗钦 （转向窗户）然后，对不对，您就掌握住我……

彼得 那有什么关系？您呢，也将掌握莉莎。她又年轻，又纯洁……

斯塔夫罗钦 （表情奇特，仿佛受了迷惑）她纯洁……（彼得·维尔科文斯基尖利地吹了一声口哨）您干什么？

〔费德卡出现。

彼得 我们的朋友来了，他能帮助我们。您说行，斯塔夫罗钦，说行。行，莉莎就是您的，世界也就是我们的了。

〔斯塔夫罗钦转向费德卡。费德卡则平静地冲他微笑。

〔达莎在幕后叫起来。她一出现，便扑向斯塔夫罗钦。

达莎　尼古拉，噢，我恳求您了，不要同这些人混在一起。去看看第科尼，对，第科尼……我已经对您讲过，去看看第科尼。

彼得　第科尼？他是什么人？

费德卡　一个圣人。不要讲他的坏话，虚伪的小人，我也不准许你。

彼得　为什么，他跟你一起杀了人？他是血腥教堂的人吗？

费德卡　不是，我呢，我杀人。然而他，他宽恕罪恶。

——黑暗

叙述者：我本人并不认识第科尼。我仅仅了解我们城里流传的说法。民众赋予他大圣贤的声誉。但是当局却责备他书房里宗教著作中夹杂着剧本，也许还有更坏的读物。

乍一看，斯塔夫罗钦根本不可能去拜访他。

第十四场景

〔圣母修道院第科尼的修室。

〔第科尼和斯塔夫罗钦站着。

斯塔夫罗钦　我母亲对您说过我是疯子吗？

第科尼　没有。她对我谈了您，根本没有提到疯的事儿。不过，她倒是对我说过，您挨了一记耳光，而且在一次决斗中……

〔第科尼坐下时呻吟一声。

斯塔夫罗钦　您身体不适吗？

第科尼　我的双腿非常疼痛，睡眠也不好。

斯塔夫罗钦　您希望我别再打扰您吧？

〔他转向房门。

第科尼 不。请坐！（斯塔夫罗钦坐下，帽子拿在手上，保持着上流社会人士的姿势。但是，他的呼吸仿佛很细微）我看您身体也不大舒服。

斯塔夫罗钦 （保持原来神态）我身体不适。您瞧，我产生幻觉，经常看见，或者感到身边有个人，他时而嘲笑，时而凶狠，时而通情达理，总变换形貌，却又总是同一个人，气得我发疯。我应当去看看医生。

第科尼 对，去看看吧。

斯塔夫罗钦 不，去看也无济于事。我知道是谁，您也知道。

第科尼 您是说魔鬼吗？

斯塔夫罗钦 对。您相信，是不是？您这种行业的人不得不相信。

第科尼 这就是说，您这种情况有病的可能性更大些。

斯塔夫罗钦 看来，您是持怀疑态度，至少您相信上帝吧？

第科尼 我相信上帝。

斯塔夫罗钦 《圣经》上写道："你如果相信，如果命令高山向前进，高山就会服从。"您能运走一座高山吗？

第科尼 也许吧。要有上帝的帮助。

斯塔夫罗钦 为什么说也许吧？您若是相信，就应当说行。

第科尼 我的信念不完美。

斯塔夫罗钦 好了，无所谓。您知道某位主教的回答吗？一个野蛮人杀了所有的基督教徒，把刀架在他的脖子上，问他信不信上帝。主教回答说："信一点点儿，信一点点儿。"实在不教人敬佩，对不对？

第科尼 他的信念不完美。

斯塔夫罗钦 （微笑）对，对。然而在我看来，信念或者完美，或者没有。因此，我是无神论者。

第科尼 完美的无神论者，比漠不关心的人更可敬。他占据完美信念之前的最后一级。

斯塔夫罗钦 我知道。您还记得《启示录》中关于温和的那段吧?

第科尼 对。“我了解你的作品：你不冷，也不热。唉！假如你是冷的，或者热的也好哇！然而，因为你是温的，你既不冷也不热，我就要把你从口中呕吐出去。只因你说……”

斯塔夫罗钦 够了。（沉吟片刻，没有看对方）您知道，我非常热爱您。

第科尼 （低声地）我也一样。（沉默半晌。用手指拂拂斯塔夫罗钦的臂肘）不要生气。

斯塔夫罗钦 （惊得抖了一下）您怎么知道……（他恢复平常的声调）真的，对，我生气是因为对您说了我热爱您。

第科尼 （坚决地）不要生气了，全讲给我听听吧。

斯塔夫罗钦 您就这么肯定，我是带着想法来的。

第科尼 （垂下眼睛）您一进屋，我就从您的脸上看出来了。

〔斯塔夫罗钦面失血色，双手发抖，接着，他从兜里掏出一沓手稿。

斯塔夫罗钦 好。是这样。我写了一篇自述，准备发表。您对我说什么，都绝不会改变我的决定。不过，我愿意让您头一个了解这段经历，我来对您讲讲。（第科尼轻轻地点头）您把耳朵捂住，向我保证不听，我就开始讲。（第科尼不应声）从1861年到1863年，我在彼得堡，完全过着放荡的生活，但是毫无乐趣可言。我和信奉虚无主义的同学相处，他们崇拜我是看在我的钱包上。我厌烦得要命，简直忍无可忍，真想自缢。我之所以没有自缢，也还是抱着一点儿希望，但又不知道希望什么。（第科尼一言不发）我在那儿有三套房子。

第科尼 三套?

斯塔夫罗钦 对。一套安置我的合法妻子玛丽娅·列比亚德金，另外两套用来接待我的情妇。其中一处是一家小市民租给我的，他们住其余的房间，每天外出工作，将十二岁的女儿玛特辽莎留在家里。我时常单独和小女孩儿待在一起。

第科尼 您要说下去还是停止？

斯塔夫罗钦 我说下去。小女孩儿特别温柔平静，头发淡黄色，脸上有雀斑。有一天，我的果皮刀找不见了，对房东讲了，房东便责备女儿，还打了她，甚至打出了血。到了晚上，我在被子的皱褶里找到了小刀，便装在坎肩的兜里出门了，把小刀扔到街上，不让任何人了解一点儿情况。三天后，我又回到玛特辽莎的住宅。

〔他住了口。

第科尼 您告诉她父母啦？

斯塔夫罗钦 没有。他们不在家，屋里只有玛特辽莎。

第科尼 啊！

斯塔夫罗钦 对。她独自一人，坐在角落的一张小凳子上，背对着我。我在自己的房间观察她好久。忽然，她轻柔地唱起歌，声音非常轻柔。我的心开始剧烈地跳动，我站起身，慢慢地靠近玛特辽莎。窗户上爬了天竺葵，太阳火辣辣的。我悄悄地坐到她身边的地板上。她害怕了，猛地站起。我抓住她的手亲了一下，她咯咯地笑了，如同一个小姑娘。我拉她重新坐下，她又有点儿畏惧地站起来。我又亲了亲她的手，拉她坐到我的膝上。她往后闪了一下，又微笑了。我也笑起来。这时，她扑过来，搂住我的脖子，亲了我……（他住了口。第科尼注视他，他也顶住了第科尼的目光，继而他指着一张白纸）我的叙述，到这里留了一段空白。

第科尼 后来的情况，您要对我讲吗？

斯塔夫罗钦 （脸色大变，笑得十分笨拙）不，不，以后再讲吧，等您配得上听……（第科尼注视他）其实，什么事儿也没有发生，您想到哪儿去啦？什么事儿也没有……喏，您最好不要看着我。（声音极低）不要耗尽我的耐心。（第科尼垂下眼睛）两天后我又回来时，玛特辽莎一看见我就逃到另一间屋去。但是我能看出，她什么也没有对她母亲讲。然而我很担心，那段时间，我担心得要命，就怕她讲了。终于有一天，在留下我们单独在一起之前，她母亲对我说，小姑娘发了高烧，卧床不起。我坐在自己的房间里一动不动，望着另一间屋罩着暗影的床铺。过了一个钟头，她动弹了，从暗影里出来，穿着睡衣，显得瘦多了。她走到我房间的门口，用她那瘦小的拳头威胁我，同时摇着头。然后，她就跑掉了。我听见她跑上封闭的阳台。于是，我站起身，瞧见她消失在放劈柴的储存室里。我知道她要干什么，但是我重又坐下，强迫自己等二十分钟，院子里有人唱歌儿，一只苍蝇在我旁边飞鸣。我抓住苍蝇，在手中攥了一会儿，又放掉了。我还记得，在一株离我最近的天竺葵上，一只极小的红蜘蛛缓缓地爬行。二十分钟过去后，我又强迫自己再等一刻钟。然后，我走出房间，从储藏室的门缝儿望进去，玛特辽莎吊死了。于是，我出了门，整个晚上打牌，有一种解脱之感。

第科尼 解脱之感？

斯塔夫罗钦 （改变语气）对。然而同时我也知道，这种感觉基于一种可耻的怯懦，知道无论今世还是来世，我永远永远也不能感到自己高尚了，永远……

第科尼 正是为了这事儿，您在世上的行为才如此怪异吗？

斯塔夫罗钦 对。我本来想自杀，但是我又缺乏这种勇气。于是，我尽量以最愚蠢的方式毁掉自己的一生。我过着一种具有讽刺意味的生活。我认为娶一个残疾的疯女人做妻子，这是一个非常愚蠢的好主意。我甚至还接受一场决斗，自己不射击对方，倒希望傻乎乎地被对方打死。最后，我还接受了最沉重的负担，而心里根本不相信其事。不料，这一切都无济于事，无济于事！我生活在两种梦幻之间：一种是在幸福岛上，周围是明媚的大海，岛上人醒来睡去都那么纯洁；另一种是我看见消瘦的玛特辽莎摇着头，伸出她那小拳头威胁我……她那小拳头……我想从我的生活中抹去一种行为，却又办不到。

〔他双手捂住脸。

〔沉默了片刻，他又站起来。

第科尼 这篇自述，您真的要拿去发表吗？

斯塔夫罗钦 对，对！

第科尼 您的意图是高尚的。这样赎罪不可能走得更远了。以这种方式惩罚自身，是一种令人敬佩的行为，只要……

斯塔夫罗钦 只要？……

第科尼 只要这是由衷的悔罪。

斯塔夫罗钦 您这话是什么意思？

第科尼 您在自述中，直接表达了一颗受到致命伤害的心的需要。因此您有意让人唾弃、扇耳光和侮辱。然而与此同时，在您的忏悔中，还有挑战和自傲的意味。您耽于声色和无所事事，就变得麻木了，不能去爱。而您对这种麻木不仁还自鸣得意。本来可耻的东西，您却引为自豪，这才是可鄙的。

斯塔夫罗钦 谢谢您。

第科尼 为什么？

斯塔夫罗钦 因为，您尽管对我很恼火，却似乎绝无憎恶之意，您还以平等的身份同我说话。

第科尼 我相当憎恶，只是您的自尊心特别强，没有注意到而已。不过，“您还以平等的身份同我说话”，您这话讲得很漂亮。这表明您胸襟豁达，力量巨大。然而，您身上这种无用的巨大力量令我恐惧；它只求在无耻的行为中施展。您否定了一切，再也不爱什么了；须知所有脱离故土、脱离一国人民和一个时代的真实的人，都要受到惩罚的追索。

斯塔夫罗钦　我不怕这种惩罚，也不怕任何别的惩罚。

第科尼　正相反，应当畏惧。否则的话，就谈不上惩罚，而是享乐了。听我说，假如一个人，一个陌生人，您永远再也见不到的一个人，读了这种忏悔，暗暗在心中宽恕了您，您的心情会因此平静下来吗?

斯塔夫罗钦　会平静下来。（低声地）假如您宽恕我，这会给我很大的安慰。（他注视第科尼，继而，带着一股野性的狂热）不！我要得到自己的宽恕！这是我的主要目的，唯一的目的。只有这样，幻觉才会消失！这就是为什么，我渴求一种过度的痛苦，这就是为什么，我主动寻求这种痛苦！不要让我气馁，否则我会发疯而死。

第科尼　（站起身）假如您相信您能求得自己的宽恕，您在这世间能通过痛苦得到自己的宽恕，假如您只寻求这种宽恕，那么，唔！您完全有信仰啊！上帝会宽恕您缺乏信念，因为您不认识却尊敬圣灵。

斯塔夫罗钦　对我而言，不可能宽恕。您的经书上也明确写道，最大的罪过，莫过于侮辱这样一个小孩子。

第科尼　如果您宽恕自己，那么基督也会宽恕您。

斯塔夫罗钦　不。不。不用他，不用他宽恕。不可能宽恕！永远不会，永远不会……（斯塔夫罗钦拿起帽子，好似疯子一般朝门口走去。然而，他又转向第科尼，恢复上流社会人物的口气，只是显得精疲力竭）我还会来，这一切我们还要谈。请相信，我非常高兴能与您相见。我也非常赞赏您的欢迎和感情。

第科尼　您这就走了？我本想向您提个请求……不过怕是……

斯塔夫罗钦　请讲吧。

〔他漫不经心地从桌子上拿起一小枚耶稣受难像。

第科尼　不要发表这篇自述。

斯塔夫罗钦　事先我就告诉过您，什么也阻挡不了，我要公之于众！

第科尼　我理解。不过，我向您提议作出一种更大的牺牲。放弃这个举动，您就能战胜您的自傲，摧毁您的魔鬼，您也就达到了自由。

〔他合拢手掌。

斯塔夫罗钦　这一切，您也太放在心上了。总之，我若是听您的，就会有个归宿，我就会养儿育女，成为一个俱乐部的会员，假日还来到修道院。

第科尼　不。我向您提议的是另一种赎罪方式。这所修道院里有一个苦行者，是一位老人，拥有极大的基督教智慧，高深莫测，我看不透，甚至您也想象不出。您到他身边去，在五年到七年间，对他唯命是从，我向您保证，您准能得到您所渴望的。

斯塔夫罗钦　（轻率地）进修道院？有何不可？况且我也确信，我虽然天生有一种兽性的肉欲，但是也照样能过苦修的日子。（第科尼伸出双手，高叫了一声）您怎么啦？

第科尼　我看出来，我清楚地看出，您从来没有像现在这样临近犯罪，要犯一桩更加残忍的新罪过。

斯塔夫罗钦　请冷静。我可以答应您，不马上发表这篇自述。

第科尼　不，不。在作出这种巨大牺牲的前一天，一小时，你要在一桩新罪恶中寻找一条出路，而您犯罪，仅仅是为了避免发表这部稿子。

〔斯塔夫罗钦死盯着看第科尼，掰碎耶稣受难像，将碎块摔到桌子上。

——**幕落**

第三部分

第十五场景

〔在瓦尔娃拉·斯塔夫罗钦的府第。

〔斯塔夫罗钦上。他大惊失色，上场犹豫一下，原地转了一周，又从背景消失。格里高列耶夫和斯切潘·特罗菲莫维奇上，二人都极度不安。

斯切潘 她见我到底要干什么？

格里高列耶夫 我也不知道。她让人叫您立刻来。

斯切潘 一定是追查。如果她得知了，她永远也不会宽恕我的。

格里高列耶夫 究竟谁来追查呀？

斯切潘 我也不知道，看样子是个德国人，他颐指气使。我不免过分激动。他讲话，不对，是我讲话，我向他讲述我的一生，我是说从政治角度。我过分激动，但还很自尊，这一点我向您保证。然而，我怕是当时流了泪。

格里高列耶夫 当时您就应当让他出示审查的命令。对他讲话口气要硬。

斯切潘 听我说，我的朋友，不要泄我的气。人倒霉的时候，最忍受不了的，就是听朋友说自己干了蠢事。不管怎样，我采取了预防措施，让人准备了保暖的衣服。

格里高列耶夫 那干什么？

斯切潘 哼！如果他们来找我……现在就是这样：人家一来，就将你逮捕，然后送往西伯利亚，或者更坏的惩处。我还往坎肩的衬里缝了三十五卢布。

格里高列耶夫　根本不是要逮捕您的问题。

斯切潘　他们大概收到了从圣彼得堡发来的电报。

格里高列耶夫　针对您的？可您什么也没有干哪。

斯切潘　嗳，嗳，会把我抓走的。押往苦役犯监狱，或者，把我关进地堡里就不管了。

〔他放声大哭。

格里高列耶夫　瞧您，冷静点儿嘛。您没有什么可责备自己的。您为什么害怕呢？

斯切潘　害怕？嗳！我并不害怕。总之，去西伯利亚我也不怕，不怕。我怕的是别的事，我怕蒙受耻辱？

格里高列耶夫　耻辱？什么耻辱？

斯切潘　挨鞭子！

格里高列耶夫　怎么挨鞭子？您真叫我担心，亲爱的朋友。

斯切潘　对，他们还用鞭子抽你。

格里高列耶夫　他们为什么要用鞭子抽您呢？您什么也没有干哪。

斯切潘　正因为如此，他们会发现我什么也没有干，就要鞭打我。

格里高列耶夫　您见过瓦尔娃拉·斯塔夫罗钦，就该去好好休息。

斯切潘　她会怎么想呢？她一听到蒙受耻辱，会有什么反应呢？她来了。

〔他画了个十字。

格里高列耶夫　您画十字啦？

斯切潘　唔，我从来就不相信这个。不管怎样，什么也不应当忽视。

〔瓦尔娃拉·斯塔夫罗钦上。二人站起来。

瓦尔娃拉　（对格里高列耶夫）谢谢，我的朋友。您能让我们单独待一会儿吗……（对斯切潘·特罗菲莫维奇）请坐吧。

〔格里高列耶夫下。瓦尔娃拉走到写台字前，迅速地写了一张条子。这工夫，斯切潘·特罗菲莫维奇坐在椅子上骚动不安。她写完了，便转过身来）斯切潘·特罗菲莫维奇，我们彻底分手之前，还有一些问题要解决。我开门见山。（他坐在椅子上身子矮了下去）您住口，让我讲。我认为自己作出过保证，就要给您安排一千二百卢布的年薪。我还要添上八百卢布，以备特殊花费之用。这样您够用了吧？我觉得这不算少了。您拿了这笔钱，想到哪儿生活都成，去彼得堡，去莫斯科，还是出国，就是别留在我这儿。您听明白了吧？

斯切潘 不久之前，我听您亲口提出过另一种要求，也同样急迫，同样武断。我遵命了。我装扮成了未婚夫，出于对您的爱，跳起了小步舞。

瓦尔娃拉 您没有跳舞。您来到我这儿，扎了新领带，上了发蜡，还洒了香水。您急迫地想结婚，这从您脸上就看得出来。请相信我，实在不太雅观。尤其对方是一位少女，几乎是个小姑娘……

斯切潘 求求您，不要再说了。我去收容院行吧。

瓦尔娃拉 一个人拥有两千卢布的年薪，是不会去收容院的。您说这话，是因为有一天，您儿子开玩笑提到收容院；顺便说一句，他可比您所讲的要聪明。不过，收容院也是各种各样的，有的接收将军。您到那儿可以打惠斯特牌……

斯切潘 不谈了……

瓦尔娃拉 不谈了？现在，您变得粗鲁啦？既然如此，不谈就不谈。事情也通知您了：从今以后，我们就各自生活吧。

斯切潘 就这些？我们二十年交往，就剩下这么一点儿？这就是我们的诀别？

瓦尔娃拉 还提这二十年！二十年的虚荣和鬼脸！就连您给我写的信，也是写给后世的。您不是个友人，而是个文体优美的作家！

斯切潘 您这话像我儿子说的。看来他影响了您。

瓦尔娃拉　我这么大年龄，难道还不能独立思考？这二十年，您为我做了什么？您甚至拒绝看我给您弄来的书。您又不愿意还没有看就还给我，而您根本就不看，结果让我等了二十年。事实上，您忌妒我智力的发展。

斯切潘　（绝望地）怎么可能为这么点儿小事儿，就一刀两断！

瓦尔娃拉　就说我从国外回来，要在西克斯图斯神像前向您谈谈我的感想，您都不屑于听，只是微微一笑，摆出高人一筹的样子。

斯切潘　我笑是笑了，可是样子没有高人一筹。

瓦尔娃拉　其实这也没什么！这幅西克斯图斯神像，只能引起像您这样几位老者的兴趣，这是显而易见的。

斯切潘　显而易见的是，听了这残忍无情的话，我就不得不走人了。现在请听我说，我这就去拿行乞的褡裢，放弃您的所有馈赠，徒步走完这一生的旅程，或者给一位商人当家庭教师，或者饿死在篱笆之下。

〔瓦尔娃拉·斯塔夫罗钦怒气冲冲地站起来。

瓦尔娃拉　我就算定是这么回事儿。多少年来我就知道，您只等待时机败坏我的名誉。您能够一死，但只是为了让我的家庭受到诽谤。

斯切潘　您一向看不起我，但我终此一生，也要像忠于心上夫人的一名骑士。从这一时刻起，我再也不接受您的任何礼物，我要无私地为您增光。

瓦尔娃拉　这倒是新鲜事儿。

斯切潘　我知道，您从来就不尊重我。对，我是您的寄生虫，有许多弱点。然而，过寄生的生活，从来就不是我的行为的最高准则。这是自然形成的，我心中太明白是怎么回事儿了。我一直这么认为，我们之间有点儿什么东西，是超越吃喝的，而我从来就不是一个无赖。好吧！现在上路，以弥补我的过错！相当迟了，已是深秋，田野弥漫着大雾，老年的冰霜覆盖了我的道路，在呼啸的风声里，我听到了坟墓的呼唤。不过，还是得上路！噢！我要说别了，我的梦幻！二十年！（他泪流满面）走吧。

瓦尔娃拉 （她很激动，但又连连顿足）又是些孩子话。您从自私心理发出的威胁，根本就不能付诸实施。您哪儿也不会去，不会去任何商人的家里，还是得由我供养，继续领取您的年金，每星期二接待您那些叫人无法容忍的朋友。别了，斯切潘·特罗菲莫维奇！

斯切潘 Alea jacta est[①].

〔他冲向户外。

瓦尔娃拉 斯切潘！

〔然而，他已经无踪无影。瓦尔娃拉原地打转，撕破自己的手笼；继而，她扑到沙发上，潸然泪下。

〔户外隐约传来喧闹声。

〔格里高列耶夫上。

格里高列耶夫 斯切潘·特罗菲莫维奇往哪儿跑哇？城里发生动乱啦！

瓦尔娃拉 动乱？

格里高列耶夫 对。谢彼古林工厂的工人，纷纷到行政长官的府邸门前游行示威。据说，行政长官气疯了。

瓦尔娃拉 上帝呀，在动乱中，斯切潘会被抓走的！

〔阿列克赛·伊戈罗维奇让进普拉丝科葳·德罗兹道夫、莉莎、莫里斯·尼古拉耶维奇和达莎。

普拉丝科葳 噢！上帝呀，爆发革命啦！我这两条腿迈不动步了。

〔维尔钦斯基、利甫廷和彼得·维尔科文斯基上。

彼得 动起来了，动起来了。行政长官这个蠢货，一下子犯了热

---

① 拉丁文，大意为："木已成舟"。

病了。

瓦尔娃拉 见到您父亲了吗?

彼得 没有，不过他没有多大危险，就是挨顿鞭子。这对他会有好处的。

〔斯塔夫罗钦出现。

〔他的领带不整了。

〔他的神态第一次显得有点疯癫。

瓦尔娃拉 尼古拉，你怎么啦?

斯塔夫罗钦 没什么，没什么，好像有人叫我。不对……不对……谁会叫我呢……

〔莉莎向前走了一步。

莉莎 尼古拉·斯塔夫罗钦，有一个叫列比亚德金的，自称是您妻子的哥哥，他写了一些不适当的信，说是要揭露您一些事情。如果他真是您的亲戚，请您禁止他再骚扰我。

〔瓦尔娃拉扑向莉莎。

斯塔夫罗钦 （口气异常自然地）同此人有亲戚关系，我的确不幸。四年前，我在彼得堡娶了他妹妹，列比亚德金家的姑娘。

〔瓦尔娃拉举起右臂，仿佛要护住自己，接着昏倒在地。除了莉莎和斯塔夫罗钦，众人都急忙围上去。

斯塔夫罗钦 （以同样的口气）现在应当随我走了，莉莎。我们一同去我在斯克沃列什尼基的乡居。

〔莉莎好似木偶一般朝他走去。正救护瓦尔娃拉·彼特罗芙娜的莫里斯·尼古拉耶维奇，这时站起身，朝莉莎跑去。

莫里斯·尼古拉耶维奇 莉莎!

〔莉莎摆一下手，制止了他。

莉莎 可怜可怜我吧。

〔她随斯塔夫罗钦而去。

——黑暗

叙述者（站在映着火光的幕布前）：长期蕴蓄的大火，终于烧起来了。大火真正开始烧起来，是莉莎随斯塔夫罗钦走的这天夜晚。烈火吞噬了位于市区和斯塔夫罗钦家之间的城郊。列比亚德金和他妹妹玛丽娅居住的房子，就坐落在城郊。而且，大火也在心灵里燃烧起来。莉莎出走之后，不幸事件接踵而来。

第十六场景

〔莉莎仍穿着原来的衣裙，但是皱巴了，也没有扣好。她站在落地窗里，观望熊熊大火的火光，身子微微颤抖。斯塔夫罗钦从户外进来。

斯塔夫罗钦 阿列克赛骑马去打听情况了。再过几分钟，我们就全知道了。据说城郊一带烧毁了一大片。大火是在半夜十一点至十二点烧起来的。

〔莉莎猛地转过身，走过去坐到扶手椅上。

莉莎 请听我说，尼古拉。我们在一起不能待多久了，我想把要说的话全对您说了。

斯塔夫罗钦 你这话是什么意思，莉莎？我们在一起为什么待不久了呢？

莉莎 因为我死了。

斯塔夫罗钦 死啦？为什么，莉莎？应当活着呀。

莉莎 您忘了，昨天走进这屋子的时候，我就对您说过，您带来了一个死人。我已经活过了，我在大地上有过生命的时刻，这就够了。我可不愿意像克里斯托夫·伊万诺维奇。您还记得吧？

斯塔夫罗钦 记得。

莉莎　在洛桑的时候，他可让您烦得要命，对不对？他总说："我来只待一小会儿。"结果一泡就是一整天。我可不愿意像他那样。

斯塔夫罗钦　不要这么讲，你伤害了自己，同时也伤害了我。听我说，我可以向你发誓：此刻我爱你胜过昨天你进来的那时候。

莉莎　好怪的爱情表白！

斯塔夫罗钦　我们不分开了，我们一道走吧？

莉莎　走？去干什么？如您所说，一起复活吗？不，对我而言，这一切太过于高尚。如果我非得和您一道走的话，那也应当去莫斯科，接待客人并拜访人家。这是我的理想，一种相当市民化的理想。可是，您既已结婚，谈这一切都没用了。

斯塔夫罗钦　然而，莉莎，难道你忘了，你已经委身于我了？

莉莎　我并没有忘。现在我要离开您。

斯塔夫罗钦　你是为昨天的任性向我报复。

莉莎　这种想法可够卑鄙的。

斯塔夫罗钦　那么你为什么做出这种事儿？

莉莎　这对您有什么要紧？您一点儿过错也没有，无需向任何人交代。

斯塔夫罗钦　不要这样鄙视我，我唯恐丧失你给我的希望。我这个人已经毁了，如同溺水的人，本想你的爱能挽救我。这种新希望让我付出多大代价，你知道吗？我是付出了生命。

莉莎　您的生命还是别人的生命？

斯塔夫罗钦　（大惊失色）你这话什么意思？马上说清楚，是什么意思？

莉莎　我不过是问您，您为这种希望付出的是您的生命，还是我的生命？您为什么这样看着我？您想到哪儿去啦？您就好像怕什么，很久以来就怕……现在，您脸色都白了……

斯塔夫罗钦　如果说你知道点儿什么事，而我却一无所知，我可以向你发誓，刚才我要说的不是这个……

莉莎 （恐惧地）我不明白您的话。

斯塔夫罗钦 （他坐下来，双手捧住头）一场不好的梦……一场噩梦……我们讲的是两件不同的事儿。

莉莎 我不知道你讲的是什么事儿……（她注视尼古拉）尼古拉……（尼古拉抬起头）昨天您能没有看出今天我要离开您吗？您知道还是不知道？不要说谎：您知道吗？

斯塔夫罗钦 我知道。

莉莎 您知道，还是照样占有了我。

斯塔夫罗钦 对，你谴责我吧，你有这种权利。我也知道我不爱你，却又占有了你。我对任何人也从未萌生过爱，我只产生欲望，仅此而已。我利用了你，不过我一直希望有一天能够爱，也一直希望爱的是你。你肯随我来，也就增加了这种希望。我会爱的，对，我会爱的。

莉莎 您会爱的！而我，当时还想象……哼！我是出于骄傲的心理随您来的，要同您争一争谁最大气；我跟随您来是要同您一起堕落，分担您的不幸。（开始流泪）然而我不顾一切，还想象您发狂地爱我。而您呢，您只是希望有一天能爱我。我真是一个小傻瓜。不要嘲笑我流泪，我特别喜欢这样自悯自怜。算啦！我无能为力，您也同样无能为力。我们面对面伸伸舌头，寻求点儿自我安慰吧。这样，我们骄傲的心理至少不会感到痛苦。

斯塔夫罗钦 不要哭，看到你哭我受不了。

莉莎 我平静了。我拿一生换取同您厮守一小时。现在我平静下来了。至于您，您会忘掉的，您还会有别的良宵，别的时刻。

斯塔夫罗钦 绝不会有！绝不会有！除了你，任何人也不行……

莉莎 （无比绝望地看着尼古拉）啊！您……

斯塔夫罗钦 对，对，我会爱您的，现在我敢肯定了。有一天，我的心会终于放松的，我低下头，在你的怀抱中忘乎所以。唯独你能把我治愈，唯独你……

莉莎 （又镇定下来，语气沉郁而失望地）把您治愈！我不愿意。我不愿意当一名慈善的修女照顾您。您去找达莎吧，那是条狗，到哪儿她都能跟随您。您也不要为我伤心，我事先就知道等待我的是什么。我一直就知道，如果我跟随您，您就会把我带到一个地方，里面住着一只同人一样大的巨型蜘蛛。而我们看着蜘蛛，心惊肉跳地度过一生。我一直知道，我们的爱情会归结为这种情景……

〔阿列克赛·伊戈罗维奇上。

阿列克赛 先生，先生，他们找到了……（他瞧见莉莎，便打住话头）我……先生，彼得·维尔科文斯基希望见您。

斯塔夫罗钦 莉莎，在那房间里等着。（莉莎走过去。阿列克赛·伊戈罗维奇下）莉莎……（她又站住）如果你听说了什么事儿，要知道，那是我的罪过。

〔莉莎惶恐地注视，倒退着进了办公室。

〔彼得·维尔科文斯基上。

彼得 您首先应当知道，我们谁也没有罪过。这是一种巧合，事态帮了忙。在法律上，您没有责任……

斯塔夫罗钦 他们被烧死了？被杀死了？

彼得 被杀死了。不幸的是，房子只烧了一部分，有人又找到了他们的尸体。列比亚德金被人割了脖了，他妹妹遍体刀伤。不过，肯定是一个游荡的强盗干的。有人告诉我，头一天晚上，列比亚德金喝醉了，让所有的人看我给他的一千五百卢布。

斯塔夫罗钦 您给了他一千五百卢布？

彼得 对。作为一种特意的安排，是以您的名义给的。

斯塔夫罗钦 以我的名义？

彼得 对。我怕他告发我们，就给了他这笔钱，让他去圣彼得堡……（斯塔夫罗钦心不在焉，走了几步）您至少听听，事情是怎么变化的……（他拉尼古拉燕尾服的翻领。尼古拉狠狠给了他一拳）噢！您差点儿把我这胳臂打骨折了。总之……简单地说，他得到这笔钱就卖弄，让费德卡看见了，就是这码事儿。现在我敢说，肯定是费德卡，大概他没有理解您的真正意图……

斯塔夫罗钦 （特别心不在焉）是费德卡放的火吗？

彼得 不是，不是。您知道，这种大火计划是我们各小组的行动，这种行动方式极具全国性、民众性……可是，并没有这么早！有人不服从我的命令，仅此而已，但必须严厉惩罚。要注意，这场灾难有好的一面，比方说，您成了独身，明天就能娶莉莎了。她在哪儿？我要向她宣布好消息。（斯塔夫罗钦哈哈大笑，显得有点儿精神失常）您笑啦？

斯塔夫罗钦 对，我笑我这猴戏，我也笑您。好消息，当然啦！然而，您不认为这些尸体会多么引起她的不安吗？

彼得 哪里！为什么？何况，从法律上说……而且，那是一位很有胆量的小姐，她会大踏步跨过那些尸体，那种劲头能叫您本人吃惊。她一结婚，就全置于脑后了。

斯塔夫罗钦 不可能结婚，莉莎要保持独身。

彼得 不会吧？我一见到你们，就明白事情不顺。哈！哈！也许，完全失败啦？我敢打赌，一整夜你们都坐在不同的椅子上，浪费宝贵的时间，讨论非常高尚的事情。我倒是确信，这种讨论，最终净讲些蠢话……好，我很容易就能让她嫁给莫里斯·尼古拉耶维奇。请相信，他一定在外面雨中等候她呢。至于其他人……那些被杀死的人，最好什么也不要对她讲，她知道得越晚越好。

〔莉莎上。

莉莎 让我知道什么？谁杀了人？您说莫里斯·尼古拉耶维奇怎

么啦？

彼得 怎么，年轻的姑娘，还会在门外偷听啊！

莉莎 您说莫里斯·尼古拉耶维奇怎么啦？他被杀啦？

斯塔夫罗钦 没有，莉莎，只是我妻子和她哥哥被杀了。

彼得 （殷勤地）事情怪极了，纯属偶然！有人趁大火把他们杀掉，抢走了财物。肯定是费德卡干的。

莉莎 尼古拉！他讲的是真话吗？

斯塔夫罗钦 不是，他没讲真话。

〔莉莎呻吟一声。

彼得 嗳，要知道，这个人丧失理智了！况且，他在您身边待了一夜，因此……

莉莎 尼古拉，对我说，此刻您就像面对上帝。您有罪还是没罪。我相信您的话，就像相信上帝的话那样。我会跟随您，如同一条狗，跟您到天涯海角。

斯塔夫罗钦 （缓慢地）我没有杀人，也反对这种谋杀。然而，我知道有人要杀他们，却没有阻止凶手行动。现在，您请便吧。

莉莎 （恐怖地注视他）不，不，不！

〔她嚷着出去。

彼得 真是的，我跟您就是白浪费时间！

斯塔夫罗钦 （声调阴沉地）我。噢！我……（他突然狂笑，接着站起来，以可怕的声音叫喊）我，我恨死了俄罗斯存在的一切：人民、沙皇，还有您和莉莎。我恨大地上生活的一切，首先恨我本人。让毁灭扫荡，对，让所有的人都毁灭，让斯塔夫罗钦的所有猴戏和他本人，同所有的人一起毁灭……

——黑暗

第十七场景

〔在大街上。

〔莉莎奔跑。彼得·维尔科文斯基在后面追赶。

彼得 等一等，莉莎，等一等，我来送您回去，我那儿有马车。

莉莎 （神态失常）对，对，您心肠好。他们在哪儿？流的血在哪儿？

彼得 嗳，不，您要干什么？下雨呢，您瞧哇，过来吧，莫里斯·尼古拉耶维奇在这儿呢。

莉莎 莫里斯！他在哪儿？噢，上帝呀，他在等我！他知道了！

彼得 嗳，这有什么关系？他肯定是个没有偏见的人！

莉莎 好极了，好极了！噢！不能让他瞧见我。逃吧，逃到森林里，逃到田野上……

〔彼得走了。莉莎奔逃。莫里斯·尼古拉耶维奇 追上去。莉莎跌倒，莫里斯哭着俯下身去，脱下大衣，裹在姑娘身上。莉莎哭泣着吻他的手。

莫里斯·尼古拉耶维奇 莉莎！我在您身边什么也不是，不过别把我推开！

莉莎 莫里斯，不要抛弃我！我怕死，我不愿意死。

莫里斯·尼古拉耶维奇 您都被淋湿了！上帝呀，雨还下个不停！

莉莎 没什么。来，给我带路，我要去瞧瞧流的血。据说，他们杀了他妻子，可他说是他杀的，但这不是真的，对不对？再不然，我要亲眼看看因为我而被杀的人……快点儿，快点儿！莫里斯，不要宽恕我，我的行为很不道德？您何必哭呢？扇我一个耳光，就在这里杀了我算了！

莫里斯·尼古拉耶维奇 谁也无权审判您。而我，比谁都更没资格。上帝宽恕您！

〔幕布逐渐映现火光，开始听见众人的喧闹声。

〔斯切潘·特罗菲莫维奇上，他穿一身旅行服装，左手拎着旅行袋，右手拿着一根棍子和一把雨伞。

斯切潘 （有点胡言乱语）您哪！亲爱的，亲爱的女友，怎么可能！在这大雾……您望见了大火！……您很不幸，对不对？我看得很清楚。我们大家都不幸，可是，必须宽恕他们所有的人。为了消灭这个世界，争取自由，就必须宽恕，宽恕，宽恕……

莉莎 喂！您起来吧，为什么要跪下呢？

斯切潘 在向这个世界告别的同时，我也要通过您这个人，向我的整个过去告别。（他潸然泪下）我给我这一生中所有美好的事物下跪。我幻想过登天，现在却陷进泥潭，成了被压垮的老人……瞧瞧他们的罪恶通红通红的。他们也没有别的办法。我要逃离他们的疯狂、他们的恶梦，我要去寻找俄罗斯。哎呀，你们俩全淋湿了。拿着我这把雨伞。（莫里斯机械地接过雨伞）我呢，总会找到一辆大车的。对了，亲爱的莉莎，您刚才说什么，有人被杀了？（莉莎一时支持不住）上帝呀，她昏过去啦！

莉莎 快，快，莫里斯，把雨伞还给这孩子！马上！（她又走向斯切潘·特罗菲莫维奇）我要在您身上画个十字，可怜的人，您也要为可怜的莉莎祈祷！

〔斯切潘·特罗菲莫维奇走了。他们也走向大火。

〔喧嚣声渐大。火燃得更旺。这时，人群高喊：

众人声音 那就是斯塔夫罗钦的小姐。

把人杀了还不满足，他们还要来看看尸体。

〔一个汉子打莉莎。

〔莫里斯·尼古拉耶维奇扑向那人。

〔二人动起手来。莉莎刚站起来，又有两个汉子打她，其中一人用棍子打。莉莎又倒下。全场肃静。莫里斯·尼古拉耶维奇抱起莉莎，拖到灯光下。

莫里斯·尼古拉耶维奇 莉莎，莉莎，不要抛下我。（莉莎死了，身子朝后仰去）莉莎，亲爱的莉莎，现在该我去同你相聚了！

——黑暗

叙述者：斯切潘·特罗菲莫维奇像个被废黜的国王，在大道上游荡，大家正到处寻找他的时候，事态急剧发展。沙托夫的妻子出走三年之后又回来。沙托夫以为重新开始的生活，实际上却是一个收场。

第十八场景

〔沙托夫的卧室。

〔玛丽·沙托夫手拎着旅行袋站着。

玛丽 我在这儿只待很短时间，容我找到工作。假如我妨碍了您，我请您像个诚实人那样，立刻告诉我。我卖点儿什么东西，就去住旅馆。

〔她坐到床上。

沙托夫 玛丽，不要提什么旅馆，你这是在自己家里。

玛丽 不，我不是在自己家里，三年前我们就分手了。您不要胡思乱想，以为我后悔了，回来重新开始什么事情。

沙托夫 不，不，这样想没用，况且，这也没什么关系。你是唯一曾经对我说过爱我的人，这就够了。你做什么随便，既然到这儿了。

玛丽 对，您心肠很好。我到您这儿来，也是因为我一直认为您这人心地善良，胜过所有那些卑鄙的家伙……

沙托夫 玛丽，听我说，看样子你筋疲力尽了。求求你了，不要发火……如果你肯喝点儿茶什么的，嗯？喝茶总有好处，如果你肯的话……

玛丽 我当然愿意喝了。您总是这么孩子气。您若是有茶，就给我喝点儿。这屋真冷。

沙托夫 好，好，会给你弄来茶喝的。

玛丽 您这儿没有吗？

沙托夫 会给你弄来的，会给你弄来的。（他去敲基里洛夫的房门）借给我点儿茶叶行吗？

基里洛夫 过来喝吧！

沙托夫 不行。我妻子到我这儿来了……

基里洛夫 您妻子！

沙托夫 （说话结结巴巴，带着几分哭腔）基里洛夫，基里洛夫，在美洲，我们一起受过罪。

基里洛夫 对，对，等一等。（他走开，继而又端着茶盘回来）给您，拿着。还有一卢布，也拿着吧。

沙托夫 我明天还给您。啊！基里洛夫。

基里洛夫 别这样，别这样，她回来了，您还爱她，这很好。您来找我也很好。如果缺什么，您就招呼我一声，不管什么时候，我想着您和她。

沙托夫 唉！您若能放弃可怕的念头，会成为何等样的人。

〔基里洛夫猛然走开。沙托夫目送他离去。有人敲门。利雅姆琴上。

沙托夫 我不能接待您。

利雅姆琴 我来转告您一件事儿，维尔科文斯基让我来告诉您，问题全解决了，您自由了。

沙托夫 真的？

利雅姆琴 对。完全自由了，只要把印刷机埋藏的地点告诉利甫廷就行了。明天天亮之前，我六点钟准时来找您。

沙托夫　到时候我去。现在您快走吧，我妻子回来了。（利雅姆琴下。沙托夫转身回房间。玛丽睡着了。他将茶放在桌子上，站在那儿端详她）啊！你真美！

玛丽　（醒来）您怎么让我睡在这儿？我占了您的床。哎哟！

〔她好像疼痛难忍，又仰身倒下，并抓住沙托夫的手。

沙托夫　你身体不好，亲爱的。我去叫大夫……你哪儿疼？你要敷一敷吗？我能做……

玛丽　什么？您要说什么……

沙托夫　哦，没什么……我不明白你是怎么回事儿。

玛丽　没事儿，没事儿，没什么……您走一走，对我讲点儿什么……对我谈谈您的新思想，您宣扬什么呢？您情不自禁，总要宣扬，这是您性格所决定的。

沙托夫　对……也就是说……现在我宣扬上帝。

玛丽　而您却不相信。（又一阵疼痛）噢！您真叫人受不了，叫人受不了。

〔她推开俯向床铺的沙托夫。

沙托夫　玛丽，我会照你说的做……我这就来回走……我这就说话。

玛丽　您怎么还没看出来已经开始啦？

沙托夫　开始啦？究竟什么……

玛丽　您怎么还没看出来我要生啦？噢，这孩子真该受诅咒！（沙托夫站起来）您去哪儿，您去哪儿？我不准您走！

沙托夫　我马上回来，马上回来。这得用钱，一名产妇……噢！玛丽，基里洛夫！基里洛夫！

——黑暗

〔继而，曙光又慢慢射进屋里。

沙托夫　她在旁边，同他在一起。

玛丽　他很美。

沙托夫　真是一大快事！

玛丽　我给他起什么名儿呢？

沙托夫　就叫沙托夫吧。他是我的儿子，让我给你弄弄枕头。

玛丽　不要这样！你真笨。

〔沙托夫尽量做好。

玛丽　（不看沙托夫）俯过身来！（他俯过身去）再低点儿！再靠近点儿。

〔她伸手搂住他的脖子，亲了他。

沙托夫　玛丽！我的爱！

〔她又翻过身去。

玛丽　噢！尼古拉·斯塔夫罗钦是个坏蛋。

〔她放声大哭。沙托夫爱抚她，对她轻柔地说话。

沙托夫　玛丽，现在结束了。我们三人一起生活，我们工作。

玛丽　（扑到他怀里）对，我们工作，我的爱，我们忘掉过去……

〔有人敲客厅的门。

玛丽　怎么回事儿？

沙托夫　我倒忘了，玛丽，我得出去一趟，半个钟头就回来。

玛丽　你要丢下我。我们刚刚团聚，而你又要丢下我……

沙托夫　这是最后一次了，然后我们就在一起。我们永远，永远也不再想过去日子的恐惧。

〔他拥抱了玛丽，戴上鸭舌帽，轻轻关上房门。利雅姆琴正在客厅里等他。

沙托夫　利雅姆琴，我的朋友，您这一生中总有过幸福的时候吧！

——黑暗

〔利雅姆琴和沙托夫从显示街道的幕布前走过。利雅姆琴站住，犹豫不前。

沙托夫　怎么！您等什么？

〔二人又朝前去。

——黑暗

第十九场景

〔勃里科沃森林。

〔齐加洛夫和维尔钦斯基已在场上。这时，彼得·维尔科文斯基同修士和利甫廷到达。

彼得 （提高灯笼，逐一察看他们）希望你们没有忘记商定的事情。

维尔钦斯基 听我说，我知道沙托夫的妻子昨晚回到他身边，并且分娩了。懂得人心的人显然会明白，现在他不会去告发了，他幸福了。也许，我们现在也可以放弃计划。

彼得 如果是您突然幸福，您会退缩，不去完成您认为既正确又必要的正义之举吗？

维尔钦斯基 当然不会，当然不会。然而……

彼得 您宁可处于不幸的境地，也不愿当个懦夫吧？

维尔钦斯基 当然，我宁可……

彼得 那好！告诉你们，沙托夫现在认为，这次告发是正确而必要的。况且，他妻子跑了三年之后，回到他身边生下斯塔夫罗钦的一个孩子，这有什么幸福可言呢？

维尔钦斯基 （突然发作）对，可是我，我抗议。我们要求他以名誉下保证就行了。

彼得 要谈名誉，那就必定是政府的鹰犬。

利甫廷 您怎么敢这样讲？这里谁是政府的鹰犬？

彼得 也许您就是……叛卖者，就是在危险的时刻害怕的人。

齐加洛夫 别说了。我要讲两句，从昨天傍晚起，我就系统地检查了这次暗杀行动计划，并且得出结论，认为此举毫无意义，是轻率的，带有个人恩怨的。您恨沙托夫，因为他鄙视您，侮辱过您，这是个人恩怨问题。然而，自私，就是专利主义。因此，我离开。不是怕危险，也不是同情沙托夫，而是因为这种谋杀同我的体系相矛盾。别了。至于告发，您知道我不会干。

〔他转身扬长而去。

彼得 留在这儿，我们会找这疯子算账的。眼下，我必须告诉你们，沙托夫要告发的意图，已经透露给了基里洛夫。是基里洛夫对我讲的，因为他很气愤。现在，情况你们全了解了，而且，你们都发了誓。（众人面面相觑）好，我再提醒你们，干掉他之后，就扔到水塘里，我们就分散活动。基里洛夫的遗书会为我们所有的人打掩护。明天，我动身去圣彼得堡，以后会跟你们通消息的。（传来一声口哨。利甫廷迟疑了一下才应答）我们藏起来。

〔除开利甫廷，所有的人都躲起来。利雅姆琴和沙托夫上。

沙托夫 怎么！您哑巴啦？您的铁镐放在哪儿了？不要害怕呀，这儿连只猫也没有。这里就是放大炮，城郊居民区也听不见。就在这里，（他用脚跺跺地面）正是这地点。

〔修士和利甫廷从他身后蹿出，抓住他的臂肘，将他按倒在地。

〔维尔科文斯基用手枪顶住他的额头。沙托夫短促而绝望地叫了一声："玛丽！"

〔维尔科文斯基开了枪。

〔维尔钦斯基没有动手，他突然开始颤抖，嚷起来。

维尔钦斯基 不是这样。不，不，根本不是这样……（利雅姆琴也没有上手参与谋杀，一直站在维尔钦斯基身后，这时从身后突然抱住他，也发出可怕的喊声。维尔钦斯基惶怖地挣脱开。利雅姆琴扑向彼得·维尔科文斯基，并发出同样的喊声。别人将他拉住，制止他叫喊。维尔钦斯基痛哭起来）不，不，不是这样……

彼得 （鄙夷地注视他们）败类！……

——黑暗

第二十场景

〔街道。

〔维尔科文斯基急匆匆走向菲利波夫公寓，碰到费德卡。

彼得　你怎么不遵照我的命令，一直藏在那儿呢?

费德卡　客气点儿，虚伪的小人，客气点儿。我不愿意连累基里洛夫先生，他是个有知识的人。

彼得　你究竟要不要通行证和钱，好去彼得堡?

费德卡　你是臭虫，在我眼里，你就是这种东西。你以斯塔夫罗钦先生的名义答应给我钱，是要让无辜的人流血。现在我知道了，斯塔夫罗钦先生并不知情。因此，真正的凶手既不是我，也不是斯塔夫罗钦先生，而是你。

彼得　（怒不可遏）你知道吗，坏蛋，我马上就把你送交警察局!（他掏出手枪。可是，费德卡动作更快，他照彼得脸上连打四拳。彼得倒下。费德卡哈哈大笑，溜之大吉。彼得又爬起来）跑到天边，我也要去找你算账，我一定灭了你。至于基里洛夫!……

〔他跑向菲利波夫。

——黑暗

第二十一场景

〔菲利波夫公寓。

基里洛夫　（在黑暗中）你杀了沙托夫!你杀了他，你杀了他!

〔灯光亮起来。

彼得　我不知向您解释了多少遍，沙托夫要告发我们所有的人。

基里洛夫　住口。你杀了他，是因为他在日内瓦啐了你的脸。

彼得　为了这事儿，也为了许多别的事儿。您怎么了……噢……

〔基里洛夫操起手枪，对准维尔科文斯基。他也掏出手枪对峙。

基里洛夫　你已经准备好武器，唯恐我打死你。可是，我不杀人。尽管……尽管……

〔他继续瞄准，然后笑着放下手臂。

彼得　我就知道您不会开枪的。然而，您冒的风险太大了。我可差点儿开枪……

〔彼得又坐下来，为自己倒茶，手还微微抖动。

〔基里洛夫将手枪撂在桌子上，开始来回踱步，继而又站到维尔科文斯基面前。

基里洛夫　我哀悼沙托夫。

彼得　我也是。

基里洛夫　住口，坏蛋！要不然我打死你。

彼得　好吧，我不哀悼……再说，时间紧迫。我要坐清晨的一趟火车去国外。

基里洛夫　我明白。你让别人替你承担罪名，而自己却逃之夭夭。流氓！

彼得　流氓也好，正派也罢，全是空话，除了空话还是空话。

基里洛夫　我整整一生，都希望在空话之外，产生点儿别的东西，我只为这个活着，只为话语有一种意义，也成为行动……

彼得　这就？

基里洛夫　这就……（他注视彼得·维尔科文斯基）唉！你是我生前见到的最后一个人，我不希望我们怀着仇恨分手。

彼得　从个人来讲，请相信我对您毫无怨恨。

基里洛夫　我们二人都是不幸者，而我要自杀，你却活下去。

彼得 我当然活下去。我呢，是个懦夫，这很可鄙，我完全明白。

基里洛夫 （情绪逐渐激昂）对，对，这很可鄙。听我说，你还记得吧，钉在十字架上受难的人，对在他右边处死的强盗说："就在今天，你就将同我一起上天堂。"太阳落了，他们死了，既没有天堂，也没有复活。然而，这个人是整个大地上最伟大的人。如果没有这个人，地球上的一切就完全是荒谬的。假如自然法则甚至连这样一个人都不放过，迫使他生活在谎言中，为一种谎言而死去，那么这个世界只不过是一种虚幻。那么活在世上干什么呢？回答，如果你是个男子汉的话。

彼得 是啊。活在世上干什么！我完全理解您的观点。如果上帝是一种虚幻，那么我们就是孤独而自由的。您自杀，从而证明您是自由的。再也没有上帝了。可是，为此您必须自杀。

基里洛夫 （越来越冲动）你理解了。啊！就连你这个坏蛋都能理解，那么人人都能理解了。然而，必须有人开个头，向其他人证明人的这种可怕的自由。我不幸，就因为我是头一个，心里害怕极了。我仅仅是在一瞬间成为主宰。但是，我要带个头，将门打开。那么所有的人都会幸福，全成为主宰，永远成为主宰。（他扑向桌子）喂！给我笔，你来口授，由我签字，也写上是我杀了沙托夫。口授吧，我不怕任何人，一切都无所谓。一切隐藏的，全会真相大白，而你，你也将毁灭。我相信，我相信，口授吧。

彼得 （腾地站起来，将笔和纸放到基里洛夫面前）我，阿列克赛·基里洛夫，我声明……

基里洛夫 对。向谁呀？向谁声明啊？我要知道这份声明发给谁。

彼得 不向任何人，向所有的人。何必确指呢？向全世界。

基里洛夫 向全世界！好哇。绝不后悔，我不愿意后悔，我也不愿同当局打交道。好吧，接着口授。宇宙是坏的，我签名。

彼得 对，宇宙是坏的。让当局见鬼去！写吧。

基里洛夫　等一等，我要在这一页上方，画一个向他们伸舌头的人头。

彼得　不用。不要图画，信的语气就足够了。

基里洛夫　语气，对，是这样，口授语气。

彼得　“……我声明今天清晨，我在园林里杀了大学生沙托夫，惩罚他的背叛和告发宣言的行为。”

基里洛夫　就这些？我还要辱骂他们。

彼得　这就够了，给我吧。可您既没写日期，也没签名。签字吧。

基里洛夫　我要辱骂他们。

彼得　写上“共和国万岁”，他们的脸就会吓白了。

基里洛夫　对，对。不行，我要添上：“自由、平等、博爱或者死亡”。好了。唔！再用法文写上：“俄罗斯绅士、修士和文明世界的公民”。喏！喏！很完美，很完美。（他站起身，拿起手枪，又跑去吹灭灯，房屋一片漆黑，他在夜色中用尽全力号叫）马上，马上……

〔一声枪响，紧接着一片寂静。有人在场上摸索。彼得·维尔科文斯基点亮一支蜡烛，举着照了照基里洛夫的尸体。

彼得　很完美！

〔彼得·维尔科文斯基下。

玛丽·沙托夫　（在楼层里呼叫）沙托夫！沙托夫！

——**黑暗**

叙述者：由于软弱的利雅姆琴的告发，杀害沙托夫的凶手被捕了，唯独维尔科文斯基逃脱了。他此刻正舒舒服服地坐在头等车厢里，过了边境，为建立一个更好的社会而酝酿新的计划。然而，如果说维尔科文斯基家族不会灭绝的话，斯塔夫罗钦家族可就难说了。

第二十二场景

〔在斯塔夫罗钦府第。

〔瓦尔娃拉披着一条披肩。她身边的达莎戴着黑纱。阿列克赛站在门口。

瓦尔娃拉 备马车!(阿列克赛下)到他那年纪，还这样冒雨到处流窜!(她流泪)傻瓜!傻瓜!可是，他现在病了。噢!不管是死是活，我也要把他接回来!(她朝门口走去，又站住，转身走向达莎)我的宝贝儿，我的宝贝儿!

〔她拥抱了达莎，这才出去。

〔达莎在窗口望着她走了，又返身坐下。

达莎 上帝呀，保佑他们所有的人，保佑他们所有的人，然后再保佑我自己。(斯塔夫罗钦突然进来。达莎盯着看他。冷场)您是来找我的，对不对?

斯塔夫罗钦 对。

达莎 找我做什么?

斯塔夫罗钦 我来请您明天跟我一起走。

达莎 可以!我们去哪儿?

斯塔夫罗钦 去国外。我们到那儿永远定居。您去吗?

达莎 我去。

斯塔夫罗钦 那地方我知道，很凄凉，在山谷里，高山在四周阻断视线和思想。在这个世界上，那地点最像死亡。

达莎 我跟随您。可是，您要学会生活，学会重新生活。您这么健壮。

斯塔夫罗钦 (狞笑一下)对，我有力量。我能挨了耳光一句话不讲，能制伏一个杀人凶手，能过极度放荡的生活，也能公开承认自己的堕落。我什么都能做，有一身使不完的力气，可是，我这一身力气不知往哪儿用。在我看来，一切都那么陌生。

达莎 哦！但愿上帝赐予您一点儿爱，哪怕爱的对象不是我！

斯塔夫罗钦 对，您有勇气，您将是一个很好的看护！不过，再讲一遍，您可不要打错了主意。我从来未能蔑视什么，将来永远也不可能爱。我只能否定，吹毛求疵地否定。如果我终于能相信点儿什么，那么我也许能自杀，但是我不可能相信。

达莎 （浑身颤抖）尼古拉，空虚到这种程度，这就是信念，或者可望产生信念。

斯塔夫罗钦 （注视她，沉默片刻）这么说，我有信念了。（他又站起来）什么也不要讲。现在，我有事儿可做了。（他怪笑了一下）多么卑劣呀，居然来找您！本来对我来说，您是个很可亲的人，我忧伤的时候，待在您身边心里就会好受些。

达莎 您来了，也使我感到幸福。

斯塔夫罗钦 （样子怪怪地看着她）幸福？同意，同意……嗳，不对，这不可能……我只带来痛苦……然而，我不指责任何人。

〔他从右侧下。

〔外面传来喧闹声。瓦尔娃拉从远台上。

〔她身后是斯切潘·特罗菲莫维奇，被一个高大强壮的农奴像孩子一样抱着。

瓦尔娃拉 快，把他放在这张长沙发上。（对阿列克赛）去通知大夫。（对达莎）你呢，把房间弄暖和些。（将斯切潘安顿好，农奴便退出去）好嘛！您可真疯了，出去散步很好吧？（斯切潘昏过去。瓦尔娃拉惊慌失措，坐到他身边，拍打他的手）噢，平静下来！平静下来！我的朋友！噢，刽子手，刽子手！

斯切潘 （苏醒过来）哦，亲爱的！哦，亲爱的！

瓦尔娃拉 别，等一等，住口。

〔斯切潘抓住她的手，紧紧握住。

〔他突然将瓦尔娃拉·斯塔夫罗钦的手拉到自己的唇边。

〔瓦尔娃拉牙关紧闭，眼睛望着房间一角。

斯切潘 我爱您……

瓦尔娃拉 住口。

斯切潘 我爱了您一生，这二十年之间……

瓦尔娃拉 其实，你何必这样反复说"我爱您，我爱您……"够了！二十年过去了，再也不可能召回来。我不过是个傻瓜！（她站起身）如果您不再重新入睡，我就……（忽然带着一股柔情）睡吧，我来守护您。

斯切潘 对，我要睡觉。（他开始说昏话，但是还合乎几分情理）亲爱的、无与伦比的朋友，我感到，对，我差不多幸福了。但是，幸福对我一钱不值，因为，我马上就要开始宽恕我的敌人……假如别人也能够宽恕我的话。

瓦尔娃拉 （动情，但口气生硬地）别人会宽恕您的。然而……

斯切潘 对，然而我不配，我们全都有罪。不过，如果有您在，我就会像个孩子，像孩子一样无辜。亲爱的，我只能生活在一位女子身边。大路上可真冷啊……但是我认识了百姓，向他们讲述了我的一生。

瓦尔娃拉 您也谈到我，在旅店里！

斯切潘 对……也就是说，用隐晦的话语，对不对？他们根本听不明白。唔！让我亲吻您衣裙的下摆吧！

瓦尔娃拉 安静地待着吧，您什么都叫人受不了。

斯切潘 对，打我脸的另一侧，如同《福音》上说的那样。我始终是个坏蛋，在您身边则例外。

瓦尔娃拉 （哭泣）在我身边也一样。

斯切潘 （慷慨激昂地）不对，可是，我终生说谎……即使说真话的时候。我讲话，从来就不是为了表达真相，仅仅为了表现自己。您知道吗，也许，现在我还在说谎吧？

瓦尔娃拉　对，您在说谎。

斯切潘　这就是说……唯一真实的事情，就是我爱您。至于其他事情，对，我说谎，这是肯定的。麻烦就在于，对不对，我说谎时却相信自己所讲的。生活中最难的莫过于不相信自己的谎言。但是，您在跟前，会帮助我的……

〔他又一阵昏厥。

瓦尔娃拉　醒过来，醒过来。噢，他烧得烫人！阿列克赛！

〔阿列克赛上。

阿列克赛　已经通知大夫了，夫人。

〔阿列克赛从右侧下。瓦尔娃拉又回到斯切潘身边。

斯切潘　亲爱的，亲爱的，您来啦！路上我思考了，明白了许多事情，不应当再否认了，什么也不要否认了……对于我们，就太迟了，可是对于后继者，是不是，接班的一代，年轻的俄罗斯……

瓦尔娃拉　您想说什么？

斯切潘　唔！给我念一念关于猪的那一段。

瓦尔娃拉　（大惊失色）关于猪的？

斯切潘　对，在圣卢西亚篇，您知道，当时魔鬼进入了猪体内。（瓦尔娃拉到她的写字台上取《福音书》，翻找）在第八章，三十二至三十六行。

瓦尔娃拉　（站在他身边）……魔鬼纷纷从这人体内出来，进入一群小猪体内；于是，这群猪便从山上冲进湖里淹死了。这时，人们出来看发生了什么事，走到耶稣跟前，发现他正是魔鬼从他体内出来的那个人。看到耶稣穿上衣服，精神正常，人们便坐到耶稣的脚下，一个个都胆战心惊。

斯切潘　唔！唔！对……魔鬼全从病人体内出去，亲爱的，您终于看到了，您认出它们来，当然是我们的创伤了，我们的不洁，而病人，正是俄罗斯……不过，不洁的东西从她体内出来，又进入小猪体内，我指的是我们，我儿子，还有其他人，我们就像中魔者冲下去，最后毙命。但是，病人一定能治愈，也要坐到耶稣的脚下，所有的人都能治愈……对，有朝一日，俄罗斯能够治愈！

瓦尔娃拉 您可不能死。您这么讲，还是会伤我的心，残忍的人……

斯切潘 不是，亲爱的，不是……况且，我也不会完全死亡。我们还会复活，我们还会复活的，对吧……如果上帝存在，我们就能复活，这就是我表明的信念。而我这是向您表明信念，我所爱的人……

瓦尔娃拉 上帝存在，斯切潘·特罗菲莫维奇，我向您肯定他存在。

斯切潘 我是在路上……在我的人民中间理解的。我终生说假话。明天，明天，亲爱的，我们将重新一起生活……

〔他身子朝后仰去。

瓦尔娃拉 达莎！（继而，她身体僵直，始终站在那儿）噢！我的上帝，可怜可怜这个孩子吧！

阿列克赛 （从右侧房间出来）夫人，夫人……（达莎上）那儿，那儿。（他指着房间）斯塔夫罗钦先生！

〔达莎朝那房间跑去，只听她哀吟起来，继而，她慢慢走出来。

达莎 （颓然跪倒在地）他吊死了。

〔叙述者上。

叙述者：太太们、先生们，再说一句！斯塔夫罗钦死后，医生们会诊检验，宣布死者毫无精神错乱的迹象。

——**幕落**

图书在版编目（CIP）数据

修女安魂曲 /（法）加缪著；李玉民译．—南京：译林出版社，2017.1

（加缪全集：最新修订版）

ISBN 978-7-5447-6313-4

Ⅰ.①修… Ⅱ.①加… ②李… Ⅲ.①剧本－作品综合集－法国－现代 Ⅳ.①I565.35

中国版本图书馆CIP数据核字（2016）第082438号

书　　名	修女安魂曲
作　　者	〔法国〕阿尔贝·加缪
主　　编	柳鸣九
译　　者	李玉民
责任编辑	王振华
特约编辑	郭挚英
出版发行	凤凰出版传媒股份有限公司 译林出版社
出版社地址	南京市湖南路1号A楼，邮编：210009
电子信箱	yilin@yilin.com
出版社网址	http://www.yilin.com
印　　刷	北京天恒嘉业印刷有限公司
开　　本	960×640毫米　1/16
印　　张	29.75
字　　数	251千字
版　　次	2017年1月第1版　2022年7月第10次印刷
书　　号	ISBN 978-7-5447-6313-4
定　　价	44.80元

译林版图书若有印装错误可向承印厂调换